영원의
사자들

2

영원의 사자들 2

ⓒ정은궐 2020

초판1쇄 인쇄	2020년 9월 10일
초판3쇄 발행	2020년 10월 12일

지은이	정은궐

펴낸이	박대일
편집	이문영 · 박지해 · 임유리 · 신지연 · 곽현주
교정	박준용
마케팅	임유미 · 손태석
표지 디자인	형태와내용사이
본문 디자인	박현주

펴낸곳	파란미디어
출판등록	2004년 9월 14일 제313-2004-00214호

주소	03992 서울시 마포구 동교로23길 14 국제빌딩 6층
전화	02.3141.5589 영업부 070.4616.2012 편집부
팩스	02.3141.5590
전자우편	paranbook@gmail.com
카페	http://cafe.naver.com/paranmedia
페이스북	http://www.facebook.com/paranbook

ISBN	978-89-6371-819-4(04810)
	978-89-6371-817-0(전2권)

영웅신의
사자들

2

정은궐
장편소설

파란

차례

V
윤회의 저주

진료실은 심오와 갑1을 태우고 이승으로 건너왔다. 갑1은 당연하지만, 오늘은 심오도 긴 코트의 안전복 차림이었다. 하지만 갑1은 그가 뭘 입었든 관심 없었다. 원래도 주변에 크게 관심이 없긴 하지만, 오늘은 더 그랬다. 심오가 인사를 했다.

"그럼 오늘 하루 수고해."

"너도."

갑1이 사라졌다. 심오는 싱긋이 웃으며 이승폰으로 전화를 했다.

"와라."

이윽고 진료실에 안전복 차림의 갑3이 나타났다.

"나도 아슬아슬하게 시간 맞췄다."

"뭔 말이야?"

"조금 전까지 노출 사례 찾아 둔 것들 겨우 다 봤거든."

"넌 은근히 성실해."

"월직들의 어쩔 수 없는 본성이잖아. 갑1은 감도 성능이 뛰어나니까 기척을 잘 감춰야 한다. 솔직히 들켜서 같이 다녀도 상관없다만."

"우리 목적은 모니터다. 놀러 가는 게 아니야."

"알았다, 알았어. 그럼 우리도 슬슬 따라가 볼까?"

둘은 동시에 무체화로 변했다. 온종일 이 상태로 따라다닐 계획이었다. 그편이 기척을 감추기에는 조금 더 유리했다. 이들은 진료실에서 사라졌다.

영원은 갑1 앞에 귀에 꽂은 이어버즈를 빼서 보여 주고 다시 꽂았다.

"이거 꽂고 너와 얘기하면 다들 통화한다고 생각할 거야. 그러니까 우린 어디서든 계속 대화해도 돼."

그리고 갑1의 눈을 바라보며 방긋 웃었다. 갑1이 갑자기 두 손으로 그녀의 얼굴을 감쌌다.

"또, 또 왜? 안 속아. 이젠 두 번 다시 안 속을 거야."

그러면서 또다시 주책맞게 눈을 감고 말았다.

"눈떠. 왜 감아?"

"쳇! 그럴 줄 알았어. 내가 애초에 기대도 안 했다."

영원은 뾰로통해져서 눈을 떴다. 갑1이 심각하게 그녀의 눈을 보고 있었다.

"왜 충혈이 되었지? 이상한 걸 덕지덕지 발라서 그런 거 아니냐?"

"이상한 것도 아니고 덕지덕지도 아니거든. 나 만화 그리는 여자야. 화장 제법 잘했어. 단지 바탕이 조금 안 따라 줘서 그렇지."

"왜 충혈되었는지를 물었다."

"아침에 일찍 일어나느라 잠을 덜 자서 그래."

"그럼 나가지 말고 나와 같이 잘까? 인간은 잠을 안 자면 죽는다고 그랬다."

같이 잘까, 같이 잘까……. 영원의 귀에서 이 말만 맴돌았다. 그의 같이 잔다는 말이 자장자장의 의미임을 이제는 익히 알고 있었다. 영원은 영혼을 순결하게 정화하면서 말했다.

"우리 가빌은 왜 그렇게 죽음을 걱정할까? 저번에도 굶으면 죽는다, 외로우면 죽는다. 이번에는 잠을 안 자면 죽는다."

"죽음을 걱정하는 것이 아니다. 너를 걱정하는 것이다."

"우리 가빌 저승사자께서는 참으로 자애심이 깊어. 그런데 우린 나가야 해. 오늘 외출을 위해 공들인 시간과 돈이 엄청나거든. 그러니까 얼굴은 그만 좀 놓아줄래? 안 그럼 내가 짐승으로 확 변해 버리는 수가 있어."

갑1이 놀라서 얼굴을 놓고 뒷걸음으로 물러났다.

"무의 눈만 있는 줄 알았는데, 변신 능력까지 있었단 말이냐?"

영원이 웃음을 터뜨렸다.

"아! 미안. 방금은 인간들끼리의 비유법이었어. 진짜 변신은 못 해."

"웃는구나. 뭐, 그럼 다 좋다."

영원이 현관에서 어젯밤에 골라 둔 스니커즈를 신었다. 구두로 하고 싶었지만, 놀이공원에서 지칠지도 몰라서 이걸로 했다. 신발 고르는 데만 한 시간 이상을 허비한 것 같았다. 그녀에게는 피 같은 시간이 아닐 수 없었다.

슈트와 코트 차림으로 올 갑1에 맞추느라 거금을 투자하여 온라인쇼핑으로 재킷도 샀다. 비록 놀이기구를 한 가지는 타 보겠다는 야심 찬 계획으로 하의는 청바지를 입었지만 말이다. 속옷에 낭비한 돈도 잊으면 안 된다. 한 세트만 입었다고 하여 그 값만 계산하면 곤란하다. 여섯 세트에 대한 돈을 지불했으므로, 여섯 장을 겹쳐 입은 거와 다르지 않았다. 오늘 하루는 투자한 시간과 돈에 대한 수익을 거두는 날이어야 한다. 그 어떤 방해도 용서하지 않을 것이다.

"가빌, 만약에 내가 발작을 일으키거나 숨이 넘어갈 듯 힘들어하면, 나를 여기까지 데리고 공간 이동 가능해? 지하철에서처럼."

"가능하다."

"알았어. 참고할게. 그럼 나간다."

갑1이 무체화로 변했다. 이제부터는 서로를 볼 수도 있고 대화를 나눌 수도 있지만, 만질 수는 없었다.

다른 동 아파트 꼭대기에 서서 멀리 있는 영원의 아파트만 쳐다보고 있던 갑3이 말했다.

"나왔다."

아득하게 멀어도 그들에게는 상관이 없었다. 엘리베이터를 타고 아래로 내려갔던 영원과 갑1이 공동 현관을 벗어나 아파트에서 나가는 것이 보였다. 심오가 그들의 방향을 보고 예측했다.

"지하철부터 다시 시작하려나 보군. 1단계, 2단계는 완전히 마스터했다고 결론 내려도 되겠어."

"1단계와 2단계가 뭐였지?"

"1단계는 외출하기, 2단계는 횡단보도를 지나 낯선 길 걷기."

"그럼 3단계는 지하철 타기였나 보군."

갑3과 심오는 계속 영원과 갑1을 관찰하고 있었다. 엄밀하게는 심오는 영원을, 갑3은 갑1을 관찰하는 거였다. 심오는 환자의 용태가, 갑3은 조력자의 주의사항이 주된 관심사였다. 둘이 동시에 이쪽 건물에서 사라져 건너편 건물에 나타났다. 갑3은 굳이 심오를 도와주고 있지 않았다. 유사시에만 도움을 주기로 이미 약속했기 때문이다.

"이 정도 이동은 문제없지?"

"아직은. 마치 예비 훈련 받는 기분이다."

"훈련 때 상징까지 사용하나?"

"단 한 번도 사용한 적 없다. 내 상징은 꽃 종류라서 움직임이 없는데, 사자청은 전부 움직이지?"

"움직이면 뭐 하냐, 내 건 컬러 하나 없이 거무죽죽하기만 한데."

어차피 겉모양은 중요한 게 아니다. 메모리카드라도 상관없다. 월직이 추출한 거라고 해서 시직들의 것보다 오래가는 것도 아니다. 중요한 건 기억의 주인인 영혼의 의지로 소멸 기한도 결정되기 때문이다.

영원이 원래 이용하던 지하철역은 사고로 인하여 아직 폐쇄되어 있었다. 그래서 낯선 길을 더 걸어서 다음 지하철역까지 이동 중이었다. 낯선 길인데도 그녀는 전혀 두려워 보이지 않았다. 갑3이 말했다.

"최적이라고 생각했는데, 조력자로서 갑1은 최악일 수도 있겠군."

"왜?"

"너무 세잖아. 그가 옆에 있으면, 세상에 뭐가 겁나겠어."

"영원 씨는 그걸 모르잖아. 갑1이 왜 갑 중에서 제일 앞번호인지."

"모르는데 저렇게 편안한가? 공포증 따윈 전혀 보이지 않아. 뭔가 엄청 신나 보인다."

영원과 갑1이 지하철역으로 들어갔다. 심오가 말했다.

"진짜 지하철을 타는군. 사고 후유증이 안 남았나? 네 말대로 아무런 공포증이 안 보여. 그나저나 이제부터 어쩌지? 지하철 내에서의 모습도 관찰하고 싶은데. 이 이상 가까이 접근하는 건 무리인가?"

"지금 거리도 위험하다."

"그럼 지하철 위로 이동……. 으악!"

갑자기 눈 바로 앞에 갑1의 투명한 얼굴이 떡하니 나타난 것이다. 심오와 갑3은 너무 놀란 나머지 건물 꼭대기에서 떨어질 뻔했다. 공중에 뜬 갑1이 그들을 노려보면서 말했다.

"너희 둘, 지금 뭐 하는 거지?"

목소리에서부터 몹시 화난 것이 느껴졌다. 갑3이 멋쩍은 듯 어깨를 으쓱했다.

"거봐, 미행은 불가능하다니까."

심오가 급하게 사실대로 털어놓았다.

"영원 씨는 내 환자잖아. 치료를 위해 관찰할 필요가 있다. 그리고 우리 쪽에 어떤 식으로 적용 가능할지 모니터도 겸해서."

"그딴 건 모른다. 따라오지 마라."

"이건 영원 씨를 위해서야. 그러니까 부탁이다. 영원 씨 모르게 관찰할 수 있게 해 줘."

"이해를 못 했나 본데, 내가 싫은 거다."

갑3이 공중에 몸을 띄워서 갑1에게 다가갔다. 그리고 그의 이마에 제 이마를 바짝 붙이고 나무랐다.

"너야말로 이해를 못 했나 본데, 나영원은 환자다. 우린 인간들의 의사고. 나영원을 위해 우리가 필요하다는 거다. 네가 옆에 있는 동안만이라도 자신의 장애를 치료하고자 저토록 열심히 노력하는데 이를 가상히 여겨야지, 네가 조금 귀찮기로서니 우리를 내쳐서야 쓰나?"

물론 이들의 오해일 뿐이다. 영원의 외출 목적은 데이트만이 전부였다. 노출치료는 관심조차 없었다. 갑1이 손끝으로 갑3을 밀어내면서 짧게 되물었다.

"치료?"

심오가 말했다.

"그래. 이제야 그 단어가 들리는 모양이로군. 영원 씨는 이렇게 외출을 못 하는 환자야. 그래서 언제나 집에 있는 거다. 그런 여인이 밖으로 나왔다. 갑작스러운 발작도 염두에 둬야 해."

갑1이 심오에게로 다가오면서 말했다.

"그래서 영원이 나에게 그런 부탁을 했군. 그런 일이 발생하면 집으로 공간 이동을 해 달라고."

갑3이 말했다.

"그걸 무릅쓰고 외출을 감행하다니. 기특하기도 하지."

이 또한 잘못된 상황 인식에서 나온 대화일 뿐이다. 그렇다고 이들이 모두 바보라서 그런 건 아니다. 단지 인간의 사사로운 감정에 둔할 뿐이다. 인간이 저승사자에게 데이트 신청을 했으리라곤 상상조차 할 수 없기 때문이기도 하다.

"그렇다면 어쩔 수 없군. 단! 최대한 떨어져서 다녀라. 영원은 무체화 상태여도 볼 수 있다는 거 명심하고."

"너도 우리가 따라다니는 거 영원 씨가 눈치 못 채게 해. 치료 효과 떨어지니까."

"근데 이렇게 혼자 둬도 되나? 힘들어할……."

갑1이 즉시 사라졌다. 심오는 안심했다. 그나마 갑1이 참아 준다니 다행이 아닐 수 없었다.

한편, 영원은 지하철 내에서 안절부절못하며 서 있었다. 많은 사람이 지나다니는 것도 무서웠지만, 갑1이 신경 쓰였다. 집 안에서는 그도 기분이 좋은 것 같았다. 그런데 아파트를 출발하자마자 그의 기분이 확 나빠졌다. 그리고 지금 잠깐 기다리라고 해 놓고 사라져 버린 것이다.

"내가 너무 성가시게 굴었나?"

영원의 혼잣말을 갑자기 나타난 갑1이 받았다.

"그렇지 않다. 오히려 우리가 너를 성가시게 한 것 같구나."

"우리?"

"아니다. 가자."

영원과 갑1이 막 도착하는 지하철에 올랐다. 멀리서 보고 있던 갑3과 심오도 지하철이 출발하기 직전에 무체화 상태로 통과하여 올라탔다. 긴 이동 끝에 지하철을 나와서 버스로 환승했다. 이 과정에서 영원의 불안은 전혀 감지되지 않았다. 도리어 지나치게 즐거워 보이는 게 의아할 뿐이었다. 지하철에서는 다른 칸에 있었지만, 버스는 다른 칸이 없었기에 심오와 갑3은 부득이 버스 지붕 위에 탑승했다. 심오가 달리는 버스에 선 채로 말했다.

"버스가 4단계였다. 자동차는 5단계."

영원이 공포를 느끼는 단계가 지하철보다 버스가 더 위인 이유는 창밖으로 빠른 속도로 지나가는 경치가 눈에 보이기 때문이다. 그래서 자동차도 버스보다 단계가 더 위였다. 버스보다 시야가 아래인 데다가 더 큰 버스나 화물차가 옆을 지나가면 덮칠 듯한 위협감을 느끼니까.

"다음에 혼자서 이 코스를 밟을 수 있을까 걱정이군. 그때가 더 중요한데. 오늘 지나치게 진도를 나가게 되면 중간에 막아야겠다."

"그럼 나영원의 10단계는 비행기겠구나."

"아니. 그게 이상해. 영원 씨는 탈것들에 공포가 집중되어 있지 않아. 그래서 복합 외상을 의심했는데, 아니었어. 10단계는 정육점에서 기계로 뼈 자르는 거 보기야."

"응? 너무 엉뚱한데?"

"영원 씨한테는 신체 절단의 공포가 있어. 그게 공포 지수 중에 가장 높은 것 같아. 악몽도 그런 종류인 것 같고."

"신체 절단이라……. 8단계는 뭐야?"

"모닥불 쳐다보기. 꼭 모닥불일 필요는 없다고 하더군. 불이면 된다고. 이것도 불에 타는 악몽과 관련 있는 것 같다. 7단계가 잠수하기. 6단계는 턱걸이하기."

"턱걸이는 또 뭐지? 허, 참! 실제 경험한 공포보다 악몽으로 본 게 단계가 높다? 그럴 수도 있나? 신기하군."

"그렇지? 그래서 어려운 환자였어. 게다가 비행기 사고 이전부터 악몽이 심했다더군. 나도 이 부분은 이번에 알게 됐다."

"비행기 사고가 7살 때라고 했지? 그 이전부터 악몽?"

"이런 문제 때문에 수면검사를 하려는 거다."

갑3이 곰곰이 생각하다가 말했다.

"수면검사 나도 참석하마. 궁금해졌어. 아주 많이."

"진즉에 그럴 것이지. 튕기더니만."

"이런 문제까지는 몰랐잖아. 그런데 이 버스는 어디로 가는 거지?"

버스가 정차했다. 심오는 여기서는 절대 내리지 않을 거라고 예상했다. 우선 사람들이 엄청 많이 집결하는 장소였다. 그리고 영원이 공포스러워할 모든 것들을 모아 놓은 시설이 있기도 했다. 버스에서도 많은 사람이 한꺼번에 내리고 있었다. 그런데 그들 틈에 절대 내리지 않을 거라고 생각했던 영원도 섞여 있었다.

버스에서 내리는 영원은 크게 숨을 들이켰다. 결국은 여기까지 오고야 말았다. 두근거리는 심장을 진정시키느라 자기도 모르게 갑1의 팔을 잡았다. 하지만 잡히지 않았다. 이건 조금 쓸쓸했다. 땅에 그려진 그림자도 쓸쓸해 보였다. 거기에는 갑1은 없이, 영원의 그림자뿐이었기 때문이다.

"숨 쉬는 게 힘들어 보인다. 괜찮나?"

"응, 괜찮아. 두근거려서 그래."

구름다리 효과는 영원만 독박 쓸 운명이었다. 그런데 상황은 그녀가 생각한 것보다 심했다. 아무리 사람이 많아도 이 정도일 거라고는 상상조차 하지 못했다. 이건 사람에 밀려다니는 수준이었다. 처음 온 곳이지만 길을 찾을 필요가 없었다. 그냥 밀려가기만 해도 되었다. 대부분의 사람이 가족, 연인, 친구끼리 움직이고 있었다. 혼자 있는 사람도 있었지만, 모두 상대를 기다리고 있는 모습이었다. 달랑 여자 혼자 온 건 영원뿐인 것 같았다. 그래도 상관없었다. 옆에 갑1이 있기 때문이다. 비록 그녀의 눈에만 보일지라도 형체가 분명한 다른 사람들에 비할 바가 아니었다.

매표소에 줄도 길었다. 그래도 영원은 기다리는 과정이 지겹지 않았다. 갑1은 처음만 빼고 단 한 번도 그녀의 옆에서 떨어진 적이 없었다. 별다른 대화도 없었다. 단지 잠깐 사라졌다가 돌아온 후에 갑1이 그녀의 안색을 보다 꼼꼼하게 살피는 경향은 있었다. 하지만 이것도 기분이 좋았다. 그의 관심을 독차지하고 있는 건 굉장한 쾌감이었다. 주변의 수많은 인류 틈에 그가 함께 있어 주는 건 영원이었다. 그리고 그가 다정한 눈빛으로 줄곧 보고 있는 것도 영원이었다. 그것은 집구석에서 인류에 대한 자애심에 절망하던 영원을 치료해 주고 있었다.

영원의 차례가 되었다. 영원은 할인을 받을 수 있는 신용카드로 계산하고 종이 팔찌 2장을 받았다. 물론 이것은 돈 낭비일 수도 있었다. 갑1은 값을 치르지 않아도 되니까 말이다. 그런데도 굳이 이런 선택을 한 건 그와 진짜로 함께하는 기분을 만끽하고 싶어서였다. 거기에 대한 지불이라고 계산하면 저렴했다. 매표소를 벗어나면서 영원이 속삭였다.

"가빌, 내 심장 소리 들려?"

갑1이 허리를 숙여 영원의 가슴 가까이에 귀를 기울였다.

"진짜 소리 들으라는 게 아니야. 기분이 좋다는 거야."

"다행이군. 힘들면 언제든지 얘기해라."

영원이 종이 팔찌를 들어 보였다.

"이거 가빌 손목에 두르면 종이만 동동 떠다니겠지?"

"아니. 몸에 착용하면 이것도 무체화로 변해."

영원은 재빨리 주변을 둘러보았다. 그리고 구석진 곳을 찾아 고개를 콕 박았다.

"가빌, 손만 내 앞에 유체화로."

갑1이 마치 영원을 뒤에서 껴안듯이 하여 구석과 영원 사이에 손을 넣어 주었다. 그리고 손만 유체화로 만들었다. 영원은 거기에 팔찌를 감아 주었다. 손은 다시 무체화로 돌아갔다. 갑1의 말대로 팔찌도 그렇게 되었다. 다음으로 영원은 제 손목에 종이를 둘렀다. 남의 손을 빌리는 데 익숙하지 않은 삶이었다. 그래서 혼자서도 능숙하게 채웠다.

"다음부터 이런 건 나한테 말해라. 도와줄 수 있었다."

"괜찮아. 다른 사람 손을 한두 번 빌리다 보면 살아가기 힘들 어져. 들어가자."

놀이공원에 들어서자마자 오만 가지 소음이 영원을 덮쳤다. 이에 움찔하여 갑1을 잡으려고 했지만, 이번에도 실패했다. 하지만 곧 기운을 차렸다. 잡화점을 발견했기 때문이다. 거기서 영원이 산 건 귀가 달린 머리띠 두 개였다.

"나 이거 옛날부터 하고 싶었던 거야."

한 개는 자신의 머리에 썼다. 문제는 나머지 한 개였다. 갑1은 그것의 용도를 전혀 알지 못했을 뿐 아니라, 그것이 자신의 머리를 겨냥하고 있다는 것도 알지 못했다. 하지만 영원의 머리띠는 재미있었다.

"짐승으로 변신했군."

놀리는 말투로 느껴진 건 영원의 착각일 수도 있었다. 하지만 그의 웃음은 착각이 아니었다.

"가빌도……. 이거 커플 머리띠야."

영원은 자신의 손에 쥐고 있는 머리띠를 보았다. 차마 그것을 권하기가 민망하여 갑1의 얼굴을 볼 수가 없었다. 그런데 순간, 자신의 손이 활을 쏘던 흉터투성이의 손으로 보였다. 그 손은 머리띠가 아닌 꽃문양의 철제 머리 장식을 쥐고 있었다. 문화재 자료에서나 봤던 머리꽂이 같았다. 손등과 팔뚝에 갑옷을 두른 매끈한 남자의 손이 머리꽂이 앞에 내밀어졌다. 흉터투성이의 손은 그 손바닥 위에 머리꽂이를 건네주었다. 흉터 하나 없는 그 손은 이내 투명한 갑1의 손으로 보였다. 그리고 그의 손에 닿은 것은 머리띠였다. 갑1이 낮은 목소리로 말했다.

"커플……인가?"

또 눈을 뜬 채로 깜박 잠이 들었던 것일까?

"아! 내키지 않으면 안 써도……."

아주 순식간이었다. 영원의 손에 있던 머리띠가 갑1의 머리 위로 옮겨 간 것은. 그래서 아무도 본 사람이 없었다. 보았다면 갑3과 심오였다. 그들의 입술이 요상하게 뒤틀어졌다.

"저 둘 지금 뭐 하고 있는 것처럼 보여?"

심오의 물음에 갑3이 대답했다.

"머리띠 쓰고 있는 거로 보여."

"액면 그대로 읊지 말고 분위기를 말하라고."

"음……, 공포증은 심하지 않은 것 같고……."

심오는 갑3을 쳐다보다가 고개를 저었다. 갑3의 말을 부정하는 것이 아니었다. 자기 생각을 부정하는 거였다. 방금 정말 말도 안 되는 생각이 들었다. 마치 두 사람이 데이트를 하는 것처럼 보였던 것이다. 심지어 너무 어처구니없게, 성적으로 끌리는 남녀를 보는 기분이었다. 남녀가 성적으로 끌리게 되면 서로의 허리가 무의식중에 가까워진다. 심오는 육감으로 아는 것이 아니라 책의 내용을 떠올렸던 것이다.

"내가 정말 미친 거지. 무체화한 녀석을 두고 별 해괴한……."

"뭐가 해괴한데?"

심오는 갑3에게로 눈을 돌리다 말고 노여운 표정으로 바꾸었다. 그의 머리에도 귀가 달린 머리띠가 떡하니 꽂혀 있었다.

"네가 해괴하다, 네가!"

"이런 데 와서는 사람들이 하는 건 무작정 따라 해야 한다. 안 그러면 저승사자인 거 들켜."

"너 지금 무체화 상태거든."

갑3이 그게 뭐 어때서 그러냐는 듯이 얼굴 표정을 한 번 이죽거렸다. 심오는 잠자코 영원의 뒤를 밟았다.

"갑 중의 갑이다. 우리보다 더 저승사자다운 저승사자라고. 근데, 근데……, 야! 갑1 사자가 저렇게 잘 웃었나?"

"웃기도 하겠지. 넌 왜 짜증 내고 그래?"

"헷갈려서 그런다. 평소에는 저러지 않잖아."

"갑1 사자는 이승에서도 이런 곳은 처음일 거 아니냐. 즐거울 수도 있겠지. 넌 왜 나영원은 내버려 두고 갑1 사자를 관찰하는 거냐?"

"저렇게 웃는 모습 처음 봐서 신기해서."

"웃으면 좋지, 뭐. 귀찮다고 툴툴거리면서 따라다니는 것보다. 세상 제일 귀찮은 일이 인간 여자와 같이 다니는 거다."

심오는 영원을 다시 관찰하기 시작했다. 확실히 공포감은 커 보이지 않았지만 어지간한 놀이기구는 탈 엄두도 안 나는 모양이었다. 놀이기구마다 줄이 어마어마한 탓도 있겠지만, 의도적으로 피하는 시선에서 거부하는 심리가 확실하게 드러났다.

"결국 4단계까지가 한계인가?"

"이 정도도 박수감이다. 외출기피증 환자다. 초인종 소리에도 놀란다며? 이런 인파에, 이런 소음에, 이런 놀이기구들 사이를 지나다니고 있잖아. 비록 시선은 피해도. 공포 단계에 넣지 않았다뿐이지, 내 견해는 몇 단계 건너뛴 거라고 봐도 되지 싶다. 장하다, 나영원."

"다음에 혼자서 와도 해낼까?"

그 물음에 대해선 갑3도 자신 있게 대답하지 못했다. 영원이 한곳에서 줄을 섰다. 회전목마였다. 그나마 그녀가 도전 가능한 마지노선인 듯했다. 심오는 그 모습도 관찰했다.

사람들의 줄 사이에 영원도 섰다. 그녀의 앞에도, 또 뒤에도 사람들이었고, 그녀의 옆에는 투명한 갑1이 있었다. 회전목마가 멈추고 사람들이 내렸다. 그 뒤로 줄이 움직였다. 앞의 사람이 걸었다.

그런데 다음 순간, 알록달록 인위적이던 각종 조형물이 사라지고 눈앞이 허허벌판으로 변했다. 나무도 드물었다. 그저 거친 풀만이 가득한 들판이었다. 앞과 뒤로 가죽 갑옷을 입은 군사들이 하염없이 걸었다. 저 앞에는 말을 탄 군사들도 있었다. 흉터 투성이의 손을 가진 이 몸도 그 틈에서 걸었다. 지치고 힘든 기분은 전혀 없었다. 어째서인지 설레었다. 옆에서 함께 걸어 주는 남자 덕분인 듯했다. 철비늘의 검은색 갑옷을 입고 있는 그는 투명했다. 영원이 고개를 돌려 옆을 보았다. 안전복을 입은 투명한 갑1이 그녀의 눈을 바라봐 주었다. 그의 머리에 꽂힌 머리띠가 보였다. 주변이 다시 놀이공원으로 돌아와 있었다.

"왜 그렇게 빤히 쳐다보지? 몸이 불편해?"

"아니. 그냥……."

꿈이 보여서. 꿈속의 그는 긴 검은 머리였다. 그리고 투명했다. 갑1처럼 무체화와 유체화를 오고 가는 게 가능한 저승사자인 듯했다.

"요즘 짤막한 꿈을 자주 꿔. 그런데 악몽이 아니야. 기분 좋은 꿈이야."

얼굴은 잘 보이지 않아도 심장이 아프도록 설레는 남자. 그는 이 몸과 단둘일 때는 유체화로, 사람들 틈에 있을 때는 무체화로 있었던 것 같았다. 마치 지금의 갑1처럼. 갑1로 인하여 상상하게 된 존재일지도 모른다.

영원의 차례가 되었다. 그녀가 선택한 것은 하얀 말이었다. 이것은 전혀 무섭지가 않았다. 어린아이들 틈에서 한 자리를 차지하고 있자니, 마치 애들에게서 장난감을 빼앗은 듯한 죄책감이 들었지만 어쩔 수가 없었다. 영원이 즐길 수 있는 놀이기구는 이것이 최선이었다.

"미안. 나만 신났어. 가빌은 재미없지?"

갑1이 말 옆에 서서 말했다.

"너와 함께 있는데 즐겁지 않을 리가 있나."

"손잡고 싶다."

괜히 한번 던져 본 말인데, 갑1은 말의 봉을 잡은 그녀의 손바닥 밑으로 자신의 손을 넣어서 촉감을 느낄 수 있게 해 주었다. 손에 갑1이 잡혔다. 또렷한 느낌이 잠을 쫓듯이 머릿속을 파고들던 꿈들을 쫓아 주었다.

"하! 갑1 사자, 진짜 뭐 하는 거지? 이봐, 갑3……."

심오가 옆을 두리번거렸다. 조금 전까지만 해도 바로 옆에 있던 갑3이 보이지 않았다.

"이 녀석 어디갔……."

발견했다. 저 멀리서 어떤 커플을 노려보고 있었다. 심오가 인상을 쓰고 그곳으로 옮겨 갔다.

"여기서 뭐 해!"

"이 커플, 우리 회사 직원들이다."

심오가 벤치에서 손깍지 끼고 붙어 앉아 노닥거리는 남녀를 내려다보았다.

"그래서? 지금 이들이 중요해?"

"이것들 내 앞에서는 맨날 투닥거리거든. 사이 나쁜 줄 알았는데, 여기서 이러고 있다. 둘 다 남친, 여친 없다고 떠벌리고 다니더니, 쯧. 내가 또 속았다.”

갑3이 영원과 갑1을 찾았다. 그런데 그새 어디를 갔는지 보이지 않았다.

“야! 나영원 없어졌다.”

심오도 회전목마 쪽을 보았다. 영원이 탔던 팀은 이미 내렸고, 새로운 손님들이 착석하고 있었다. 갑3이 말했다.

“놓쳤잖아. 왜 한눈을 판 거냐?”

“한눈은 네가 팔았다!”

이때 영원과 갑1은 또 다른 놀이기구 앞에 줄을 서 있었다. 열기구였다. 영원은 수많은 공포증을 앓고 있는데도 불구하고 이상하게 고소공포증은 없었다. 비행기 사고를 겪었으니 있을 만한데도 괜찮았다.

“가빌은 하늘을 날 수 있어?”

“난다기보다는 중력의 영향을 안 받는다는 게 맞다.”

나는 것과는 다르나? 감이 잡히지 않았다. 영원과 갑1이 열기구에 올라탔다. 한 기구 안에 여러 명이 한꺼번에 타는 구조였다. 이번에도 역시 혼자 있는 사람은 영원뿐이었다. 여기는 유독 커플들만 있었다. 영원이 갑1을 보면서 입속말로 중얼거렸다.

“뭐, 나도 커플이라면 커플이지.”

열기구가 서서히 출발했다. 실제 열기구는 아니었다. 그저 높은 천장에 붙여서 기계의 힘으로 건물 전체를 돌아가게 만든 기구였다. 조금 전까지 타고 있었던 회전목마가 까마득하게 아래로 보였다.

"중력의 영향을 안 받는다는 건 결국 나는 거 아니야? 어떻게……, 안 받는 건지 알았다."

영원의 표정이 싸늘하게 변했다. 그리고 고개를 돌려 갑1을 노려보았다. 갑1이 보이지 않는 다른 사람들 눈에는 영원이 커플 중의 한 남자를 노려보는 것처럼 보였다. 하지만 대답을 한 건 갑1이었다.

"힘들어? 내릴까?"

사람들이 이상한 눈으로 영원을 힐끔거려도 그녀의 눈에는 다른 시선 따위는 보이지 않았다.

"여기서 어떻게 내려."

그러고는 고개로 탁 트인 공간을 가리키면서 말했다.

"그보다 당신 친구 저기서 날고 있어."

갑1도 영원이 가리킨 곳을 보았다. 무체화 상태의 심오가 공중에 떠서 아래를 살피고 있었다. 갑1의 표정이 난감함을 감추지 못했다. 영원이 스마트폰을 꺼내 심오의 번호로 전화를 했다.

"안녕하세요?"

— 영원 씨? 갑자기 전화는 왜…….

"원장님, 거기서 4시 방향으로 틀어 보세요. 그리고 쭉 앞으로 오세요."

심오는 얼떨결에 몸을 돌려 앞으로 갔다. 도둑이 제 발 저린 탓에 생각할 겨를이 없었다. 하지만 시선은 여전히 아래였다.

"고개를 들어 보시죠."

고개를 든 심오는 너무 놀라서 폰을 떨어뜨릴 뻔했다. 영원의 얼굴이 정면에 있었다.

"여, 여긴, 공중인데……."

"네, 공중이죠. 전 기구를 타고 있고, 원장님은 중력의 영향을 안 받고 계시고."

심오가 갑1을 쳐다보았다. 갑1도 손쓸 도리가 없었다는 눈짓을 했다.

"아! 눈치를 보니 서로는 알고 있었구나."

갑1이 무거운 목소리로 말했다.

"이 녀석들과 묶지 마라. 나는 억울하다."

"들? 복수형? 그렇다는 건 어딘가에 한 분이 더 있다는 건데. 아! 마침 저분도 중력의 영향을 안 받고 계시네."

영원이 이번에는 갑3의 번호로 전화를 걸었다.

— 어? 저, 전화는 왜? 오랜만…….

"8시 방향으로 턴. 그리고 고개를 드세요."

갑3이 몸을 돌려 고개를 들었다. 싸늘한 영원의 시선과 마주쳤다. 갑3이 손을 들어 인사를 했다. 그는 심오와는 달리 아주 뻔뻔할 정도로 반가운 표정을 지어 보였다.

2

영원은 인적이 드문 구석을 쳐다보고 앉아서 머리를 감쌌다. 뒤에 지나가는 커플이 수군거렸다. 열기구에 같이 타고 있었던 커플이었다.

"저 여자 진짜 모르는 거지?"

"처음 보는 여자라니까."

"정신이 이상한 여잔가 봐. 혼자서 여기 온 것도 이상한데, 아무나 막 째려보고, 이상한 소리나 하고."

정신이 이상한……. 입이 열 개라도 할 말이 없었다. 정신장애가 있는 걸 증명해 줄 수 있는 정신의학 전문의까지 앞에 서 있지 않은가. 비록 무체화이긴 해도.

"어휴, 창피해!"

"이렇게 된 이상, 우리는 그만 유체화로……."

슬그머니 꺼내는 갑3의 말을 영원이 딱 잘랐다.

"했단 봐요! 딱 그 상태로 계세요들!"

"나는 갑1 사자와는 달리 이승에서 유체화로 생활 중이다. 굳이 이렇게 있을 필요가 없어."

"그러니까요. 왜 굳이 무체화로 미행을 하셨을까? 이렇게 있을 필요도 없으면서."

"나는 처음부터 말했다, 드러내고 같이 다니자고. 내 의견을 묵살한 건 정신과였어. 몰래 미행하면 화나지. 이해한다. 그건 미안하게 되었다."

영원은 데이트를 방해받아서 화난 거였다. 그리고 자신이 갑1에게 보냈던 수많은 애정 표현을 그들이 보았을 거라 생각하니 고개를 들 수가 없었다. 발가벗겨진 느낌이었다. 심오가 말했다.

"영원 씨, 나는 영원 씨의 담당 의사다. 사고 후에도 포기하지 않고 노출치료를 계속한다는 이야기를 전해 듣고서 어떻게 모른 척하겠어. 게다가 조력자 찬스까지 쓴다는데."

영원이 고개를 들고 심오를 보았다.

"노출치료? 그 얘길 누가 하던가요?"

갑1이 말했다.

"내가 말했다."

"내가 노출치료라고 말한 적 있었나?"

"아니. 나는 정신과를 통해 알았다. 당신이 장애를 치료하고자 나를 이용한다는 걸."

"이용한 거 아닌데……."

갑3이 말했다.

"안다. 이용했다는 건 어감이 안 좋긴 하지. 우리는 노력하는 너를 기특히 여기고 있다."

영원은 이들의 중구난방인 말을 머릿속에서 정리해 보았다. 영원은 갑1에게 데이트 신청을 했다. 갑1이 이것을 단순 외출로 알고 심오에게 말했다. 심오는 이것을 노출치료라고 이해하고 그 말을 갑1에게 했다. 그리고 이들은 노출치료를 도와주고자 함께 미행을 했다. 이렇게 진행된 건가? 그러면 이 법의관 사자는? 머리에 쓰고 있는 머리띠가 보였다. 그는 단순히 놀러 온 것으로 정리가 되었다.

여기서 노출치료가 아니고 데이트 신청이었다고 말하면 어떻게 되는 거지? 영원은 쪽팔리고 갑1은 곤란해지는 건가? 영원은 오늘 갑1의 태도가 이해가 되었다. 처음 만났을 때의 까칠함은 하나도 없이, 유독 걱정해 주고 다정했던 것이 정신장애를 동정한 것이었나? 인류에 대한 자애심이 아주 대단한 저승사자가 아닐 수 없었다. 여기서 마음이 아프면 안 된다. 속상해져서도 안 된다. 짝사랑을 하기로 마음먹은 것도, 그 감정을 혼자 감당하기로 마음먹은 것도 전부 자신이었다. 그것에 대한 책임은 스스로 져야 한다. 갑3이 말했다.

"4단계 버스 타기 잘했다. 다음에 혼자서 도전하는 것도 중요하지만, 이렇게 사람 많은 곳에 도전한 것이야말로 칭찬받아 마땅하다."

"아! 버스……."

그러고 보니 4단계가 버스 타기였다. 그런데 전혀 의식하지 않았다. 옆의 갑1이 너무 설레서 버스를 탔다는 느낌도 없이 이곳까지 왔었다. 이건 칭찬받을 성공이 아닌 셈이다.

"버스 타기는 다음에 다시 도전해 볼게요. 오늘 이건 아니에요."

그리고 갑1을 바라보면서 애타게 말했다.

"이용한 거 아니야. 진짜 아니야."

"나는 상관없다. 너에게 도움이 되었다면."

다정하게만 들렸던 그의 말이 이제는 사무적으로만 들렸다.

'바보같이 혼자만 들떠서는. 인류들 틈에서 혼자만 특별하다고 착각해서는. 주제 파악 좀 해라, 나영원. 그러잖아도 앓고 있는 정신장애가 많은데, 여기다 과대망상증까지 추가해야겠니?'

갑3이 말했다.

"나는 그만 유체화로 돌아가고 싶구나."

영원이 갑3을 노려보면서 말했다.

"법의관님은 본인이 어떻게 생겼는지 모르세요?"

"잘생겼다. 그것도 엄청. 인간들이 하나같이 입을 모아 그러더군."

"길을 걸을 때 사람들이 쳐다보는 거 느끼시죠?"

"안 쳐다보는 걸 느낀 적이 없다."

"그런데 옆의 원장님과 나란히 다니신 적 있나요?"

"없다."

"안 다니시는 게 좋을 겁니다. 앞으로도, 지금도."

"지금도?"

"네. 전 사람들의 시선을 받는 게 두려운 사람이거든요. 아시다시피 정신장애가 있어서."

영원은 갑1을 보면서 손가락까지 바짝 세워 강조했다.

"당신은 유체화 특히 더 안 돼! 두 명 이상도 안 돼요!"

갑3이 갑자기 지갑을 꺼내 그 안에서 신용카드를 보여 주면서 말했다.

"나만이라도 유체화하자. 그럼 밥을 쏘마."

영원도 지갑에서 신용카드를 꺼내 치켜들었다.

"저도 세 분께 밥 한 끼 정도는 사 드릴 수 있을 만큼은 벌어요. 유체화 안 돼요!"

여기서 갑3만 유체화를 하면 졸지에 갑3과 데이트를 하는 격이 된다. 그건 피하고 싶었다. 아무리 혼자만의 망상이라고 해도 데이트 상대는 갑1이길 바랐다. 갑3이 지갑을 다시 넣으면서 말했다.

"공짜 밥이 안 먹히는 인간이 있다니, 쯧."

"정 유체화하시고 싶으면 두 분이서만 다니셔도 되는데. 우리는 따로."

"난 너를 위하여 귀한 시간을 내었다. 고작 이런 정신과와 놀기 위해 온 것이 아니라."

그렇다. 생각해 보면 세 저승사자 모두 영원을 위해 특별히 귀한 시간을 내어 와 준 것이다. 그녀의 정신장애 치료에 도움을 주고자. 물론 궁극적으로는 이승기피증 3인방을 위한 것이지만, 영원은 알지 못했다.

"감사 인사가 늦었네요. 와 주신 건 정말 고맙습니다. 정말로 제가 밥 살게요. 그러고 보니 점심 식사가 늦었네요."

"무체화 상태로는 못 먹는다."

"아……, 그럼……."

딩동.

현관문을 열었다. 배달원이 피자 세 박스와 사이드 메뉴들을 잔뜩 건네주었다. 영원이 현관문을 닫자마자 피자 박스들이 공중에 떠올랐다. 갑3이 띄운 것이다. 박스들은 식탁에 놓였다. 다시 봐도 신기한 장면이었다. 결국 영원을 비롯하여 세 남자는 한꺼번에 이곳, 영원의 집에서 피자를 배달시켜 먹게 되었다. 아무리 고심해 봐도 유체화와 식사를 동시에 충족할 수 있는 건 이 방법이 최선이었다. 엄밀히 따지면, 식사가 필요한 건 영원뿐이었다. 그런데 맛을 즐기는 건 그들도 마찬가지라고 하니 어쩌겠는가. 원했던 것은 아니어도 신세를 진 것은 사실이니, 대접은 하는 게 도리가 아니겠는가. 돌아올 때는 갑1의 힘을 빌린 덕분에 길에서의 시간 낭비는 줄었다.

갑3과 심오는 코트를 벗어 소파에 던져 두고 식탁 의자에 앉았다. 신발도 벗어서 현관에 두었다. 자유로워 보였다. 반면 갑1은 신발도 코트도 벗지 않았다.

"당신은 여전히 못 벗는 거야?"

"난 이승에 나와 있는 이들과는 달라서."

갑3이 피자 조각을 들어 올리면서 말했다.

"갑1 사자는 이승에서 옷이 조금이라도 손상되거나 탈거되면 안 돼. 큰일 나."

"에? 농담이죠?"

"이런 걸 농담할 이유가 있나?"

갑3은 저승 쪽이 큰일 난다는 의미였는데, 영원은 갑1이 큰일 난다고 받아들였다. 주어와 목적어 생략의 폐단이었다.

"가빌은 쫄따구인 줄로만 알았는데, 약하기도 한 거야?"

갑3이 되물었다.

"누가 쫄따구고, 누가 약한데?"

영원이 갑1을 쳐다보았다. 하지만 세 명 모두 어떠한 정정도 하지 않고 피자를 먹었다. 그럴 필요성을 느끼지 않아서였다. 갑1은 심오와 갑3이 손으로 집어서 먹는 걸 보고 의아한 표정을 했다. 하지만 곧 그의 시선은 영원에게로 향했다.

"너도 먹어라. 네가 더 급하다."

영원은 식탁 옆에 서 있었다. 식탁에 딸린 의자가 세 개뿐이어서 그녀까지 앉을 자리가 부족했다. 그런데 갑자기 의자 하나가 나타났다. 작업실에서 사용하는 책상 의자가 이곳으로 옮겨진 것이다. 갑1이 갑3에게 말했다.

"너는 먹지 않아도 목숨과는 상관없잖아. 그런데 영원의 몫까지 먹어 치우면 어쩌겠다는 거냐!"

"이건 한 조각만 해도 칼로리가 엄청나. 여자들은 한 조각만 먹고도 매번 배부르다고 하는걸."

영원이 웃으면서 말했다.

"그건 법의관님 앞에서 내숭 떠느라 그런 겁니다. 어떤 여자도 한 조각만 먹지 않아요. 못해도 미디움은 한 판, 라지면 반 판은 먹죠."

"뭐? 나 또 속은 거냐?"

"물론 비계로 전환되는 운명에 절망하는 건 별개의 문제고요."

"난 150년을 인간들 틈에서 살았는데도 여전히 거짓말이 어렵다. 매번 속아. 악한 거짓말은 구분이 쉬운데. 그런데 왜 적게 먹고도 배부르다는 거짓말을 하지?"

영원이 의자에 앉으면서 말했다.

"옛날에는 먹을 게 부족했잖아요. 그래서 적게 먹고도 일 잘하는 게 살림에 도움이 되었으니까, 좋아하는 남자한테는 '나 이만큼 연비가 좋아. 데려가.'라는 어필이 되었거든요. 그런데 요즘은 변했어요. 많이, 잘 먹는 걸 어필하는 시대죠. 많이 먹고도 날씬함을 유지하는 건 그만큼 기초신진대사가 좋다는 것이고, 그것은 자기 관리를 잘하고 젊다는 어필이 되거든요."

"하! 인간들 복잡하다."

"안 복잡해요. 미래의 삶에 이익이 되는 행동을 할 뿐이니까요."

영원이 먹기 시작하자 갑1도 한 입 먹었다. 그의 눈이 번쩍 뜨였다. 처음 먹어 보는 음식이었다. 그런데 이건 예상 밖의 맛이었다.

"이승에는 별 음식이 다 있구나. 저번의 치킨도 맛을 볼 걸 그랬다."

"맛도 못 봤어? 너무하네."

심부름까지 해 줬는데 한 조각도 못 먹었다는 건 너무 심하다. 비록 영원에게 바로 오느라 먹을 틈이 없었다고 해도, 심부름해 준 성의를 봐서라도 한 조각쯤은 남겨 줘야 하지 않나? 영원은 갑1이 무척이나 가엽게 느껴졌다. 힘이 약해서 쫄따구 신세를 못 벗어나고, 갖은 심부름에, 먹을 것도 다 빼앗기면서 살다니. 저승이란 곳도 힘없는 사람이 살기에는 이승과 크게 다르지 않다는 생각이 들었다.

"우리 가빌은 허우대만 포스가 넘치는구나."

갑자기 갑1의 저승폰에서 벨이 울렸다. 센터장이었다.

"왜 또 그러지?"

— 빨리 돌아와라. 긴급이다. 갑21 사자가 부상당했다. 지금은 괜찮지만, 이와 관련해서 비상 호출이다.

"알았다. 곧 들어가마."

갑1이 먹던 걸 놓고 일어섰다. 영원도 따라서 일어났다.

"가야 해?"

"그래. 다음에 또 오마."

갑1이 급하게 사라졌다. 영원은 먹다가 내려놓은 피자를 보았다. 아무리 급해도 그렇지 이것도 마저 먹을 시간이 없단 말인가? 그런데 다음은 또 언제 온다는 거지? 영원은 의자에 다시 앉아서 피자를 먹었다. 갑자기 맛이 없어졌다. 갑3이 물었다.

"나영원은 오늘 밤 스케줄이 어떻게 되지?"

"아무 스케줄 없어요."

당연히 비워 두었다. 그런데 쓸모가 없어졌다.

"나도 오늘 없다. 정신과는 어때?"

"나도 별일은 없다. 왜?"

"오늘 수면검사 해 볼까? 우리 셋 다 시간이 괜찮으면."

영원이 어리둥절하여 말했다.

"잠깐만요. 원장님은 그렇다 치고, 법의관님이 왜요? 저 살아 있는 생체인데요?"

심오가 대신 말했다.

"이 녀석, 법의관이기 이전에 신경외과 전문의다. 그중에서도 뇌신경. 한의학도 공부한 적 있고. 여러모로 도움이 될 거다."

영원은 그제야 처음 만났을 때의 그 괴상한 상황과, 오늘 그가 함께 다녔던 것이 이해가 되었다.

"저승사자들이 왜 이승에서 의사로 있는 건지 정말 이해가 안 되네."

"이승에서 의사로 있는 게 아니라, 이승에서 의학을 공부 중인 거다. 지금도 계속."

"왜요?"

"그것까진 알 것 없다. 오늘 돼, 안 돼?"

잠깐 생각하던 영원이 고개를 끄덕였다. 어차피 비워진 시간이니까.

갑21을 필두로 갑1과 청장, 갑2까지 줄줄이 암흑의 감옥이 있는 층에 도착했다. 캄캄했지만, 갑21과 갑2가 지옥의 불을 한꺼번에 끌어와 준 덕분에 사물을 구분하는 데 문제는 없었다. 그런데 아무리 벽을 더듬고 두드려 봐도 이전에 있었던 철문을 찾을 수가 없었다. 갑2가 물었다.

"무슨 일인지 사전 설명이라도 해 줄래?"

"설명보다 직접 보는 게 나을 것 같아서 데리고 왔더니, 왜 없지? 말로는 이해시킬 자신이 없는데. 미치겠네."

갑1은 영원과 함께 있다가 호출을 당한 거라서 정말 대단한 일이 아니면 화가 날 것 같았다.

"이쪽 벽에 이보다 더 지하로 내려가는 철문이 있었어. 그런데 그 문이 지금 감쪽같이 사라졌어."

"지하?"

"이상한 곳이었어. 인간의 기억상자는 아무리 커 봤자 가로세로 1m잖아. 그런데 지하에 어마어마하게 큰 기억상자가 있었어. 너무 어두워서 구분이 안 되긴 했지만."

갑21이 갑1을 쳐다보면서 계속 말했다.

"그런데 그 안에 든 건 나비였어."

청장과 갑2까지 갑1을 쳐다보았다. 하지만 갑1은 이해를 못 하겠다는 표정이었다.

"나비였다고? 나?"

"몰라? 갑1 오빠가 추출했을 거 아니야."

갑1이 고개를 저었다.

"내가 추출한 걸 기억 못 할 리 없지. 그랬다고 쳐도 왜 아무도 모르는 곳에 숨겨 둬?"

"나비였어! 분명히!"

"난 정말 모르겠다. 난 그렇게 거대한 것을 추출해 본 적이 없다."

"그거……, 그거……, 아직은 내 추측일 뿐이지만, 인간의 것 같지가 않았어. 인간의 기억이 그렇게 거대할 수가 없어. 그래서 직접 보여 주려고……."

청장과 갑2가 다급하게 벽을 더듬었다. 이건 분명 괴상한 일이다. 직접 봐야만 한다는 조급함이 생겼다. 하지만 넓은 암흑의 감옥을 아무리 샅샅이 뒤져도 철문은 보이지 않았다. 갑21은 기가 막혔다.

"귀신이 곡할 노릇이네. 최근에 죽은 용한 무당 없어? 우리 푸닥거리 한번 하자. 계속 이상한 일만 생겨, 젠장."

갑21이 다시 찬찬히 생각해 보았다. 그러다가 직원들의 목격담과의 차이를 떠올렸다.

"아! 처음에 발견한 직원들은 다섯 발짝 정도라고 했거든. 그런데 나는 그보다 한참 더 걷고서야 문을 발견했어. 직원들의 착각이라고 생각했었는데, 그것도 맞는다면……."

"움직이는 출입문이군."

그렇다는 건 다음에 언제 또 그 문을 찾을 수 있을지 보장할 수 없다는 것. 아마도 그 특징 때문에 지금까지 발견되지 않았을 것이다. 다른 월직들이 답답함을 참지 못하고 다시금 갑1을 쳐다보았다.

"난 정말 모른다. 너희가 지금 나보다 더 기가 막히진 않을 거다."

"우선 퇴각했다가 매일 들여다보는 거로 하자. 언젠가는 돌아와 있겠지."

고개를 끄덕였지만, 네 명 모두 발길이 떨어지지 않았다. 바닥 깊숙이에서 뭔가가 그들의 발을 잡고 늘어지는 느낌이었다.

지하에서 벗어난 갑1이 제일 먼저 찾은 곳은 심오의 진료실이었다. 지금쯤이면 저승으로 돌아와 있을 거라고 예상했다. 심오가 보고 싶다거나, 용건이 있어서 찾아온 것은 아니었다. 다시 영원에게 가고 싶은 마음 때문이었다. 자기 사무실로 돌아가던 갑21도 함께였다. 노크를 했다. 이승에 나가 있던 진료실이 돌아와서 답을 들려주었다.

"들어와."

갑1이 문을 열고 들어갔다. 갑21도 따라서 들어갔다. 그녀는 온 김에 하소연이라도 할 참이었다. 갑1이 말했다.

"여태 이승에 있었나?"

"왜 또 왔어? 갑21 사자도 왔어?"

"갑25 오빠, 나도 오빠한테 정신 상담 좀 받아야 할까 봐. 요즘 미칠 것 같아."

"급하게 가더니, 정말 뭔 일이 있었구나. 아, 참! 이승 쪽으로 바로 나가도 되지? 거기 갑3 사자 있다."

둘이 고개를 끄덕이자 공간이 변하기 시작했다. 진료실은 곧 좁은 이승의 것이 되었다. 여기는 밤이었다. 그래서 대기실부터 병원 전체에 아무도 없었다. 세 사람은 갑3이 있는 대기실로 나왔다.

"법의관 오빠는 여기서 뭐 해?"

"쉿! 수면클리닉실에 나영원 자고 있다."

갑1은 즉시 영원의 기척을 감지했다. 갑3의 말대로 자고 있었다. 하지만 깊은 수면 상태는 아니었다. 갑3이 물었다.

"갑1 사자, 어떤 것 같아? 나영원 수면 상태."

"절반 정도는 깨어 있는 것 같다."

"그렇지? 하! 이건 아닌데……."

갑3은 심각해 보였다. 심오가 물었다.

"뭐가 안 좋아?"

"우린 대충 느끼는 거고, 수면 그래프가 더 정확해. 잠깐 확인해 본 거라 확정은 아닌데, 렘수면으로 못 들어가고 있어. 오래 자 주면 좋겠는데. 그런데 흥신소는 여기 웬일?"

"아, 글쎄, 오빠들, 내 말 좀 들어 봐."

갑21은 자신이 겪은 불가사의한 일을 설명했다. 갑1은 다시 들어도 지하의 나비는 생소했다. 다 듣고 난 갑3이 물었다.

"갑1 사자, 정말 모르는 일이냐?"

"그렇다니까. 나도 지금 뭐가 뭔지 모르겠다. 우리의 상징은 도용도 안 돼. 대체 내가 한 적이 없는데, 왜 나비가!"

심오가 갑21에게 재차 물었다.

"진짜 나비는 맞아? 어두웠다며?"

"맹세코 나비였어. 그래, 나비가 아니었다고 쳐. 그 정도 크기의 기억은 그럼 누가 추출해 낸 거지? 그리고 그리 큰 인간의 기억이 있을 수 있어? 크기는 용량이야. 인간의 기억은 그 정도의 용량이 안 돼."

심오가 곰곰이 생각하다가 말했다.

"갑21 사자, 우리에게도 소실된 기억이 있을 수 있다는 가정하에서 이거 알아봐. 아니, 갑1 사자를 포함하여 이승기피증 3인방에게 소실된 기억이 있다는 전제하에서 알아봐."

"무슨 말이야? 이 최강의 월직사자들한테 그런 일이 있을 리가 없잖아."

갑3이 말했다.

"나비는 갑1 사자다. 그가 누군가의 기억을 추출했다. 하지만 그는 그것을 기억하지 못한다. 여기서 출발해."

갑21이 이해가 안 된다는 듯이 인상을 구기고 갑1을 쳐다보았다. 그런데 정작 갑1은 반발하지 않았다. 병원 안이 정적에 휩싸였다. 갑21이 말했다.

"진짜 푸닥거리 한번 하자. 이건 아니다. 정말 아니야."

"깼다."

이렇게만 말한 뒤에 갑1이 사라졌다. 갑3도 따라서 사라졌다. 심오는 태블릿PC를 켜고 프로그램에 접속했다. 그리고 영원의 수면 그래프를 클릭했다.

"이건 잠을 잔 게 아니야. 렘수면기가 없어. 이 상태면 악몽은 안 꿨겠군."

그러면 다시 예약을 해야 한다. 영원에게 약속한 대로 30% 할인 적용도 해 줘야 할 것이다.

"괜히 할인해 준다고 그랬나?"

영원이 자다 깬 얼굴로 복도 안쪽에서 나오고 있었다. 그녀의 뒤를 갑1과 갑3이 나란히 따르고 있었다. 영원이 새빨간 머리의 여자를 발견하고 우뚝 멈춰 섰다. 갑21이 반갑게 손을 흔들었다.

"안녕? 드디어 직접 만나는구나."

"누구……."

"나도 저승사자."

"와! 여, 여자도 있었어요?"

갑21이 다가가서 자신의 명함을 내밀었다.

"남편이 바람피우는 것 같다, 그럼 바로 전화를 주세요. 완벽한 증거를 가져다 드리겠습니다. 안전하고 부유한 이혼, 저와 함께 첫 단추를 끼우십시오."

영원이 얼떨결에 명함을 받으면서 말했다.

"결혼하기도 전에 이혼 권유부터 받는 건가요?"

"함께 있어서 행복하지 않은 결혼은 서로의 영혼을 갉아먹지. 난 영혼을 구제해 주고 있어."

영원이 어리둥절하게 쳐다보자, 갑21이 호탕하게 웃음을 터뜨렸다.

"내 영업 방식이야. 긴장 풀어. 네가 미혼인 거 다 알고 있으니까. 심지어 여태 연애도 못 해 봤더군."

"에? 그걸 어떻게? 제 뒷조사했어요? 누가?"

"내가. 네가 무의 눈이라길래 내가 뒷조사 좀 해 봤어. 명함 봐라. 내 이승에서의 사무실이야. 이해되지?"

영원이 명함을 보았다. 심부름센터였다.

"떼인 돈 받을 일 있거나, 힘쓰는 일이 필요해도 의뢰해. 내 밑에 깍두기, 혹은 어깨들 몇 명 있거든."

이승에 한 명 더 있다는 저승사자가 이 여자구나. 굉장한 미인에 시원시원한 성격 같았다. 너무 예뻐서 영원의 시선은 자연스럽게 갑1에게로 갔다. 이런 여자가 옆에 있어서 인간 여자에게는 자애심만 발현되는 것일까? 심오가 말했다.

"영원 씨, 여기 대기실 의자에라도 좀 앉아. 거의 못 잤어."

영원이 의자에 앉으면서 말했다.

"세 시간은 잤다면서요? 전 평소에도 네 시간 정도 자요."

"아니, 이런 수면 질이면 못 버텨. 아무리 건강한 사람이라도 이런 수면이 한 달만 지속되면 각종 정신장애의 시초가 될 수도 있어."

"평소에는 좀 더 깊게 잘 때도 있어요. 그러면 악몽을 안 꿔서. 지금처럼 자야 악몽을 꿔요. 방금도 악몽 꾸다가 일어났거든요."

"악몽을 꿨다고? 전부 비렘수면기인데?"

보통의 악몽은 렘수면기에 나타나는 현상이다. 비렘수면기에도 꿈은 나타나지만, 이때는 대체로 현실적이다. 그리고 지난날의 기억을 정리하는 수준의 꿈에 지나지 않는다. 심오가 갑3을 쳐다보았다. 그의 표정도 썩 좋지 않았다. 심오의 태블릿PC가 그의 손으로 넘어갔다. 갑3도 그래프를 유심히 살피다가 인상을 더 구겼다.

"여기저기 이해할 수 없는 일들만 일어나는군. 평소의 악몽과 차이가 있었나?"

"평상시 악몽 꿀 때의 느낌과 같았어요. 그런데 오늘은 처음 꾸는 꿈이었어요. 보통은 예전에 꿨던 게 또 나타나거든요."

"꿈이 되풀이된다고?"

"네. 그래서 또 꾸는 꿈은 꿈속에서 다음에 어떤 장면이 나올지 미리 알아요. 오늘은 상대적으로 안 무서운 꿈이었어요. 그런데 신기한 건……."

영원이 네 명의 저승사자 중에서 갑1이 아닌, 갑3을 쳐다보았다. 그리고 말했다.

"꿈에 법의관님이 나왔어요."

3

　

"꿈에 법의관님이 나왔어요."

잠시 정적이 흘렀다. 갑3이 긴장된 목소리로 물었다.

"내가 왜 나와?"

"오늘 인상 깊었나 보죠, 뭐. 꿈에까지 나오는 걸 보면. 꿈에서 저는 계속 하얀 벽을 보고 있었어요."

네 명의 월직이 일제히 앉아 있는 영원을 에워싸고 섰다. 갑3이 다음 말을 재촉했다.

"나는 어떤 모습이지?"

"하얀 옷을 입고 있어요. 가슴을 덮는 앞치마도 하고 있고. 포마드를 발랐는지 머리카락을 쫙 붙이고요. 법의관님은 시크하게 휙 지나가요. 그런데 저는 안 보려고 애쓰는 것처럼 자꾸만 하얀 벽으로 고개를 돌려요. 꿈에서의 저는 계속 기침을 해요. 그러면 속에서부터 피가 나와서 손에 묻어요. 저는 그게 너무 무서워서…….”

영원이 고개를 들었다. 그녀만 의자에 앉아 있고 네 명은 전부 서 있었다. 그래서 그녀의 시선만 아래에서 위로 향하게 되었다. 원래도 큰 키들이지만 아래에서 올려다보는 그들은 까마득한 느낌이었다. 네 명 모두 새파랗게 질린 얼굴로 아무 말 없이 서로를 번갈아 보고 있었다.

아! 잠이 덜 깼나 보다. 또다시 꿈이 머릿속에서 번개처럼 지나갔다. 고개를 오른쪽으로 돌렸다. 붉은 머리의 여자 저승사자가 까마득한 높이에 있었다. 그런데 갑자기 병원 천장이 아닌, 회색의 하늘이 보였다. 거기에는 검은색 머리의 여자가 있었다. 허벅지까지 치렁치렁 내려오는 긴 곱슬머리의 여자. 검은색 철비늘의 갑옷을 입은 그녀는 너무도 유쾌하게 웃으며 걸어가고 있었다. 옆에 어린아이인 듯한 키 작은 영원을 데리고. 한 걸음 한 걸음이 위풍당당하고 즐거워 보였다.

까마득한 높이의 얼굴이었다. 키 작은 영원의 눈높이는 그녀의 허리밖에 되지 않았다. 곱슬거리는 머리가 걸을 때마다 바람에 날려 영원의 얼굴을 간지럽혔다. 작은 손으로 그녀의 머리카락을 잡았다. 너무도 부드러웠다. 실수로 잡아당겼지만, 그녀는 짜증 내지도 않고 도리어 고개를 숙여 영원에게 웃어주었다. 상냥했다. 그리고 그 웃는 얼굴은 소름 끼치도록 아름다웠다. 그녀가 영원을 사이에 두고 함께 걷는 옆의 남자를 장난스럽게 툭 때렸다.

영원이 왼쪽으로 고개를 돌렸다. 갑3이 심각한 얼굴로 서 있었다. 그런데 이번에도 회색 하늘이 보였다. 갑3이 있는 자리에는 긴 검은 머리를 뒤로 땋아서 묶고, 철비늘 갑옷을 입은 남자가 걷고 있었다. 그의 웃음도 유쾌했다. 그의 손이 영원의 정수리를 쓰다듬었다. 비록 싸늘한 손이지만, 따뜻한 마음이 들었다.

영원이 앞을 바라보았다. 심오가 서 있었다. 이번에도 병원 천장이 사라지고 회색 하늘이 보였다. 거기에 어떤 남자의 뒷모습이 나타났다. 똑같이 철비늘 갑옷을 입은 그는 틀어 올린 머리에 나뭇가지 두 개를 꽂고 있었다. 그도 간간이 뒤를 쳐다보며 웃었다. 힐끔 쳐다보는 모양새라 얼굴은 잘 보이지 않았다. 그래도 느껴졌다. 함께 걷고 있는 이들 세 명은 모두가 온화하고 평화롭다는 것을. 그래서 아주 작은 키의 영원도 이들 틈에서 함께 웃었다. 그들의 자애심 아래에서.

눈앞이 확 변했다. 회색 하늘도 없었고, 병원 대기실도 없었다. TV와 거실장이 있고, 열린 방문이 있고, 식탁이 있는 이곳은 영원의 집이었다. 그녀는 소파에 앉아 있었다. 옆에 누군가 있었다. 고개를 돌리기도 전에 그가 영원을 힘껏 끌어안았다. 갑1이었다. 그가 병원에서 여기로 공간 이동을 시켜 준 것이다. 갑1이 속삭였다.

"나는 어제 너와 함께 다니면서 조금 쓸쓸했다. 이렇게 너의 감촉을 느낄 수 없다는 것이. 마치 내가 존재하지 않는 진짜 환각 같았다."

영원의 정신이 돌아왔다. 갑1 외에는 아무것도 느껴지지 않았다.

"나도 너무 쓸쓸했어."

영원도 그의 등을 힘주어 끌어안았다. 여기가 현실임을 느끼고 싶었다.

"가야 한다. 중요한 일이다. 나영원! 현재를 살아야 한다. 절대 과거는 돌아보지 마."

갑1이 품 안에서 사라졌다. 영원은 아무것도 없는 텅 빈 공기를 끌어안듯 팔을 둥글게 해서 들고 있었다.

즉시 병원으로 돌아온 갑1에게 갑3이 소리쳤다.

"나영원은 전생을 기억하는 거야! 그녀가 꾸는 꿈들, 그거 악몽이 아니라 기억이라고!"

심오가 손을 들었다.

"진정해. 중요한 건 그게 아니야. 아, 물론 그것도 중요해. 그것보다 영원 씨, 악몽을 갑3 사자가 나오는 것만 꾸는 게 아니잖아. 악몽을 여러 종류로 다양하게 꾼다고."

갑1이 말했다.

"그 악몽들 전부……, 기억인 것 같다."

갑1에게서 암흑의 기운이 스멀스멀 뿜어져 나왔다. 분노였다. 갑21이 소리쳤다.

"전부 기억이라면, 이런 이치에 맞지 않는 환생이 처음이 아니었단 말이잖아!"

"그래. 매 전생마다 그녀가 겪었던 자신의 죽음에 대한 기억들, 그것이 악몽의 정체다."

갑1의 주변으로 암흑의 기운은 한층 짙어졌다.

기억보관소 내의 열람실에 갑2가 들어왔다. 담당 직원이 깍듯하게 인사를 한 뒤에 소파를 권했다. 그리고 스크랩북 두 권을 건네주었다. 비록 일부이긴 해도 이미 재판부로 급한 자료는 넘긴 상태였다. 진행 중인 재판을 중단시킨 사유서에 첨부한 거였다. 지금 이 스크랩북은 총정리된 최종 증거 자료였다. 곧 재개될 재판에 제시할 예정인 이것들은 영원의 부모 기억에서 영원 부분만 발췌한 것이었다.

갑2가 스크랩을 한 장씩 넘겼다. 어린아이의 사진 한 장에 내용이 적혀 있고, 또 사진 한 장에 내용이 적혀 있는 식이었다. 그 내용은 재판에 참고가 될 만한 선악에 초점이 맞춰져 있었다. 첫 장은 갓난아기 사진이었다. 영원이 처음 그녀의 엄마 눈에 들어왔을 때의 모습이었다.

"예쁜 아기구나."

"기억의 왜곡일 뿐입니다. 원래 갓 태어나면 원숭이같이 생겼어요. 어미의 눈에 비친 아기라 천사 같은 거죠."

"중요한 건 모습이 아니라, 진짜 태어났다는 거지."

"그렇죠. 부친 쪽도 똑같은 아기가 있으니 팩트가 된 겁니다."

갑2가 뒷장으로 페이지를 넘겼다. 그녀의 손은 계속 뒤로 가다가 마지막에 이르러서 멈춰졌다. 마지막 사진은 비행기 좌석에 앉아 엄마를 쳐다보는 어린이의 모습이었다. 갑2의 고개가 갸웃이 넘어갔다. 시선의 왼편에 앉은 어린 영혼이 낯설지가 않았다.

"이 장면 자세히 볼 수는 없나?"

"요즘은 동영상도 발췌해서 제출합니다. 이 장면도 준비되어 있습니다."

직원은 스크랩북과 함께 보내기 위해 봉투에 넣어 둔 USB를 꺼냈다. 그것을 태블릿에 꽂아서 파일을 찾았다. 그리고 갑2가 요청한 장면을 재생시켜 보여 주었다.

어린 영원이 누군가를 보면서 칭얼거렸다. 장시간의 비행에 짜증이 난 듯했다. 시선의 주인인 어미도 지친 듯했다. 그래도 앞 좌석 포켓에 꽂아 둔 물병을 꺼내 아이에게 먹였다. 착륙 준비를 알리는 안내 방송이 흘러나왔다. 영원을 사이에 두고 왼편에 앉아서 자고 있던 남편을 깨웠다. 그리고 영원을 보면서 곧 도착한다고, 조금만 더 참으라고 위로를 했다. 어린 영원이 애교스럽게 방긋 웃었다.

"잠깐!"

"네?"

"방금 아이가 웃는 얼굴에서 정지해 줘."

직원이 화면을 뒤로 돌려서 조금 전 영원이 웃는 장면을 다시 보여 주었다. 갑2가 그 얼굴에서 눈을 떼지 않았다.

"이때가 7살이라고 했지?"

"예."

영상은 다시 재생되었다. 착륙하던 기체가 심하게 흔들리기 시작했다. 비행기 안은 순식간에 아비규환으로 변했다. 어린 영원이 비명을 지르며 울음을 터뜨렸다. 그리고 마지막 순간, 어미가 온몸으로 아이를 감쌌다. 그리고 그 위로 아비의 몸이 덮였다.

"이래서 아이가 살아남았구나. 부모가 2중으로 감싸 줘서. 사고사에서는 이런 경우가 흔하지. 매번 아이만 살아남아. 어린 몸이 부드러워서가 아니야. 부모가 감싸고 대신 죽는 경우가 많아서야. 살아남은 아이가 죄의식 속에서 살아가더라도. 이런데 무자식이라니. 이토록이나 사랑했는데. 이런데도 환각이라니. 이만큼이나 사랑받았는데……."

영원은 작업실 책상에 멍하니 앉아 있었다. 알 수 없는 감정이 떨어져 나가지를 않았다. 오늘 새로 꾼 꿈은 머릿속에 남아 있지 않았다. 병원 대기실에서 봤던 갑옷 입은 세 사람의 강렬함에 덮여 버렸다.

"정신 차리자! 일하자!"

영원은 제 머리를 때리며 스프링 연습장을 잡았다. 웹툰 콘티집이었다.

"아무래도 내가 다음 스토리를 사극으로 하고 싶은가 보다. 이거 나도 모르는 사이에 스토리 구상이 되고 있는 중인가?"

절로 고개가 끄덕여졌다. 그렇지 않다면 설명할 수 없는 현상이었다. 문화재 자료집에서 봤던 걸 참고하면 꿈속의 갑옷은 신라 시대 스타일 같았다.

"보통 내가 강제로 개입하지 않아도 저절로 굴러가는 스토리가 대박 나는데. 이 사극, 설정부터 막 굴러가는 건가? 캐릭터, 캐릭터……. 메모해 두자."

눈을 돌리는데 《예지몽 해석법》이 시야에 들어왔다. 그러고 보면 수면클리닉실의 꿈에서 피를 보았다. 이 책에 따르면 피는 길몽으로 해석했다.

"기침하면서 피를 토한 거니까……, 잠깐! 설마 폐병?"

영원은 책을 집어 들고 이전에 보았던 질병 카테고리를 찾았다. 그리고 해당 페이지를 펼쳤다. 저번에 나병과 함께 체크가 되어 있던 폐병을 찾았다. 이정희의 꿈과 겹쳐지지 않은 것이 아니었다. 지금까지 영원이 이 꿈을 안 꾸고 있었던 거였다. 잠시 망연자실해 있던 영원이 책의 제일 앞부분을 펼쳤다. 그리고 처음부터 차례대로 한 장 한 장 꼼꼼하게 연필 자국을 찾기 시작했다.

딩동.

영원이 책에서 고개를 들었다. 아주 오랫동안 책을 훑은 것 같았다. 이정희는 영원이 꾼 적 없는 것들에도 많은 체크를 해 두었다. 그래서 영원은 그 부분들도 노트에 따로 꼼꼼하게 옮겨 적었다. 새로운 꿈을 꾸게 되면 찾아보기 쉽도록 정리한 거였다. 이정희의 꿈 중에 영원이 안 꾼 것은 아직 많았지만, 영원의 꿈 중에 나비와 신체 절단, 혹은 토막 살해, 아니면 이와 똑같지는 않더라도 유사한 내용에 체크가 된 것은 없었다.

딩동.

"아! 초인종."

영원은 거실을 지나는 동안에도 책 내용을 계속 생각하는 중이었다. 어제는 놀이공원에 나갈 때만 현관을 이용하고 나머지는 공간 이동으로 드나들었다. 피자 배달원의 방문이 있긴 했지만, 저승사자들과 함께여서 그랬는지 걸쇠는 걸어 두지 않았다. 피자가 떠오르는 걸 보고 깜박한 것이다.

현관문을 열었다. 현관문 너머에 촌스러운 여자가 방긋이 웃고 있었다. 딴에는 잔뜩 멋을 부린 듯했다. 유독 앞머리를 인위적으로 봉긋하게 말고, 어깨 부분이 커다란 청재킷을 입었다. 영원이 말했다.

"어서 와, 정미야."

"예. 네? 작가님, 방금 뭐라고……."

현관문을 들어오던 여자가 민아로 바뀌었다. 앞머리는 자연스럽게 옆으로 젖히고, 슬림한 청재킷을 입은 민아였다.

"아, 방금 뭐라고 했지? 아니야. 들어와."

민아가 들어오고 영원은 고개를 갸웃거리면서 걸쇠를 걸었다. 민아가 작업실로 들어가면서 말했다.

"작가님, 방금 '정미야.'라고 부르시지 않았어요?"

그랬던 것 같다. 그 이름이 왜 튀어나온 거지? 아는 사람 중에 그런 이름은 없었다. 민아가 계속 말했다.

"저 대답했잖아요. 우리 외할머니도 한 번씩 저한테 그렇게 부르셨거든요. 그래서 얼떨결에, 하하하. 우리 어머니 성함이 이정미거든요."

거실로 들어서던 영원의 걸음이 우뚝 멈췄다. 작업실에 가방을 놓고 다시 나오는 민아가 조금 전의 그 정미로 보였다. 그녀가 영원에게 말하면서 지나갔다.

"언니! 나 친구 집에서 자고 올 테니까 엄마한테 대신 말해 줘."

"정식으로 허락받고 나가!"

"미리 말하면 안 된다고 할 게 뻔하단 말이야. 다녀와서 야단 맞을게."

도망가는 정미의 등이 냉장고에서 물을 꺼내는 민아의 등으로 바뀌었다. 민아가 영원의 눈치를 살피면서 물었다.

"어제 재미있으셨어요?"

"어? 어, 응."

민아는 물을 마시다가 쌓여 있는 피자 박스를 발견했다. 결코 남녀 한 쌍이 먹은 양이 아니었다. 어제 심오와 데이트를 다녀올 거라고 예상했던 민아의 머리가 복잡해졌다.

"민아야."

민아가 영원의 뒷말을 기다렸다. 영원은 한참 동안 망설이다가 겨우 말을 꺼냈다.

"너희 어머니 성함이 이정미라면, 이정희라는 이름은 모르신 다니? 뭔가 비슷한 이름인데."

민아는 잠시 생각하다가 작업실에서 스마트폰을 가지고 나왔다. 그리고 전화를 했다.

"엄마. 어, 어. 전화 연결되자마자 잔소리는. 그 얘기는 집에 가서 하고, 하나만 물어볼게. 엄마 혹시 이정희라는 이름…….
아, 왜! 말도 꺼내기 전에 왜 고함부터 지르는데! 누군지 물어
보지도 못해? ……어디서 보긴, 재활용 폐지로 내놓은 책에 이
름이 쓰여 있어서 봤지. ……아, 왜 또. 이번에는 왜 울고 그래.
……뭐? 아, 잠깐."

민아가 갑자기 작업실 구석으로 몸을 숨기고 한참 동안 통
화를 했다. 그리고 전화를 끊고 영원 앞에 다시 섰다. 그러고도
입이 떨어지지 않는지 머뭇거렸다.

"이정희, 아는 이름이래?"

"그러니까……, 우리 엄마의 언니래요. 친언니."

"이모 성함 몰랐어?"

"계셨는지도 몰랐어요. 방금 엄마 말씀으로는 옛날에 행방불
명됐대요. 말하는 것만으로도 서로 상처가 돼서 입 밖에도 안
낸 거라고……. 지금 우리 엄마 심하게 우세요. 아무래도 말 잘
못 꺼낸 것 같은데……."

"미안한데, 더 자세하게 여쭤볼 수 없을까?"

"그러면 안 될 것 같아요. 우리 엄마도 좀 심하게 히스테릭하
시거든요. 지금 핵심 스위치를 누른 것 같아서. 으, 집에 들어
가기 싫다. 아! 그 책 혹시 기분 나쁘시면……."

"아니야! 괜찮아. 난 그 책이 좋아. 상관없어."

궁금했다. 당장 어떻게 알아보지? 뒷조사라도 하면……. 심
부름센터! 영원은 오늘 새벽에 만났던 붉은 머리의 저승사자를
떠올렸다. 명함을 받은 것도 기억났다.

"그거 어디 뒀지? 안 가지고 왔⋯⋯."

영원이 소파 아래에 떨어져 있는 종잇조각을 발견했다. 그 명함이었다. 얼른 주워서 확인했다. 개인 휴대폰 번호는 없었다. 대신 사무실 유선 전화는 있었다. 식탁에 있던 스마트폰으로 전화부터 했다. 오늘은 일요일이지만 이런 데는 반드시 쉰다는 보장이 없으니까. 신호가 갔다. 걸쭉한 목소리가 전화를 받았다.

— 열과 성을 다하는 심부름센터입니다. 무엇을 도와 드릴까요?

"거기 사, 사장님과 통화하고 싶은데요. 개인적으로 알고 있는데⋯⋯."

— 오늘 출근 안 하셨습니다. 개인적으로 알면 휴대폰으로 해 보시죠.

"아, 네. 그럼 수고⋯⋯."

통화가 끊겼다. 영원은 잠시 고민하다가 심오의 폰으로 전화를 걸었다. 그러면 알고 있을 것이다. 하지만 폰이 꺼져 있거나 연결이 되지 않는 곳에 있다는 안내 멘트만 들었다. 다음으로 갑3에게도 전화를 했다. 심오와 똑같은 안내 멘트가 나왔다. 오늘 새벽에 네 명이 모여 있더니 회식이라도 했나? 아니면 저승사자는 일요일이 휴무인가? 다시 고민하던 영원이 먼저 작업실에 가 있던 민아에게 말했다.

"민아야, 네 외가댁에 가 볼 수 있어? 경민이 오면 바로."

"왜요?"

"어? 아! 자료가 필요해서."

"무슨 자료요?"

"아니, 그냥 확인해 볼 것도 있고. 안 될까?"

"전 상관없어요. 근데 가 봤자 별거 없어요. 집 판다고 내놔서 집 안에 아무것도 없거든요."

"아! 할머니 요양원 가셨다고 그랬지, 참."

"네. 집 팔아서 병원비 보탤 거라고 들었어요."

"그럼 혹시, 할머니 그 병도 그 일이 원인 아니니?"

"그럴까요? 저도 그럴 것 같은데, 확답은 못 드리겠어요. 저도 지금 안 게 전부라서. 뭔가 우리 가족의 흑역사를 들춘 기분이에요. 좀 찜찜하네."

"미안하다. 내가 괜히 쓸데없는 게 궁금해져서."

"아뇨. 덕분에 엄마와 외가댁의 문제들이 이해가 되는 것 같아요. 전 그냥 싫기만 했거든요. 작은 일에도 심하게 감정이 폭발하고, 분위기도 우울하고. 성격 문제라고 생각했는데, 딸이, 언니가 죽었는지 살았는지도 모른 채 어느 날 갑자기 사라져 버리면……"

민아의 눈에 눈물이 맺혔다.

"아, 쪽팔려. 우리 엄마 감정에 동화됐나 봐."

'정미야……'

초인종이 울렸다. 경민이었다. 영원은 얼른 민아에게서 등을 돌려 섰다. 그리고 그녀의 눈에도 맺혔던 눈물을 찍어 냈다. 아무래도 진짜 신기가 있는 모양이다. 무의 눈이라더니. 그게 이런 식으로 보이는가 보다고 영원은 생각했다. 어떤 의미로는 신기한 경험이었다.

저승의 진료실에 갑1을 비롯하여 갑3과 심오, 갑21이 소파에 앉아 있었다. 아무도 말이 없었다. 한 명이 말을 꺼내려다가 머리가 정리되지 않아서 입을 다물고, 또 말을 꺼내려다가 관두기를 반복하고 있었다. 그런데 갑자기 노크도 없이 진료실 문이 벌컥 열렸다. 갑2였다. 뜬금없는 출현이 아닐 수 없었다. 이곳으로 오라고 애원해도 한사코 피하던 그녀가 아닌가. 갑2는 곧장 소파에 앉은 심오에게 바짝 다가가서 한 손으로 그의 목을 쥐었다.

"날 고쳐!"

심오가 어처구니없다는 표정을 했다.

"갑자기 이건 또 뭔 짓이지? 사자청의 월직들은 어째서 하나같이 협박조인 걸까?"

"고쳐! 당장!"

심오 옆에 앉아 있던 갑3이 말했다.

"그게 뚝딱 고쳐질 거였으면 내가 150년 동안 이승을 떠돌지도 않았다."

"넌 돌대가리고, 이 녀석은 브레인이라서 차출된 거라며!"

"돌대……, 야!"

갑3이 심오에게 갑2를 손가락으로 가리키면서 말했다.

"난 이 녀석 조력자는 절대 안 한다."

"이 단순무식한 사자청 놈들, 제발 나가서 싸워라. 머리 터질 것 같은 이 비상 상황에서 그러고 싶어? 갑2 사자! 넌 갑자기 왜 이러는 거지? 이유나 듣자."

"이승에 나가야겠다."

"이승기피증은?"

"그러니까 고쳐 달라잖아."

"아, 아. 그래, 이 부분은 나중에 다시 대화하고, 이승에 갑자기 나가야겠다고 생각한 이유는?"

"나영원, 그 영혼을 만나 봐야겠다."

갑1의 짙은 눈썹이 꿈틀했다. 그의 눈동자가 갑2에게로 움직였다.

"왜?"

"모르겠다. 몰라서 만나 봐야겠다. 만나면 왜 만나고 싶은지 알 것 같아서."

갑21이 어깨를 으쓱하면서 갑3에게 물었다.

"이게 대체 무슨 말이야? 암호야?"

"나도 모르는 암호다. 만나야겠는데, 왜 만나고 싶은지는 만나면 알 수 있다? 문법부터가 틀려먹었어. 우리 저승도 국어는 필수 과목으로 가르치는 법규를 만들든가 해야지, 원. 나도 국어, 문학만 아니었으면 대학 입시 7년으로 단축할 수 있었다."

"갑3 사자, 입 닥쳐! 갑25 사자, 고칠 수 없는 건가?"

"우선 내 목을 조르고 있는 네 손부터 치우자."

갑2가 머쓱해져서 손을 치웠다.

"미안하다. 마음이 급했어."

"갑자기 왜 마음이 급해졌지? 뭐, 그래도 의욕이 생긴 건 아주 고무적이야. 제대로 진료 예약하고 다시 와. 아니다. 바쁘지 않으면 지금 여기에 있어라. 여긴 이승과 가장 가까운 곳이니까! 마침 우리도 회의 중……이 아니라 멘붕 중이거든."

갑2가 불안한 기색을 나타내기 시작했다. 그래도 참아야겠다는 의지가 생겼는지 저번처럼 폭주하지는 않았다. 저번이 예방주사는 된 셈이다. 하지만 이승의 문에서 등은 돌리고 섰다. 거부하는 심리가 반영되었다.

"그런데 무슨 일로 이렇게 모여 있어?"

갑21이 말했다.

"하! 그놈의 나영원! 또 그 영혼 문제. 갑2 언니! 우리 진짜 푸닥거리하자. 비용은 내가 다 댈게. 나 진짜 머리 터질 것 같아."

갑2가 흥미를 드러냈다. 이전에도 무관심한 건 아니었지만, 이번은 공적보다는 사적인 관심이었다. 그녀가 소파 쪽을 보면서 책상에 걸터앉았다. 이승의 문을 의식하지 않았다. 이 모습을 심오도 흥미롭게 보았다. 아주 작은 차도가 보이는 듯했다.

"이전에 말한 거 아직도 진행이 안 되는 거야?"

"거기에 문제가 더 보태졌어. 갑2 언니, 세상에, 나영원이 환생을 지속적으로 거듭하고 있는 것 같아. 이번이 처음이 아니었어."

"뭐? 어떻게 그런 일이 있을 수 있어? 몇 번이나? 주기는?"

"아직 전부 미상. 기억이 있는 거로 봐서 다른 전생 때도 저승에는 안 들어왔던 것 같고."

"기억 있는 상태에서 환생? 못 견딜 텐데. 그 영혼 정상이야?"

갑3이 대답했다.

"그런 것치고는 멀쩡한 편이라고 해야겠다. 저승에 전생의 기억을 놓고 가야 현생의 삶을 정상으로 살 수 있으니까."

"영원 씨와 꿈에 대해 좀 더 심도 있게 대화를 해 볼 참이야. 그러면 뭐라도 건지겠지."

심오의 말을 이어서 갑3이 말했다.

"신체 절단 꿈을 꾼다고 그랬지? 난 왜 그게 이렇게 신경 쓰이지?"

"어떤 점이?"

"나영원의 공포 지수 말이야. 신체 절단이 최고로 높다며? 인간의 기억은 최근일수록, 강렬할수록 더 오래 저장되잖아. 공포 단계가 전생 순서를 어느 정도 반영하고 있지 않을까?"

"고작 99년 정도 전의 김분이 전생은 여태 꾼 적도 없다잖아."

"그게 핵심이야! 김분이는 병사였다. 사고나 살해보다 덜 강렬하지. 보통 노사나 병사는 시직들 담당이야. 그만큼 죽음을 대비하고 마음의 준비를 할 단계를 이승에서 거쳐서 충격도 덜하고. 그래서 그런 죽음을 겪은 영혼의 기억은 보다 빨리 소멸해. 김분이는 다른 전생들보다 덜 강렬했던 거야. 그것도 그나마 나를 본 기억과 겹치는 바람에 떠올랐다고 봐도 되지. 나영원의 노출 단계에서 교통사고와 관련된 걸 제외하고 순서를 만들어야 해. 1단계 턱걸이, 2단계 잠수, 3단계 불, 4단계 신체 절단, 이렇게 우선 정리는 돼. 이보다 공포 단계가 아래인 죽음이 분명 더 있을 거다."

갑2가 대단하다는 듯이 웃으며 갑3에게 말했다.

"너 돌대가리 아니었구나."

"나 의대 간 남자야. 국어, 윤리, 국사만 아니었으면 10년을 대입으로 고생할 일도 없었다. 이과인데 이런 과목까지 만점 가까이 받아야만 의대에 갈 수 있다는 게 나영원 일보다 더 말이 안 되는 거였다."

심오가 말했다.

"쓸데없는 잡담은 접어라. 영원 씨는 시체를 보는 꿈과 시체가 되는 꿈을 꾼다고 했다. 시체를 보는 꿈은 현생의 것이라 치고 제외하면, 시체가 되는 꿈이 전생들. 그럼 갑3의 도출이 맞을 것 같다. 불에 타서 죽는 꿈은 확실해. 그 꿈을 꿀 때 내가 봤거든. 그 공포는 분명 경험이었어. 턱걸이는 목 졸려 죽었다고 봐도 되겠고, 잠수는 물에 빠져 죽었던 것 같고, 신체 절단은……."

갑21이 말했다.

"아니야. 그럼 정상적인 현생을 살 수가 없어. 다들 알잖아. 잔인하게 죽은 영혼들이 저승에 와서 제일 먼저 뭘 하는지. 치료야. 기억을 추출해도 영혼은 쉽게 치료가 되지 않아. 불에 타서 죽는 건 그중에서도 완전 최상이야. 그런데 그 기억까지 가지고 지금의 삶을 살아가고 있다고?"

모든 영혼에는 지옥 불에 대한 공포가 내재되어 있다. 여기에 죄질이 가장 나쁜 영혼이 들어가기 때문이다. 인간이 만든 지옥 단계에서 불에 끊임없이 달궈지는 지옥이 가장 상위인 이유도 여기에 있었다. 인간이 느끼는 공포 중에 불이 가장 높기에.

"그래. 나영원은 보통 강한 영혼이 아닌 거지."

갑3의 말이었다. 이에 갑2가 말을 덧붙였다.

"그렇다면 악귀의 시간도 버텨 낼 수 있었겠군, 충분히."

"하! 말도 안 돼. 어떻게 이렇게 잔인한 일이……. 가엾은 것. 지금 당장 이승에 가서 나영원을 안아 주고 싶다."

"저승사자가 안아 줘 봤자 치유가 되겠나? 서늘하기만 하지."

"갑3 오빠 말을 해도 참. 내 감정이 그렇다는 거야."

갑3이 말했다.

"갑21 사자 말대로 불에 타서 죽는 게 최상이다. 그렇다면 신체 절단보다 등급이 위여야 하는데, 아니라는 건 신체 절단이 보다 최근 전생이란 뜻이 되겠지."

"신체 절단도 공포 면에선 절대 뒤지지 않는데. 교사나 익사도 마찬가지고."

심오가 말했다.

"내가 꿈에 대해 좀 더 자세하게 물어보마. 영원 씨한테서 자세한 이야기는 못 들었지만, 갑3 사자를 기억하는 디테일을 보면 보다 많은 것을 기억하고 있을 거다. 이건 나한테 맡겨. 그러면 주기 정도는 유추할 수 있을 거다."

"김분이는 최근일 확률이 높으니까 그 정도 기억하는 거로 봐야지. 나머지는 강렬한 죽는 순간만 기억하고 디테일까지는 기억 못 할 거다."

"그럴까?"

심오가 갑1을 쳐다보았다. 그는 지금까지 아무 말도 안 하고 있었다. 그렇다고 예전처럼 텅 빈 눈빛으로 있는 건 아니었다. 어느 때보다 뚜렷한 눈빛이었다.

"갑1 사자, 듣고 있어?"

"듣고 있다. 화가 치밀어서 참을 수가 없는 것뿐이다."

마음이 아파서 견딜 수가 없는 것뿐이다.

"언제부터 시작된 걸까? 이 잔인한 윤회가……."

4

"나는 이승으로 나가 봐야겠다. 영원을 보고 싶다."

갑1이 일어섰다. 그러자 갑21도 따라서 일어섰다.

"나도 같이 가! 나도 가서 안아 주⋯⋯."

"싫다!"

"귀찮아하지 말고. 물론 공간 이동 시에 조금 귀찮긴 하겠지만⋯⋯."

갑2는 둘이서 조율하게 두고 심오에게 말했다.

"언제 진료받으러 올까? 난 빠를수록 좋아."

"오늘은 일직들 상담 밀린 거 해 줘야 하니까, 내일이라도 와라."

"알았다."

갑2가 저승의 문을 열려고 할 때였다. 갑자기 공간이 변하기 시작했다.

"뭐, 뭐야!"

갑2가 문을 강제로 열려고 했지만, 오히려 문손잡이마저 사라졌다.

"갑25 사자! 멈춰! 난 아직 이승에 갈 준비가 안 됐단 말이야!"

"내가 하는 거 아니야! 누구야! 그만둬! 갑2 사자는 아직 치료가 안 됐어!"

순간, 공간은 다시 저승으로 돌아왔다. 갑2가 저승의 문을 열었다. 그리고 문밖으로 뛰쳐나갔다.

진료실에 남은 네 명은 어안이 벙벙하여 서로를 쳐다보았다. 심오가 진료실을 이승으로 이동시켰다. 아무 이상 없이 이동되었다. 심오가 말했다.

"방금 영원 씨 때와 같은 일이 벌어질 뻔한 거다."

갑21이 말했다.

"이거 시스템 오류 아니야. 삼도천 짓이야. 삼도천이 갑2 언니를 강제로 이승으로 데려오려고 했다고."

"삼도천, 이게 진짜 미쳤나. 대체 무슨 생각이야!"

갑3이 소리쳐도 삼도천은 입이 없어서인지 답이 없었다. 갑21이 옆을 보았다. 어느새 갑1이 사라지고 없었다.

"갑1 오빠 혼자 나영원한테 간 거야? 나 좀 데리고 가랬더니, 쳇!"

통화권 이탈 지역에 가 있는 동안 심오와 갑3의 폰에 도착해 있던 각종 알림음이 울리기 시작했다. 심오가 폰에서 영원의 번호를 발견했다.

"어? 영원 씨가 전화했었나 보다."

이어서 갑3도 말했다.

"나한테도 와 있는데? 무슨 일 있는 거 아니야?"

갑자기 갑1이 다시 나타났다.

"나영원 없다. 집에 남자 한 명밖에 없어."

심오가 다급하게 영원에게 전화를 했다. 통화가 연결되는 소리가 들리기 무섭게 갑1이 스마트폰을 가로채 갔다.

"영원?"

— 어? 가빌 목소리다.

"어디냐? 왜 집에 없지?"

— 나 잠깐 일이 있어서 나왔어.

"위치를 알려 줘. 내가 바로 가마."

— 나 지금 어시와 함께 있어서 좀…….

"무체화로 가마."

— 왜? 급한 일이야?

"당장 가서 널 안아 주고 싶다. 물론 치유도 안 되고, 서늘하 겠지만……."

"갑1 오빠! 내가 하려던 걸 가로채는 게 어딨어."

심오가 폰을 빼앗아 들었다.

"내 용건이 더 급하다! 영원 씨, 부재중 전화 들어와 있어서 전화한 거야."

— 아! 심부름센터 사장님 연락처 좀 여쭤보려고요.

갑21이 의기양양하게 폰을 향해 손을 내밀었다.

"읍쓰! 결국 나를 찾은 거였군. 나영원, 나야."

─ 같이 계셨어요?

"회의 중이었어. 날 왜 찾았지?"

─ 의뢰할 일이 있어서요. 심부름센터라면 가능할 것도 같아서…….

"내 폰 번호 보내 줄게. 오늘 집에 들어가거든 전화해. 바로 갈 테니까. 나영원은 내가 특별히 방문 서비스 해 준다. 걱정 마. 방문 서비스 비용은 빼고 청구해 줄게."

─ 하하하, 네.

갑3이 전화를 가져갔다.

"나한테 전화한 용건은?"

─ 아! 이번엔 법의관님이시구나. 원장님이 전화를 안 받으셔서.

"흥신소에 의뢰할 일이 급한 거였나 보군. 여기저기 폰 번호 묻기 위해 전화 돌린 거 보면."

─ 네, 좀…….

"그렇다면 나도 같이 방문해 주마. 고마워할 것 없다. 순수하게 내 호기심으로 움직이는 것이니."

갑3이 일방적으로 전화를 끊었다. 그러자 갑1의 분노가 치솟았다.

"왜 끊어!"

"할 말 다 끝났으니까. 우린 연락 올 때까지 이승에 있어야겠다.”

심오가 말했다.

“난 저승으로 돌아가 봐야 돼. 일직들 예약이 밀렸거든.”

“그럼 나와 법의관 오빠만 여기 남으면 되겠다.”

“나도.”

“어, 그래. 갑1 오빠도. 근데 오빠는 용건 없잖아. 나영원은 내가 안아 줄게.”

갑1은 더 이상 대꾸하기 귀찮다는 듯이 고개를 돌렸다. 심오가 말했다.

“너희들끼리 가는 건 좋은데, 영원 씨는 내 환자다. 전생의 기억들에 비하면 멀쩡하다는 것뿐, 정신장애는 있어. 그러니 제발 얌전하게 굴어!”

갑21이 단호하게 대답했다.

“맡겨 둬!”

“그럼 내려. 난 저승으로 돌아갈 거니까.”

갑21이 갑3에게 물었다.

“우린 어디 가 있지? 내 사무실?”

“귀찮게. 여기 병원에서 놀다가 연락 오면 가지, 뭐. 난 이런 데가 편해.”

심오는 세 명의 월직을 번갈아 쳐다보았다.

“아……, 이 조합은 안 보내고 싶다, 진심.”

세 명이 한꺼번에 진료실을 나갔다. 심오가 홀로 저승으로 돌아가면서 중얼거렸다.

"영원 씨, 미리 미안. 다음에 병원비 한 번 무상으로 해 줄게."

영원은 끊어진 통화가 황당하여 스마트폰만 물끄러미 내려다보았다. 어떤 부분에서 고맙다는 생각이 들어야 되는 건지와 닿지 않아서였다. 폰을 가방에 넣으면서 생각했다. 갑1이 당장 안아 주고 싶다고 하지 않았나? 그런 말을 들으면 심장부터 뛰어야 하는데 그러지 않았다. 뭔가 대단한 자애심이 발현될 만한 일이라도 발생했으려니 싶었다. 인간과 저승사자의 대화가 이렇게나 어렵다니.

"작가님! 열쇠 빌려 왔어요."

민아가 공인중개사 사무소에 맡겨 놨던 열쇠를 빌려서 나왔다. 민아를 따라서 외갓집으로 가는 동네를 지났다. 영원의 눈에 거리와 집들이 흘러갔다. 어딘지 익숙한 느낌이었다. 그런데 멀찌감치 따라오는 남자가 있었다. 벙거지 모자를 푹 눌러쓴 남자는 민아를 보고 있었다. 공인중개사 사무소에서부터 민아를 몰래 따라온 것이다. 민아와 영원이 모퉁이를 돌자 그는 얼른 몸을 숨겼다. 그런데 그의 시선이 민아에게서 잠깐 얼굴이 보인 영원으로 옮겨 가더니 갑자기 스마트폰을 꺼냈다. 손목뼈 아래에 작은 흉터가 있는 주름진 손이었다. 그는 폰 카메라로 최대 줌을 당겨 사진을 찍으려다가, 멀어서 포커스가 잘맞춰지지 않자 짜증을 내더니 다른 길로 가 버렸다.

영원은 낯설지만 낯설지 않은 길을 따라 민아의 외갓집에 도착했다. 민아가 열쇠로 대문을 열면서 말했다.

"여기도 재개발이 될 거라서 이 집도 곧 팔린대요. 우린 더 보유하기 힘들어서 포기하는 거고요. 재개발이 된다고 해도 어느 세월에 되겠냐 싶고, 할머니 병원비가 더 시급하기도 하고, 그런가 봐요."

대문이 열렸다. 2층 주택이었다. 마당으로 들어서는 영원의 머릿속에서 파마머리의 중년 여인이 지나가면서 소리쳤다.

"왜 이제 와! 일찍 좀 다녀. 정미야! 네 언니 왔다. 밥상 다시 차려."

고개를 힘껏 저었다. 다시 눈을 떠 보니 아무도 없었다. 집은 황량했다. 아무도 살지 않는다고 해도 망가진 곳은 없었다. 그런데 집이 너무 익숙했다. 눈으로 보는 모습보다는 피부로 느끼는 모습이 익숙했다.

"여기 리모델링 언제 했어?"

"제가 중학생 때였으니까 대충 10년은 된 것 같아요."

"여기 지하는 창고였는데."

"맞아요! 어떻게 아셨어요? 지금은 다용도실로 바꿨거든요."

"이런 옛날 집은 대부분 비슷했으니까."

그래서 익숙한 느낌이겠지? 그런데 태어나서 지금까지 영원의 주거지는 단 한 번도 아파트가 아닌 적이 없었다. 이런 집에 익숙할 수 없었다. 현관문을 열쇠로 열고 집 안으로 들어갔다. 여기는 더 익숙했다. 제일 안쪽이 안방이고, 현관문 쪽이 화장실, 그리고 이쪽……. 영원이 끌리는 방으로 가서 문을 열었다. 다른 공간보다 유독 오래된 방 같았다. 텅 비어 있었지만, 그녀의 머릿속에는 가구들이 보였다. 창문을 오른편에 두고 책상이 있었다. 그리고 그 뒤로 침대가 있었다. 침대에서 아래쪽 벽에 옷장과 높은 책장이 나란히 있었다. 방이 좁아서 책장 한 칸을 비워 거울을 놓고 화장대로 사용했다.

"작가님, 여기가 언제나 잠겨 있던 방이에요. 여기서 예지몽 책도 나왔고요. 아마도 이정희라는 이모 방이었던 것 같네요."

"가구는 언제 치웠어?"

"이번에요. 리모델링하면서도 이 방은 안 건드렸다고 했으니까. 책상이랑 몇 가지 있었는데, 낡아서 전부 버렸어요. 옷도 전부요."

영원이 손가락으로 가리키면서 말했다.

"저기가 침대, 조기가 책상, 요기가 옷장, 여기가 책장이었니?"

"네, 그랬던 것 같아요. 어떻게 아셨어요?"

영원이 당황하여 아무 말이나 거짓말을 했다.

"바닥에 자국이 남아 있어서 추측해 봤어."

"설마 작가님 다음 작품이 명탐정 코난 쪽인가요? 하하하."

"추리 장르는 시체 그리는 게 끔찍해서 못 해. 그런데 이 방 주인은 왜 행방불명되셨을까?"

"모르죠. 섬뜩하지만 돌아가셨을 확률이 높지 않을까요? 시신을 못 찾으면 행불 처리되니까."

"언제 행방불명되셨지?"

"저도 진짜 궁금해서 미칠 것 같거든요. 그런데 못 물어보겠어요. 우리 엄마 완전 감정 폭발이라. 적어도 제 기억에는 없어요. 아주 어릴 때부터 할머니 상태는 이상했거든요. 근래에 엄청 심해지셨지만. 그러면 적어도 20년은 훨씬 지났다는 거겠죠."

영원이 방을 나왔다. 그리고 여러 군데를 더 돌아보았다.

"예지몽 책 말고 다른 것도 좀 있으면 좋았을 텐데. 진짜 아무것도 없구나."

"헛걸음하신 건가요? 그렇게 오래된 책들은 헌책방 같은 데 가면 구할 수 있지 않을까요?"

"그분 책에 체크가 되어 있는 게 많아서 그래."

"그래요? 난 그런 부분은 못 봤어요. 나비만 찾아봤던 거라."

"나비에는 체크가 없으니 못 봤을 수밖에. 그래서 좀 더 있나 해서……."

영원은 이정희의 기억이 자꾸 보이는 것만 같은 이유를 생각했다. 그녀의 행방불명과 관련하여 원통함을 풀어 달라는 것일까? 그렇다면 왜 눈앞에 모습을 보이지는 않는 걸까? 무의 눈이라 유령도 보이는데. 마치 이정희의 눈을 통해 보는 듯한 장면들뿐이었다. 그녀의 책에서 겹치는 꿈들도 이해가 되지 않는 부분이었다.

"이만 된 것 같다. 돌아가자, 민아야."

영원과 민아가 현관문을 나와서 문을 잠갔다. 그리고 대문을 나와서도 열쇠로 잠갔다. 민아가 열쇠로 잠그는 동안 영원은 집 앞을 둘러보았다. 그런 그녀를 꽤 멀리 떨어진 3층 옥탑에서 망원경으로 지켜보는 시선이 있었다. 벙거지 모자를 쓰고 있던 남자였다. 그는 망원렌즈가 부착된 카메라로 영원을 찍었다.

민아와 함께 시야에서 사라질 때까지 그의 셔터는 멈추지 않았다. 그의 옆에는 낚시 도구들이 내팽개쳐져 있었다.

벙거지 모자의 남자가 옥탑방으로 들어갔다. 벽 한 면 귀퉁이에 민아의 사진들이 붙어 있었다. 첫 사진은 할머니를 요양원에 보내 드린 뒤, 외갓집을 정리할 때의 사진들이었다. 이때가 스토킹의 시작이었다. 다음으로는 민아의 집 앞에서의 모습과 영원의 아파트에 드나들 때의 모습들이 있었다. 남자가 벽에 붙어 있던 민아의 사진들을 하나씩 떼어 냈다. 그리고 모조리 찢어서 쓰레기통에 버렸다. 포토프린터에서는 새로운 사진이 출력되고 있었다. 영원의 사진이었다.

"타깃 변경이다. 이쪽이 내 옛날의 작품1과 훨씬 비슷해. 진짜 많이 닮았군, 이정희와."

이어서 종이에 숫자를 적어 빈 벽에 붙였다.

D-365

"그래서 제가 그 장소에 도착했을 때는 이미 피바다였죠. 제가 본 범인은 지금쯤 60대가 되지 않았을까 싶고, 손목……."

"스톱! 거기까지."

을3의 말을 자른 심오가 고개를 보일 듯 말 듯 저었다. 을3이 어리둥절한 표정으로 건너편 소파에 앉은 심오의 눈치를 살폈다. 얘기를 차단하던 단호함과는 다르게 화난 것 같지는 않았다.

"일직들 1번부터 4번까지가 내 진료를 받더니, 다음에는 5번, 6번도 예약을 했더군. 너희들이 왜 나에게 이런 말들을 하는지 모르는 바는 아니야. 하지만 이 방법은 나한테 들켰어."

역시 사자청의 월직들과는 다른가? 월직들 중에 최고 브레인이라더니 틀린 말은 아닌가? 심오가 차분하게 다음 말을 이었다.

"우선 내가 을3 사자의 말을 중간에 자른 건 너희들을 위해서야. 다음으로는 갑3 사자를 위해서이기도 하지."

진짜 들켰구나. 지옥청의 사자는 익숙하지 않아서 다음을 어떻게 말해야 할지 알 수가 없었다.

"너희들이 법을 어기게 할 수가 없어. 사자청 사정 모르는 바 아니니까. 특히 1번부터 6번까지의 일직들은 사자청에서 없어서는 안 될 핵심 인재들. 그런 너희들이 징계를 받게 되면, 가뜩이나 어려움을 겪고 있는 사자청은 감당할 수 없는 사태에 직면하게 되겠지. 나를 통한다는 아이디어는 좋았다. 하지만 이미 알아 버린 걸 어쩌겠어."

"죄송합니다. 입이 열 개라도 할 말이 없습니다. 하지만 진짜 힘든 건 사실입니다."

"그럼 범인에 대해서 말하지 말고 어떤 점이 힘든지를 말하면 되겠지?"

을3은 고개를 푹 숙였다. 그리고 깍지를 꽉 낀 채로 망설였다. 그의 침묵을 심오는 재촉하지 않았다. 한참을 그러고 있던 을3이 힘겹게 말을 시작했다.

"다음에 또 맞닥뜨릴 수 있다는 두려움이요. 범인이 아닌, 죽음의 공포에 떠는 피해자의 눈빛과."

아! 심오의 가슴속에서 탄식이 터졌다. 이미 죽은 영혼이 죽음의 공포와 마주하다니. 일직들은 모두 인간의 영혼들이 아닌가. 더군다나 이승에서도 무거운 죄는 짓지 않은 선량한 영혼들이다. 경력이 쌓일수록 어떤 죽음도 대수롭지 않게 여겨질 거라고 생각했는데 아니었다. 아무리 긴 세월을 저승사자로 일해 왔다고 해도 면역이 생기지 않는 죽음도 있는 것이다. 여태껏 이 부분을 고려하지 않았다.

"우린 죽었던 그 순간은 기억하지 못합니다. 그런데 그 눈빛을 보면 공포는 떠올라요. 물론 저승에 체류하는 영혼들의 첫 출발 기억은 각자 다르죠. 월직사자님들이냐, 우리들이냐에 따라. 월직사자님들의 인도를 받은 영혼들은 저승에서의 첫 기억이 날아오르는 상징들이고, 우리들의 인도를 받은 영혼들은 임시 수용소입니다. 전 삼족오 떼를 따라 저승에 온 행운아죠. 그렇지만 누구의 인도를 받아서 왔더라도 모두에게 공평한 건, 죽던 그 순간만큼은 기억에 없다는 거예요. 그래서 공포도 없다는 거. 그런데 잔인하게 죽은 영혼들은 달라요. 기억은 사라져도 공포는 남아 있어요. 그 공포가 우리에게도 전염이 됩니다. 그런데 범인이 잡히지 않았다는 걸 우리가 알았습니다. 다음에 또 그 공포의 눈이 우리를 기다리고 있다고 생각하면, 이승에 나가는 게 두려워집니다."

"말 잘해 주었다. 이런 말은 좀 더 일찍 했으면 좋았을걸."

을3이 고개를 들어 심오를 바라보았다. 그가 싱긋이 웃고 있었다.

"신기하네요. 속내만 조금 털어놨을 뿐인데, 홀가분해지는 느낌입니다."

"너희들을 치료할 수 있는 프로그램을 만들어 보도록 하마. 여기에 덧붙여 이 문제는 정식으로 안건에 올리도록 하겠다. 월 직들은 체력적인 면에서 휴식기를 갖지만, 너희들은 정신적인 면에서 휴식기를 가질 수 있도록. 육체에 못지않게 정신의 휴식도 중요한 거니까. 살아 있는 인간들도 마찬가지지만, 육체가 지친 것은 바로 인지를 하는데, 정신이 지친 것은 너무 늦게 인지를 해. 그래서 치료의 적기를 놓치는 경우가 많지."

"우린 지금도 다른 관청들에 비해 휴식이 긴 편인데요, 하하하. 무엇보다 인력 보충이 될까요?"

"일직 앞번호들은 마음가짐이 월직들과 다르지 않다더니, 그 말이 맞는구나. 그래, 문제는 인력 보충이지. 그것도 함께 고민해 보자."

"진짜 미안해, 이 오빠들까지 달고 와서."

짐짝에 불과한 갑1과 갑3은 거실 소파에 나란히 앉혀 놓았다. 그리고 갑21은 영원과 식탁에서 마주 보고 앉았다. 영원은 멀리의 갑1과 눈을 마주쳤다. 그의 눈이 무척이나 애절했다.

"나에게 의뢰하고 싶은 일은?"

영원의 눈이 앞의 갑21에게로 맞춰졌다.

"아! 사람 찾는 일도 가능하신가요?"

"우리 사무실의 특기지."

"이봐, 네 사무실은 바람난 남녀 사진 찍는 게 특기잖아."

갑21이 돌아보면서 소리쳤다.

"법의관 오빠! 그 입 좀 닥쳐 줄래?"

"오빠라고 하시네요?"

"나만 그런 존칭을 써. 오빠라고 하면 다들 좋아하더라고. 인간들만. 우리 저승사자들은 별 감흥이 없고."

"맞아요. 인간 남자들은 오빠라는 단어에 판타지를 가지고 있죠, 하하하."

"누굴 찾고 싶은 거야? 내가 조사한 바로는 나영원에게 찾아야 할 인맥은 없던데."

"제 인맥이라기보다는 저와 같이 일하는 어시의 인맥이에요."

"그걸 왜 나영원이 의뢰하는 거지?"

"제가 찾고 싶어서요."

갑3이 흥미로운지 소파에서 슬쩍 일어나서 식탁 쪽으로 왔다. 갑21이 다시 소리쳤다.

"앉아! 여기 접근하기만 해 봐."

갑3이 다시 소파에 앉았다. 그에게서 짜증스러운 분위기가 물씬 풍겼다. 갑21이 영원에게 말했다.

"네가 찾고 싶은 어시 인맥은 누구지?"

"제 어시는 황민아라고 해요. 오래전에 행방불명되었다고 하는 이 아이의 이모를 찾고 싶어요. 이름은 이정희."

"오래전이라면 언제?"

"정확하게는 몰라요. 적어도 20년은 훨씬 지난 일이라고 해요. 민아의 어머님이 이정희라는 분의 동생인데, 말도 못 꺼내게 해서 답을 못 들었대요. 이정희의 모친은 줄곧 해리성 기억상실로 지내다가 현재 치매요양원에 계셔서 여쭤보기 힘들고요. 집도 전부 정리해서 사진 같은 것도 남은 게 하나도 없고요."

"그 정도 정보로는 조사하기 힘들겠는데? 행방불명된 시기도 명확하지 않고."

"안 될까요?"

"착수금이 얼마냐에 따라 대답은 달라져."

갑1이 소파에 앉은 채로 말했다.

"쓸데없는 딜은 하지 말고 해 줘. 요금은 내가 지불해 주마. 염라국 화폐로."

"갑1 오빠한텐 바가지 씌울 거야."

"그러든가."

갑1이 소파에서 일어나서 식탁 의자로 와서 앉았다. 갑21이 노려보아도 상관하지 않았다.

"영원! 내가 관심 있는 건 다른 인간들이 아니다. 너뿐이야."

여기서 또 심쿵하고 싶지만, 다른 저승사자들 앞에서 당당히 말한다는 건 사적인 감정이 없다고 봐야 하기에 심장 소리는 찌그러졌다. 갑1이 계속 말했다.

"왜 행방불명된 다른 사람의 이모를 네가 찾으려는 거지? 나는 너의 그 마음이 궁금한 것이다. 어시에 대한 자비인가?"

"난 저승사자가 아니어서 그런 대단한 감정은 모르고. 개인적인 호기심. 이 호기심에 대해서도 저승사자분들께 상담을 하려고 했는데……. 주변에 달리 물어볼 사람도 없고."

갑21이 유쾌하게 말했다.

"뭐든 물어봐. 네 상담료도 갑1 오빠한테 청구하면 되니까."

"비용이 발생하면 제가 지불할게요. 이건 제 개인 일인데 굳이 가빌한테 전가할 이유는 없어요."

"말해 봐. 어떤 상담인데?"

"제가 무의 눈이라고 그러셨죠?"

"그랬지. 그건 확실하다. 내가 무체화일 때 함께 다녀 봤잖아."

"그러면 빙의도 쉽게 되고 그러나요?"

"무의 눈을 가진 자들은 대체로 그런 편이지."

"그럼 저도 빙의가 일어나나 봐요."

소파에 앉아 있던 갑3이 벌떡 일어나 식탁 옆으로 오면서 말했다.

"그럴 일은 없다. 너같이 강한 영혼한테 어떤 귀신이 빙의를 해. 다 튕겨 내지."

"아, 그럼 이상한데……."

"뭐가?"

"이정희라는 분이 저한테 자꾸 빙의를 하는 것 같아서요. 행방불명에 얽힌 억울함을 풀어 달라고 그러는 건지……."

세 명의 저승사자가 긴장했다. 갑3이 갑21에게 말했다.

"요금은 내가 지불하마. 이거 샅샅이 조사해!"

"아니! 이건 무료로 내가 한다. 법의관 오빠도 협력해 줘."

갑1이 물었다.

"어떤 식으로 빙의를 하지?"

"그분 눈을 통해 과거를 보는 것 같다고나 할까요? 아! 저번에 그분 책 한 권이 저한테 들어왔는데, 그때부터……."

갑3이 소리쳤다.

"그 책 지금 어딨어!"

"제 작업실 책상에요."

갑3이 작업실로 가면서 물었다.

"제목은?"

"《예지몽 해석법》."

"네 책상은?"

"제일 안쪽."

갑3이 책을 찾아서 가지고 나왔다.

"이거야?"

"네, 맞아요."

"이 책 때문에 빙의가 된 것 같다고?"

"꼭 그렇다기보다는 계기가 되었다고 봐요. 제가 꾸는 악몽들을 그 책에서 찾으면 이정희라는 분도 같은 부분에 연필로 체크를 해 뒀더라고요. 저와 정말 비슷한 패턴의 꿈을 꾼 것 같아요. 그런 부분 때문에 쉽게 빙의된 게 아닐까 싶어요. 빙의도 비슷한 주파수가 있어야 된다고 들어서."

갑1이 물었다.

"여기서 더 보탤 정보는?"

"행방불명되기 전까지 살았던 집을 알아요. 오늘 다녀왔거든요. 약도 캡처해서 사장님 폰으로 보내 드릴게요."

갑1이 다시 물었다.

"집에 다녀온 소감은?"

"제가 살았던 집 같았다고 하면 이상하게 들릴까요?"

갑1이 절망하면서 말했다.

"아니, 충분하다."

갑21이 일어섰다.

"법의관 오빠, 당장 내 사무실로!"

영원도 따라서 일어서면서 물었다.

"제 고민에 대한 대답은……."

갑3이 대신 대답해 주었다.

"차라리 빙의이기를 빌고 있어라. 그편이 해결하기 편하니까. 그리고 최대한 빠른 시일 내에 정신과 진료 예약하고 가라. 그 녀석한테는 내가 먼저 언질해 놓으마. 거기 갈 때, 이 책도 반드시 가져가도록."

그러면서 책을 식탁에 올려 두었다. 갑21이 다가와서 영원을 꼭 끌어안았다. 그리고 속삭였다.

"나영원, 너 참 잘 견뎠다. 장하다."

갑3이 영원의 어깨를 토닥이며 말했다.

"이것은 우리의 잘못이다. 미안하구나. 앞으로는 우리가 널 절대 놓치지 않을 것이다."

밑도 끝도 없는 말이었지만, 영원의 가슴이 일렁거렸다. 저 승사자들의 말이니 위로보다는 협박으로 읽힐 법도 하건만,

이유를 알 수 없는 안도감이 머리를 훑고 발끝까지 내려갔다. 갑21이 영원을 품에서 놓아주었다. 갑3이 식탁에 머리를 괸 채로 앉은 갑1에게 말했다.

"지금으로썬 20~30년 정도 사이에서 행방불명되었기를 바랄 수밖에. 만약에 33여 년 정도 이전에 발생한 일이라면, 정말 골치 아파진다."

"갑1 오빠는 우리와 같이 안 갈 거야?"

"먼저 가라. 난 이따가 따라가마."

"어째서 갑1 오빠한테 위로가 더 필요한 것 같지? 알았어."

갑3과 갑21이 동시에 사라졌다. 갑1은 여전히 머리를 괴고 있었다.

"가빌, 뭐 안 좋은 일이야?"

"약도부터 보내라. 그쪽이 더 급하니까."

영원은 갑1의 눈치를 살피면서 폰으로 지도를 찾았다. 그리고 오늘 다녀온 장소를 여러 장 캡처해서 보냈다. 갑21에게서 '오케이'라는 문자가 바로 도착했다. 영원이 조심스럽게 말했다.

"혹시 나 같은 인간이 빙의되고 그러면 가빌이 징계받고 그러나? 너무 심각해 보여서 말도 못 붙이겠어."

"차라리 내가 고통스러웠다면……. 오늘 외출은 괜찮았나? 나도 없이."

"응, 괜찮았어. 지하철로만 이동한 데다 어시와 함께였거든. 혼자서 아무렇지 않게 다녀야 공포를 이기는 건데 오늘 같은 외출은 의미가 없어. 그래도 지하철은 더 이상 무섭지 않나 봐. 다음에는 혼자 또 도전해 보려고."

갑1이 고개를 들고 영원을 보았다. 그의 손이 영원의 머리를 쓰다듬었다. 이전에 영원이 쓰다듬어 줄 때 기분이 좋았었기 때문이다.

"인간들은 위로해 줄 때 어떻게 하지?"

"지금처럼 이렇게 해. 나도 가빌 위로해 줄까?"

"아니, 내가 해 주마."

"나는 위로받을 일이 없는걸? 지금 위로를 필요로 하는 건 당신 같아."

"너를 위로하는 게 나를 위로하는 거야."

"하하하, 내가 가빌의 무의식이야?"

"……마음이다."

"마음……, 이건 너무 큰 위로야."

영원의 눈에서 눈물이 떨어졌다.

"왜 울지?"

"인간은 마음에 위로가 깃들면 눈물을 흘려."

갑1은 자신의 말로 인해 위로를 받았으리라고는 생각하지 못하고, 영원의 머리를 더욱 부드럽게 쓰다듬었다. 끊임없이, 끊임없이.

5

　국과수 강삼의 사무실 문을 누군가 노크했다. 갑3은 간단하게 들어오라는 말을 던졌다. 문을 열고 들어온 건 이전의 수사관 두 명이었다.

　"결과 나왔다고 하셔서 급히 달려왔습니다."

　어제 사체 토막 하나가 국과수로 들어왔다. 여성의 골반 부위였다. 이것은 우연히 바닷가에 떠밀려 온 것을 발견한 사람이 신고를 해 온 것이다. 갑3은 그들을 소파에 앉게 하고 그도 앉았다. 그리고 그들 앞에 서류를 건네면서 말했다.

　"DNA검사 결과, 이전의 아랫다리와 일치했다. 같은 사람이야. 절단 흉기도 같다. 물에 붇고 손상이 심하긴 하지만, 아랫다리가 발견된 시점과 비교해서 부패 진행이 덜 된 것을 보면, 냉동된 것을 바다에 유기한 것으로 추정할 수 있겠어."

그들은 서류들을 확인하면서 말했다.

"감사합니다."

"나한테 감사할 건 없지. 발견되어 준 이 사체에 감사해야지. 더 넓은 바다로 나가지 않고, 악착같이 육지로 돌아와 줬으니."

범인이 토막 낸 사체들을 이런 식으로 하나씩 바다에 유기했다면 더 이상 찾을 거라는 기대는 없었다. 지금까지 몇 명이나 죽이고 유기해 왔는지도 짐작할 수 없었다. 안다면 일직들일 것이다. 그들만이 목격자였다.

"강 선생님 덕분에 특별수사팀도 구성되었잖습니까. 그런데 바로 이런 증거까지 들어오다니, 천운입니다. 다들 그러더라고요, 강 선생님과 손잡으면 좋은 일이 일어난다고. 그 소문이 맞네요, 하하하."

금시초문이었다. 갑3은 왜 그런 소문이 도는지 알 수가 없었지만 궁금하지도 않았다. 몇 가지 우연이 발생하면 인간의 기억은 그것을 규칙으로 머릿속에 설정을 하고, 이에 반하는 사실들은 머릿속에서 탈락시켜 지운다. 수사관들의 말도 그중 한 가지일 테니까. 천상의 신들도 아니고 저승사자가 재수 좋아 봤자 얼마나 좋겠는가.

"잘됐군. 난 이 사건에 관심이 많아. 잔인한 살인은 근절되어야 하거든."

저번에 갑3이 건넨 8년 전 사건을 그쪽 관할에 확인한 결과, 의심스러운 정황을 다수 발견했다. 현재는 이번에 사체 토막이 놓여 있던 근처의 CCTV를 반경을 더 넓혀서 이 잡듯이 뒤지고 있었다. 개중에 의심스러운 사람들을 추리는 중이기도 했다. 오늘 결과로 조류 흐름을 따라서 바다 근처도 탐문해 나가면 될 것이다. 그러면 뭐라도 하나 걸리지 않겠는가.

"앞으로도 이 사건에 대한 자문 계속 부탁드리겠습니다."

"나야말로 부탁하고 싶군. 반드시 잡아 주었으면 한다, 우리를 위해."

"네?"

"아! 피해자를 위해서라는 말이다."

"그렇죠, 하하하."

갑3의 이승폰이 울렸다. 발신자가 '정신과'였다. 옆에 들으라는 듯이 말했다.

"조카한테 온 전화로군."

"가족도 있으셨나요?"

"나도 사람인데 혈연 정도는 있다."

갑3이 전화를 받았다. 그리고 간단한 말만 들은 뒤 통화를 끊었다. 수사관들은 너무도 간단한 통화에 어리둥절했지만, 사건과 관련한 나머지 대화를 하느라 금방 관심을 껐다.

저승의 진료실을 노크한 건 갑3이었다. 그의 표정은 무거웠다.

"들어와."

심오의 목소리도 무거웠다. 문이 열렸다. 진료실 안, 소파에 길게 누운 심오는 목소리보다 더 무거웠다. 갑3이 건너편 소파에 앉으면서 물었다.

"무슨 말이냐, 샘플2가 사망했다니?"

"자살."

샘플2는 샘플1인 영원과 마찬가지로 심오가 유심히 살피던 정신장애 환자였다. 극단적으로 드러난 증상은 조울증이지만, 진단명은 외상 후 스트레스장애였다. 교통사고가 계기였다. 큰 수술 후 완치가 되었지만, 정신적인 공포에서는 벗어나지 못한 케이스였다. 지하철 사고 후, 영원이 업혀 왔을 당시, 샘플2도 병원에 왔었다. 심오가 충격을 받은 이유는 청장과 같은 양극성 장애를 보이는 샘플2가 사망해서 그런 것이 아니었다. 그에게서 치료를 받던 환자가 죽었다는 게 문제였다. 그것도 자살이라는 방법으로.

"지하철 사고 여파가 예전의 상처를 다시 건드려 재외상이 일어난 거지. 온 세상이 사고만 이야기하니까 피할 수도 없었을 테고."

세상의 모든 죽음은 사망자만 죽는 것으로 끝나는 게 아니다. 부상자도, 유족들도, 뉴스에 노출되는 모든 사람도 크게든 작게든 간접 외상을 입는다. 죽음의 상처들은 무차별적으로 여기저기를 할퀴고 지나간다. 그리고 과거의 상처들도 다시 끄집어 올린다. 이승은 개인적 정신 상처도 돌보지 않지만, 사회적 정신 상처는 더 돌보지 않는다. 끊임없이 전쟁의 외상을 입어 왔으면서, 이 외상이 사회적 스트레스장애로 여전히 현존하고 있음에도 불구하고.

"죽음의 공포가 무서워서 죽음으로 도망쳐 오다니. 참 모순

적이군. 세상의 모든 자살은 결국 삶이 아닌 죽음, 그 공포로부터의 도망일 뿐인데."

"하! 우리 이승에서 이러고 있어도 되는 건가? 그 환자도 내가 아닌 인간 의사였다면, 지금의 결과와 달랐을까?"

"모르지. 더 빨리 자살했을지, 더 늦게 자살했을지는."

심오가 웃기 시작했다. 즐거운 웃음도, 허탈한 웃음도 아니었다. 슬픈 웃음이었다.

"난 네가 왜 병원을 떠났는지 이해를 못 했는데, 이제야 알 것 같다. 너도 이랬던 거야."

갑3이 대수롭지 않은 척 한쪽 어깨를 으쓱했다.

"굳이 이해 안 해도 되는 얘기다."

"우리를 만난 환자들은 명확한 사인 규명이 어려웠던 거구나. 공과격에 기록이 안 되니까. 우리가 인간의 운명에 관여를 한 건지 안 한 건지, 구분이 되지 않아서⋯⋯."

"애초에 나는 인간을 살리기 위해 이승의 의학을 배운 것이 아니다. 그런데 난 인간에게도 의사가 되어 있더군. 50:50. 이승에서 파악한 삶과 죽음의 확률. 내 환자였다. 나를 만나지 않아도 죽었을 수도 있고, 나를 만나서 죽었을 수도 있지. 명백한 사실은 그 영혼은 내 수술실 안에서 죽었다는 거다. 저승사자는 내 수술실 안에 나타났어. 내가 잘못한 건지, 그 환자의 운명이 거기까지였던 건지 누가 알 수 있을까? 공과격에 기록된 것조차 그저 사망, 이 단어뿐. 내가 집도를 하지 않았다면, 의사의 실수였는지 아닌지 쓰여 있었겠지."

심오도 현재 이와 같은 상황이었다. 정신과 환자가 자살로 생을 마감했을 때 겪는 의사의 충격은 수술실에서 환자가 사망했을 때와 다르지 않다. 게다가 이들은 인간에 대한 이해도가 낮다고 스스로 생각하는 저승사자들이었다. 그래서 더 자신의 실수인 것만 같았다.

"환자 앞에 앉아 있을 자신이 없다."

"자신이 없어도 나영원 앞에는 앉아야지."

갑3이 위로랍시고 한 말이었다.

"예약을 안 하는데 무슨 수로? 방문 진료라도 할까?"

"왜 예약을 안 하지? 한시가 급하구먼. 확 잡아다가 족칠 수도 없고."

"전화해 보니 바쁘단다. 밀린 일 하느라. 과거보다 현재와 미래가 더 중요한 거야, 우리 영원 씨는. 그만큼 건강하다는 증거지. 현재를 살아갈 때는 굳이 과거로 끌고 가지 말자. 미래로 떠밀어도 시원찮을 판에."

심오가 소파에 일어나 앉았다. 영원을 떠올리니 생기가 돌아오는 기분이었다.

"영원 씨가 나한테까지 힘을 주는구나. 환자한테서 힘을 받는 의사라니, 한심하게."

"나영원한테 정 주지 마라."

심오가 갑3을 쳐다보았다. 그가 말을 이었다.

"인간의 삶은 짧고 우리의 기억은 영원하다. 이별의 슬픔을 간직하는 건 인간이 아니라, 우리다."

"영원 씨도 죽으면 우리를 잊겠지?"

"이번 생이 끝날 땐 그렇게 만들어야지, 반드시! 모든 전생의 기억까지 추출해야만 해. 그 영혼을 위해서라도."

"그건 좀 쓸쓸하구나. 영원 씨는 우리를 잊는데, 우리는 영원 씨를 잊지 못한다니. 영원 씨는 갑1 사자마저도 기억하지 못하게 되는 건가?"

"그 몫까지 갑1 사자는 영원히 기억하고……."

"영원히……. 휴! 끔찍하군."

"처음 뵙겠습니다."

갑1은 자신 앞에 고개를 숙이는 영혼을 보았다. 집을 비운 사이, 이전의 집사가 환생을 위해 산국으로 떠나면서 새로 들어온 집사였다. 하지만 새로 만난 이 집사는 그의 인사말과는 다르게 첫 만남이 아니었다. 이전에도 여러 번 갑1의 집사로 지원했었다. 갑1은 그가 열어 주는 자동차 안으로 들어갔다. 집사는 문을 닫아 준 뒤에 운전석에 올라 운전을 시작했다.

이승에서 저승으로 떠나는 것은 영혼의 선택이 아니지만, 저승에서 이승으로 떠나는 것은 영혼의 선택이다. 그런데 인간의 영혼은 이곳에 남지 않는다. 그렇게 두려워하면서도 죽기 위해 삶을 향해 떠난다. 시직과 일직처럼 강제 봉인을 해 두지 않는 한 반드시 그렇게 된다. 체류 기간도 이승에 비해 저승이 서너 배는 더 긴데도 그들의 선택은 이승이다. 그리고 더 긴 체류를 하는 저승에서 그들은 욕심을 부리지 않는다. 어차피 버리고 가야 한다는 생각에서다. 더 짧은 이승에서는 그리도 탐욕스러우면서. 인간 영혼들의 고향은 이곳이 아니라 이승이기에 그런 것일까?

"옥황국 지원도 가능했을 텐데 왜 나한테로 온 것이냐?"

"이상하게 그러고 싶어서요."

이 대답은 이전에 왔을 때와 다르지 않았다. 이승에서 저승으로 올 때 기억을 추출당하고, 저승에서 이승으로 갈 때 또 기억을 추출당함에도 불구하고, 이 영혼은 매번 갑1에게로 왔다. 추억도 없으면서 그저 그러고 싶어서라며. 하지만 갑1은 그를 기억했다. 매번 처음 뵙겠다는 인사를 하는 그를. 그리고 때가 되면 미련 없이 이승으로 떠나는 그를.

"와 줘서 고맙다. 다음 생까지 편히 쉬었다 가라."

"영원 씨, 오랜만인 것 같군."

진료실에 들어서는 영원에게 건네는 심오의 첫인사는 이젠 복사한 듯 똑같지가 않았다. 오랜만인 것도 아니었다. 근 닷새만이었다. 영원이 책상 앞의 의자에 앉으면서 말했다.

"웹툰 쪽도 연재분 갈아엎는 바람에 빠듯해졌고, 만화책 쪽 마감도 얼마 안 남아서요."

"다른 녀석들 말 듣고 걱정했는데, 괜찮아 보이네?"

"안 괜찮을 일은 없는데요? 아! 빙의 문제 말인가요? 그건 좀 신경 쓰이긴 해요. 그래도 눈앞에 머리 푼 귀신 모습으로 확 하고 나타나는 게 아니니까. 게다가 잠잘 시간도 없이 바빠 죽겠는데 귀신이 나타나도 놀라 줄 틈이라도 있겠어요? 웹툰과 만화책 한꺼번에 마감 닥치는 달은 반죽음이에요. 불면증에 감사하는 기간이죠."

영원도 의사 앞에서 더 이상 경계하는 모습은 없었다. 그래서 평소의 성격이 나타났다.

"아, 참! 이거."

영원이 가방에서 《예지몽 해석법》을 꺼내 책상 위에 놓았다.

"이게 법의관 녀석이 자세하게 보라고 했던 그 책이구나."

"심부름센터 사장님은 조사 잘되고 있을까요?"

"이따가 여기로 오기로 했어. 영원 씨를 여기 잡아 두라더군."

영원이 반갑게 되물었다.

"그럼 가빌도 오나요?"

"그건 모르겠다. 이젠 안 나올 수도. 그 녀석은 오히려 지금까지 계속 이승에 나온 게 의외였던 상황이어서. 주변에서 좋아하지도 않고."

혹시 저번에 그렇게 힘들어 보였던 게 이승에 자주 들락거린다고 윗분들한테 야단맞아서 그랬던 거였나?

"그래도 갑자기 안 오고 그러진 않겠죠? 저번에 다음부턴 안 온다는 인사도 없었는데……."

"저승사자한테 마지막 인사는 없다. 말했잖아. 지금까지가 의외였다고."

"그, 그럼 제가 죽어서나 만날 수 있는……."

"죽어도 못 만난다고 보는 게 맞지."

기억을 못 할 테니까. 죽어서 만나도 갑1은 알아봐도 영원은 알아보지 못할 테니까. 그것은 만나는 것이 아니니까. 영원의 눈에서 눈물이 흘러내렸다.

"원장님! 제 말 꼭 가빌에게 전해 주세요. 만약에 갑자기 더 이상 못 오게 되면, 벌써 그렇게 되었다면, 그래도 인사는 하고 가라고. 인류에 대한 자애심으로 어떻게든 와 달라고. 안 그러면……."

이건 정말 생각도 못 해 본 거였다. 사랑받지 못할 각오는 했어도, 어느 날 갑자기 더 이상 못 보게 된다는 각오는 한 적이 없었다. 그런데 그런 각오는 할 수도 없다.

"인사도 없는 이별은 우리 부모님으로 충분해요."

"모든 인간관계는 마지막 인사가 없어."

"가빌은 인간이 아니라면서요! 그럼 저와 인간관계도 아니니 마지막 인사는……, 아니, 마지막은 안 되는데……. 그딴 인사는……."

영원이 펑펑 울기 시작하자, 심오는 원인도 모른 채 슬슬 미안해지기 시작했다.

"그러니까 내 말은……, 이제 절대 못 나온다는 게 아니라, 당장 안 나오더라도 이상할 게 없다는 그런 뜻이야. 내가 영원 씨 말 전해 줄게. 꼭 나오라고."

영원의 눈빛에 기대감이 차올랐다.

"그럼 나오긴 할까요?"

"물론 귀찮다며 안 나올 수도……."

심오가 말하다 말고 영원의 표정이 다시 어두워지자 얼른 말을 바꿨다.

"……있겠지만, 나오겠지. 솔직히 그 녀석 영원 씨한테 각별히 잘했잖아."

"각별히……, 이거 좋은 단어네요."

"그래. 그 녀석 그리 살가운 성격은 아니야. 그런데도 영원 씨한텐……, 잘해?"

마침표로 가려던 마지막 말이 갑자기 물음표로 바뀌었다. 잘한다. 그것도 각별히 잘한다. 그가 의외로 자꾸 이승에 드나든다. 목적지는 전부 영원이다. 영원과 관련한 사건 책임자는 갑21이다. 갑1이 아니다. 그는 여기서 할 일이 없다. 일이 없는데도 계속 나온다. 귀찮은 것도 마다하지 않는다. 놀이공원에 갈 때도 딱 잘라서 싫다고 한 이유가 설마 단둘이 있는 거 방해받는 게 귀찮다는 의미였나? 놀이공원에서도 내내 생소했던 그 태도들…….

"그럴 리가 없는데……, 우리한테 그런 감정이 생길 리가 없는데……."

"뭐가요?"

영원은 어느새 화장지로 눈물을 다 닦아 내고 정리하고 있었다.

"아, 아니야."

요즘 이치에 맞지 않는 일들이 계속 벌어지니까 별 되지도 않는 추측까지 하게 된 듯했다. 심오가 책을 잡아서 펼쳤다. 차

레부터 살피다가 물었다.

"영원 씨 꿈과 어느 정도 일치되는 거지?"

"정확한 수치로 말씀드리긴 애매해요. 제 꿈 중에서 체크가 안 된 것도 있고, 이 책 주인이 체크한 것들 중에 제가 안 꾼 것도 아직 있고. 아직이라고 하는 이유는 앞으로 또 꿀지도 모르기 때문이에요. 폐병 같은 경우는 수면검사 중에 꾼 거니까. 이런 식으로 앞으로 또 나타날지도 모르잖아요."

"영원 씨 꿈 중에서 체크가 안 된 건 뭐지?"

"나비와 흰머리의 남자, 즉 가빌. 물론 가빌은 완전 흰머리가 아니어서 개중 근사치의 단어를 고른 거예요."

영원이 나비와 갑1을 본 건 현생의 7살 때니까, 체크가 안 되어 있는 게 맞다. 모두가 아니길 비는 전생이라면.

"또 신체 절단이나 토막 살해를 암시하는 어느 것에도 체크가 안 되어 있어요."

"이 책에만 체크가 된 건 어떤 꿈이지?"

"그건 제가 꿔 봐야 정확하게 알아요. 이 책은 꿈을 내용별로 해체해서 여기서 뿔뿔이 해석을 찾은 뒤에 다시 조합하는 형태거든요. 이 책에는 해체한 내용을 체크해 둔 거예요. 해체하기 전 꿈의 형태는 모르는 거죠."

"음……, 영원 씨는 악몽으로 귀신 꿈을 꾸진 않지?"

"네. 무의 눈답지 않죠?"

"영원 씨가 말하는 악몽은 비행기 사고를 제외하면 전부 죽는 꿈이지?"

"네."

"그거 정리 가능해? 가능하다면 전부."

"그럼요."

"노출 단계처럼 공포 순서에 따라 정리도 가능해?"

"가능하긴 한데…….."

"악몽이 총 몇 가지야?"

"적어도 열 가지는 넘는 것 같아요. 악몽만."

박쥐와 갑옷 입은 남자가 나왔던 꿈은 마지막에 죽지도 않았고 무섭지도 않았으니까 악몽에 넣을 필요는 없을 것이다.

"열 개가 넘는다라…….."

그렇다면 적어도 10회 이상은 윤회를 거듭했다는 것이다. 강렬한 죽음이 아니어서 소실되었으리라 추정하는 기억들까지 고려한다면 훨씬 많은 횟수가 될 가능성도 있었다. 정말 끔찍한 일이 아닐 수 없다.

"영원 씨, 우리가 미안…….."

"왜 그러시지? 법의관님도 그렇고, 왜 저한테 미안하다고 하시는 거죠?"

"그냥. 그럼 지금부터 간략하게라도 정리를 해 볼까?"

"병원 마감 시간이잖아요. 시간이 되세요?"

"난 상관없지. 직원들은 영원 씨가 마지막 환자라서 다들 퇴근했어. 우리 둘만 있을 땐 그렇게 해 달라고 했거든."

영원이 멈칫했다. 그의 발언을 머릿속에서 여러 번 검토 끝에 말했다.

"잠시만요. 방금 그 말씀은 인간들한테 상당한 오해를 불러 일으키는 발언인데?"

"무슨 오해? 우리끼리 있는 게 더 편해서 그런 건데. 그래야 다른 저승사자들도 드나들기 편하고."

"정확하게 어떻게 말씀하셨어요?"

"영원 씨가 마지막 환자일 때는 그냥 퇴근해라, 우리 둘만 있는 게 더 좋다, 이렇게 말했지."

"진짜 그렇게 말했어요?"

"내 기억은 정확해."

자신 있는 말투였다. 그 말은 영원의 분노를 자극했다.

"저기요, 저 원장님 멱살 딱 한 번만 잡아도 될까요?"

아무리 눈치가 없어도 영원의 분노를 못 느낄 정도로 없지는 않았다. 심오의 의자가 뒤로 10cm가량 밀려났다.

"여기서 영원 씨가 화가 난 포인트는 뭘까?"

"우리 원장님, 이 험한 세상을 어떻게 헤쳐 오셨을까? 인간들의 숱한 오해를 파악도 못 하면서. 진짜 모르시겠어요? 여기 직원들, 원장님과 저 사이를 오해하고 있다고요!"

"진짜? 아! 그러고 보니……, 그래서 다들 그랬군. 난 다른 녀석들에 비해선 진짜 눈치 빠른 건데, 이런 방면은 영…….."

"어쩔 수 없죠, 뭐. 눈치도 경험이라. 원래 학대받은 사람일수록 눈치는 빠르다고 했어요. 우리나라 사람들이 눈치가 빠른 이유도 숱한 죽음의 학대를 받아 왔기 때문이고요. 저승사자는 안 죽는다고 했으니 눈치가 없을 수밖에."

민아와 경민의 오해도 파악하지 못하고 있는 영원으로서도 눈치 가지고 심오를 탓할 수준은 아니었다. 심오가 고민에 빠졌다. 오해를 풀 방법을 강구하는 걸로 생각한 영원은 잠자코 기다렸다. 그런데 심오는 엉뚱한 해결법을 제시했다.

"그런데 영원 씨, 이 오해를 꼭 풀어야 하나?"

"안 풀면요?"

"난 오해는 내버려 둔다는 주의라서. 내가 아직 미혼에, 연애도 하지 않는 것에 대한 오해가 더 많거든. 영원 씨와 내가 연인이라는 오해가 오히려 다른 오해들을 불식시킬 수 있을 것 같아서 마음에 든다."

"내가 마음에 안 든다!"

갑1의 목소리였다. 영원이 벌떡 일어났다. 갑1과 갑3, 갑21이 한꺼번에 진료실에 나타난 것이다.

"가빌, 왔구나. 이제부터 안 오면 어떡하나 걱정했어."

심오가 앉은 채로 의문스럽다는 듯 인상을 찌푸렸다.

"또 나왔군."

"내가 안 올 이유가 있나?"

"올 이유도 없지."

갑1이 심오의 말에는 신경 쓰지 못하고 영원을 다그쳤다.

"영원! 이런 이기적인 말을 왜 가만히 듣고만 있지? 뭐, 연인? 내 평생 이런 어처구니없는 말은 듣도 보도 못했다."

심오가 바로 인정했다.

"내 생각이 짧았어. 인간과 저승사자가 연인인 건 어처구니없긴 하지."

영원의 가슴을 송곳으로 후벼 파는 말이 아닐 수 없었다. 연이어 갑21이 말했다.

"이런 식으로 인간들 일에 끼어들면 영원 씨한테도 안 좋은 영향이 갈 거야. 영원 씨가 아무와도 연애 못 하고 처녀귀신으로 늙어 죽으면 오빠가 책임질 거야?"

"그렇군. 나와 연인으로 있으면 영원 씨가 결혼하기 힘들어지겠지. 지금도 가능성이 희박한데."

이번에 영원의 가슴을 때린 건 묵직한 돌멩이였다. 갑3이 말했다.

"우리는 인간들 틈에 없는 듯이 숨어 살아야 하는 거야. 나처럼."

그건 이미 글렀다고 영원은 생각했다. 눈에 띄는 것과 영향을 안 주는 건 별개라고 생각하는 걸까?

"그래, 영향을 주는 건 피해야지. 지금까지 잘 숨어 살았는데, 여기서 실수하면 안 되지."

이들은 진짜 자신들이 인간들 틈에서 존재감 없이 잘 숨어 있다고 생각하는 걸까? 모르긴 해도, 지금까지 영향을 준 여자와 남자가 부지기수일 것이다. 영원은 자신의 생각을 말로 내뱉지는 않았다. 이 말이 그들에겐 썩 기쁠 말은 아닐 것 같아서였다.

"대기실로 나가자."

갑3이 진료실 밖으로 나갔다. 진료실은 좁았고, 영원으로 인해 저승으로 넘어갈 수는 없으니 대기실이 적당하다고 판단했다. 다들 우르르 나가는데, 영원이 갑1의 옷소매를 잡아 정지시켰다. 그가 다정하게 쳐다보았다.

"가빌, 다 함께 나누는 대화가 끝나고 나도 바로 가 버리지 마. 나와 잠깐이라도 얘기하고 가. 부탁하고 싶은 말이 있어."

"그럴 예정이었다."

그리고 영원의 머리를 한번 쓰다듬었다. 이제부터 하게 될 이야기들을 미리 위로하는 거였다. 영원이 대기실로 나오는 걸 본 갑21이 먼저 말하기 시작했다.

"이정희, 195X년생. 지금까지 살아 있다면 66살이겠지. 모친과 여동생이 있었고, 부친은 그녀가 초등학생 때 바람나서 집을 나감. 고등학교 졸업 후부터 집안의 실질적 가장 역할을 했음. 학력은 야간대학 졸업. 가족을 부양하느라 행방불명 당시까지 미혼이었던 상태. 교제 중인 남자도 없었던 것으로 파악. 행방불명은 그녀의 나이 33살 때 발생. 신고 접수 날짜 6월 5일. 당시 수사 기록엔 아무런 단서도 발견하지 못하여 단순 가출로 결론."

"청소년기도 아니고, 33살이면 지금 저와 같은 나이인데, 어떻게 단순 가출일 수가 있죠?"

"모르지. 담당 형사들이 귀찮았을 수도 있고, 단서가 없어서 포기했을 수도 있고. 예전에는 요즘과 같은 시스템이 아니었으니까 사람 찾기 쉽지 않았을 거야."

"이 부분 좀 더 자세히 알아봐 주실 수 있나요?"

"사망으로 추정하고는 있어."

"사망 원인은요?"

"현재 조사 중이긴 한데. 너무 오래전 일이라 한계가 있어. 기대는 하지 마."

월직들이 명확하게 알 수 있었던 부분은 이정희가 행방불명이 되자마자, 나영원이 잉태가 되었다는 사실이다. 나영원과 이정희가 같은 영혼인지 명확하게 하기 위해 죽은 영혼, 즉 이정희 부친의 기억상자를 찾았다. 그는 집을 나가서 다른 여자와 아주 잘 살다가 10년 정도 전에 죽었기 때문이다. 갑2가 그의 기억에서 이정희를 찾았지만, 아비의 기억 속에는 새로 가지게 된 가정과 아들만이 가득했을 뿐이다. 이정희는 거의 다 소멸되고 없어서 구분할 수가 없었다. 그래도 형체는 남아 있어서 부친의 재판도 현재 중단된 상태였다. 그가 상처를 준 여자가 두 명이 아닌, 세 명이 되었기 때문이다.

대신 다른 증거들은 찾았다. 산국에 문의해 본 결과, 이정희에 대한 점지부 증서도 존재하지 않는다는 답변을 받았을 뿐만 아니라, 김분이와 마찬가지로 이정희와 관련된 염라부명장도 존재하지 않았다. 아울러 이정희의 부친 공과격에 이정희에 대한 기록이 아예 없었던 점도 좋은 증거가 되었다. 이로써 나영원의 전생은 이정희이고, 그녀는 행방불명이 아닌 사망이었을 확률이 99.9%로 추측 가능했다. 이정희가 어떻게 죽었는지는 현재로썬 알 수 없었다.

여기까지 들은 갑3은 마음속에 있는 의문점 한 가지를 품고만 있었다. 아직 말할 단계는 아니라고 생각했다. 김분이의 사망 당시 나이 33살. 이정희의 사망으로 추정되는 당시 나이 33살. 김분이와 이정희 사이의 비어 있는 시간도 33년. 어쩌면 이 영혼은 모친의 배 속 시간까지 합치면 딱 33년을 주기로 윤회를 거듭하고 있는지도 모른다.

그런데 현재 나영원의 나이도 33살. 김분이의 사망일 6월 6일. 이정희의 실종신고일 6월 5일. 그렇다면 나영원의 남은 시간은 고작 2개월 정도인 셈이다. 이것은 아직 기우에 불과했다. 김분이와 이정희 사이는 그저 악귀의 시간이었을 가능성도 아직은 남아 있다. 33년이라는 우연은 두 번까지는 참아 볼 수 있다. 하지만 여기서 한 번 더 밝혀지면 33년은 질서가 되고, 나영원은 33살에 죽을 수밖에 없는 운명을 타고났다는 의미가 된다. 지금까지만 해도 나영원이 33살, 6월 6일에 죽을 확률은 이미 80%를 넘었다.

'이번에는 절대 놓치지 않는다. 반드시 저승으로 데리고 가서 쉬게 할 것이다. 모든 기억을 내려놓은 채로…….'

"왜 거절하지 않았지?"

주변이 영원의 집으로 변한 순간 갑1이 한 말이었다. 그녀의 집으로 옮겨 온 건 단둘뿐이었다. 영원은 어떤 질문인지 몰라서 눈만 동그랗게 떴다.

"그 오해 말이다. 정신과와 연인 어쩌고 하는 거."

영원은 신발부터 벗으면서 말했다.

"아, 그거? 내가 말하기 전에 당신이 먼저 말한 거야."

"그럼 거절할 생각은 있었던 거지?"

"당연하지!"

영원은 가방을 벗어서 소파에 던졌다.

"난 만화가야. 계약 연애니, 계약 결혼이니 하는 클리셰 아이템을 무척 애정하지. 하지만 여기에는 지키면 더 설레는 포인트가 있어. 계약을 하는 상대는 사랑하는 상대일 것, 혹은 사랑하게 될 상대일 것. 그러니 난 다른 사람들의 오해를 풀기 위해 노력했을 거야."

"무슨 말인지 못 알아듣겠지만, 오해를 풀 생각이었다면 다행이군."

"가빌, 인간과 저승사자가 연인이면 정말 어처구니없는 거야?"

"그도 그렇지만, 네가 정신과와 연인인 척하는 게 더 어처구니없다고 생각한다. 그게 왜 이렇게 기분 나쁜지 모르겠군."

영원이 풀이 죽어서 재킷을 벗었다. 갑1과 그녀의 어처구니없는 포인트가 미세하게 차이가 있었지만 이를 깨닫지는 못했다. 영원이 벗은 옷을 소파에 던져 놓는 걸 본 갑1이 말했다.

"나도 다음에는 편한 옷으로 올 거야. 여기서는 벗지 못하니까 저승에서부터 가벼운 복장으로. 물론 그래도 안전복에서 벗어나진 못하지만."

영원이 획 돌아서서 갑1의 양팔을 잡았다.

"다음이라고 했지? 방금 분명히 다음에 또 온다고 그랬지!"

"응. 왜?"

"나 당신한테 부탁이 있어."

"말해."

영원의 손에 더욱 힘이 들어갔다. 갑1도 자신의 팔을 쥐어오는 그녀의 감정을 느낄 수 있었다. 그것은 슬픔이었다.

"만약에, 진짜 만약에 당신이 더 이상 나한테 올 일이 없어지거나, 감시할 일도 없어지거나, 내가 성가셔지거나, 꼴도 보기 싫어지거나 해도 마지막 인사는 해야 해."

"마지막 인사? 그게 뭐지?"

"더 이상 여기에 안 온다는 인사. 언제나 이렇게 불쑥불쑥 나타나다가 갑자기 안 오기 시작하면, 난 기다리게 될 거야. 계속, 계속, 하염없이. 늙어서 죽어 가는 순간까지도."

가슴이 옥죄어 왔다. 영원의 감정이 그의 팔을 타고 온몸을 휘돌았다. 절대 다치지 않는 그의 몸이건만, 그녀의 감정들은 몸속에서 상처를 만들었다. 갑1의 대답은 그녀를 위한 것으로 나왔다.

"그런 일이 생겨도 기다려서는 안 돼. 기다리지 마, 나영원. 너의 기다림은 나의 죄가 돼."

"기다리지 말라고 해도, 기다리라고 해도, 그게 내 마음대로 되는 게 아니야. 그냥 그렇게 되는 거야."

갑1의 팔이 무체화로 변했다. 그래서 영원의 손이 아래로 떨어졌다.

"안 돼. 기다림은 영혼의 독이야."

"그럼 확 죽어서 당신을 잡으러 갈지도 몰라."

갑1의 팔에서 시작된 무체화가 천천히 온몸으로 번져 갔다. 그의 발이 뒤로 세 발짝 물러났다. 겨우 세 발짝 걸었을 뿐인데 거리는 아득히 멀어졌다.

"그런 말은 하지 마라. 죽으면 넌 더 이상 나를 기억하지 못해. 그러니까 죽지 마. 날 기억하려면."

"그게 뭐야? 그런 게 어딨어."

갑1의 몸은 완전히 무체화로 변해 있었다.

"그런 게 있어. 어쩔 수 없이."

"가빌, 다시 돌아와. 유체화로 돌아와 줘."

"기다리지 않겠다고 약속하면."

"미안. 약속해 줄 수가 없어. 기다려지는 거니까."

"제발……."

"가빌, 사랑해."

가슴속에 있던 말을 차마 삼키지 못하고 그만 뱉어 버리고 말았다.

"나는 그 말의 의미를 안다. 기다린다는 말의 무거움도 안다."

갑1이 완전히 사라졌다. 영원의 눈에서 눈물이 떨어졌다.

"나 차였구나."

영원이 씩씩하게 눈물을 닦아 냈다.

"내가 감당하기로 한 거니까. 이따위 눈물은 반칙이야. 고백도 반칙이었는데. 아무리 그래도, 등은 보여 주고 가야 하는 거야! 그래야 날 차 버리고 가는 남자의 뒷모습이라도 음미할 거 아니야. 그렇게 훅 사라져 버리면……, 난 기다려지잖아. 음미

할 게 없어서……."

심오의 진료실이 저승으로 넘어갔다. 그런데 책상 위에서 저
승으로 건너오면 안 되는 이승의 물건을 발견했다. 이승과 저
승을 오갈 때 심오의 의지가 들어가지 않은 물건은 스스로 넘
어 다니지 못한다. 그런데 그의 이승 책상 위에 있던 물건이 저
승의 책상에도 놓여 있었던 것이다. 심오의 의지와는 상관없
이. 영원이 깜박 잊고 놓고 간《예지몽 해석법》이었다.

VI
그늘 속의 무덤

1

　하얀 구름 같은 것이 날아오르고 있었다. 날갯짓을 하는 그 것은 특이한 모양이었다. 날개는 백조와 같은데, 몸은 말이었 다. 아! 천마로구나. 투명한 천마는 한 마리만이 아니었다. 아 름답고 신기하여 손을 뻗었다. 아주 작은 아이의 손이었다. 작 은 손은 그것을 잡기 위해 따라갔다. 다양한 크기의 천마들은 한곳을 향해 날아가고 있었다.

　천마들이 모이고 있는 가운데에는 사람이 서 있었다. 투명한 사람이었다. 검은색 철비늘 갑옷을 입은 아름다운 여자였다. 멀어도 그 아름다움은 알 수 있었다. 허벅지까지 치렁치렁하게 내려오는 새까만 곱슬머리는 바람에라도 날리는 듯, 물속에서 라도 일렁이는 듯, 어린 눈을 홀리며 나부끼고 있었다.

　영원이 눈을 떴다. 어두운 방의 천장이 보였다. 부스스 일어나 앉아 한참을 멍하니 있었다. 악몽이 아니었다. 이토록 기분이 좋아지는 꿈도 다 있다니. 잠은 다 잔 것 같았다. 영원은 일어나 방을 나오면서 떠올렸다. 방금 꿈속의 여자, 병원 대기실에서부터 나타나 제멋대로 굴러가고 있는 사극 스토리 아니었나? 예전부터 자면서도 스토리 구상을 해 왔지만, 이건 조금 다른 느낌이었다. 평소 악몽을 꾸면서 자던 때와 깊이가 다르지 않았다.

부엌에서 물을 마신 뒤, 버릇처럼 작업실 책상 앞에 앉았다. 영원에게 닥친 가장 큰 문제는 단연 더블 마감이었다. 다음으로는 갑1이었다. 고백을 했다. 바로 차였다. 차였다. 차였다!

"하! 난 진짜 바보. 어떻게 감정 하나 못 삭이고 홀랑 말해 버린 거야?"

책상 위에 머리를 콩콩 박았다. 창피한 마음은 없었다. 그를 당황하게 만든 게 미안했다.

"고백을 하려면 제대로 하든가. 그 멋대가리 하나 없는 고백은 대체 뭐냐고. 이러고도 순정만화로 밥 벌어 먹고산다고 할 수 있어? 사랑해, 딸랑 한마디. 에라이!"

책상 위에 올려 둔 스마트폰을 보았다. 그의 번호는 들어 있지 않은 폰이었다. 그렇다는 건 그냥 쓰레기일 뿐이다.

"이대로 안 오는 건 아니겠지? 기다리지 말랬는데……."

정말 안 오면 어떻게 되는 거지? 영원은 이 답을 알고 있었다. 그래도 기다릴 것이다. 어쩔 수 없이.

"갑자기 사라진 건 내 고백에 당황해서 그런 것뿐이겠지? 그냥 성가셔서…… 악! 원장님은 성가셔서 피해 다녔다고 그랬 잖아. 아, 아니야. 가빌은 원장님과 성격이 달라서 안 그럴 거 야. 가빌한텐 고작 인간 한 명이 좋아한다고 고백한 게 대수롭 기나 하겠어? 그냥 코웃음 치고 말겠지. 원래의 행동반경을 바 꿀 정도로 내가 그리 대단한 존재도 아닐 테고. 아! 이건 이것 대로 아프다. 그래도 나는 안 기다릴 거라는 거짓말은 안 할 거 야. 절대로."

영원이 만화 콘티집을 잡았다. 만화책처럼 옆으로 넘기는 스 프링 연습장이었다. 웹툰은 스크롤바를 아래로 내려서 읽는 형 태이기에 위로 넘기는 스프링 연습장을 사용하지만, 만화책은 달랐다. 페이지를 넘기는 방법이 다른 만큼 콘티 연출도 다를 수밖에 없었다. 영원은 오늘 그릴 내용을 확인했다. 연습장에는 칸을 나누고 대충의 러프를 그려 넣고 대사를 적어 둔 것이 있 었다. 그런데 갑자기 자신이 그려 둔 한 면을 보고 화를 내었다.

"아니, 이것들이! 나는 실연으로 머리를 박고 있는데, 2D 세 상에 살고 있는 주제에 키스를 하고 있어? 너희들 키스 신은 취 소다! 키스 신 따위 넣어 줄까 보냐!"

영원이 분노의 지우개질을 했다. 그러다가 연습장이 찢어져 버리고 말았다. 영원의 어깨가 축 처졌다. 그녀는 다시 연습장 을 곱게 정리했다.

"마음보를 곱게 써야지. 주인공들한테 화풀이는. 애들도 지 금까지 조물주를 잘못 만나 러브신 진도 무지하게 못 나갔는 데. 내 조물주도 머리 박고 반성해야 돼. 그래! 결심했어!"

영원은 새 종이 원고를 꺼냈다. 그리고 콘티에 있던 칸 나누기를 대충 옮겨 긋고, 키스 신이 있던 칸에 샤프를 올렸다.

"내가 너희들의 키스 신을 뼈를 갈아 넣어서 그려 주겠노라. 각도를 어떻게 잡아야……."

서랍을 뒤져 두 개의 거울을 꺼냈다. 각각 평면거울, 볼록거울이었다. 얼굴을 이리저리 돌려 가며 거울을 보았다. 거울 두 개도 번갈아 비추었다. 자신의 얼굴을 보는 것이 아니었다. 키스 신에 사용할 얼굴 각도를 잡는 중이었다. 자신의 손으로 얼굴 절반을 감싸듯이 대었다. 손은 볼록거울을 더 많이 비춰 보았다. 그녀의 그림은 평면과 볼록거울의 중간 정도의 느낌이 들어가게끔 잡는다. 그러면 보다 입체적인 연출이 가능했다. 영원은 자신의 얼굴을 감싼 제 손을 보면서, 아주 잠시 갑1과의 키스 신을 상상했다. 아주 잠깐이었다. 0.1초의 찰나였을 뿐이다. 그럼에도 영원은 짜증스럽게 머리를 털었다.

"이런 상상은 안 돼! 더 비참해지는 거야! 난 지금 차였다고. 그것도 군더더기 하나 없이 깔끔하게."

각도는 대충 감을 잡았다. 영원은 그림을 그리면서 계속 생각했다. 죽으면 갑1을 기억하지 못한다고 들었던 걸 떠올렸다.

"그건 또 무슨 의미지? 내가 어떻게 가빌을 잊어. 가빌이 날 잊었으면 잊었지. 쳇! 원래 사랑받은 기억보다 사랑한 기억이 더 오래가는 법이야. 저승사자라서 뭘 몰라. 아차! 원장님 숙제도 해야 하는데. 악몽 정리. 으……, 도저히 그것까지는 시간이 안 되겠다. 그건 마감 끝나고."

영원이 그리고 있는 키스 신은 완전한 옆모습을 피한 각도였다. 여전히 측면이기는 하지만 남주의 얼굴이 좀 더 보이게끔 잡았다. 독자들 눈에는 여주보다 남주가 더 보이는 게 설렘 포인트가 높았다.

"역시 키스 신은 어려워. 키스 신까지 가는 과정은 더 어려워."

메인 한 칸만 키스 신을 넣는 것이 아니다. 장장 두 페이지에 걸쳐 여러 각도로 연출해야 하는데, 옆의 세로로 긴 칸에는 주인공들의 몸 전체 샷이 들어가야 한다. 그 칸의 데생도 그리기 시작했다.

"실연당하고 키스 신이나 하염없이 그리고 있다니. 에휴, 내 팔자야. 나비가 꿈에 보이면 애인이 생긴다더니, 완전 사기……. 앗! 내 책!"

책상 위를 보았다. 《예지몽 해석법》이 없었다. 심오의 진료실에 놓고 온 것이다. 그라면 잘 챙겨 뒀을 테니 걱정할 필요는 없을 것 같았다.

"그럼 천마는? 천마도 길몽일 것 같은……."

영원이 샤프를 내려놓았다. 그리고 얼마 전에 연필 체크가 된 부분만 따로 정리해 둔 노트를 펼쳤다.

"분명 천마도 내가 옮겨 적었어."

손가락으로 글자를 쭉 훑어서 내려갔다. 역시 있었다. 영원이 고개를 몇 번이나 갸웃거렸다. 여기에 적혀 있다는 건 이정희도 꾸었다는 것이고, 또 꿈이라는 의미다. 스토리 구상이 아니라. 그러고 보면 평소 스토리 구상을 할 땐 2D 그림의 이미

지를 떠올린다. 그런데 이번은 3D인 사람의 형태였다.

그럼 그 아름다운 여인도 꿈속의 사람이란 말인가? 어떻게 깨어 있으면서 꿈을 꿀 수가 있지? 천마와 함께 등장하는 아름다운 여인, 박쥐와 함께 등장하는 긴 머리의 남자, 그리고 나비와 함께 등장하는 갑1! 이들은 모두 같은 존재들인가? 그렇다는 건, 갑1이 저승사자니까 그들도 저승사자?

"그런데 어째서 나비가 등장하는 가빌은 나만 꾼 거지? 아니지! 가빌은 꿈이 아니라, 나의 기억이잖아! 꿈이 아니라, 기억……. 내 것인 것만 같은 이정희의 기억들……. 그녀가 행방불명된 시기와 나의 탄생 시기……. 에이, 아니야. 아닐 거야. 그런 말도 안 되는 일이, 하하하."

영원은 그림을 그리면서 연거푸 고개를 저었다. 다른 칸을 그리면서도 그녀의 고개는 간간이 계속 저어졌다.

갑1은 황량한 집, 더 황량한 대청마루에 앉아 밖의 억새풀을 바라보고 있었다. 방문도 다 열리고, 들어열개문인 창문도 천장에 올라가 고정되었기에 온 사방이 뻥 뚫렸다. 그래서 어디로 눈을 돌려도 억새풀만 한가득 보였다. 바람이 불어 억새풀을 흔들었다. 갑1이 흔든 억새풀이었다.

뒤쪽에서 누군가가 다가왔다. 집사는 아니다. 언제나처럼 나타나던 그 느낌이다. 경쾌한 발소리. 웃음소리. 그녀가 뒤에서 갑1의 목을 살포시 끌어안았다. 감촉도 없이. 하지만 갑1은 이제 이 감촉을 안다. 갑1이 여전히 억새밭을 보면서 중얼거리듯 말했다.

"누군가 하였더니, 너는 영원이었구나."

"왜 이제 왔어요? 얼마나 기다렸는데……."

언제나 이쯤에서 '보고 싶지 않았으니까.'라고 대답했다. 그러면 그녀는 사라졌었다. 이번에도 그렇게 말해야 했지만, 갑1의 입에서는 삼키지 못한 진심이 흘러나왔다.

"영원, 나는 너를 만나기 전부터 너를 보고파 하였다."

그녀가 갑1의 옆에 앉아 그의 팔에 머리를 기댔다. 사라지지 않고 그의 옆에 남았다. 그녀의 손가락이 갑1의 손가락 사이로 파고들었다.

"사랑해요. 언제나, 영원히……."

연갈색이던 억새풀이 조금씩 핑크빛으로 물들어 갔다. 그것은 온 억새밭으로 번져, 갑1의 정원이자 담장이던 곳은 핑크 물결이 되었다.

심오는 영원이 놓고 간 책을 한 장씩 넘겼다. 어떻게 찾아보는지도 모르고, 인간의 꿈의 형태는 이론으로 외우는 것이 전부였기에 그냥 체크가 된 곳만 보는 중이었다. 영원의 말대로 세월에 날아가서 흐릿해진 연필 자국들이 있었다. 그것은 죽음과 관련한 카테고리에 집중적으로 분포하고 있었다. 노크 소리가 들렸다. 심오는 책을 책상 위에 올려놓고 일어섰다.

"들어와."

저승의 문을 열고 들어온 건 갑2였다. 심오는 이승의 문을 등진 소파에 그녀를 앉게 하고, 자신은 맞은편 소파에 앉았다.

"다행히 다시 와 주었군. 난 그렇게 뛰쳐나가서 몇 년은 안 올 줄 알았거든."

"그럴까도 생각했지. 그런데 내가 이승을 두려워하는 이유를 모른 채 지내는 것이 이제는 더 두려워졌어."

"좋은 징조로군. 그 결심이 섰다면 조금 강하게 진도를 나가도 될까?"

갑2가 거만하게 고개를 한 번 까딱했다. 심오가 말했다.

"지금 바로 나와 자리를 바꿔서 앉았으면 하는데."

잠시 망설이던 갑2가 자리에서 일어섰다. 그리고 심오의 자리로 가서 앉고, 심오도 갑2의 자리로 가서 앉았다. 그녀의 눈에 이제껏 등지고 있었던 이승의 문이 들어왔다. 그녀의 긴 속눈썹이 파르르 떨렸다. 그래도 꾹 참는 것이 느껴졌다.

"그런데 청장은 요즘 뭐 하지? 도통 여기 오지도 않고."

"암흑의 감옥 지하에 꽂혔어. 매일 거기 들락거리느라 청장실에도 잘 안 나타나."

"거긴 증상을 더 퇴보시키는 장소인데, 왜 자꾸 거길 가지?"

"그 녀석 말로는 그곳이 자신을 끌어당긴단다."

"그야 이승과 더 먼 곳이니까. 이승기피증에서 회피의 장소로 그만한 곳도 없어."

"그렇지만 나도 그와 같다. 그곳이 날 끌어당겨. 아니, 그 장소가 나에게 끌려오는 것 같아."

"그래도 청장더러 이곳에 좀 오라고 그래. 아니면 내가 잡으러 간다고. 청장은 제법 괜찮아졌는데 다시 나빠지고 있으니, 원."

휴가를 받은 이유도 이승에 나가기 위한 절차였다. 그런데 암흑 속으로 더 기어들어 가고 있으니 심오로서는 기운 빠지는 일이 아닐 수 없었다. 갑2에게서는 더 이상 긴장은 없었다. 이승의 문을 봐도 이전과 같은 격한 반응은 나오지 않았다.

"괜찮으면 이승의 문 가까이 한번 가 봐. 저번처럼 폭주할 것 같으면 안 해도 되고."

"괜찮을까?"

"삼도천이 또 심술부리지 않는다면. 저번에 다시 저승으로 돌려 주었잖아. 이젠 안 그럴 거다."

갑2가 일어나서 이승의 문 가까이 다가갔다. 그곳은 형식뿐인 문이었다.

"여기는 저승이야. 그 문은 안 열려."

심오의 말에 기운을 내 손으로 슬며시 만져 보았다. 공포가 스며들지는 않았다.

"잘했어, 나의 우등생."

"이 진료실은 삼도천 위에 떠 있는 일종의 배라고 그랬지?"

"맞아. 여긴 배 위야."

"만약에 말이야, 이대로 이승에 나간다면 여기는 어떻게 변하지? 야외로 변하나?"

"아니. 이승으로 나가도 여기는 실내야. 갑21 사자의 사무실도 확 변하긴 해도 실내고, 여기는 실내도 별로 안 변해. 소파와 벽난로가 사라지는 정도? 공간도 좁아지고. 의식만 하지 않는다면 여기와 큰 차이를 느끼지 못할 거야. 너희들의 노출치료를 위해 그렇게 만들었거든. 한번 떨어졌다가 다시 가까이 가 봐."

갑2가 이승의 문에서 떨어졌다. 그리고 소파를 빙 둘러 걸어 다시 문 앞에 섰다. 숨을 크게 들이켰다가 길게 내쉬었다.

"해 보니 별거 아니군. 지금까지는 아무렇지 않아."

"좋았어. 저번 삼도천의 방해만 없었어도 더 빨리 진도가 나갔을 거다."

"이다음 진도는 뭐지?"

"이승에 잠깐 나갔다가 돌아오는 것. 하지만 문을 열고 나가지는 않아. 여전히 삼도천 옆에 정박한 배에서 내리지는 않는 셈이지."

"말하자면, 이승 쪽의 강가란 말이지?"

"그렇지."

"지금 도전 가능한가? 지금이라면 할 수 있을 것 같은데."

심오가 소파에서 일어나 갑2에게 다가왔다. 한꺼번에 진도를 뺄 생각은 없었다. 지나치면 안 하느니만 못하기 때문이다. 그런데 지금의 갑2 상태라면 한 단계 더 나가도 무리는 아닐 것 같았다.

"안 될 건 없지만, 무엇이 너를 이렇게 변하게 했지?"

"동기 부여가 되었다고나 할까? 너희들이 말하는 그 나영원, 만나 보고 싶거든."

"하긴, 이렇게까지 우리 입에 오르내리는 영혼은 없는데, 궁금하지 않으면 진짜 이상한 거지."

갑2가 긴 숨을 내쉬었다. 그 숨결은 더없이 매력적이지만, 무미건조한 저승사자인 심오에게는 그저 한숨일 뿐이었다.

"내가 만나 보고 싶은 이유는 그와는 조금 다른 것 같다. 그냥 만나 봐야겠다는 거."

심오가 서 있는 위치를 뒤로 이동시켰다. 저승의 문과 이승의 문 중간 지점에 나란히 섰다.

"좋아. 그럼 지금부터 이승으로 이동하마. 각오는 됐겠지?"

"됐다."

"하지만 절대 밖으로는 나가지 않을 거다. 그건 아직 무리야."

"알았어. 가자."

공간이 변하기 시작했다. 갑2의 숨소리도 거칠어졌다. 심오는 손을 잡아 준다거나 하지 않고 한 발짝 떨어져 지켜만 보았다. 이승의 진료실로 완전히 변했다.

"다 왔다. 지금 여기는 이승이야."

갑2가 불안감으로 거친 숨을 연달아 내뱉었다. 그래도 두 주먹을 꽉 쥔 채 버티고 섰다. 그녀는 줄곧 이승의 문만 노려보았다. 심오가 부드럽게 말했다.

"봐, 아무도 너를 해치지 않잖아. 너에겐 아무 일도 일어나지 않아. 이승은 널 해칠 수 없어."

"내가 지금 이승에 와 있는 거 확실하지?"

"그래. 이승에 와 있다. 저 문만 열면 배에서 내리는 거야. 네가 지금부터 계속 기억해야 하는 건, 이곳은 이승이고 안전하다는 거. 숨을 가라앉혀. 차분하게. 여긴 안전해. 너의 호흡

이 편안해지면 다시 저승으로 돌아갈 거야."

갑2의 거칠었던 숨이 차츰 진정되어 갔다. 그리고 이내 완전히 차분해졌다.

"좋았어! 바로 저승으로 돌아간다."

공간이 다시 변했다. 이번은 아주 천천히 저승으로 돌아왔다. 갑2가 심오를 쳐다보았다. 성공임을 확인하는 눈빛이었다. 심오가 고개를 끄덕여 보였다. 표정에선 만족스러움이 우러나왔다. 만족스러움은 갑2의 표정에 더 많이 드러났다.

"이승의 문을 열라고 해도 가능했을 것 같다."

"그건 다음에. 지금의 이 자신감을 잃어버리지 않으면 돼. 갑2 사자, 잘했다. 대성공."

갑2가 이승의 문이 보이는 소파로 가려다가 책상 위의 책을 발견했다.

"이승의 물건이군."

"내가 잠깐 보던 거야. 나영원의 책이거든. 동시에 나영원의 전생일 가능성이 매우 큰 이정희의 것이기도 하고."

갑2가 흥미를 가지고 책을 잡았다.

"예지몽이라. 인간들은 이런 걸 믿나?"

"인간들도 잘 안 믿어. 그냥 재미용."

갑2가 책을 다시 책상 위에 놓으면서 말했다.

"내가 오늘 성공 못 했다면 이건 가루가 되었다."

"다행이군. 내 것이 아니라서 곤란하거든. 중요한 거라서 돌려줘야 해."

갑2가 소파에 앉으면서 말했다.

"나영원의 어릴 때 모습을 봤어. 비행기 사고 때."

심오는 책상에 기대서서 물었다.

"어땠어?"

"아이가 심한 죄의식 속에서 살아왔겠구나, 생각했어."

"맞아, 죄의식이 심한 편이지. 꼭 부모와 관련해서뿐만이 아니라, 살아남은 자들의 슬픔 같은 거? 평범한 인간들에게는 이러한 죄의식들이 다 내재되어 있어. 그 죄의식들이 건강한 사회를 만들기도 하지만, 과하면 영혼을 파괴하기도 해. 나를 찾는 환자 중에도 많고."

"죄의식이라……. 거추장스러운 감정이군."

"우리도 미안함은 느끼잖아."

"그렇지. 없지는 않지. 그래도 우리가 정신적으로 타격을 받을 만큼 죄의식을 느끼려면 누군가를 죽인 정도가 아니면 어려울걸? 하하하."

심오도 긍정하며 웃었다. 자살로 생을 끝내 버린 자신의 환자를 떠올렸기 때문이다. 죄의식은 회피기제를 발동시킨다. 자신의 과오에서 달아나고자 하는 마음이다. 심오도 그래서 잠시 동안은 환자 앞에 다시 앉고 싶지 않은 마음이 들었었다. 월직에게도 죄의식은 분명히 존재하는 감정이었다.

"다음은 어떤 식으로 진행할 예정이지?"

"오늘과 똑같이 복습을 한 번 더 할 거야."

"나영원은 언제 볼 수 있나? 하루라도 빨리 만나고 싶어서 이렇게 열심히 하는데."

"영원 씨, 요즘 마감이라 병원에 못 오고 있어. 넌 아직은 병원을 벗어나는 건 무리고. 한 달이라고 했으니까 2~3주는 더 있어야 할 거다. 그 안에 우리는 삼도천을 건너다니는 데 완전히 익숙해지자."

갑2가 자리에서 일어섰다.

"조만간 다시 오마."

"일주일은 넘기면 안 돼."

갑2가 웃으면서 고개를 끄덕였다. 그리고 진료실을 나갔다. 심오는 책상 위의 책을 잡았다. 안을 펼쳐서 읽으려는데 다시 노크 소리가 들렸다. 센터장이었다.

"들어와."

문이 열리고 센터장이 들어오면서 말했다.

"딱 5분만 있다가 간다."

"10분."

"그건 아직 무리다."

"방금 갑2 사자 나가는 거 봤지? 오늘 이승에 나갔다가 왔다. 아주 잠깐이긴 했지만."

"뭐? 진짜? 성공했나?"

"그러니까 너도 시간 좀 내라. 네가 제일 진도가 안 나가. 갑2 사자가 너보다 훨씬 심했는데."

센터장이 이승과 등지는 소파에 앉으면서 결심한 듯이 말했다.

"10분, 좋다. 시간 내 보마."

심오가 맞은편에 앉았다.

"갑2 사자가 어떻게 갑자기 진전이 된 거냐? 얼마 전에 여기 박살 냈잖아."

"동기 부여가 되는 일이 있었나 보더군."

"그게 뭐지? 나한테도 효과가 있을까?"

"요즘 계속 문제가 되고 있는 나영원. 영상으로 그 영혼을 보고 난 뒤에, 갑자기 만나 보고 싶다고."

센터장은 나영원의 이름을 듣자마자, 짜증스러운 듯 아름다운 얼굴을 일그러뜨렸다.

"난 나영원 이름만 들어도 지긋지긋하구먼. 그 영혼은 내 병을 더 악화시키는 것 같다."

"본 적은 없지?"

"보고 싶지도 않다. 거부감부터 들어서."

"저승사자가 그러면 쓰나, 하하하."

"우리 사자청이 생긴 이래로 이런 난제는 없었잖아. 모든 질서를 파괴하고 있어. 괘씸한!"

"나영원은 피해자야. 잘못은 우리한테 있고."

"분노의 타깃이 잘못되어 있다는 거 나도 안다. 괜히 짜증 나서 실없는 소리 한번 해 봤다."

심오는 그의 단정한 옷차림을 찬찬히 살폈다. 갑1도 옷차림은 깔끔하다. 하지만 그것은 주변인들의 노력 덕분이다. 그에 반해 센터장의 단정함은 본인의 까탈스러운 솜씨다. 심오의 눈이 머리 장식에서 멈췄다.

"그거……, 청동 머리꽂이는 이승의 물건 아닌가?"

"맞다."

"갑2 사자와는 다르게 이승의 물건에 대한 거부감은 없는 모양이군. 너답지 않게."

"이 물건에 한해서만 거부감이 없는 거다."

"어째서?"

"아주 오래전부터 내 몸에 있었던 거니까."

"산 건가? 아니면 선물 받은 거?"

"모른다. 그냥 애초부터 나한테 있던 물건일 뿐이야."

"아니야. 나 의대 가려고 국사 공부 한 저승사자야. 그 물건은 인간의 시간으로 따지면 엄청 오래된 것이지만, 우리의 시간으로는 그리 예전의 것이 아니다."

심오가 자세히 보기 위해 상체를 일으키며 손을 뻗었다. 그런데 이 손을 센터장이 잽싸게 쳐 냈다.

"건드리지 마라! 이것은 내 몸의 일부다. 이것이 있어야 할 위치는 딱 내 머리 위야."

"건드리지 않으마. 눈으로만 볼게."

센터장은 고개를 끄덕이지는 않았지만, 허락은 하는 눈빛이었다. 심오가 눈으로만 자세히 살폈다. 마음 같아서는 골동품상에 가지고 가서 감정이라도 받아 보고 싶지만, 위치가 바뀌는 것을 극도로 싫어하는 센터장이 내어 줄 리는 만무하다.

"정확하게 언제부터 이게 너의 몸에 있었는지는 모르나?"

"1천 년 전, 갑자기 내 몸에 생겨났다. 그러니 내 몸의 일부지."

"야! 네 몸에 인간이 만든 게 이유도 없이 생겨날 리가 없잖아. 이상하게 생각했어야지."

"이상하게 생각할 필요가 없었다. 그냥 나의 것이었으니까."

"어떤 과정을 거쳐 네 손에 들어왔는지도 모르는 물건이 이상하지 않았다고?"

"내가 숨 쉬고, 움직이고, 말하는 것처럼 당연한 느낌일 뿐이야."

심오가 주저앉듯이 소파에 털썩 앉았다. 이건 너무도 어처구니가 없었다.

"정말 누가 준 건지, 아니면 네가 구입한 건지 전혀 기억이 안 나?"

"우리가 기억을 못 할 리가 없잖아. 그게 더 말이 안 되지."

"야! 이 바보, 멍청아!"

"욕 배틀이라면 자신 있다. 해 볼 테냐?"

심오가 제 머리를 쥐고 고개를 숙였다. 센터장의 말도 이해가 되었다. 갑3과 논의를 통해 정신장애 4인방의 기억이 완전하지 않다는 가설을 세우지 않았다면 심오도 의심하지 않았을지도 모른다.

"이승에 일 나갔다가 돌아왔을 때, 책상 위에 있었다. 나의 비녀들과 함께. 누가 갖다 놓았나 생각하기도 했지만, 너무도 나의 것 같기에 그냥 내 머리에 꽂았다. 이승에 일 나가기 전에도 머리에 꽂았던 것 같아서. 그뿐이야."

"야! 그럼 처음부터 그렇게 말했어야지. 놀랐잖아."

"하지만 앞에 말한 게 진짜고, 뒤에 말한 건 내 추측일 뿐이거든."

"네 것이 아닌 걸 꽂았을 가능성도 있잖아."

"그럴지도 모르지만 나의 것이라는 생각은 변함이 없다."

심오는 고개를 저으며 몸을 소파에 기댔다. 불필요한 정신 소모였다. 어쨌든 정리하면, 이승에 다녀와서 보니 머리꽂이가 비녀용 나뭇가지들과 함께 있었고, 본인의 물건인 것 같아서 꽂기 시작했다는 거다. 여기에는 또 이상한 점이 있었다. 월직들이 나의 것 같다는 불확실한 예감 같은 걸 가질 수 있는 존재였나? 아니었다. 결국은 이 머리꽂이가 센터장의 손에 들어왔을 당시, 즉 1천 년 전 어느 시점의 기억이 소실되었다고 보는 것이 합당했다. 센터장의 머리꽂이가 증거품인 것이다. 기억 소실은 가설이 아니라 이제부터는 사실이다. 1천 년 전이라는 시기도 사실이다. 그렇다면 이제부터는 대체 어떻게 소실이 된 건지를 알아봐야 하는 것이다. 아! 이것은 너무 어렵다. 센터장이 벌떡 일어났다.

"10분 되었다. 간다."

"앗! 잠깐만! 아직 이야기 안 끝났다. 치료는 시작도 안 했어!"

하지만 센터장은 중앙관제센터에 지금 돌아가지 않으면 바로 죽기라도 하는 것처럼, 돌아보지도 않고 저승의 문을 나가 버렸다.

"저 자식이! 내 머릿속을 이렇게 엉망으로 만들어 놓고 가 버리면 어쩌자는 거야! 치료는 대체 언제 할 거야?"

심오는 지쳐서 소파에 드러누웠다. 이걸 어디서부터 어떻게 풀어 가야 할지 암담했다.

"그냥 지옥청에 있을걸. 이렇게 골머리 썩을 일인 줄도 모르고……."

애초에 마음의 병을 고치겠다며 일을 벌인 건 갑3인데, 그는 시체 보느라 매번 바쁘고, 심오만 독박 쓴 신세였다. 곰곰이 계산해 보았다. 1천 년 전이면 이승에선 후삼국 시대라고 불리던 때였다. 물론 이렇게 칭한 것은 후세에서였지만. 그땐 여기저기가 전쟁이라 염라국, 그중에서도 특히 사자부의 월직들이 정신없이 바쁠 때였다.

"이 네 명은 하라는 망자 인도는 어쩌고, 대체 뭔 일을 겪고 다녔던 거야?"

인간에게는 기억 조작이라는 초능력이 있어서 기억을 자체적으로 소실시킬 수 있다. 월직들에게는 없는 능력이다. 그리고 그 사라진 기억 속에 정신장애를 일으킨 원인이 있을 것이다.

"누가, 왜, 어떤 방법으로……."

2

장소는 나쁘지 않았다. 저번의 고층 빌딩 꼭대기의 헬리콥터 이착륙장에 비하면. 갑21은 수목원 내의 작은 야외 카페에 앉았다. 인간들이 있는 장소에서는 뚝 떨어져서, 아무도 지나다니지 않는 숲 가운데에 둔 테이블이었다. 맞은편에는 산국의 점지부 삼신이 앉아 있었다. 이번 미팅은 산국 쪽의 요청이었다. 그런데 옥황국은 오지 않았다. 삼신이 말했다.

"저번의 사자가 아니네?"

"내가 책임자거든. 옥황국은 왜 안 왔지?"

"왔으면 의심을 풀었을 텐데, 이로써 명확해졌군. 그들의 해결 방법은 우리 산국과는 다르다는 것이."

갑21이 선글라스를 반쯤 끌어 내려서 렌즈 너머의 삼신을 보았다.

"옥황국에선 나영원 문제를 지들 멋대로 하겠다는 건가?"

"그들의 질서대로 하겠다는 거지. 옥황국이 나영원을 환각으로 규정하려는 움직임이 있다는 첩보가 있다."

"말도 안 돼! 그들에게 환각으로 규정되면 영혼은 소멸인데!"

"옥황국 입장에서는 가장 편하고 손쉬운 방법이잖아. 나영원은 그들에겐 컨트롤이 불가한 존재야. 다른 인간들의 공과격에도 영향을 미치는 한 이대로 둘 순 없는 거지. 그들의 공과격은 오류가 있어선 안 되는 절대적인 위치에 있어야 하니까."

공과격의 절대적 위치를 나영원이 건드린 것이다. 이것은 옥황국에서 용납할 수 있는 범위를 벗어났다.

"옥황국에서 나영원과 관련한 뭔가를 더 찾아낸 거로군. 우린 정보를 공유했는데, 제길!"

"우리 산국에서 다급하게 염라국과 만나자고 한 이유도 그것이야. 옥황국 쪽과 정보 교류 시 신중하게 하라는 말을 전하고 싶어서."

갑21이 팔짱을 끼고 앉아 화를 눌렀다. 일이 급박하게 변한 예감이었다. 삼신이 말했다.

"염라국의 정보에서 우리가 한 가지를 더 찾아냈다. 김분이와 이정희 사이, 한 명이 더 있었다. 정확한 생몰년은 알아내지 못했지만, 삼신이 붙어 있지 않은 산모가 있다는 신고가 접수되었던 예전 기록을 찾았다. 시기는 김분이가 사망한 지 9개월 후. 그땐 지금처럼 시스템이 빠르지 않았으니까 늦게 조사가 착수되었는지, 이후에 문제의 산모를 찾지 못했다는 보고가 마지막이었어."

"사산아였을 가능성은? 예전에는 사산되는 경우가 비일비재했잖아. 그럴 땐 영혼이 배정되지 않는 경우도 더러 있으니까."

"없지 않지만 의심해 볼 만은 하다."

"정황만 가지고는 안 돼. 명확한 증거가 있어야 해."

"그건 염라국에서 찾아야 할 거다. 옥황국에서는 찾은 거 같거든. 그때의 산모가 그 당시에 임신한 적이 없다는 공과격 기록을."

"젠장!"

"염라국에서 파악한 시초는 김분이인가?"

갑21은 머릿속을 점검했다. 옥황국은 믿을 수 없었다. 그렇다면 산국은 믿을 만한가? 완전한 신뢰는 불가능했다. 염라국이 파악한 윤회는 최소 10회 이상. 그렇다면 김분이 훨씬 이전부터 윤회를 거듭하고 있었다는 의미다. 김분이 이전은 아직 정보를 줄 수 없었다.

"더 있었을 것으로 추정하지만 정확하지는 않다. 우리도 지금 알아보고 있는 중이야. 그 산모의 정보를 줘. 우리 측에서 명확하게 알아보고 알려 주마."

삼신이 미리 적어 온 메모를 건넸다. 갑21은 그것을 읽고 즉시 불로 소각시켰다. 그리고 중앙관제센터로 전화를 했다. 센터장에게 산모의 정보를 알려 주고 기억보관소에서 그녀의 기억상자를 찾아 그 안에 나영원의 흔적이 있는지를 알아보라고 말했다. 그리고 즉시 알려 달라는 요청도 했다. 통화를 마치자,

삼신이 말했다.

"우리는 반드시 영혼 소멸은 막는다는 입장이다. 그러기 위해선 염라국의 협조가 필요해. 지금부턴 이 얘기를 나눴으면 한다."

"해 봐. 들어 볼 테니까."

"지금까지 드러난 패턴으로 보면, 이 영혼은 33살에 죽고 태어나는 것을 질서로 하고 있다. 그렇다는 건 나영원이란 이번 생도 33살에 마감한다는 거다."

"너무 짧아. 얼마 안 남았잖아."

"아마도 옥황국은 이번 삶이 끝날 때를 기점으로 영혼을 소멸시킬 계획일 거다. 아무리 옥황국이라고 해도 살아 있는 몸은 건드리지 못할 테니까. 어쩌면 이미 그 버튼은 눌러졌는지도 모른다. 염라국에선 그 영혼을 **빼앗기지** 마라. 반드시 수거해서 저승에 보관해 둬."

"옥황국이 우리 염라국의 방어막은 뚫지 못할 테니까?"

"그래. 뇌제조차 저렇게 애먹고 있잖아. 영혼은 너희밖에 못 지켜. 우리의 역량은 아니야."

산국은 삼신제석 아래에 전부 삼신으로 구성되어 있다. 그런데 이 삼신은 단어만 그렇게 정해졌을 뿐, 실제 힘으로 치면 정령의 수준이다. 산국의 진짜 신은 삼신제석 한 명뿐이다. 그들은 뇌제의 공격을 막을 힘이 없었다. 그래서 원래는 지금쯤 산국으로 넘어가야 하는 영혼 하나도 염라국에서 지켜 주고 있는 실정이었다. 뇌제가 찾고 있는 그 영혼이었다.

"염라국에 옥황국과 같은 서열이 있었다면, 나는 지금 그쪽

앞에서 무릎을 꿇고 땅에 머리를 조아려야 했을 거야."

"우린 머리가 나빠서 그런 복잡한 건 다들 귀찮아하거든. 나영원의 영혼을 우리가 수령했다고 쳐. 그다음은?"

"엉터리라도 좋으니까 인도장을 만들어 줬으면 한다."

"그건 어렵지 싶은데……."

"옥황국에서 편법을 쓰면, 우리도 편법을 쓸 수밖에! 그게 있으면 우리도 점지 증서를 만들 수 있다. 우리의 증서가 만들어지면 옥황국에서 진행 중이던 소멸은 이유 불문하고 무조건 멈춰진다. 인간들에게 처음은 남, 즉 탄생이지. 하지만 우리는 인간 세계와는 다르잖아. 모든 것은 죽음에서부터 시작을 하지. 염라국의 문서가 제일 먼저여야 한다. 이 영혼의 소멸을 막는 방법은 나영원의 죽음을 기점으로 처음부터 다시 시작하는 거다. 잘못해서 놓치면 소멸이야."

엉터리 문서는 위험이 높았다. 가장 완벽한 방법은 염라부명장이 언제부터 생성되지 않았는지 그 소실점을 찾아야 하는 것이다. 문제가 옥황국의 공과격에서 발생한 것이면, 그들의 협조가 없고서는 손쓸 도리가 없다. 갑21의 스마트폰이 울렸다. 센터장이었다.

— 찾았다. 김분이와 이정희 사이에 임덕자가 있었어. 모친의 기억 속에. 부모보다 먼저 사망했다. 그래서 죽음도 쉽게 파악했고. 33세에 병사. 날짜는 6월 6일. 물론 다른 경우와 마찬가지로 염라부명장은 없다.

갑21이 풀이 푹 죽어서 대답했다.

"6월 6일……, 아아, 이걸 어쩌면 좋지? 알았어."

— 바로 돌아와라. 비상대책회의 소집이다.

갑21이 통화를 끊고 말했다.

"너희 쪽 파악이 맞았다. 정보 고맙다."

"나는 아직 답을 못 들었다. 우리 쪽에 협력하는 건가?"

갑21이 자리에서 일어서면서 마지막으로 말했다.

"너희들이 우리한테 협력하는 것이 좋을 거다. 우리도 영혼을 지킨다는 게 원칙이거든. 단! 방법은 다를 수 있을 거야. 조만간 협조 요청할게."

비상대책회의가 소집되어 회의실에 모인 건 총 일곱 명이었다. 갑1과 갑3, 심오, 갑21과 갑2, 청장, 그리고 절대 중앙관제센터를 나오지 않는 센터장까지, 모두 둥글게 붙인 책상 앞에 앉아 있었다. 나영원 문제를 알고 있는 월직들로만 모인 셈이다. 갑21의 최종 보고까지 듣고 난 모두가 지금은 침묵을 지키고 있었다. 이유는 제각각이었지만, 전부 충격에 휩싸인 건 공통이었다. 청장이 고개를 저으며 말했다.

"난 처음부터 나영원 사건을 들어 오고 있는데도 도통 모르겠다. 나만 이 사건을 못 따라가고 있는 거야? 아니, 다 놔두고 한 가지만 질문할게. 나영원은 기억을 가진 채로 바로 태아로 들어간 거지? 태아 때는 그렇다고 해도, 태어나서부터는 바로 얼마 전까지 겪었던 기억들을 어떻게 감당했지?"

이에 대한 질문은 갑3이 받았다.

"인간들이 이에 대한 연구를 해 둔 게 있다면 참고를 하겠지만, 전무하기에 내 짐작을 말해 보마. 너희들의 이해를 돕기 위해 최대한 쉽게 설명하자면, 인간의 뇌 발달은 만 3살 이전과 이후가 달라. 만 3살 이전은 행동 발달과 관련된 뇌 부위가 발달하고, 그 이후는 기억을 관장하는 뇌 부위가 발달하거든. 그래서 인간들은 자신의 3살 이전은 기억하지 못한다. 그때는 기억을 관장하는 뇌가 활동을 거의 하지 않으니까. 정신은 육체와 불가분의 관계를 맺고 있어. 전생을 기억하고 환생을 했어도 새 육체에 들어가는 순간, 새 육체의 지배를 받는 게 당연하지. 환경의 영향도 물론이고. 나영원도 그랬을 거다. 태아 때부터 만 3살 이전까지는 그녀의 전생 기억들은 무의식 속에 저장된 상태였을 가능성이 커. 그 뒤에 기억의 뇌 부위들이 발달하기 시작하면서 부분적으로 걸러진 기억들이 차츰 표면으로 올라온 거겠지."

"쉽게 설명한 거 맞아? 하나도 못 알아듣겠다."

"아, 패스! 나도 더 설명 못 해 주겠다. 짜증 나!"

갑21이 말했다.

"아무튼! 어떻게 된 일인지는 몰라도 일은 벌어졌어. 어떻게 할까? 산국의 계획대로 해?"

"지금으로썬 가장 성공 가능성 큰 계획이야."

갑3의 말이었다. 이에 반기를 든 건 심오였다.

"그러면 나영원은 죽는다."

센터장이 말했다.

"이 문제는 죽어야 해결이 깔끔해."

"죽는 게 어떻게 해결이야!"

갑1의 고함 소리가 회의실을 쩌렁쩌렁하게 울렸다. 그 소리는 한참 동안 메아리처럼 회의실 안을 맴돌다가 사라졌다. 센터장이 말했다.

"33이 질서이자 운명이다."

"33은 저주다! 질서도 아니고 운명도 아니야! 우리는 그 저주를 풀어 줘야 하는 의무가 있다."

이번엔 심오가 나섰다.

"무조건 저주라고 보는 것도 한 번쯤은 고려해 봤으면 좋겠다. 태양을 도는 여러 행성은 각자의 질서를 가지고 있잖아? 그런데 갑자기 핼리혜성이 지나가. 그게 무질서해 보이지. 하늘의 재앙 같지. 하지만 그것도 우주의 질서야. 나영원의 33살 윤회의 고리도 핼리혜성과 같은 질서일 수도 있어. 저주가 아니라."

"저주가 아니라 질서라고 하면 이건 더 멈추게 해야 한다."

"어떻게? 방법은 있나?"

"33! 이 숫자를 깨부순다. 나영원의 33살 고리를 끊는 거다. 삶으로!"

"더없이 이상적인 의견이군. 그런데 6월 6일까지는 너무 촉박해. 차라리 안전한 방법으로 가는 게 낫다. 과욕으로 영혼이 소멸되어 버리면? 그 뒤는 늦어."

영원이 죽는다. 영혼까지 소멸된다. 그녀가 사라진다. 갑1은 정신이 아득해져 감을 느꼈다. 이제 겨우 자신이 현실 같아졌는데, 이 세상도 현실 같아졌는데, 또다시 아무것도 존재하지 않는 비현실감 속에서 살아가게 될 것이다.

심오는 갑1을 살폈다. 그의 의식이 예전의 텅 빈 상태로 돌아가려 하고 있었다. 그를 잡아 주고 싶은데 자리가 떨어져 있었다. 심오는 여태껏 이승의 음식을 먹어 왔지만, 눈물을 흘린 적은 없었다. 그런데 갑자기 갑1로 인해 눈물이 맺혔다가 한 방울 뚝 떨어져 내렸다.

'아아, 설마설마했는데. 이 일을 어쩌면 좋지?'

심오의 눈물을 발견한 건 갑3이었다. 그가 고민하다가 건들거리듯이 말했다.

"나영원을 살리려고 최대한 노력하다가, 안 되면 영혼만이라도 구출하는 걸로 가야지, 하기도 전에 포기를 하나? 니들도 옥황국 욕할 거 하나도 없어!"

갑21이 말했다.

"이 일은 원래대로라면 사자청 일이야. 하지만 본 사건의 책임자는 나니까, 개입을 하겠어. 모두가 영혼 소멸에는 반대인 걸로 일치를 봤다고 생각하고, 33년 윤회의 저주를 삶으로 끊느냐, 죽음으로 끊느냐 이렇게 갈리는 거지? 거수! 삶, 손!"

갑21이 손을 번쩍 들었다. 모두의 시선이 모이자 웃으면서 말했다.

"난 이번 생의 나영원이 좋거든. 좀 더 살아 줬으면 좋겠어. 게다가 고생은 사자청에서 할 거잖아?"

심오가 손을 들었다. 갑2도 들었다. 갑3도 고개를 저으면서 마지못해 손을 들었다.

"참 가관이다. 저승사자들이 사람 살리자는데 죄다 손들고, 쯧쯧."

갑21이 말했다.

"나머진 죽음으로 끊길 원하는 거야? 갑1 사자는 아니잖아."

모두가 갑1을 쳐다보았다. 그의 의식은 이미 이곳에 없었다. 텅 빈 인형의 모습 그대로였다. 옆에 있던 갑2가 그의 어깨를 쳤다. 그제야 그의 눈에 초점이 돌아왔다.

"어? 무슨 얘기 중이었지?"

"갑1 오빠, 아무리 귀찮아도 집중 좀 하자. 나영원 일인데. 33의 저주를 삶으로 끊을 거야, 죽음으로 끊을 거야?"

"삶! 나영원은 반드시 계속 살아가게 해 줄 거다."

청장이 말했다.

"난 아무래도 좋다. 살아서나 죽어서나, 영혼만 무사하면."

마지막으로 센터장에게 시선이 모아졌다. 그가 인상을 구기면서 말했다.

"난 방법을 들어 보고 판단하겠다. 33살에 안 죽게 하는 방법 있나? 저주의 정체도 모르는데? 인간은 다양하게 죽어. 아무리 죽음을 막아도 심장마비로라도 죽어. 저주라는 게 그런 거야. 질서라면 더 방법 없고."

갑1이 자리에서 일어섰다. 그가 그만 이곳을 나가려고 하는 거라고 생각했다. 가장 관심 없는 것처럼 보였기 때문이다. 하지만 그는 곧 열띤 눈으로 말하기 시작했다. 멍때리고 있었던 것이 아니었다. 최선을 다해 영원을 살릴 방법만 생각하고 있었던 것이다.

"내가 생각하는 방법을 말해 보마. 저주인지 질서인지 모르겠지만, 언제부터 윤회를 거듭했는지 파악할 필요가 있다. 그런데 그에 앞서 우리 사자청에서 먼저 파악해야 할 것이 있다. 나영원은 아주 잔인한 죽음을 수없이 겪어 왔다. 그녀를 죽인 인간들은 공과격에 기록이 되어 있지 않아서 그에 대한 죗값은 치르지 않았을 거다."

센터장이 책상을 내려쳤다.

"그러네! 그걸 미처 생각 못 했다. 그건 절대 용납할 수 없어. 기억상자를 모조리 뒤져서라도 밝혀내야 한다. 그건 우리 염라국에서 해야만 하는 일이니까."

"그 기억상자를 하나하나 뒤지면서 그동안의 윤회를 거슬러 올라가면……."

뒤를 이은 갑1의 설명은 아주 길었다. 손이 많이 가는 작업이지만, 어차피 해야만 하는 일이기에 모두가 고개를 끄덕였다. 갑1의 설명이 끝났을 때, 센터장도 결국 삶 쪽에 손을 들었다.

"최대한 애써 보자, 나영원의 삶이 이어지도록. 그것이 질서를 바로잡는 방법이다."

갑2가 말했다.

"그럼 나는 쉬고 있는 모든 월직들을 소환하지. 우리들만이

할 수 있는 일이니까."

저승의 진료실로 터벅터벅 걸어오는 심오의 팔을 갑3이 덮치듯이 거칠게 잡아서 끌었다.

"왜?"

"단둘이 얘기 좀 하자."

갑21이 옆을 지나가다가 그들에게 말했다.

"오빠들! 나도 같이 의논……."

"넌 이따가! 우선 우리 둘이서 정신의학에 대한 학문적 토론을 좀 해야겠거든. 긴급이라서."

"뭐, 그렇다면 난 다음에."

갑3은 질질 끌다시피 심오를 잡아서 진료실 안으로 던져 넣었다. 그리고 문을 꽉 닫았다.

"어떻게 된 거야?"

"뭐가?"

갑3이 제 머리를 한 손으로 받히고 절망적으로 말했다.

"내가 그렇게 나영원한테 정 주지 말라고 했는데. 이제 이 일을 어쩔 거야? 어떻게 저승사자가 인간한테 마음을……."

심오도 갑3이 무슨 말을 하려는지 감을 잡았다. 그도 절망스럽게 말했다.

"나도 어떻게 해야 할지 모르겠다. 지금 미칠 것 같아."

갑3이 진료실 안을 성큼성큼 걸어 다니면서 말을 쏟아 냈다.

"모든 게 내 잘못이다. 애초에 너희 쪽에 지원 요청하는 게 아니었어. 지옥청은 사고나 감정 체계가 우리 사자청보다는 인간에 동화되기 쉬워서 혹시나 하는 우려는 있었지만, 이게 현실이 될 줄이야. 내 죄다, 내 죄야!"

심오가 어리둥절하여 말했다.

"무슨 말이야? 여기서 지옥청 사고 체계가 왜 나와?"

"사고 체계를 업신여겨서 한 말이 아니다. 오히려 너희들이 정신은 더 진화가 되었다는 뜻이야."

"아니, 업신여겼다고 생각해서 한 말이 아니라, 그러니까……, 나영원한테 마음을 준 저승사자가 나라는 거야?"

"인정하기 싫은 거구나. 그럴 수도 있지. 이해한다. 처음 겪어 보는 감정일 테니."

"난 아니야."

"하! 이미 나한테 다 들켰다. 그리도 숨기고 싶었다면 눈물부터 숨겼어야지. 그렇게 부인하면 마음은 더 곪는다. 지금부터라도 나한테 상담받아……."

"야! 나 아니라고! 너 진짜 인간처럼 굴래? 아니라고 하면 그냥 받아들여! 난 인간이 아니라서 이런 걸로 거짓말 안 하니까!"

"아, 참. 넌 인간이 아니었지. 그럼 숨기는 게 아니라면……."

"난 아니니까, 누구겠니?"

"너 아니면 없지. 설마……, 홍신소? 내가 이 녀석을 그냥!"

"야! 그쪽은 더 아니다, 이 멍청아!"

"그럼……, 나였냐? 내가 나영원을?"

"으이그, 이 머저리 같은 놈. 내가 이런 멍청한 놈과 일을 도 모하고 있다니. 내가 더 상등신이다. 넌 150년 동안 이승에서 헛살았어."

심오가 소파에 털썩 주저앉았을 때였다. 노크 소리와 동시에 저승의 문이 열렸다. 갑1이었다.

"이승으로 데려다줘."

"난 의사가 아니라 뱃사공이었어."

갑1이 몸을 돌렸다.

"싫으면 입출국장으로……."

"아, 아니다! 그 차림으론 거기 가면 안 되겠다."

그사이에 갑1은 새로 받은 파자마로 갈아입고 왔다. 비록 하이 네크라인으로 단추를 채우도록 변형된 디자인이긴 했지만. 심오는 후회했다. 차라리 그때 트레이닝복으로 주문하게 됐어야 했다. 이걸 입고 영원한테 가리라는 걸 상상이나 했겠나. 편한 옷 타령을 한 이유가 이것이었나? 안전복도 보기와 다르게 엄청 편하지 않나? 그런데 왜 굳이? 골치가 아팠다. 갑1은 파자마가 뭔지 모를 테니 그냥 지적하지 않는 편이 나을 것 같았다. 혼란스러운 건 영원이겠지만, 그녀가 알아서 감당할 문제려니 싶었다. 지금은 이것저것 생각하고 싶지 않았다. 머리를 쉬게 해 주고 싶었다. 한계였다. 심오가 이승으로 나가지 않은 채로 슬쩍 만류해 보았다.

"안 가면 안 될까? 지금 가 봤자 금방 돌아와야 해. 영원 씨 지금 엄청 바빠."

"안다. 얼굴만 보고 올 거다. 무사한지."

갑3이 시큰둥하게 말했다.

"무사하겠지. 아직 날짜가 남았으니까."

"가 줄 거야, 말 거야?"

진료실이 이승으로 변하기 시작했다. 심오가 말했다.

"그거, 파자마에⋯⋯, 구두는 진짜⋯⋯. 아, 모르겠다. 구색이 맞고 안 맞고는 이승의 개념이니까."

"이상한가?"

"갑1 사자, 한 가지만 알려 주마. 파자마는 외출복이 아니다."

"영원만 싫어하지 않으면 된다."

이승에 완전히 도착하자마자 갑1은 사라졌다. 심오가 중얼거렸다.

"싫어하지는 않겠지만, 몸과 마음이 여러모로 복잡해지긴할 거다."

심오가 소파가 없어진 진료실에서 책상에 걸터앉았다. 갑3도 환자용 의자에 앉으려다가 벌떡 일어섰다. 그리고 사색이 된 눈으로 갑1이 섰던 자리를 손가락으로 가리켰다.

"아니지? 그럴 리가 없지?"

"이번엔 진짜 눈치챈 거 맞아?"

"갑1 사자가 나영원을 사랑하고 있다?"

"겨우 알아맞혔군. 기특하다, 기특해."

갑3은 한동안 얼어붙은 채로 서 있었다. 그가 생각할 수 있는 한계를 넘어섰다.

"이, 이건, 이건⋯⋯, 있어서는 안 되는 일인데⋯⋯. 갑1 사자는 진짜 안 돼. 다른 사자라면 모를까, 갑1 사자는……."

심오가 진료실을 저승으로 이동시켰다. 그리고 당장이라도 쓰러질 것 같은 갑3을 소파에 앉혔다.

"진정해. 나도 멘붕 상태이긴 하지만. 진짜 심각한 문제다."

"심각한 문제, 그 이상이다. 아! 나영원은? 그쪽 마음도 같나?"

"아닐 것 같아?"

갑3은 그동안의 두 사람을 회상해 보았다. 아닐 리가 없었다.

"이걸 어떻게 수습하지?"

"그러니까 우선 영원 씨부터 살리고 계속 고민해 나가야지."

"나영원이 죽는 게 더 낫지 않나? 그쪽이 해결이 빠르다."

"그게 어떻게 해결이냐? 영원 씨가 죽으면 기억은 어쩌고? 자신을 기억하지 못하는 영원 씨를 보고 참 좋아라 하겠다. 그 상황 닥치면 더 미친다. 오늘 갑1 사자 정신 나간 것 보면 감 안 잡혀?"

"그, 그래. 아무리 우리가 저승사자라도 감당 못 하지. 기억을 하지 못하는 건 더 이상 사랑하지 않는 것과 마찬가지니까. 그런데 우리가 어떻게 사랑을 하지? 이건 불가능해. 난 그동안 이승에 머물면서 그런 감정을 느껴 본 적이 없었다."

심오가 갑3의 맞은편 소파에 앉았다.

"나도 그렇게 생각하고 지금껏 갑1 사자를 방치했다. 계속 보였는데도 불구하고. 갑1 사자도 지금 제 마음을 모르고 있을 거다. 경험이 있어야 알아차리지."

"인간의 사랑은 우울증처럼 약으로 치료가 가능해. 뇌에서 발생하는 병이니까. 그런데 우리는 어떻게 치료를 하지? 약이 전혀 작용을 안 하는데."

"어휴! 치료할 생각이나 하고 있다니."

"그 감정을 없앨 수 있다면 어떻게든 해 주고 싶으니까. 그런 데 넌 눈치를 챘으면서 갑1 사자가 저렇게 쫄래쫄래 가는 걸 왜 안 말린 거냐? 다리를 분질러서라도 막았어야지."

"우리 다리를 그렇게 쉽게 부러뜨릴 수나 있어? 그리고 로미 오와 줄리엣 효과 몰라? 반대할수록 불타오르는 심리."

갑3이 머리카락을 움켜쥐고 몸을 웅크렸다.

"난 지금 어떻게 해야 할지 모르겠다. 나한테는 나영원 일보 다 갑1 사자 문제가 더 심각하다. 그 이전의 다른 녀석들 문제도 아직 해결을 못 했는데……."

"작가님도 좀 쉬세요. 이러다가 쓰러지세요. 우리도 내일 최 대한 일찍 올게요."

민아와 경민이 현관문을 열고 밖으로 나갔다. 현관문을 잠 글 겸 배웅하던 영원이 우뚝 멈추었다. 밖에 초인종을 누르려 고 갑1이 서 있었던 것이다. 다행히 무체화였다. 그래서 민아와 경민이 그를 통과해서 지나갔다. 영원은 한동안 현관문을 열어 둔 채로 서 있었다. 어떤 인사말을 건네야 할지 몰라서였다. 차 놓고선, 인간이라면 그 뒤에 이렇게 찾아오지 않을 텐데, 그는 저승사자라서 별 상관이 없는 건가?

"왜 아무 말이 없지?"

"할 말을 잃은 거야. 기다렸거든. 바빠서 죽을 것 같은데도 기다렸거든. 당신이 기다리지 말라고 했는데도 기다렸거든. 너무 기다리면 이렇게 돼."

갑1이 집 안으로 들어왔다. 영원이 현관문을 닫자마자 유체화로 변했다. 현관문을 잠그고 돌아서던 영원이 화들짝 놀라며 문에 붙어 섰다.

"가, 가빌, 너 그 옷⋯⋯."

"기다리지 말라고 한 건, 너를 위해서였다."

"아니, 그 잠옷은⋯⋯."

갑1이 거실로 걸어 들어가면서 말했다. 그의 목소리는 옷차림과 다르게 더없이 진지했다.

"나의 모든 말과 행동은 너를 위한 것이지, 너를 해치기 위한 것이 아니다."

영원의 귀에 그의 말은 들리지도 않았다. 시각이 청각을 완전히 잡아먹었다.

"나를 위한? 그 옷도?"

"나는 기다림이 독이 되어 죽은 여러 영혼을 보았다. 정신은 영혼뿐만 아니라 육체를 죽이기도 하지. 나는 영원이 오래도록 살기를 바라기에⋯⋯."

"나한테 지금 중요한 건 내가 죽고 사는 게 아니라, 너의 그 잠옷이야!"

"나에게는 너의 삶이 너무도 중요해!"

"내가 잘 살아가는 게 중요하면 그런 차림으로 오면 안 되지!

누구 숨 막혀 죽는 꼴 보고 싶어?"

"수, 숨이 막히는 것이냐? 언제부터? 어떻게?"

영원이 거실로 들어가면서 한숨을 섞어 가며 말했다.

"너의 이 옷차림을 본 순간부터. 숨이 막히다 못해 코피가 터질 지경이다. 아! 인간들끼리의 비유야. 진짜 코피가 터지는 건 아니야."

어떤 의미로는 진짜 무신경하고 못된 남자다. 사랑한다고 고백까지 한 여자 집에, 깔끔하게 거절까지 하고 도망친 주제에, 어떻게 파자마를 입고 올 생각을 다 할 수 있지?

"가빌! 다른 말은 우선 접어 두고, 너의 그 옷은 뭐야? 왜 그걸 입고 이 야밤에 불쑥 찾아온 거야? 너의 답에 따라 따귀가 날아갈 수도 있어."

"편한 옷을 달라고 했더니 이걸로 주더군."

"네가 고른 게 아니야?"

갑1이 고개를 끄덕였다.

"난 입혀 주는 대로 입는다."

영원이 거실 벽에 머리를 박고 찰싹 붙었다. 그리고 혼자서 중얼거렸다.

"지금 나 실망한 거 맞지? 나란 여자, 정말 쉬운 여자. 따귀는 개뿔. 에라이, 자존심도 없는 것."

"벽에 붙어서 뭐 해?"

"반성해. 원래 만화에서는 반성할 때 구석에 머리를 곧잘 박거든."

갑1이 다가가서 그녀의 양쪽 어깨를 살포시 잡았다.

"날 봐."

"나의 몸과 마음이 복잡해서 그래. 잠깐만 진정 좀 하고."

"잠깐 짬 내서 나온 거다. 한동안 이렇게도 못 나온다."

영원이 냉큼 뒤를 돌았다. 그가, 그의 얼굴이 아주 가까이에 있었다.

"얼마 동안? 얼마나 못 보는데?"

"보름 정도?"

"보름이나?"

"상황에 따라선 더 길어질 수도 있다."

"그, 그동안은 나도 바쁘긴 하지만……, 그래도……."

갑자기 영원은 어리둥절해졌다. 그러고 보니 갑1은 이전과 전혀 달라지지 않은 태도를 보이고 있었다. 사랑 고백을 거절하고 갔으면 뭔가 달라져야 하지 않나?

"네가 기다릴까 봐 미리 말하러 왔다."

기다리겠다는 고백도 거절한 거 아니었나? 인간들에게는 기다리지 말라는 건 사랑을 거절하는 것과 다르지 않았다. 그런데 그는 진짜 순수하게 말 그대로 기다리지 말라고 한 거였나? 건강 해칠까 봐?

"가빌, 너 나 찬 거 아니었어?"

"난 인간에게 폭력을 행사하지 않는다."

사랑한다는 고백에 대해 직접적으로 물어보고 싶었지만, 그가 또 사라질까 봐 조심스러웠다. 어떻게 물어야 할지 고민하고 있던 그녀에게 갑1이 말했다.

"가 봐야겠다."

"이렇게 금방 가? 보름 정도 못 온다는 말을 하려고?"

"말해 달라며?"

"무, 물론 네가 그 정도로 안 오면 마음이 많이 아팠을 거야."

"오길 잘했군. 잠깐이라도 얼굴이 보고 싶어서 왔더니."

"뭐?"

영원이 그의 양팔을 움켜잡았다. 그리고 높이 있는 그의 얼굴을 올려다보며 말했다.

"가빌, 보고 싶었다는 말은 사랑한다는 뜻의 또 다른 말이야. 사랑하지 않으면 이유도 없이 보고 싶지도 않고, 오고 싶지도 않아."

갑1의 짙은 눈썹이 일그러졌다. 화가 났거나 불쾌해서 그런 건 아닌 듯했다. 그의 마음이 몹시도 복잡해서 그런 모양이 된 것 같았다. 용기를 냈다.

"가빌, 난 지금 당신한테 입을 맞출 거야. 내가 싫으면 무체화로 변해도 돼."

영원이 발뒤꿈치를 힘겹게 들어 까치발을 했다. 고개도 있는 힘껏 빼 올렸다. 그런데 아무리 용을 써도 그의 입술은 너무도 멀었다. 백두산도 이렇게 안 높을 것만 같았다. 슬슬 민망해져 갈 때였다. 갑1의 얼굴이 아래로 내려왔다. 그리고 그대로 자신의 입술을 영원의 입술 위에 포개 얹었다. 이번에야말로 눈을 감아야 하는 타이밍임에도 불구하고 영원의 눈은 커다랗게 떠졌다. 갑1의 입술이, 얼굴이 멀어졌다. 멀어지는 듯했을 뿐이다. 잠깐의 시간이었다. 그의 팔이 영원의 허리를 감아올리고, 입술은 다시 겹쳤다. 다시 가까워진 입술에서는 더 깊은 곳의 서로를 만났다. 영원의 두 눈이 자기도 모르게 스르르 감겼다. 두 입술이 떨어졌다. 갑1이 그녀의 입술 속에 속삭였다.

"나도 너와 입 맞추고 싶었다, 이전부터 계속. 언제나 네가 보고 싶었다, 만나기 전부터 줄곧."

갑1의 팔이 풀리자 그녀의 까치발도 내려왔다. 영원이 조심스럽게 눈을 떴다. 그의 표정을 보고 싶었지만, 그의 입술은 그녀의 볼에 다시 가까워졌다. 갑1은 볼에 짧은 키스를 남기고, 한 손으로는 그녀의 볼을 쓰다듬으면서 사라졌다. 영원은 그 자리에 우두커니 혼자 남았다. 모든 것이 꿈인 것만 같았다. 하지만 감촉은 생생하게 남아 있었다. 영원이 슬라이딩을 하듯이 거실에 쓰러졌다. 두근거림이 가라앉지가 않았다. 자신의 거친 숨소리가 귓가에서 들리는 듯 가까웠다. 두 손이, 온몸이 떨리고 있었다. 손을 들어 쳐다보았다.

"이, 이 손으로는 펜 못 잡아. 다 찌글찌글한 선이 될 거야."

손을 내렸다. 눈 위에 거실 천장이 있었지만 아무것도 보이지가 않았다. 갑1의 얼굴도 보이지가 않았다.

"나도 보고 싶었어. 지금도 보고 싶어."

그런데 그가 끝까지 사랑한다는 말은 하지 않았음을 깨달았다. 하지만 서운하지 않았다.

"사랑한다는 말이 없으면 뭐 어때. 마지막에 얼굴을 쓰다듬던 그 손길이 이미 사랑인걸."

"갑1 사자, 정신 차려! 이봐!"

갑1은 소파에 누운 채로 꼼짝도 하지 않았다. 저승으로 넘어오자마자 드러누운 지 제법 시간이 지났다. 심오와 갑3은 슬슬 걱정되기 시작했다. 큰 문제가 생긴 것이 분명했다. 다녀온 곳은 영원의 집인데 어디서 전투라도 치르고 온 듯 숨소리도 거칠었다. 갑3이 물었다.

"혹시 재수 없는 놈이라도 만났나? 뇌제가 계속 노리고 있었는데."

"그런 일 없다."

갑1이 부스스 일어났다. 여전히 넋이 나간 얼굴이었다. 볼은 상기된 듯 붉은 기가 돌았다. 심오가 말했다.

"너 지금 정상으로 보이지 않는다."

"정상으로 보이는 게 더 이상하지. 이렇게나 기분이 좋은데."

"기분이 좋은 거였어?"

갑1이 고개를 끄덕였다. 확실히 그의 입술 꼬리가 화사하게 폈다. 웃음을 주체하지 못하고 있는 듯했다. 영원에게 가기 전까지만 해도 그녀의 윤회 문제로 다 죽어 가는 표정이었다. 영원이 죽기 전에 갑1이 먼저 죽겠지 싶을 정도로 심각했다. 그런데 갑자기 바뀌었다. 그 잠깐 사이에 윤회 문제가 해결이 된 것도 아닌데 말이다. 건너편 소파에 나란히 앉은 심오와 갑3이 서로를 바라보았다. 눈빛으로 서로에게 질문을 던졌지만, 각자 고개만 저었다.

"내일부터 바빠질 거다. 난 집에 가서 잠깐이라도 쉬고 와야겠다."

갑1이 일어나서 저승의 문을 나갔다. 심오가 그의 뒤통수에 대고 말했다.

"내일은 그 옷 입고 오지 마. 집에서만 입는 거야."

"안다. 영원의 집에서만."

"내가 말하는 집은 그 집이 아니…….."

이미 문은 닫혔다. 갑3이 턱을 괴고 심각하게 고민을 했다.

"고작 15분 내에 일어날 수 있는 기분 좋은 일이 뭐가 있지?"

"글쎄……. 사랑을 하면 아무 일 아닌 것에도 행복해지긴 한다더라만."

"그래도 방금 저 모습은 과하지."

"미스터리군."

그들로서는 상상할 수 없는 영역이었기에 결국 어떠한 짐작도 하지 못했다.

3

　사자청 로비 현관으로 다양한 시대를 거친 듯한 검은색 옷들이 들어오고 있었다. 수십 년 전에 유행했던 촌스러운 양복도 있었고, 군복도 있었고, 제복도 있었고, 이승의 영화나 드라마에 자주 등장하는 한복도 많았다. 휴식기에 있는 월직들이 속속 모여들고 있는 거였다. 이들은 최근 모자나 갓을 금지하기 전의 차림이어서 머리에 하나씩은 쓰고 있었다. 직원들을 비롯하여, 시직과 일직들도 달려나와 오랜만에 모습을 드러낸 월직들에게 인사하느라 북새통이었다.

　휴식기의 월직들이 모여든 곳은 기억보관소였다. 이들보다 먼저, 현재 활동기의 월직들은 전부 다녀갔다. 그들이 확인한 것은 나영원의 영혼이었다. 다시 말하면, 병9의 첫 임무 때 찍힌 나영원의 영상과, 기억상자에서 찾아낸 나영원의 모친 기억에 있던 비행기 사고 당시의 모습, 임덕자의 모친 기억에 있던 흐릿한 모습이었다.

시직과 일직들의 기억은 일정 기간이 지나면 사라진다. 영혼이지만 기억의 체계는 살아 있는 인간과 다르지 않기 때문이다. 그리고 그들은 한 영혼의 여러 생애를 구분하는 능력도 부족하다. 그에 반해 월직의 기억은 완벽하고, 아무리 모습을 바꿔 환생을 해도 모든 영혼을 구분할 수 있다. 지금은 기술 발전에 힘입어 시직과 일직의 비율이 압도적으로 높아졌지만, 4천년 전만 해도 월직들의 비율이 높았다. 지금과 시스템도 달라서 그때는 이승에 하루 정도 머무르며 망자를 모아서 한꺼번에 데려오는 방법을 취했다. 이들에게서 나영원 전생의 목격자를 찾는 중이었다. 이미 3천 년 이전의 목격자는 여럿 나왔다. 영상을 확인하던 월직들 중 한 명이 손을 들고 외쳤다.

"나 이 영혼 인도한 적이 있다!"

전 갑15의 말이었다. 이 말을 들은 갑1이 그의 옆으로 다가갔다.

"언제?"

"1300여 년 전에."

"염라부명장은?"

"당연히 있었지. 공과격과 점지 증서도. 그땐 이 영혼에게는 아무런 문제가 없었다."

목격자가 나타남으로써 질서일 수도 있다는 예상은 탈락이었다. 적어도 1300년 이후, 어떠한 사고 혹은 저주가 이 영혼에게 발생했다는 예측이 가능했다. 지금부터는 그것을 찾아가야 하는 것이다.

현재 보관소의 기억상자 중에 가장 오래된 것은 900년 전의 것이다. 그나마도 거의가 사라지고 먼지 수준만 남은 거였다. 이 정도는 굉장히 오래 버틴 거라고 할 수 있었다. 300년 버티는 것도 드문 편이니까. 기적이라 할 수 있을 만큼 가장 최장 기간 남아 있었던 것은 2천 년 전의 어느 기억이었다. 그것도 이제는 완전히 사라졌다. 뇌제가 찾고 있는 영혼의 것이었다.

아무리 오래된 것이 사라졌다고는 해도 아직까지 보관소에 남아 있는 기억들의 수는 어마어마했다. 기계를 통해 영상을 확인하는 것은 엄두를 낼 수가 없었다. 그래서 여기도 월직들의 능력이 필요했다. 그들은 기억상자 하나하나를 짚어서 그 속에서 영원의 영혼을 감지해 내었다. 타인의 눈에 비친 그녀의 모습에서 구분해 내야 하는 것이다. 이렇게 찾아내면 다음으로는 현대화된 기계에서 영상으로 녹화하고, 총동원된 기억 감별사들이 조작된 기억 사이에서 진짜 기억을 찾아내는 작업을 거친다. 그리고 이렇게 정리된 내용은 재판부로 송달될 예정이다. 앞으로 중단될 재판도 있겠지만, 이미 완료된 많은 재판까지도 다시 소급될 것이다.

갑2가 기억보관소에 있다가 막 청장실로 들어서는데, 전화가 울렸다. 의정부에서 걸려 온 전화였다.

"무슨 일?"

— 오랜만이군, 갑2 사자.

"현재 임시 청장으로 있어."

— 알고 있다. 현재 사자청의 암흑의 밀도가 지나치게 높다. 무슨 일이지?

"여기 일은 우리한테 맡기고 그쪽 일이나 잘하는 건 어때? 내각 업무도 한가하진 않을 텐데?"

— 우린 염라국의 총책임자들이다. 이상이 있으면 관심을 가져야지.

갑2는 난감했다. 굳이 숨길 이유는 없지만, 나영원 사태에 대해 설명을 하려니 까마득했던 것이다. 그녀조차 겨우 이해가 되었을까 말까였다. 게다가 의정부에 대해선 이상한 거부감이 있었다. 이유는 알 수 없지만, 방어적인 태도가 되었다.

"나도 여기 온 지 얼마 안 되어서 뭐가 뭔지 잘 모른다. 설명하기 힘들군. 우리끼리 이곳에 좀 모여서 잔치를 한다고 생각하면 돼. 정신 건강 체크도 할 겸."

— 그렇다면야, 뭐. 그것뿐인가?

"그리고 옥황국의 공과격 실태 조사에 착수했어. 그들 공과격에 누락된 부분이 있나 감사 중이라고 보면 될 거다."

— 일을 벌이는군. 그래서 이번에 옥황국 측에서 이상한 문서를 보냈었나 보군.

"어떤 문서?"

— 요약하자면, 옥황국 공과격의 위상을 실추시키지 말라는. 적당히 해. 괜히 들쑤셔서 골치 아픈 일 만들지 말고.

"우리도 게으르다면 그들 못지않게 게으른 족속이다. 골치 아픈 건 싫거든. 몇 개만 체크하고 끝낼 거야. 문제가 정리되는 대로 직원한테 문서 작성하라고 해서 보고할게. 난 정리가 힘들어서."

— 알았다. 보고 기다리고 있으마.

통화를 끊었다. 갑2는 한동안 생각에 잠겼다가 말했다.

"적당히 하라고? 평소 3정승들이 사용하는 말은 아니로군."

"자! 이거 먹고들 일해. 국과수의 드라큘라가 보내 주신 거다."

특별수사팀의 사람들이 우르르 일어나, 가운데 테이블에 놓인 박스들을 열었다. 각종 피로 회복제와 간식들이었다.

"이런 것보단 직접 오셔서 얼굴 한번 보여 주시는 게 더 피로 회복에 도움이 될 텐데."

여자의 입에서 나온 말 같겠지만, 남자 형사의 말이었다. 다른 수사관들이 장난스럽게 쳐다보자 그가 다시 말했다.

"같은 남자가 봐도 기분 좋게 생기셨잖아. 난 실물은 딱 한 번밖에 못 뵈어서, 하하하."

"단언컨대 사람은 아니야. 그 외모는 신급이지. 낼모레 쉰이라는 양반이 어떻게 머리 밑이 안 보일 수가 있지?"

"난 그분 복근도 봤다. 허리도 날씬하고. 진짜 자기 관리의 끝판왕."

모두가 혀를 내둘렀다. 마지막까지 모니터를 보고 있던 수사관이 눈을 비비면서 테이블로 왔다.

"눈이 빠질 것 같아요. 진짜 아무것도 안 보여요. CCTV에선 건질 게 없으려나요?"

사체 토막이 있던 정류장을 기점으로 확보해 둔 그 주변의 CCTV 영상도 많다면 많고 적다면 적다고 할 양이었다. 구역을 확대해서 확보한 건 얼마 되지 않았다. 대부분이 시간이 지나 지워진 탓이다. 정류장의 특성상 지나가던 차에서 놓아두었을 가능성이 커, 우선 주변의 차들을 먼저 뒤졌다. 그런데 의심스러운 차량은 아직 발견되지 않았다. 지금은 뒤늦게 도보로 움직이는 사람들을 좇고 있었다.

"드라큘라가 자문으로 있으면 행운이 있다잖아. 뭔가 걸리는 게 있겠지."

"그 뭔가가 과연 뭘까요?"

"저번 지하철 사고 때도 그분이 범위를 확 좁혀 줘서 바로 범인 검거했잖아. 하차한 지하철역부터 옷 뒤집어 입은 것까지, 딱!"

"지인이 우연히 그 지하철에서 봤다고 했다며?"

"그 우연이 보통 우연인가요. 결정적인 제보였는데."

지하철 범인은 긴장한 탓에 어설픈 점을 몇 가지 드러내었다. 원래 그의 계획은 폭탄 가방을 전부 놓아둔 뒤에, 폭탄을 설치해 둔 칸에서 폭발하기 직전에 옷을 뒤집어 입고 하차하는 거였다. 그런데 마음이 급해서 옷도 폭탄 설치 전에 뒤집어 입었고, 하차도 겁에 질려 원래 계획보다 한 코스 전에 내리는 실수를 했다. 그 덕에 영원의 눈에 띄었던 것이다. 아무리 여러 번 시뮬레이션을 해도 초범은 실수를 남기기 마련이다.

"그땐 CCTV 영상이 빼곡하게 확보되어 있어서 추적 가능했고요. 지금 우린 맨땅에 헤딩 중이고요. 그리고 그땐 가방들도 눈에 띄……. 잠깐!"

뭔가 생각난 듯이 그의 머리가 바쁘게 움직였다.

"왜?"

갑자기 자신의 모니터로 돌아가서 이전에 보고 있던 영상을 되돌려 보았다. 그리고 말했다.

"찾은 것 같아요. 수상한 점. 범인들은 기본적으로 모자, 옷은 바꾸죠. 지하철 범인이 옷을 뒤집어 입은 것처럼. 가방 형태도 바꿀 수 있나요?"

"가방을 어떻게 바꿔? 옷 뒤집어 입는 거와는 다르지. 여자 가방 중에 리버서블 제품이 있다고는 들었다."

"색깔 말고 형태요."

다른 수사관들이 못 알아듣자, 아예 자신의 모니터로 사람들을 불러 모았다.

"제가 조금 전까지 보던 영상인데요, 여기서 이상한 장면을 찾았어요."

정류장과 떨어진 한 빌딩이었다. 비록 조금 멀지만 이곳 화장실 앞이 보이는 녹화 영상이었다. 이용객이 많아서 수시로 사람들이 드나들었다. 하지만 화면으로는 사람들이 쉽게 구분되지는 않았다. 그중의 한 명을 손가락으로 가리켰다.

"봐요, 이 남자. 정류장 쪽에서 여기로 이동한 거 잡았거든요."

화장실로 들어가는 남자는 앞 얼굴을 가리는 캡 모자에, 검은 머리였다. 눈에 안 띄는 무난한 점퍼, 바지, 운동화, 그리고 어깨에 길게 걸치는 보스턴 가방을 메고 있었다. 영상은 5분 뒤로 넘어갔다.

"이 남자도 보세요."

화장실을 나오는 남자였다. 얼굴 전체를 가리는 벙거지 모자에 흰머리였다. 눈에 안 띄는 트렌치코트, 바지, 구두, 그리고 백팩을 메고 있었다.

"이게 왜?"

"같은 사람 같지 않죠?"

"그렇지. 보통 변장을 하는 범인들은 들고 있던 가방을 놓고 나오거나, 없던 가방을 가지고 나오지. 아니면 같은 가방을 가지고 있다거나."

"사체를 유기한 범인이라면 운반할 가방은 필수겠죠. 차로 이동하지 않는 한에는. 사체를 담을 용기도 필요하니까 가방 크기는 커질 수밖에 없고. 여긴 둘 다 큰 가방입니다."

설명하던 수사관이 일어섰다. 그리고 내부를 두리번거려서 긴 어깨끈이 있는 가방을 찾아서 한쪽 어깨에 걸쳤다. 화장실 들어갈 때의 숄더백 형식이었다. 그는 다시 어깨끈 한쪽 고리를 빼서 가운데의 손잡이를 통과시켜 원래의 고리에 걸었다. 그리고 양쪽 어깨에 메었다. 가방은 가운데 손잡이가 중간 고리 역할을 하여 백팩이 되었다.

"두 사람의 가방은 같은 겁니다."

"그럼 앞에 들어갔던 남자가 다시 나오는 부분 있어?"

"이 뒷부분 영상이 없어서 확인이 불가능해요. 여기가 끝. 들어간 남자가 그 뒤에 나왔을 수도 있어요. 백팩 노인은 들어가는 장면 아직 못 찾았고요."

모두가 영상을 여러 번 돌려 보았다.

"그런데 범죄자들은 왜 이렇게 변장을 좋아할까요? 이런 행위 때문에 의심을 받는 건데."

"안 들키고 싶다는 강박 때문이지, 뭐."

모두 흥분이 되고 있었다. 굳이 빌딩 화장실에서 모습을 바꿀 이유는 없었다. 아무런 정황이 없어도 이것만으로 의심해 볼 만했다. 물론 다른 자잘한 범죄자일 가능성도 있지만 말이다.

"아, 씨! 근데 얼굴이 안 보여. 이걸로는 같은 인물인 게 밝혀져도 아무것도 모르겠다."

"그런데 이 두 사람이 같은 인물인 걸 어떻게 증명하지? 아직까지는 우리 감이잖아. 사체 토막과 관련이 있는지는 아예 모르고."

"국과수에서는 지문 감식처럼 걸음걸이 감식도 하지 않나요? 거기 의뢰해 보죠."

"그럼 백팩 노인 다른 영상도 더 찾아봐. 누가 나가서 이 빌딩 화장실로 드나들 수 있는 다른 통로도 있는지 확인하고."

"그런데 이 변장 한두 번 해 본 솜씨는 아닌 것 같죠?"

"둘이 같은 인물이 맞는다면, 그런 셈이지."

수사팀장의 폰이 울렸다. 새로 발견된 사체가 있던 바닷가로 외근 나갔던 형사였다. 통화는 상당히 길었다. 통화가 길어질

수록 원래도 거무튀튀한 팀장의 얼굴이 한층 어두워졌다. 그가 통화를 끊고 다들 모이게 했다. 그리고 통화 내용을 말했다.

"새로운 제보가 들어왔다."

"또 사체가 발견되었대요?"

"아주 오래전 사체 제보. 그곳 주민이 말하길, 이번에 발견된 그 바닷가에서 25여 년 전에도 이런 비슷한 사체가 떠밀려 온 적이 있었다는군. 너무 옛날이라 신고와 조사가 대충이었는지 관할 경찰서에도 남아 있는 자료가 없단다. 기억하고 있는 다른 주민들도 별로 없고. 그나마 기억하고 있는 주민은 대퇴부 같아 보였는데, 부러진 거 같지 않게 단면이 깔끔했다고 한다. 다들 징그러워서 제대로 안 봤다고 하니 정확한 증언은 아니라고 하지만……."

뜬구름 같은 제보가 아닐 수 없었다. 하지만 무시할 수 없는 무게감이 있었다. 그게 사실이면 같은 범인일 확률이 높았다. 시체 절단이나 유기 방법이 비슷하다는 뜻이니까. 문제는 너무 오래전에 발생한 사건이라는 것이다. 그렇다는 건 아주 오래전 부터 이 연쇄살인은 계속되고 있었다는 의미가 된다.

"드라큘라의 예언이 맞은 건가? 이전의 사건이 더 있을 거 라던."

"그럼 일이 커지잖아요. 그런데 증거는 아무것도 없고, 시체 도 토막이 전부고……. 사체 신원만이라도 알 수 있으면 지역이 라도 좁혀질 텐데."

"진짜 막막하다. 25년? 이런, 개 새……."

"그래도 뭔가 부스러기라도 잡히는 것 같지 않나?"

"내가 말했잖아, 드라큘라와 손잡으면 행운이 온다고."

여기서 갑3이 한 일이라고는 보다 오래된 연쇄살인일지도 모른다는 짐작과, 피로 회복제 제공 외에는 없었다.

민아가 행복한 표정으로 원고를 보다가 말했다.

"완전 좋다. 그런데 작가님, 이거 너무 자연스럽지 않나요?"

영원이 처박고 있던 책상에서 퀭한 눈을 들면서 되물었다.

"어떤 게?"

민아의 손에 있는 원고는 키스 신 페이지였다.

"우리 주인공들 키스 신이요. 너무 자연스러워요."

"내가 잘 그렸다는 의미야?"

"물론 진짜 멋지게 그리시긴 했지만, 그보다 장면들요. 여주와 남주 모두 예전부터 경험이 많았던 것같이 보여요."

"서로가 첫사랑이라는 설정은 안 넣었으니까. 요즘 시대에 서른 살짜리 여주가 첫사랑 한번 없었다는 건 개연성이 좀 떨어져서. 남주도 그렇고."

"그래도 둘이서는 처음이잖아요. 그러면 첫 시도는 뭔가 조금 삐끗했다가 자연스럽게 넘어가야 하지 않나요? 이러면 우리 남주가 너무 선수 같은데. 선수 같아서 더 설레나? 하하하. 꺄아! 이 등줄기 봐."

"고칠까?"

"아뇨! 절대 안 돼요! 고치시라는 게 아니라, 그냥 안티 태클이었어요. 너무 좋으면 시비 걸고 싶잖아요."

시비는 경민이 걸었다.

"고치지도 못하게 하면서 태클은 왜 걸어요?"

"좋다는 반어법이야, 인마."

"순정만화에서 키스 신 자연스럽다고 시비 거는 건, 판타지에서 요정은 왜 다 예쁘냐고 시비 거는 것과 같습니다."

영원은 둘의 투닥거림을 보면서 싱긋이 웃었다. 그리고 다시 책상 위의 종이 원고로 시선을 돌렸다. 머릿속에서는 다시금 갑1과의 키스 느낌이 새록새록 피어났다. 영원이 고개를 갸우뚱하면서 중얼거렸다.

"자연스럽다?"

"네? 에이, 진짜 좋다는 의미라니까요."

갑1도 너무 자연스러웠다. 중간에 삐끗 따위는 없었다. 그의 입술은 헤매지도 않고 능숙한 느낌마저 있었다. 성욕도 없고, 사랑도 모른다며? 그런데 키스는 왜 처음 같지가 않지? 무엇보다, 갑1과 나눈 키스 느낌이 왜 익숙하지? 이쪽은 확실하게 첫 키스인데……. 영원은 떠올렸다. 그동안 갑1이 했던 스킨십은 전부 자연스러웠음을.

저승의 진료실에는 심오만 있었다. 그는 소파에 앉아 모처럼 영원이 놓고 간 책을 잡았다. 시간을 잡아 두는 능력이 있었다면 잠시 멈춰 두고 책을 읽었겠지만, 하루에 인간에게 주어진 시간이 24시간이듯 그에게도 같은 시간만 주어졌을 뿐이다.

이승에서나 저승에서나 그의 시간은 언제나 부족했다. 한 장씩 넘기던 페이지가 동물 카테고리에 펼쳐졌을 때였다. 어김없이 노크 소리가 들렸다. 갑1이었다. 심오가 한숨을 쉬며 탁자 위에 책을 놓았다.

"들어와."

갑1은 진료실로 들어와서 곧장 이승의 문 앞으로 다가갔다. 그리고 잠시 서성거렸다.

"이승으로 가 줘?"

"아니. 곧 다시 돌아가 봐야 한다."

이승과, 영원과 한 발짝이라도 가까이 있고 싶어서 여기에 온 것뿐이었다. 갑1이 소파로 와서 앉았다. 그의 마음을 알고 봐서 그런지, 그의 행동은 지나치게 솔직했다. 숨김이라고는 없었다. 이걸 이제야 알아차린 자신이 멍청하게 느껴질 지경이었다.

"난 심리학이 아니라 정신의학을 공부했으니까, 뭐."

"응?"

"아니다. 일은 어느 정도까지 진척이 되었어?"

"300년 정도 전까지 거슬러 올라갔다. 33년 주기인 건 명확해졌고. 나영원의 죽음들을 끊임없이 보고 있는 게 힘들어서 왔다."

영원의 전생들에게 직접적인 위해를 입은 사람은 아직 없었다. 영혼을 다친 건 언제나 영원이었다. 그런데 어째서 그녀의 영혼은 여전히 멀쩡한지 이해가 되지 않았다. 어떤 식으로 혼자서 치유를 한 건지도 알 수 없었다. 심오가 긴장하여 상체를 앞으로 내밀었다. 갑1의 고통이 느껴졌다. 영원을 사랑하는 갑1에게는 정신적인 대미지가 큰 작업인 것이다.

"넌 마지막에 보고만 들으면 안 되나? 그 영상을 일일이 다 봐야만 해?"

"봐야지 뭐라도 건지지. 아! 불에 타서 죽는 전생 확인했다. 200년 정도 전이었다. 그 전생이 최악이었더군."

"200년 정도 전의 전생이 두 번째 공포였단 말이군."

"불뿐만이 아니라, 그 전생은 나병도 함께 있었다."

"여러 공포가 한꺼번에 섞여 있었다는 건가? 그래서 공포 지수가 그렇게 높았나?"

갑1은 대답 없이 있었다. 심오는 그의 정신에 가해지는 충격을 보았다. 나영원의 저주를 잡으려다가 갑1부터 잡게 생겼다.

"그거 꼭 네가 안 해도 되잖아. 네가 책임자도 아니고. 갑2 사자가 확인해도 되지 않아?"

"갑2 사자도 힘들어하더군."

"그 녀석은 또 왜?"

갑1이야 영원을 사랑하기 때문에 힘든 게 당연하지만, 갑2는 그럴 이유가 없었다.

"이유는 모르지만, 괴롭단다."

갑2의 노출치료는 순탄했다. 아직 삼도천만 건너갔다가 돌아오는 것이 고작이지만, 이제는 어떤 감정의 동요도 일어나지 않았다. 이승의 진료실에서 창밖을 내다보는 것도 완수했다. 조만간 이승의 진료실에서도 문을 열고 나갈 수 있으리라 기대하는 중이었다. 여기서 큰 상관도 없는 일에 정신 낭비는 줄여 줬으면 하는 게 심오의 솔직한 심정이었다.

"바로 앞 전생인 이정희의 죽음과 관련 있는 건 찾은 거 없어? 갑3 사자나 갑21 사자는 그게 더 궁금한가 보던데. 이승에서의 조사는 막혔나 봐."

"아직 못 찾았다. 이 기간을 제일 먼저 뒤졌는데 아직까지 못 찾았다는 건 없다고 봐야지."

"그 얘기는 이정희의 죽음과 관련 있는 인물들은 아직 살아 있다는 거네?"

"가능성이 크지."

갑1이 탁자 위에 놓인 책을 발견했다.

"이건 영원의 것인데?"

"맞아. 내가 살펴보고 있는 중."

갑1이 책을 잡아 올렸다. 먼저 제목을 유심히 보았다. 예지몽이란 단어가 아이러니하게 느껴졌다. 결국 영원은 꿈을 통해 미래를 본 것이 아니고, 과거를 본 셈이니까. 앞의 차례를 보았다. 동물 카테고리 아래에는 곤충도 묶여 있었다.

"나비는 곤충의 범주에 들어가지?"

"갑1 사자는 나비였지? 영원 씨는 나비 꿈 많이 꿨는데, 이정희는 안 꿨다나 봐. 체크가 안 되어 있다니까."

"인간들에게 나비 꿈은 길몽인가?"

"길몽이겠지. 나도 이제 막 그 부분 보려던 참이라."

갑1이 나비를 찾았다. 여러 형태의 나비 꿈이 소개되어 있었는데, 연인 혹은 사랑과 관련된 예언이 많았다.

"나비가……, 인간들에겐 사랑인가?"

"예지몽 해석도 그래? 정신분석 쪽에서도 나비는 성적 코드로 곧잘 해석하더군. 아무래도 나비와 꽃은 시각적으로도 성관계의 모습을 하고 있는 건 사실이니까. 섹스를 예술적으로 가장 아름답게 표현한 게 꽃 속을 드나드는 나비거든."

갑1은 앞뒤 페이지로도 넘겨 보았다. 연필 체크가 눈에 들어왔다.

"영원과 이정희가 공통으로 꾼 건 악몽뿐인가?"

"글쎄? 그건 안 물어봤다. 우린 악몽에 더 관심이 있었거든."

"여기 연필 체크는 이정희의 것이지?"

"그래."

"천마가 악몽일 수 있나?"

"응?"

갑1이 자신이 펼친 페이지를 보여 주었다. 천마에 체크가 되어 있었다. 심오가 책을 받아 들고 여러 장을 살폈다. 그의 고개가 갸우뚱해졌다.

"비단잉어에도 체크가 되어 있어. 죽을 때의 꿈에 주로 체크가 되어 있다면 이건 청장을 봤다는 거 아닌가? 영원 씨가 갑1 사자를 본 것처럼. 천마는 갑2 사자이고. 잠깐, 여기 또 체크된 게 있다. 박쥐? 이건 또 뭐지?"

"박쥐라면 그 녀석인데……. 혹시 해파리에도 있나?"

심오가 동물 카테고리를 꼼꼼하게 살폈다. 해파리가 있긴 했지만, 연필 체크는 되어 있지 않았다.

"없다. 해파리는 왜?"

"1300년 전에 영원을 인도한 갑15 사자의 상징이거든. 그에 대한 기억은 이정희에게 남아 있지 않았다는 거잖아. 하긴, 있을 리가 없지. 그땐 정상적으로 기억 추출까지 했다고 그랬으니."

"잠깐만!"

천마만 체크가 되어 있었다면 갑2와 굳이 결부시키지 않았을 것이다. 그런데 비단잉어와 박쥐까지?

"이 녀석들은 전부 1천 년 이후부터는 저승사자 업무를 안 했잖아. 그런데 1300년 전에 기억 추출을 했다면 그 이후 기억이라는 건데……."

"인도를 했다면 갑2 사자가 기억을 못 할 리가 없다."

"다른 녀석들은 영원 씨 영혼 확인했어?"

갑1이 고개를 저었다. 그리고 둘은 동시에 일어서서 저승의 문을 나갔다.

기억보관소의 모니터실에서 영원의 영상을 확인한 청장이 고개를 저었다.

"난 이 영혼 모른다. 인도한 적 없어."

심오가 답답해서 재촉했다.

"잘 좀 봐 봐. 확실해?"

"나 사자청 월직이다. 아무리 현재 이승에 못 나가고 있는 등신이라고 해도 구분 못 할 정도로 망가진 건 아니야. 게다가 내

상징은 비단잉어가 아니야. 인간들이 이름을 붙이기 전에 잠깐 존재했다가 멸종된 거지."

"인간들 눈에는 비단잉어로 보여."

갑2도 옆에서 말했다.

"나도 인도는 한 적 없어. 그런데 낯설지는 않아. 저승에 머무를 때 나와 접촉했어도 기억은 할 텐데. 느낌뿐이야."

"이 영혼은 천마를 봤어. 그럼 인도를 한 거라고 봐야 하지 않나?"

갑2가 고개를 저었다. 그녀도 갑갑한지 계속 인상만 찌푸렸다. 청장이 물었다.

"이 영혼은 우리를 기억한대?"

"그게……."

체크만 된 것으로 확답은 어려웠다. 그래도 의심해 볼 만은 했다. 아직은 뭐가 뭔지 모르겠지만 말이다. 갑1이 말했다.

"나머지 한 녀석은 왜 안 오는 거지?"

마침 모니터실 문을 열고 나머지 한 명이 들어왔다. 깔끔하게 머리를 틀어 올린 센터장이었다.

"왜 바쁜 나를 자꾸 오라 가라 하는 거야!"

"와서 이 영상 확인해."

센터장이 성큼성큼 걸어서 모니터 앞에 섰다. 그리고 화면 속의 영원을 보았다.

"모르는 영혼이다."

그가 몸을 휙 돌려 나가려고 했다. 갑1이 그의 어깨를 잡았다.

"이 영혼은 꿈에서 박쥐를 봤다."

"박쥐를 본 것이 나를 봤다는 확실한 증거가 되나?"

"네 상징이잖아."

"박쥐와 함께 나를 봤는지 확인했나?"

"그건 아니지만 천마, 비단잉어, 박쥐! 전부 꿈에서 봤다고 체크가 되어 있어. 연관이 없다고 할 수 있나?"

센터장이 다시 모니터를 보았다. 하지만 곧 화면을 회피하듯 고개를 돌렸다. 이유는 알 수 없지만, 가슴 한편이 욱신거렸다.

"그 영혼한테 직접 확인해!"

"기억은 인간보다 우리가 더 완벽하다. 그런데 인간한테 확인하라고? 서로를 보았다면 인간은 잊어도 우리는 기억해야지."

"그렇다면 만난 적이 없겠지. 내 기억에는 없으니까."

센터장은 모니터실을 도망치듯이 빠져나갔다. 평소에도 중앙관제센터로 돌아가는 그의 모습은 다급하지만, 지금은 더욱 그렇게 보였다. 갑1이 말했다.

"영원한테 직접 물어보자."

심오가 대답했다.

"이 체크는 이정희의 것이야. 영원 씨는 아직 못 꾼 것들도 있다고 그랬어."

"그래도 확인해 봐야지."

"지금? 인간들은 자는 시간이야."

"갔다가 자고 있으면 살짝 돌아오면 되잖아. 이 부분만 물어보고 오자."

심오도 고개를 끄덕였다. 지금으로써는 이 방법이 가장 빨랐다. 그녀의 꿈에 아직 나타나지 않았다고 하면 그때 가서 다시 생각해 보면 된다. 갑1과 심오가 진료실로 가려는데 갑2도 뒤를 따랐다.

"나도 데려가."

심오가 갑2와 갑1을 번갈아 보았다. 현재 갑2의 상태로는 가볍게 이승의 진료실 문을 열고 나가는 정도는 무리가 없었다. 하지만 영원의 집까지 공간 이동은 자신할 수 없었다.

"갑1 사자, 만약에 갑2 사자한테 이상이 일어나면 바로 저승으로 데리고 들어올 수 있지?"

"기력 소모가 크겠지만, 할 수는 있다."

갑1이 조력자로 함께 간다면 나쁘진 않은 것 같았다. 심오가 갑2에게 고개를 끄덕여 보였다. 그녀가 무사히 가서 직접 영원을 만난다면 이보다 더 좋을 수는 없을 것이다.

모두가 떠난 자리에 청장만 남았다. 그는 모니터의 화면을 유심히 쳐다보았다.

"갑2 사자의 말을 이해하겠군. 느낌이 익숙해. 기억에는 없는데 어째서?"

4

세 명의 사자가 동시에 영원의 거실에 나타났다. 초인종을
누르면 혹시나 잠든 영원을 깨우게 될까 봐 이런 선택을 했다.
거실의 불은 꺼져 있었다. 하지만 기척은 작업실에서 느껴졌다.
그녀는 깨어 있었고, 혼자였다. 갑1이 속삭였다.

"놀랄 수도 있으니까 내가 살짝 들어가서 데리고 나올게."

그리고 사라졌다. 심오는 그사이에 갑2의 상태를 체크했다.
비교적 안정적이었다.

"악!"

갑자기 영원의 비명이 들리고 부산한 소리가 나더니 작업실
문이 벌컥 열렸다. 영원이 고개를 숙인 채 후다닥 지나가면서
심오에게 말했다.

"원장님도 오셨네요. 잠시만요, 세수만 하고."

그리고 욕실로 들어갔다. 심오가 놀라서 작업실에서 걸어 나오고 있는 갑1에게 물었다.

"안 놀라게 하려고 혼자 들어간 거 아니었어?"

"나도 몰라. 일하다 말고 날 보더니 저렇게……."

영원은 세면대 앞에서 부리나케 세수를 했다. 속상하기 그지 없었다. 며칠 밤샘 작업에, 제대로 씻지도 못해서 몰골이 말이 아니었다. 키스하고 난 후의 첫 만남인데 이런 꼴로 봐야 하다니. 수건으로 물기를 훔치고 거울을 보았다. 세수한 보람이 없었다. 얼굴에 떠 있던 개기름만 조금 제거된 정도였다. 요즘은 약도 안 먹는데, 간의 회복이 더딘지 피부는 그대로인 것 같았다. 정신을 퍼뜩 차렸다. 밖에 손님들을 세워 놓고 이렇게 있는 것도 예의가 아니다. 깊은 밤에 예고도 없이 찾아온 손님은 더 예의가 아니지만 말이다.

영원이 거실로 나가서 갑1과 심오를 지나쳤다. 그리고 어두운 곳에 서 있는 또 한 명을 발견했다. 스위치를 켜면서 말했다.

"대체 무슨 일이기에 법의관님까지 오셨……."

갑3이 아니었다. 여자였다. 비록 지금은 갑옷이 아닌 바지 슈트 차림이지만, 단번에 알아보았다.

"난……, 당신을 알아요."

갑2가 천천히 걸어서 영원에게 다가왔다.

"나를 알아? 본 적 있어?"

말을 하는 숨결까지 섹시한 여자, 그 낯설지 않은 느낌으로 인해 영원의 눈에서 눈물이 흘러내렸다.

"최근 꿈에서 봤어요. 내가 꾼 숱한 꿈 중에 당신은 악몽이 아니었어요."

갑2가 허리를 숙였다. 그리고 얼굴을 가까이 하여 영원을 살폈다.

"미치겠다. 나한테는 기억이 없어. 어떻게 된 일이지?"

심오가 둘의 팔을 각각 잡았다. 그리고 식탁에 마주 보게 앉히고 난 뒤에, 바로 이승폰으로 전화를 했다.

"긴급이다. 즉시 영원 씨 집으로 이동……."

말이 끝나기도 전에 갑3이 폰을 든 채로 거실에 나타났다. 그의 눈은 갑2를 발견하고 크게 떠졌다.

"여기까지 성공한 거냐?"

"그건 이따가 다시 말하고. 영원 씨가 더 급해. 꿈에서 갑2 사자를 봤단다."

"뭐?"

세 남자가 식탁 옆에 나란히 섰다. 심오가 먼저 말했다.

"영원 씨, 꿈속에서 본 걸 좀 더 자세하게 말해 줄 수 있어?"

영원이 눈물을 닦아 낸 뒤에 말했다.

"천마 떼가 나왔어요."

갑1이 되물었다.

"천마 떼를 본 게 확실해?"

"네, 날개가 달린 말이었는데, 구름 형상이었어요. 진짜 왕릉에서 출토된 천마도같이 생긴 거였어요. 크기도 진짜 말처럼 큰 게 아니고. 전 그걸 쫓아가다가 갑옷을 입고 있는 앞의 여자분을 봤어요."

천마를 따라갔다면 죽어서 인도를 받았다는 것이고, 갑옷을 입고 있었다면 적어도 1천 년 이전이었다는 것이다.

"또 기억나는 건 없어?"

"손이 작았어요. 꿈속의 나는 어린아이였던 것 같아요."

어린아이? 33살에 죽는 패턴이 생기기 전의 일이란 말인가? 갑1과 심오가 서로 마주 보았다. 눈이 마주쳐 봤자 주고받을 말은 없었다. 영원이 말했다.

"이분이 실존하는 거라면, 그럼 다른 분들도 있을까요?"

갑3이 다급하게 물었다.

"다른 분? 또 누굴 봤는데?"

"수면검사하고 나온 날, 잠이 덜 깼던 건지 병원 대기실에서 잠깐 보였는데, 이분과 다른 두 분이 함께 있는 장면이었거든요. 저는 여전히 어린아이였고."

"어떻게 생겼지?"

영원은 막힘없이 술술 말했다.

"남자들이었고, 전부 갑옷을 입고 있었는데, 한 분은 뒤로 긴 머리를 땋았고, 또 한 분은 머리를 위로 틀어 올려서 나뭇가지 두 개를 꽂고 있었어요. 모두 웃고 있었고, 다들 저한테 친절했어요."

"틀어 올렸다면, 지금 네 머리처럼?"

영원이 자신의 머리를 손으로 더듬었다. 틀어 올린 똥머리에 연필과 펜대를 꽂아 두었다. 바쁘게 일할 때는 똥머리가 연필

꽂이 대용이었다. 다시금 자신의 행색이 창피해졌다.

"네, 조금 비슷해요."

청장과 센터장이다! 이것은 너무도 분명한 기억이었다. 심오가 급하게 뒤돌아서 갑3에게 여기 오기 전에 있었던 일을 귀띔해 주었다. 갑3도 쉽게 머리가 돌아가지 않았다. 갑1도 이해가 안 되기는 마찬가지였다.

"모두 함께 있었나? 그럴 리가 없을 텐데. 우리는 한꺼번에 움직이지 않아."

세 명이 함께 있었다면 영혼 수거가 아니라, 지금 모여 있는 것처럼 사적으로 움직였다는 것이다. 갑2는 잠자코 있었지만, 머리는 최고로 복잡했다. 진짜 아무것도 기억이 나지 않았다.

"어린아이……. 나도 어린 모습에 더 마음이 갔는데……. 마치 기억을 도둑맞은 느낌이야."

갑1이 계속 물었다.

"혹시 꿈에서 비단잉어를 본 적 있나? 나의 나비나, 여기 천마처럼."

"아니, 비단잉어는 아직. 하지만 나비나 천마 같은 박쥐는 봤어."

갑3이 대화를 밀치고 들어왔다.

"뭐? 박쥐도 봤다고?"

"네. 그땐 제가 성인이었어요. 더 이상 어리지 않았거든요. 활을 쏘는 궁사였던 것 같아요. 박쥐 떼가 나타났을 때 함께 등장한 남자가 있었는데, 갑옷을 입고 긴 머리를 휘날리고 있었어요."

박쥐라면 센터장이 확실하다. 게다가 그는 망자를 인도하러 나올 때 항상 머리를 풀었다.

"그리고 박쥐 떼가 나온 그 꿈도 저한테는 악몽이 아니었어요."

악몽이 아닌 꿈. 천마 떼가 나오고 박쥐 떼가 나왔다면 죽음을 맞았을 때라는 건데, 악몽이 아니란 말인가? 염라부명장이 있는 상태였던 건가? 아니면 현생의 비행기 사고나 지하철 사고 때처럼 우연히 그 자리에 있었을 뿐인가?

"시기는 모르나? 언제쯤일 것 같다든가."

"그건 잘……. 그런데 왜 이렇게들 심각하신 거죠? 이거 중요한 일인가요?"

"중요해. 우리한테 도움이 될 정보야. 혹시 해파리는 본 적 없나?"

영원이 잠시 기억을 더듬어 보다가 대답했다.

"전혀."

이건 이정희의 책에도 체크가 안 되어 있었다. 1300여 년 전의 기억은 완전히 소멸되었다. 갑15가 인도를 했고, 그때의 염라부명장은 지금까지 남아 있었다. 해파리의 기억이 없는 건 세월이 지나 자연 소멸일 가능성도 있지만, 저승에서 지내다가 무사히 환생을 하면서 한 번 더 기억을 추출했기 때문일 수도 있었다. 갑15가 인도했던 생애의 이전 전생도 당연히 남아 있을 리가 없다. 만약에 실수로 남아 있었다손 치더라고 갑15에

의해 그전의 기억까지 모조리 추출되었을 테니까.

그렇다면 천마나 박쥐는 언제 본 거지? 이들을 보았다면 못해도 1천 년 전의 기억이라는 건데. 또 세 사자는 왜 모여서 영원의 전생과 함께 있었던 거지? 영원이 말한 장면 세 가지가 전부 다른 생애인 건지, 한 생애에서 일어난 건지도 감을 잡을 수 없었다. 영원이 갑2에게 말했다.

"꿈속에서 당신을 보고 너무 행복했어요, 왜인지는 모르겠지만. 세 분들에 둘러싸여 걸어갈 땐 즐거웠어요. 보호를 받는 느낌이어서 더 좋았던 것 같아요. 당신은 여신보다 더 당당했고, 상냥했고, 아름다웠거든요. 지금은 더 아름다워지셨네요."

갑2가 영원의 손을 잡았다. 그리고 그녀의 손등에 입을 맞추며 말했다.

"미안하구나. 분명히 너를 아는 것 같은데, 도무지 기억이 안나. 인간인 너는 나를 기억하는데……. 만나면 알 수 있을 것 같았는데……."

영원의 손에 그녀의 눈물이 떨어졌다. 인간의 체온보다는 아주 약간 차가운 온도였다. 곰곰이 생각하던 갑1이 저승폰으로 센터장에게 전화를 했다.

— 왜?

"여긴 이승이다."

— 당연히 알고 있는 얘길 왜 하지?

"여기에 갑2 사자도 함께 있다."

— 안다. 성공 축하한다고 전해 줘.

"나영원도 함께 있다."

저승폰 건너편에서 말이 사라졌다. 그래도 통화는 끊지 않았다. 갑1이 말했다.

"통화라도 해 봐."

— 내가 왜!

"바꾼다."

갑1이 영원에게 폰을 넘겼다. 영원은 얼떨결에 받아 들고 눈으로 상대가 누구인지, 어떻게 해야 하는지를 물었다. 갑1이 말했다.

"이 녀석이 박쥐다. 인사라도 해 봐."

영원이 폰에다 대고 인사를 했다.

"아, 안녕하세요? 전 나영원이라고 합니다."

폰 너머에서는 아무 소리도 들리지 않았다. 갑1이 아무 말이나 계속 해 보라는 손짓을 했다.

"저, 저기, 꿈에서 박쥐 떼를 봤어요. 그리고 그쪽도 본 것 같아요. 갑옷을 입고 계셨……."

— X같군.

이 한마디를 남기고 통화는 끊어졌다. 영원이 어이가 없어서 폰을 가리키며 말했다.

"요, 욕하고 끊었어. 내가 뭐 잘못……."

"원래 욕쟁이야. 대화라고 생각해."

갑1이 폰을 받아 들면서 그녀를 달랬지만, 납득은 되지 않았다.

"아무리 그래도 아무 말이 없다가 딱 한마디를 욕으로 하나?"

갑3이 말했다.

"센터 직원들한테 항의를 받아서 요즘은 욕을 거의 안 하는데. 진짜 열 받았나?"

갑2가 말했다.

"기억이 안 나서 짜증 난 거야. 본인이 제일 갑갑할 거다."

심오는 센터장을 영원 앞에 앉혀 놓고 싶었다. 지금의 갑2처럼 아무 기억이 안 나더라도 건지는 건 있을 것 같았다.

"센터장을 여기로 끌고 오고 싶은데, 방법이 없네."

"그분은 여기 못 오시는 건가요? 왜요?"

"영원 씨와 증상이 같아. 이승으로의 외출을 힘들어하거든."

"그럼 여기 계신 여자분과 함께 있던 두 분은요? 그분들도 못 나오는 건가요?"

"박쥐가 머리에 나뭇가지 두 개 꽂은 녀석과 동일 인물이야. 나머지 한 녀석도 이승에 나오는 거 힘들어하고."

동일 인물? 꿈에서 둘 다 명확한 얼굴을 보지 않았다. 억지로 떠올려 보면 같은 사람 같기도 했다. 어린아이의 눈으로 본 그는 든든했다. 박쥐 떼 속에 있던 그는 성인의 눈으로 보아서인지 마음이 아렸다. 그를 향해 달려가던 그 마음은, 그 북받치던 그리움은 분명 사랑의 감정이었다. 그런데 방금 이 통화는 찬물이 쫘악 끼얹어지는 기분이었다.

"정확한 건지는 모르겠는데……."

영원이 갑1을 보았다. 그는 현재 사랑하는 남자였다. 이 마음도 가벼운 무게는 아니었다. 아무리 저승사자라고 해도 그 남자를 좋아하는 감정을 느꼈다느니 하면 기분 나쁠 거라는 생각이 들었다. 심지어 만난 적도 없고 꿈에서만 본 남자가 아닌가. 갑1이 눈으로 다음 말을 재촉했다. 영원은 최대한 사실을 말했다.

"순서상 천마를 본 어린아이가 먼저였던 것 같아요. 왜냐하면 앞의 여자분을 처음 본 느낌이었거든요. 다음에 세 분과 함께 있던 장면. 마지막이 성인이 되어 박쥐 떼를 본 것 같아요. 그땐 그 남자를 잘 알고 있는 느낌이었어요. 반갑게 달려갔거든요."

반갑게 달려갔다? 죽는 장면이 아니었단 말인가? 영원이 말한 순서가 맞는다면 죽는 장면일 리가 없다. 그랬다면 더 이전 기억인 천마의 기억은 추출되었을 테니까. 그래도 확인은 필요했다.

"그 꿈도 죽는 꿈이었나?"

"모르겠어. 분명 죽는 찰나였는데……, 욕쟁이라는 분이 나타나서 잠에서 깼거든."

지금까지 그걸 기억하고 있다는 것이 가장 중요한 부분이었다. 영원이 이승기피증 3인방과 만난 시기는 1000~1300년 전 사이가 거의 확실시되었다. 그리고 이 이후부터 영원의 기억은 단 한 번도 추출되지 않았고, 세월이 지나면서 덜 충격적이고 덜 인상적인 것부터 자연 소멸 되어 왔을 것이다.

심오는 짐작해 보았다. 기억이 남은 영원과 기억이 없는 이승기피증 3인방, 이들이 만났던 그 생애 어디쯤의 기억이 3인방에게서 소실되었다. 아울러 영원의 저주가 발생하기 시작했을 시점도 이때일 것이다. 저승만 볼 수 있는 반쪽짜리 무의 눈과 저승사자, 이들은 분명 관련이 있다!

그런데 같이 기억에 이상이 있는 갑1은 어떻게 된 거지? 이들과는 관련이 없나? 아니면, 아직 영원의 꿈에 등장하지 않은 것일까? 이정희의 책에도 나비는 체크가 되어 있지 않았으니, 만난 적이 없다는 건가?

"영원 씨, 꿈에서 갑1은 본 적 없나? 비행기 사고는 제외하고. 다른 세 명과 함께 있었다거나."

영원이 고개를 저었다. 현재 영원의 머릿속도 저승사자들 못지않게 복잡한 상태였다.

'이 아름다운 여자가 실존하는 거라면, 다른 두 남자도 실존하는 거라면, 꿈이 아니라는 건가? 꿈속에서 보는 게 꿈이 아니면 그럼 뭐지? 대체 나는 지금 무엇에 대한 질문을 듣고, 무엇에 대한 대답을 하고 있는 거지?'

영원은 뭐라도 물어보고 싶었지만 어떻게 질문을 해야 할지 몰라 망설였다. 게다가 다들 분위기가 너무 심각했다. 무서운 느낌마저 들었다. 영원이 우물쭈물거리다가 말했다.

"저기, 왜 저승사자들이 제 꿈에 등장한 걸까요? 저번에 법의관님도 나오시더니. 혹시 저승사자에게는 남의 꿈에 개입하는 능력이 있나요?"

네 명의 월직들이 일제히 얼어붙었다. 여기에 대한 핑계를 생각해 둔 월직이 단 한 명도 없었던 것이다. 이런 질문을 받으리라는 짐작 역시 단 한 명도 하지 않았다. 시선은 심오에게로 집중되었다. 그가 아니면 여기서 수습할 머리는 없었다. 하지만 심오도 이건 능력 밖이었다.

"아⋯⋯, 저⋯⋯, 영원 씨, 말하려면 길고, 또⋯⋯, 저승의 기밀이기도 하고⋯⋯."

"한마디로, 말해 줄 수 없다! 이건가요?"

"그렇게 매정한 거절은 아니고⋯⋯. 우리 입장도 있어서. 아! 다음에 설명해 줄게. 우리도 다 정리되면 말이야."

"전 진짜 궁금한데요? 뭐가 뭔지도 모르겠고요. 머릿속이 막 이상해지는 기분이에요."

"진짜 정리되는 대로 말해 줄게. 약속할 테니까, 조금만 기다려 주면 안 될까?"

"혹시 제 무의 눈과 상관있는 건가요? 이정희라는 분 말고도 아무한테나 막 빙의가 된 거라든가?"

"그, 그거와 비슷해! 우리도 수습 중이니까 곧 말해 줄 수 있을 거야. 아! 영원 씨도 바쁘잖아?"

"앗! 내 잠잘 시간!"

"그래, 자! 얼른 자! 시간 빼앗아서 미안해."

갑3이 눈으로 더 물어봐야 한다는 의사 표현을 했지만, 여기서 달아나는 게 더 급했다. 이 이상 거짓말을 하는 건 무리였다. 빨리 철수해서 영원에게 어떻게 설명할 건지 아이디어를 짜내야 한다. 자신들에게 가장 취약한 능력이 아닌가. 갑2도 슬금슬금 일어섰다. 심오가 진료실로 도망치기 위해 갑1의 어깨에 손을 얹었다. 그러다가 퍼뜩 손을 떼고 말했다.

"잠깐! 영원 씨, 딱 한 가지만 더 물어봐도 돼?"

"어떤 거요?"

"혹시 꿈에서 머리에 장식하는 청동……."

"그게 청동이었구나! 철제 머리꽂이, 본 적 있어요. 근데 그건 꿈이 아니었는데. 깨어 있을 때 머릿속에서 순식간에 지나간 장면……."

심오는 영원의 혼란을 들여다볼 정신이 아니었다. 급하게 다그쳤다.

"어떻게 생긴 건지 기억나?"

영원이 식탁 옆에 밀쳐 뒀던 잡지를 당겼다. 그리고 두리번거리다가 제 머리 위의 필기구를 떠올리곤 연필을 빼내었다. 잡지 내부에 비어 있는 자투리 공간을 찾아 꽃문양이 새겨진 비녀 꽂이를 그렸다. 포크처럼 다리가 두 개짜리였다. 센터장의 머리꽂이와 똑같았다.

"이건 누구의 물건이야?"

"제가 이걸 누군가에게 줬어요."

"누구에게 줬는데?"

"모르겠어요. 손만 보여서……. 박쥐……, 그분이었던 것도 같고. 손등이 덮인 갑옷이었는데, 머리가 길었던 것 같으니까……."

센터장의 잃어버린 기억의 증거품, 그것의 출처는 영원의 전생이었음이 밝혀졌다. 여기서 가장 충격을 받은 건 갑1이었다.

영원과 센터장의 인연이 예사롭지가 않다는 예감이 들었다. 이것은 상당히 옹졸하고도 불쾌한 감정이 아닐 수 없었다. 심오가 영원에게 말했다.

"정말 중요한 정보였어. 영원 씨는 언제 병원 올 수 있어?"

"닷새 정도 뒤에 예약해 볼게요."

"예약이 꽉 차서 안 될 거야. 영원 씨는 병원 시간 구애받지 말고 나한테로 전화해. 언제든지. 그리고 우리 질문에는 신경 쓰지 말고 일에만 집중해. 영원 씨의 정신 건강을 위해서라도. 그럼 그때 대충이라도 내가 설명해 줄게."

"진짜 설명해 주시는 거죠?"

"그럼. 이렇게까지 신세를 졌는데 설명을 안 해 줄 수가 없지."

"네, 그럼 원장님 말씀만 믿고 일에만 집중할게요. 궁금해도 절대 생각 안 하도록."

갑2가 헤어지는 인사로 영원의 볼에 입을 맞췄다. 느닷없는 입맞춤이긴 했지만, 어지러운 마음을 다스려 주는 듯했다.

"만나서 반가웠다."

갑2의 입가에 미소가 떠올랐다. 역시나 이 여자는 지나치게 아름다웠다. 이런 여자가 저승사자라면 세상의 모든 남자가 죽음을 택하지 싶었다.

"네, 저도."

갑3과 갑2가 먼저 사라졌다. 갑1은 영원을 꽉 끌어안고 이마에 입을 맞춘 후에 심오와 함께 사라졌다. 혼자 남은 영원은 갑1의 입술이 닿았던 이마를 손으로 짚었다.

"진짜 자연스러워. 어떻게 그 짧은 순간에 포옹과 이마 키스를 동시에 하고 사라지지? 이 이상 설렐 수도 없을 만큼……."

영원은 머리가 복잡하지 않았다. 마음도 심란하지 않았다. 갑1이 해 주고 간 짧은 스킨십에 모든 감정을 빼앗겼기 때문이다.

저승의 진료실에 도착하자마자 갑3이 소리쳤다.

"진짜 설명해 줄 거냐?"

심오도 덩달아 소리를 질렀다.

"해 주고 싶어도 설명이 되겠어? 우리 머리도 정리가 안 되고 있는 판에!"

"그럼 왜 그런 말도 안 되는 약속을 한 거야?"

"인간이잖아. 그것도 창작 직업군. 납득이 안 되는 일이 발생하면 상상력이 무지하게 발휘가 돼. 그에 대한 부작용도 고려해야지. 게다가 영원 씨는 정신장애도 있잖아."

"내가 볼 땐 나영원 정신장애 아니다. 그런 기억들을 가지고 이 정도면 건강한 거야."

"그래서 내버려 둬?"

"아니, 어떤 식으로 둘러댈지 머리 맞대고 연구해야지. 이게 제일 난제다!"

영원에게 어떻게 거짓말을 해야 할지가 더 중요해진 심오와 갑3과는 달리, 갑1은 다른 쪽에 관심이 집중되어 있었다. 영원의 전생과 센터장이 어떤 사이였는지가 궁금하기 짝이 없었다.

물건, 과장되게 해석하자면 정표를 줄 정도가 아닌가. 얼마나 친했기에 그런 걸 주고받을 수 있단 말인가.

인간의 기억이 1천 년이나 유지되는 건 기적에 가까웠다. 그런데 영원은 그동안 기억을 간직했다. 악몽이 아님에도 그랬다. 더 강렬한 기억이 오래간다면, 센터장이 죽음보다 더 강렬한 기억이란 의미가 아니겠는가. 게다가 센터장은 그 물건을 몸에서 떼지도 않고 1천 년을 간직해 왔다. 몸의 일부로 여길 정도였다. 기억이 없다고 해도 그 감정은 결코 가벼운 것이 아니다.

세 남자는 계속 선 채로 고민에 빠졌다. 소파에 앉아서 이들을 보고 있던 갑2가 말했다.

"누가 나한테 설명 좀 해 줄래? 난 솔직히 무슨 말인지 전혀 못 알아들었거든."

"다 모아서 한꺼번에 얘기를 해야 될 것 같……."

갑자기 저승의 문이 활짝 열렸다. 그리고 갑21이 신난 얼굴로 들어왔다.

"오빠들! 산국에서 들어온 굉장한 정보!"

심오는 머리가 아파 옴을 느꼈다. 이제 정보라면 지긋지긋했다.

"우리도 정보가 있지만, 우선 네 것부터 듣자."

갑21이 소파에 와서 갑2 옆에 앉았다. 그리고 의기양양하게 보고하기 시작했다.

"갑15 사자가 1300년 전에 인도했다던 그 영혼, 나영원의 전생 말이야. 그거 우리 염라국에서 300년가량 머물다가 산국으로 가서 환생을 했는데, 그때의 점지 증서 찾았어. 1천여 년 전에 환생, 이름 연화! 성주 딸로 태어났었대. 옥황국 쪽에는 정보 교환을 안 하기로 해서 패스하고, 우리 쪽을 뒤졌거든. 근데 연화의 염라부명장이 없었어. 증서가 발행된 때부터 100살까지 살았다고 과하게 설정하고 뒤졌는데도 없더라고."

갑1이 입속으로 이름을 발음해 보았다.

"연화……."

갑2도 입속으로 이름을 굴려 보았다. 혀에 착 감기는 느낌이었다. 갑3이 말했다.

"이로써 문제의 시초는 그럼 1천 년 전이 확실해졌군. 연화, 그때부터!"

심오가 말했다.

"성주의 딸로 태어났는데, 왜 궁사가 되었지? 갑자기 집안이 몰락했나?"

갑21이 어리둥절하여 말했다.

"궁사가 뭐야? 누가 궁사였다고?"

"나영원, 아니, 연화. 그 당시는 전쟁 중이어서 수시로 신분이 오락가락했지. 옥황국의 공과격만 있다면……."

염라부명장이 생성되고 나면 공과격 사본은 염라국 쪽으로 넘어온다. 하지만 그 영혼이 환생을 하고 나면 폐기를 하기에 여기서는 볼 수 없게 된다. 만약에 연화의 공과격이 제대로 기록이 되었다면 아직 옥황국에는 남아 있겠지만, 지금 요청을 하면 우리 쪽 정보만 주고 끝날 확률이 높았다. 한편으로는 굳이 요청할 필요도 없을 것 같았다. 저승사자들과 연관이 있다면 어차피 공과격에도 기록은 남지 않았을 테니까. 갑2가 말했다.

"내 기억 말이야, 그 당시 멀쩡해. 1천 년 전뿐만이 아니라, 그 이전도 전부. 그런데 딱 하나, 연화에 대한 기억만 없어."

갑2가 일어섰다. 그리고 나가면서 말했다.

"자료들을 뒤져서 확인해 봐야겠어. 연화 외에 또 소실된 기억이 있는지."

저승의 문이 닫혔다. 심오가 소파에 털썩 앉으면서 두 손을 번쩍 들었다.

"드디어 잡았다! 그것도 양쪽 다 동시에! 영원 씨 쪽 저주의 시발점과 이승기피증 3인방의 정신장애 시점. 이 둘의 관련까지."

"7부 능선은 넘은 것 같다, 휴! 진짜 감도 안 잡혔는데."

심오의 시선은 갑1에게로 저절로 옮겨 갔다. 그렇다면 갑1의 정신장애와 기억 소실은 어디서 시작된 거지? 영원의 전생 기억에도 갑1이 없는 것을 보면 그의 기억은 소실된 부분이 없고 정신장애만 있는 것인가? 아니, 암흑의 감옥 지하에 있는 정체불명의 나비에 대한 그의 기억은 분명 소실된 것이다. 흉터도 동일하게 가지고 있지 않은가. 갑1과 이승기피증 3인방, 이들 사이에 따로 어떤 일이 발생했을지도 모른다. 그 일은 연화와 상관이 있을지도 모르고, 전혀 상관이 없을지도 모른다. 또한 갑1이 이들과도 전혀 상관없는 어떠한 일을 혼자서 겪었을 가능성도 아예 배제할 수는 없었다.

진료실 안을 배회하던 갑3이 함께 서 있던 갑1의 어깨를 잡았다.

"갑1 사자, 나영원 공포 지수 높은 순서로 전생 확인했나?"

"신체 절단 빼고 전부 확인했다."

"불은?"

"198년 전, 나병으로 숲에 숨어 살다가 마을 사람들한테 발각되어 불에 타서 죽음. 165년 전, 애첩과 공모한 남편 손에 목매달려 죽음. 264년 전, 문중의 협의에 의해 손발이 묶인 채로 허리에 무거운 돌을 매달고 바다에 던져져서 죽음. 그녀의 죽음에 관여한 모두가 제각각 이익을 얻었다. 불에 태워 죽인 대가로 마을 사람들 모두 죽음의 공포에서 벗어났고, 목매달아 죽인 대가로 본처 자리와 재물을 착복했고, 물에 수장시킨 대가로 문중의 몇몇이 과거 시험도 치르지 않고 말단 관직이나마 얻었지. 이들 모두 이 죄에 대한 죗값을 치른 적이 단 한 번도 없었다. 이승에서도, 그리고 저승에서조차."

아무도 그녀들의 죽음을 돌봐 준 이가 없었다. 저승사자조차 그 죽음을 봐 주지 못했다.

"저승에서 치르는 죗값이 무슨 소용이 있어. 이승에서 죄를 지었으면 이승에서 갚아야 합당하지. 지옥은 벌보다는 영혼 정화에 포커스가 맞춰져 있는데. 어쨌든 신체 절단은 없었다?"

"아직은."

갑3이 심오에게 말했다.

"나영원의 기억은 변형이 없어. 있는 그대로야. 나영원의 노출치료 최고 단계는?"

"정육점에서 뼈 자르는 거 보기. 그렇군. 기계에 의한."

"신체 절단은 도구의 발달과 관련이 있어. 인간의 다리뼈는 쉽게 절단 낼 수가 없거든. 그만큼 최근의 전생일 거다. 그리고 아무리 신체 절단 공포가 높다고 해도 불의 공포를 능가하진 않을 거다. 능가한다손 치더라도 비슷한 수준이겠지. 그런데 198년이나 지난 불의 공포보다 신체 절단 공포가 높다. 그렇다는 건 신체 절단이 불보다는 더 최근에 일어난 사건이 되겠지?"

갑1을 비롯하여 심오와 갑21의 시선이 갑3에게로 모였다. 그리고 동시에 소리쳤다.

"이정희!"

갑3이 고개를 끄덕였다. 심오가 말했다.

"그래서 이정희의 책에는 신체 절단에 체크가 안 된 거다. 자신의 죽음이었으니까. 그 기억을 짊어져야 하는 건 그다음 생애인 영원 씨의 몫이니까."

갑1이 말했다.

"기억보관소에 없으니 아직까지 그 범인은 살아 있다. 이승의 문서에 이정희가 여전히 행방불명인 채로 있는 걸 보면 잡히지도 않았다는 뜻이고."

심오가 물었다.

"영원 씨한테는 어디까지 설명해 줘야 해? 이정희의 죽음도 그렇고, 3인방 관련한 것도."

　모두가 소파에 앉았다. 그리고 머리를 쥐어짜 내 봤지만, 이렇다 할 의견은 나오지 않았다.

국과수 디지털분석과로 갑3이 들어왔다. 유명한 인물이지만, 이곳에는 아직 그를 모르는 사람들도 많았다. 그래도 알아보고 인사하는 사람이 몇 명 있었다. 그는 곧장 한 직원에게 다가가 어깨에 손을 얹었다. 열심히 모니터에 집중하고 있던 직원은 싸늘한 손에 깜짝 놀랐다.

"아! 강 선생님. 또 사체 만지시다가 오셨죠? 손이 차가운 걸 보니."

"난 언제나 차갑다."

"언제나 사체만 만지시니까."

갑3은 원래가 손이 차가울 뿐이다. 하지만 주변 사람들에게는 시체 손상을 막기 위해 손을 차갑게 유지한다는 인식을 주었다.

"내가 자문으로 있는 수사팀에서 의뢰 하나 들어온 거 너한테로 왔다던데?"

"지금 보고 있습니다. 그런데 죄송해서 어쩌죠? 분석이 안 돼요. 대상자 화면도 멀고, 몇 걸음 안 가서 잘려서요. 좀 더 길게 걷는 건 없답니까?"

"있으면 안 보냈겠냐?"

갑3도 몸을 숙여 모니터를 뚫어지게 보았다. 걸음걸이 감식 프로그램은 감지하지 못해도 그는 감지했다.

"같은 영혼이군."

"네?"

"아, 아니다. 내 직감에는 같은 놈 같아서. 정말 확인 불가능이냐?"

갑3도 같은 영혼인 것만 알아차렸을 뿐이다. 얼굴이 전혀 안 보이는 화면으로는 아무런 정보도 알아낼 수 없었다. 직접 마주치면 같은 영혼임을 알아볼 수는 있겠지만.

"가방을 어떤 식으로 메는가에 따라서 한 사람의 걸음도 바뀌거든요. 어깨 한쪽으로 멘 걸음과 배낭처럼 멘 걸음이 같을 수는 없고요. 그래도 둘 다 연령대는 대충 60대로 잡혀요. 들어갈 때의 남자는 젊은 척 애를 써도 노인 걸음이란 거죠."

갑3이 차가운 손으로 어깨를 한 번 더 친 후에 이곳을 나갔다. 나름 수고하라는 뜻이었다. 그리고 복도를 걸어가면서 통화를 했다.

"완전한 분석은 어렵다더군. ……내 느낌은 왜 묻지? 뭐, 동일 인물. 너희들 예감과 같다. 걸음걸이는 60대로 추정한다니까 맞겠어. 25년 전에도 비슷한 제보가 있었다면 그 정도 연령이 나오겠지. 어떤 식으로 수사할 거지? 난 그런 쪽으로는 젬병이라. 응, 응."

갑3이 전화를 끊었다. 그러는 동안 그의 사무실에 도착하여 안으로 들어갔다. 수사팀의 말로는 최근 바닷가 쪽부터 직접 탐문 수사를 할 예정이라고 했다. 조류 분석 의뢰 결과, 장소는 몇 군데로 좁혀졌다고 했다. 어촌 마을이라 CCTV가 설치된 곳이 턱없이 부족하다고 해도 아예 없는 것은 아니었다. 또 맨땅에 헤딩하는 격으로 뒤지는 수밖에 없다고 했다. 그 어떤 단서 하나 없음에도 불구하고 오직 육감 하나로 움직이고 있었다.

"대단해. 인간이라서 하지, 우리는 절대 못 해."

갑3은 책상에 걸터앉아 창밖을 보았다. 25년 전의 사체 제보와 60대로 추정되는 의심 인물이 그의 마음을 빼앗았다. 그리고 신체 절단.

"25년 전. 이정희의 죽음 33년 전. 단 8년의 차이. 여전히 잡히지 않고 살아 있는 범인. 60대의 33년 전이면 적어도 20대. 이런 변태적인 살인 욕구는 일반적으로 청소년기나 초기 성인기에 시작을 하니까 시기도 맞고. 신체 절단의 공포가 있다는 건 죽은 뒤의 절단이 아니라 살아서 겪은 절단. 공통점은 이것뿐인데……"

갑3은 갑갑하여 창밖의 하늘을 쳐다보았다. 결정적인 한 방이 부족했다. 이 중간을 이어 줄 수 있는 건 어쩌면 일직사자들뿐일지도 모른다는 생각을 했다. 그렇다고 그들에게 죄를 짓게 할 수는 없는 노릇이었다.

"내가 협박할 때 못 이기는 척하고 붙지. 앞뒤 꽉 막힌 놈들, 쯧쯧."

저승의 진료실로 줄을 잇는 그들의 정신 상담, 이것은 분명 자신에게 보내는 메시지일 거라고 갑3은 생각했다.

민아와 경민을 보내고 현관문을 잠갔다. 영원은 떠지지 않는 눈으로 비틀거리며 식탁에서 스마트폰을 잡았다. 이제 막 만화책 원고 파일을 출판사로 보낸 참이었다. 마감이 끝난 것이다. 그렇다고 모든 것이 끝난 것은 아니었다. 출판사의 수정 요청이 있을 시엔 다시 마감 돌입이다. 그때까지 한숨이라도 자 두지 않으면 안 되었다.

영원은 폰을 들고 소파에 누웠다. 갑1에게 와 달라는 전화를 하고 싶었지만, 폰 번호가 없으니 심오에게라도 할 생각이었다. 이 몰골로는 만나고 싶지 않아도 어쩔 수 없었다. 보고 싶은 마음이 창피함을 이겼다. 하지만 통화 버튼을 채 누르기도 전에, 영원은 폰을 손에 쥔 채로 기절한 듯이 잠이 들었다.

"엄마, 다녀올게."

밥그릇과 숟가락을 들고 다가오는 엄마라는 사람은 영원의 엄마가 아니었다. 낯익은 중년 여인은 이정희의 엄마였다.

"정희야! 이거 한 입만이라도 먹고 가. 점심때까지 배고파서 안 돼."

"이미 양치했어."

"내가 미쳤지. 어쩌자고 늦잠을 자서는."

"그럴 수도 있지, 뭐."

이정희는 엄마가 떠 주는 밥 한 숟가락을 입에 물고 손가락으로 집어 주는 반찬도 받아먹었다. 그리고 그것을 씹어 삼켜 가며 출근을 했다. 입 안에 설익은 밥알이 덜 씹힌 채로 목구멍으로 넘어갔다.

퇴근해서 집으로 오는 길이었다. 야근으로 인해 많이 늦었다. 늦으면 마중을 나오시곤 하는 엄마가 오늘은 보이지 않았다. 좁은 골목길이 어두웠다. 가로등도 밝지가 않았다. 저 앞에서 남자가 다가오고 있었다. 처음 보는 남자는 아니어서 크게 경계는 하지 않았다. 그는 여름이 시작되어서 반팔을 입고 있었다. 그래서 고개를 숙이고 지나가는 이정희의 시선으로 손목뼈의 흉터가 보였다. 남자는 완전히 지나갔다. 그런 줄로만 알았다. 갑자기 뒤에서 무언가가 덮쳤다. 그리고 캄캄해졌다.

"헉!"

영원의 눈이 떠졌다. 거실이었다. 떨리는 팔로 몸을 일으켜 앉았다. 한동안 멍하니 소파에 앉아만 있었다. 너무도 생생한 장면들이었다. 빙의가 이렇게까지 자신의 감정처럼 느껴지는 건가?

"이정희……, 그 잔인한 장면이 당신의 죽음이었어? 그래서 그 책에 체크가 안 되었던 거야?"

다른 악몽들도 떠올려 보았다. 이정희는 개중 근래의 모습이지만, 다른 악몽들은 옛날의 모습이었다. 오래된 귀신들이 빙의하는 거라고 느껴지지 않았다. 그렇다면 갑옷 입은 저승사자들이 나오는 꿈은? 그 감정들은? 얼마 전에 다녀간 저승사자들의 말과 행동들이 영원을 덮쳤다. 그것은 악몽보다 더 큰 공포를 불러들였다.

날이 새고 아침이 되도록 영원은 소파에 몸을 웅크린 채 생각을 거듭했다. 많은 생각을 짓고 깨부수는 작업을 끊임없이 했다. 세 명의 사자들에게 둘러싸여 걸어가는 어린아이의 감정에는 빙의로까지 나타나서 풀어야 할 정도의 맺힌 한 같은 건 없었다. 실존하는 인물들로 밝혀졌으니 망상도 아니었다. 무엇보다 천마의 여자 사자와 박쥐의 남자 사자에게서 느껴지는 감정은 타인의 것이 아니었다. 영원은 갑2가 남기고 간 말을 중얼거려 보았다.

"도무지 기억이 안 나. 인간인 너는 나를 기억하는데……. 기억……. 기억이라고 그랬어, 분명히. 나의 기억이라고……."

영원이 폰을 찾았다. 손에 쥐어져 있던 그것은 소파 아래에 떨어져 있었다. 심오의 번호를 누르려던 영원의 손가락이 바로 직전에 멈추었다. 대신 카톡 어플을 눌렀다. 거기서 민아에게 문자를 보냈다.

〈일어나면 문자 줘.〉

배터리가 얼마 남지 않았다. 그래서 무거운 마음을 추스르며 일어나 작업실로 들어갔다. 충전기에 폰을 꽂고 책상 앞에 앉았다. 책상 위는 폭격이라도 맞은 것처럼 난장판이었다. 정리할 엄두가 나지 않았다. 머릿속도 마찬가지였다. 눈으로 이정희의 책을 찾았다. 심오에게 있는 게 생각났다. 그 책에 없는 자신의 악몽을 되짚어 보았다. 갑1과 신체 절단이었다. 갑1은 어릴 때 보았던 기억이 나타난 꿈이었다. 그렇다면……

"이정희의 죽음도, 나의 기억?"

영원의 온몸이 떨려 왔다. 다리를 모으고 등을 웅크려 자신의 몸을 힘껏 끌어안아 줘도 떨림은 점점 더 심해져 갔다. 공포와 슬픔이 웅크린 그녀를 갈기갈기 찢으며 심장 속으로 파고들었다.

카톡이 울렸다. 얼른 잡아서 확인했다. 민아였다.

⟨벌써 일어나셨어요? 또 얼마 못 주무신 거죠?⟩

문자 내용은 담담하게 쓰려고 애썼다.

⟨할머니 요양원이 어딘지 알려 줘. 알아볼 게 있어서.⟩

잠시 후, 요양원 링크가 올라왔다.

⟨여기예요.⟩

⟨땡큐. 푹 쉬어.⟩

⟨작가님도 더 쉬세요. 잠이 안 와도 눈만 감고 있어도 어느 정도는 효과가 있대요.⟩

⟨OK.⟩

영원은 욕실로 가서 대충이라도 씻고 나왔다. 마음이 급해서 머리는 미처 다 말리지 못했다. 옷도 아무렇게나 잡히는 대로 입었다. 가방에 지갑을 쑤셔 넣고 현관을 나가다가 다시 들어왔다. 그리고 작업실에서 충전 중이던 폰을 빼서 나갔다. 신발은 고르지 않았다. 양말도 신지 않은 발에 아무거나 꺼내서 끼워 넣었다. 현관문을 열고 나가는 영원에게는 단 한 가지 생각밖에 없었다.

"직접 만나면 알 수 있을 거야. 빙의인지, 기억인지."

요양원까지 택시로 달려가는 동안 바깥 경치는 눈에 들어오지 않았다. 그래서 공포를 생각하지 못했다. 요양원에 도착하고서도 빠르게 걸었다. 거의 뛰는 속도였다. 요양원 로비의 접수처에 도착했다. 그런데 어떻게 말해야 할지 몰라서 로비 안을 서성거렸다. 민아가 헷갈려하며 말했던 할머니 이름은 두 가지였다. 최술자, 최둘자. 영원은 그중에 자신이 아는 이름을 골랐다.

"최둘자 할머니 면회 가능한가요?"

"관계는요?"

"아……, 그분 손녀의 직장 상사입니다. 문병 왔습니다."

직원이 의아하다는 듯한 표정으로 입원실을 알려 주었다. 영원은 호실 팻말을 따라 복도를 지났다. 그리고 해당되는 병실 옆에 붙어 있는 이름 중에 최둘자를 찾았다. 문을 열고 들어갔다. 좁은 병실에는 여덟 개의 침대가 있었다. 여덟 명의 환자가 함께 기거하는 병실이었다. 환자는 모두가 늙고 초췌했다. 침대에 붙은 이름표를 확인할 필요가 없었다. 영원은 여덟 명 중에 아는 얼굴을 찾아내었다. 아무리 나이가 들고 변해도 느낌으로 알아볼 수 있었다. 30년을 넘게 살을 부대끼고 살았던 엄마였기 때문이다.

최둘자는 침대에 앉아 초점 없는 눈으로 꽉 막힌 창을 보고 있었다. 영원이 그녀를 향해 다가갔다. 한 발 두 발 다가가는 동안 영원의 눈에서도 한 방울 두 방울 눈물이 떨어져 내렸다. 최둘자의 침대 옆에 섰다. 그리고 떨리는 손을 뻗어 엄마의 늙은 손을 잡았다. 얇은 피부 아래에 뼈밖에 없는 앙상한 손이었다. 최둘자가 천천히 고개를 돌려 영원을 보았다. 눈의 초점이 뚜렷해졌다. 그녀의 입에서 긴 안도의 한숨이 흘러나왔다.

"후! 우리 정희 왔구나. 다행이야. 잘 다녀왔어?"

영원이 고개를 끄덕였다.

"응, 엄마. 잘 다녀왔어."

"힘들지는 않았고?"

"응, 안 힘들었어."

"그래, ……그래, ……왔으면 됐다. 무사히 왔으면……. 휴!"

이것은 기억이었다. 이것은 자신의 감정이었다. 결코 타인의 것이 될 수 없었다. 최둘자가 이불 속으로 들어가 누웠다.

"무사해서 다행이야……."

그리고 편안한 숨을 내쉬며 잠이 들었다. 평온해 보였다. 영원은 목구멍을 치고 올라오는 통곡을 삼켰다. 계속 있을 수가 없었다. 그래서 눈물을 닦아 가며 이불을 제대로 덮어 드린 후에 병실을 나왔다.

잠시 후, 검은 캡슐이 병실 문에 겹쳐져서 나타났다. 마치 병실 문이 열리듯이 그곳의 문이 열리고 검은 코트를 입은 병9가 내렸다. 여전히 신입 기간이라 카메라가 장착된 헤드셋을 쓰고 있었다.

"이승에 도착했습니다."

— 네. 좌표 확인 완료. 최소 면적으로 안전 바리게이트 설정 완료. 통신 상태 체크해 주세요.

"좋습니다."

병9는 병실 안을 둘러보았다. 여덟 명 중에 망자가 발생할 것이다. 이윽고 투명한 영혼이 침대에서 일어났다. 최둘자였다. 병9가 그녀에게 다가가서 오른쪽 손목에 팔찌를 채운 뒤에 말했다.

"당신을 인도하러 왔습니다."

"방금 내 딸이……. 날 데리러 왔었나?"

"네? 아! 속명 확인하겠습니다."

헤드셋 너머로 중앙관제센터에서 읽어 주는 망자에 대한 정보를 병9가 읊었다.

"속명, 최둘자. 193X년 11월 05일 오전 6시 10분 출생. 출생지 파주……."

"죄 많은 주제에 오래도 살았네."

"일어나실 수 있습니다."

최둘자는 일어나 침대에서 내려섰다. 오랜만에 두 발을 땅에 디디고 섰다. 그녀는 병9의 인도를 받아 캡슐에 탑승했다. 문이 닫히고 안전벨트를 한 뒤에 저승으로 이동했다. 가는 길에 최둘자가 말했다.

"죽으면 모두를 이렇게 데려가나?"

"네, 그렇습니다."

"그럼 내 딸도 무사히 저승으로 잘 갔으려나?"

무엇을 묻는지 잘 몰랐지만, 병9는 최선을 다해서 친절하게 대답해 주었다.

"그럴 겁니다."

최둘자는 작은 창문 밖으로 삼도천을 보면서 힘없이 말했다.

"나는 지옥으로 가겠지? 내 딸 등골 뽑아 먹는다고 시집도 안 보냈으니. 우리 밥 벌어 먹인다고 일하러 나가는 애한테 다 익지도 않은 밥을 입에 넣어 줬어. 그게 내가 내 딸한테 해 준 마지막 밥이었어."

영원은 택시에서 내려 아파트로 들어갔다. 그런 그녀를 도로 건너편의 가로수 뒤에서 망원 카메라로 찍는 남자가 있었다. 몇 장을 연거푸 셔터를 누르던 그는 큰 가방에 카메라를 넣으면서 중얼거렸다.

"어지간히도 밖에 안 나오는군. 대체 며칠 만이야. 이런 년은 또 처음이다."

그리고 신속하게 자리를 떴다. 그가 멈춰 서서 셔터를 누른 시간은 아주 짧았다. 익숙한 일이었기에 긴 시간을 사람들 눈에 자신을 노출시키지 않았다.

현관문을 들어서는 영원의 스마트폰에서 벨이 울렸다. 돌아오는 택시 안에서도 펑펑 울었지만 아직까지 울음은 남아 있었다. 가방에서 꺼낸 폰에는 민아의 이름이 떠 있었다. 영원은 헛기침 몇 번으로 울음을 대충 정리한 다음에 통화를 눌렀다.

"응."

그런데 폰 너머에서도 민아의 울음소리가 들렸다.

— 작가님, 저 며칠 출근 못 해요.

좋지 않은 예감이 영원의 등줄기를 훑고 지나갔다.

"왜 울어? 무슨 일인데?"

— 할머니가 돌아가셨대요. 우리도 지금 요양원으로 가고 있는 중이라……. 아! 이따가 다시 연락드릴게요.

통화가 끊어졌다. 영원은 식탁 의자에 털썩 앉았다. 눈물이 나오지 않았다. 최둘자와 똑같은 긴 한숨이 나왔다.

"후! 이정희를 기다리셨구나. 내가 무사하기만을……."

"이정희 모친, 최둘자의 기억상자 들어왔습니다."

직원이 커다란 유리 상자를 들고 기억보관소로 들어왔다. 그 안에 든 것은 가슴에 맺힌 한만큼이나 붉은 핏빛의 하트였다. 갑1이 제일 먼저 다가왔다. 직원이 말했다.

"해리성 기억상실을 겪은 망자라고 합니다. 그래서 여기 든 것도 별 쓸모가 없을 것 같은데……."

그런데 안에서 영원의 영혼이 감지되었다. 최둘자의 기억에서 건질 건 없을지라도 뒤져 봐야 한다. 그녀의 공과격에는 딸이 이정미 한 명으로 되어 있기 때문이다. 재판이 시작되기도 전에 보충 자료를 넘길 수 있는 것도 다행이었다. 갑1은 고개를 끄덕인 후에 모니터실로 들어갔다. 직원은 영상으로 전환하기 위해 기억상자를 재생기 속에 넣었다. 모니터실의 모니터 앞에는 갑1과 갑2, 그리고 청장이 서서 화면이 나오기를 기다렸다. 인터폰이 울렸다. 갑1이 받았다.

"무슨 일이지?"

재생기 쪽의 직원이 말했다.

— 여기 버퍼링 걸린 것 같은데요? 화면이 똑같습니다. 모든 기억이 한 장면뿐인데 어떻게 하죠?

"그거라도 띄워 봐."

화면이 나왔다. 모니터를 가득 채운 건 이정희의 얼굴이었다.

— 엄마, 다녀올게.

밥그릇과 숟가락이 그녀에게 다가갔다.

— 정희야! 이거 먹고 가. 배고플 거야.

— 이미 양치했어.

— 내가 미쳤다고 늦잠을 자서는.

— 그럴 수도 있지, 뭐.

이정희의 입으로 숟가락이 들어갔다. 그리고 손가락이 집어 주는 반찬도 들어갔다. 환하게 웃으며 떠나는 딸을 보낸 후, 최 둘자는 숟가락에 묻은 밥알을 떼 먹었다.

— 어쩌나. 너무 설익었네.

화면은 다시 이정희의 얼굴로 가득 찼다. 그리고 똑같은 장면이 되풀이되었다. 해리성 기억상실이었다. 행여나 마지막으로 본 딸의 모습을 잊을까 두려워, 자신의 모든 기억을 지우고 딸의 마지막 모습만을 빼곡하게 채워 넣은 것이다. 그래서 그녀의 기억에는 이정희 외에는 아무것도 없었다. 갑1은 한참을 되풀

이되는 영상만 쳐다보았다. 그의 눈에도 눈물이 흘렀다. 그런데
화면에 다른 영상이 지나갔다. 갑1이 인터폰을 들고 소리쳤다.

"잠깐! 방금……."

— 네, 저도 봤습니다. 잠시만요.

되돌려진 영상에는 새로운 이정희가 있었다. 이전의 기억보
다 훨씬 선명해진 딸은 지금의 나영원이었다. 갑1이 모니터에
빨려 들어갈 듯이 바짝 붙어 섰다. 요양원에서의 모습이었다.
갑2가 말했다.

"이건 이정희가 아니라 나영원이잖아."

청장도 놀라서 말했다.

"전생의 인연 기억에 현생이 왜 나와? 이래도 되는 거야?"

화면에는 영원의 얼굴만 가득했다.

— 후! 우리 정희 왔구나. 다행이야. 잘 다녀왔어?

눈물에 젖은 영원이 고개를 끄덕였다.

— 응, 엄마. 잘 다녀왔어.

갑1이 절망스럽게 말했다.

"엄마라고 했다. 젠장!"

갑1이 기억보관소를 뛰쳐나갔다. 그리고 곧장 저승의 진료
실로 달려갔다. 하지만 아직은 이승의 진료 시간이라 이곳에는
없었다. 그래도 저승의 문을 두드렸다. 저쪽 사정을 봐줄 정신
이 아니었다. 한참 만에 안에서 심오의 목소리가 들렸다.

"대체 무슨 일……."

갑1이 문을 열고 들어가면서 말했다.

"영원이 알았다."

"뭘?"

"이정희가 전생인 거."

심오가 의자에 앉은 채로 되물었다.

"뭐? 어떻게?"

"조금 전에 이정희 모친 기억상자가 들어왔거든. 그 속에 영원이 있었어."

"이정희가 아니라?"

"그래. 사망하기 직전에 마지막으로 만난 게 영원이었다. 영원이 이정희 모친한테 엄마라고 불렀어. 모든 걸 전부 알아 버린 얼굴이야."

"어쩌지? 이젠 어떻게 해명해야 해?"

"우리 해명이 중요한 게 아니야! 영원이 받았을 충격이 중요하지!"

"그, 그렇긴 하지. 이럴 경우에는 어떻게 해야……."

"영원한테서 연락은 없었나?"

"없었다. 일부러 안 했을 수도 있어."

"우리를 못 믿어서?"

"먼저 확인을 해 보고 싶었을 수도 있고."

갑1이 책상을 두 팔로 짚고 다그치듯이 물었다.

"이런 경우 인간들은 어느 정도의 충격을 받지? 어떻게 감당을 하지?"

심오가 일어나서 그의 어깨를 토닥였다.

"여기에 대한 데이터가 없어서. 영원 씨는 전무후무한 일이잖아. 갑1 사자, 너부터 진정해. 네가 더 충격받은 것 같다."

갑1의 머릿속에는 이정희 모친의 눈에 비친 영원의 표정밖에 없었다. 그 표정이 안쓰러워서 견딜 수가 없었다. 자신이 해 줄 수 있는 일만 있었다면 이토록 절망하지는 않았으리라. 아무런 해결책이 없었다. 그래서 자신이 쓸모가 없는 것만 같았다.

"우린 거짓말할 생각만 했다. 그녀가 알게 되었을 때는 대비하지 못하고."

"그나마 그 거짓말도 아직 못 만들었잖아."

"이승으로 가 줘. 영원 곁에 있고 싶다."

"그래, 현재는 그 방법밖에 없겠군."

이승으로 나갔다. 심오가 말했다.

"난 아직 근무 시간이라 함께 못 가. 예약이 아직 남았거든. 일 끝나면 갑3 사자와 함께 갈게."

갑1이 고개를 끄덕이며 사라졌다. 심오가 한숨을 쉬며 앉기가 무섭게 갑1이 다시 나타났다.

"영원이 집에 없다."

심오가 이승폰으로 전화를 했다. 긴 신호가 갔지만 영원은 받지를 않았다.

"왜 안 받지?"

"갑21 사자한테로 가 보마. 넌 일해라."

갑1이 사라졌다. 그리고 다시 나타나지 않았다. 심오의 한숨이 깊어졌다.

"갑1 사자, 우린 네가 더 걱정이다. 지금 넌 제정신이 아니야."

장례식장 안으로 영원이 들어갔다. 검은색 정장을 차려입은 그녀는 조문객일 뿐이었다. 민아가 와서 먼저 인사를 했다.

"작가님, 와 주셨네요. 여기까지 오시는 거 힘드셨을 텐데 감사합니다."

"어머님은? 인사드리고 싶은데."

"저기……."

영원은 민아가 가리키는 곳을 보았다. 그곳에는 상제의 옷을 입은 이정미가 넋이 나간 듯이 서 있었다. 한때의 인연에서는 동생이었던 여자였다. 영원이 영좌 앞으로 가서 헌화를 한 뒤에 평절이 아닌 큰절을 두 번 올렸다. 이정미의 시선이 영원에게 집중되었다. 영원이 절을 마치고 앞에 서자, 이정미는 더욱 시선을 떼지 못했다.

"삼가 고인의 명복을 빕니다."

인사를 건네는 영원을 보느라 이정미는 인사도 잊었다. 민아가 옆에서 영원을 소개했다.

"우리 작가님이셔."

그제야 정신을 차리고 고개를 숙였다.

"아, 네, 이렇게 와 주셔서 감사합니다."

"제가 공교롭게도 오늘 고인이 계신 요양원에 다녀왔습니다."

"아! 누가 병문안 왔었다고……."

"자료 조사차 간 김에 잠깐 들러서 뵀었는데, 이렇게 되실 줄 몰랐네요.”

이정미가 손에 쥔 손수건으로 입을 틀어막으면서 연거푸 고개를 숙였다.

“이 일을 어떻게 감사드려야 할지. 작가님이 우리 엄마 임종을 지켜 주신 겁니다. 가시고 바로 돌아가셨다니까. 감사합니다.”

영원은 울음이 올라오려는 것을 힘주어 삼켰다. 그래도 떨어지는 눈물방울은 어쩌지 못했다.

“아……, 그, 그랬나요? 저는 편히 주무시는 것만 보고 나왔는데…….”

“편히…….”

이정미는 영원의 얼굴을 다시 보았다. 이정미의 눈에서도, 영원의 눈에서도 더 많은 눈물이 흘러나왔다.

“그랬을 것 같아요. 우리 엄마, 작가님을 보고 편히 가셨을 것 같아요.”

영원은 고개를 돌려 영좌 위에 얹어진 영정 사진을 보았다. 그 사진 속의 얼굴은 요양원에서보다 더 잘 알아볼 수 있었다. 제대로 된 사진이 없어서 그리다시피 했어도, 이정희와 살 때의 얼굴에 가까웠다. 묵례를 한 뒤에 뒷걸음으로 걸었다. 영정 사진으로부터 점점 멀어졌다.

‘미안해, 엄마. 말도 없이 사라져서, 이렇게 오랫동안 기다리게 해서 미안해. 내가 엄마보다 먼저 죽어서 미안해.’

이정미가 영원을 잡기 위해 발을 뗐다.

“자, 잠깐, 조금만 더…….”

그런 그녀의 팔을 민아가 잡고 소곤거렸다.

"우리 작가님, 지금 제대로 주무시지도 못하고 와 주신 거야. 왜 잡으려고 그래?"

"어, 언니 같아서……. 우리 언니 같아."

"엄마도, 참. 정신 좀 차려. 말도 안 되는 소리는 그만하고. 난 배웅해 드리고 올게."

영원은 장례식장을 나갔다. 흐르는 눈물은 화장지를 꺼내서 대충 훔쳤다. 고개를 숙이고 복도를 걷는 그녀의 옆으로 60대 남자가 지나갔다. 영원의 걸음이 멈췄다. 온몸을 훑고 지나가는 소름 때문이었다. 영원이 뒤를 돌아보려는데, 민아가 와서 그녀의 팔을 끌어안았다.

"와 주셔서 정말 감사해요."

"당연히 와야지."

영원은 민아의 앞머리를 가다듬어 주며 말했다.

"넌 어서 들어가 봐. 어머니 옆에서 돌봐 드려야지. 많이 힘들 텐데."

"네. 상 끝나면 바로 출근할게요."

민아는 인사를 하고 이정미 옆으로 돌아가서 섰다. 조문객한 명이 분향을 하고 있었다. 처음 보는 노인이었다. 귓속말로 물었다.

"엄마, 누구셔?"

"외가댁 동네 주민이시라는데, 잘 모르겠어. 예전에 다른 도시로 이사 갔다가 최근에 다시 오셨대. 얼굴이 낯설지가 않은 걸 보니 아예 모르는 분은 아닌 것 같아."

절을 마친 조문객이 이정미에게도 묵례를 했다. 고개를 숙인 그는 곁눈으로 장례식장 밖을 힐끔 보았다. 지나오면서 본 영원을 찾는 눈이었다.

"상심이 크시겠습니다."

이렇게만 말해 놓고 그는 급하게 나갔다. 신발을 챙겨 신느라 허리를 숙이는 바람에 소매가 올라갔다. 손목뼈 쪽의 흉터가 살짝 보였다가 소매에 다시 가려졌다. 그가 타깃을 변경한 건 이번이 두 번째였다. 처음은 이정미에서 이정희로, 이번은 황민아에서 나영원으로.

영원은 장례식장 공용 로비 문밖에 서 있었다. 캄캄해진 하늘을 보고 있는 듯했지만 실상은 달랐다. 그녀의 눈앞에는 무체화인 갑1이 서 있었다. 영원은 아무 말도 하지 않고 그를 바라보았다. 갑1도 아무 말이 없었다. 투명한 눈이건만 눈빛에는 많은 말들이 담겨 있었다.

영원이 사람들을 피해 병원 옆으로 걸었다. 갑1도 따라서 걸었다. 건물 모퉁이를 돌았다. 큰 나무가 있었다. 갑1이 손만 유체화시켜 영원의 손목을 끌어당겼다. 그리고 어두운 나무 아래에 들어가자마자 영원을 품에 안고 함께 사라졌다. 그가 유체화가 된 것과 사라진 건 거의 동시였다. 그래서 뒤이어 건물을 돌아오던 살인자는 이들을 발견하지 못하고 한참을 두리번거리다가 돌아갔다.

6

캄캄한 거실에 갑1이 나타났다. 그의 품 안에 있는 영원과 함께였다. 갑1은 단둘이 되어서도 팔을 풀지 않았다. 오히려 더 힘을 주어 안았다. 그의 낮은 목소리가 귓가에 맴돌았다.

"미안하다. ⋯⋯미안하다, 영원."

영원도 그의 등을 팔로 둘렀다.

"내가 당신한테 듣고 싶은 건 미안하다는 말이 아니야. 사랑한다는 말이야."

"미안해."

"'사랑해.'가 더 좋다니까."

"미안해."

"내 전생을 죽인 사람들은 아무도 사과하지 않는데, 왜 저승사자들이 미안하다고 하는 거야?"

갑1은 그제야 영원을 품에서 놓고 얼굴을 바라보았다. 이미 혼자서 다 흘려 버린 눈물이었다. 그래서 갑1이 닦아 줄 것이 남아 있지 않았다. 그래도 그녀의 볼을 쓰다듬어 주었다.

"범인은 아직까지 안 잡히고 잘 살고 있는 거야? 그렇게 잔인하게 죽였는데, 어떻게 안 잡힐 수가 있지? 어떻게 그 죽음을 아무도 모를 수가 있지?"

"어쩔 수 없다. 아무도 모르는 죽음은 너희들이 예상하는 것보다 훨씬 많으니까."

영원이 가까스로 미소를 지었다. 자신보다 더 힘겨워 보이는 갑1을 위로하기 위해서였다.

"이젠 어쩌지? 내가 알아 버렸어, 저승의 기밀이라는 거. 다들 나한테 거짓말도 못 하고 도망쳤잖아. 어쩌면 그리도 순진하신지들."

"우리도 초유의 사태여서 어떻게 해야 할지 몰랐다."

"내가 좀 많이 잘못된 케이스구나. 이렇게 환생하면 안 되는 거지?"

"무엇보다 네가 상처받을까 봐……."

"알아. 당신들이 나를 위해 애써 준 거 어떻게 모르겠어. 나 그렇게 바보 아니야. 그러니까 나한테 더 이상 미안하단 말은 하지 마."

갑1이 그녀의 입술에 짧게 입을 맞추었다.

"어떻게 해야 하지? 어떻게 해야 너를……, 너를……."

살릴 수 있지? 살리고 싶은데, 계속 나영원으로 살아가게 해 주고 싶은데, 방법을 찾을 수가 없었다. 이제 겨우 저주가 시작된 전생만 찾았을 뿐이다. 아직 아무것도 알아낸 것이 없었다. 저주의 계기도, 33이란 숫자를 멈추는 방법도, 그 어떤 것도. 그런데 시간은 시시각각 다가오고 있었다. 마치 온몸을 두르고 있는 시한폭탄과도 같이. 그 폭탄에 설치된 시계에는 이제 겨우 34일만이 남았을 뿐이다.

갑1이 영원에게서 떨어졌다. 다른 이유가 아니었다. 그녀를 계속 안은 채로 있고 싶었던 마음은 갑1이 더 간절했다. 그런데 어쩔 수 없었다. 다른 저승사자들이 도착했기 때문이다. 거실에 심오와 갑3이 나타났다. 영원을 발견하고 신발부터 벗는 그들의 표정에도 걱정이 어려 있었다. 그래서 영원이 먼저 웃었다.

"뭐야, 원장님도, 법의관님도. 표정들이 너무 웃겨요."

그리고 그들을 따라 영원도 신발을 벗었다. 심오가 먼저 말했다.

"미안하다. 우리가 먼저 설명했다면 영원 씨가 덜 힘들었을지도 모르는데……."

"제가 먼저 알았으니까, 더 자세하게 설명해 주셔야죠. 전 아직 뭐가 어떻게 된 건지 잘 모르는 상태라서요."

거실과 부엌의 불이 동시에 환하게 켜졌다. 모두의 움직임이 없었기에 누가 한 일인지 영원은 구분할 수 없었지만, 갑1이 켠 것이었다. 갑3이 말했다.

"다 말해 주마. 오히려 너한테 다 말하고 서로 의논해 가는 편이 나았……."

갑자기 영원이 자리에 쓰러지듯 주저앉았다. 갑1이 놀라서 그녀의 허리를 끌어안았다.

"여, 영원, 왜……."

그의 목소리가 떨리고 있었다. 표정은 더 사색이 되었다. 월 직이라면 결코 알 수 없는 공포가 그의 눈동자에 서렸다. 놀란 갑3이 얼른 그녀의 손목을 잡고 진맥을 했다. 영원이 힘없이 말 했다.

"배가……, 고파서. 하루 종일 아무것도 안 먹었더니 배에서 꼬르륵 소리조차 안 나."

맥이 탁 풀림과 동시에 갑1은 공포에서 벗어났다. 갑3도 그 녀의 손목을 던지듯이 놓았다.

"나영원! 사람 놀라게 하지 좀 마라."

"사람도 아니면서."

영원의 타박을 갑3은 가볍게 무시했다.

"갑1 사자, 걱정 마라. 멀쩡하니까. 뭐 좀 먹이자. 우리도 좀 먹고."

"안 먹어도 되면서."

영원의 이번 타박도 갑3은 무시하고 말했다.

"이번에야말로 내가 쏘마. 죽으로."

"에? 그건 너무 쪼잔하지 않아요? 쏘시려거든 랍스터로!"

"좋다! 게살죽으로 주문해 주마. 빈속에 비싼 거 막 넣고 그 러는 거 아니야. 탈 나."

갑3은 어플로 죽을 배달시켰다. 그리고 다른 것들도 주문했다. 그가 먹기 위해서였다. 그사이에 영원은 소파로 옮겨졌다. 분위기 있게 갑1이 안아서 옮겨 준 것이 아니었다. 앉은 위치만 옮겨 주었을 뿐이다. 그 덕분에 영원은 소파에라도 기댈 수 있었다. 긴 하루였다.

"와 주셔서 다들 감사해요. 혼자 있었으면 오늘 밤 힘들었을 거예요."

심오가 옆에 앉으면서 말했다.

"우리도 미안한 게 많아서. 그리고 인간적으로 영원 씨가 걱정되기도 했고."

"인간적으로? 하하하, 웃겨."

영원이 고개를 한 번 숙인 다음에, 다시 번쩍 들었다.

"이정희도 저의 전생이고, 제 꿈에 나온 다른 것들도 전부 저의 전생인 거죠?"

세 명의 월직이 얼어붙은 듯 가만히 있었다. 그녀가 알고 있다는 걸 알면서도 뜨끔한 것이다.

"그렇게 굳으실 것까진 없잖아요. 어차피 다 들통난 거 확인차 물어보는 건데."

갑3이 거실에 선 채로 말했다.

"그런 질문은 깜빡이라도 켜고 들어와라. 너무 느닷없이 물으니까 놀란 거다. 네 예상이 맞다."

"그렇구나."

갑3은 미적거리지 않았다. 말이 나온 김에 바로 본론으로 들어갔다.

"나영원, 너는 악몽 중에 신체 절단이 제일 공포 지수가 높지? 인간의 기억은 더 강렬할수록, 더 최근일수록 선명…….."

"뭘 물어보시는 건지 알았어요. 이정희의 죽음 물어보시는 거죠? 맞아요. 신체 절단. 아니, 토막 살해. 심지어 산 채로 묶여서. 그런데 팔 하나와 다리 하나까지만 봤어요. 그 뒤는…….."

"실혈에 의한 쇼크사였을 거다. 산 채로 그랬으면 순식간에 실혈이 되었을 테니까."

"아, 그래서 내부, 천장까지 온통 비닐이…….."

심오의 눈썹이 꿈틀했다. 자신이 들었던 장면들과 흡사했다. 그것은 일직들의 정신 상담 내용이었다. 심오가 퍼뜩 갑3을 쳐다보았다. 아뿔싸! 그의 시선이 영원이 아닌, 심오를 향해 있었던 것이다. 갑3이 눈치챈 게 분명했다.

"힘들겠지만, 나한테 생각나는 거 더 말해 줄 수 없겠나? 범인의 인상착의라든가."

영원은 떠올렸다. 거실에 버티고 선 저승사자는 믿기지는 않지만, 법의관이라는 사실을. 비록 수사관은 아니지만 말이다. 법의관의 질문이라고 생각하고 답하면 되는 거였다. 어느새 단단해진 영원은 악몽 이야기를 담담하게 풀어놓았다. 납치될 때의 장면, 비닐로 덮여 있던 광경과 살해 과정, 그리고 손목뼈의 흉터까지. 말하는 동안 감정의 동요는 없었다.

"잘했다, 나영원. 감정 기복 없이 잘 말했어."

"저도 놀랐어요. 이렇게 편안하게 말할 수 있다니."

영원은 멀찌감치 서 있는 갑1을 쳐다보았다. 그녀가 담담한

데에 반해, 그는 그러지 못했다. 마치 앞으로 있을 영원의 죽음을 미리 예언이라도 받은 듯 고통스러웠다. 갑3은 심오와 시선을 맞추었다.

"일직사자들의 상담이 많다더니, 맞지?"

심오의 머리와 마음도 복잡했다. 그간 영원과 쌓은 정이 많은 영향을 미쳤다. 오랜 고민 끝에 심오의 고개가 딱 한 번 끄덕여졌다. 갑3의 한쪽 입꼬리에 미소가 잡혔다.

"그런데 한 가지 이상한 점이 있어요."

영원의 말에 갑3이 집중했다. 계속 말하라는 눈빛이었다.

"보통 여자를 납치해서 토막을 낼 정도면, 그 전에 성폭행이 있을 것 같잖아요? 그런데 그런 기억이 없어요. 제가 잊어버린 건 아닌 것 같거든요. 여자들한테 그런 기억은 죽어도 잊지 못할 정도로 상처가 크니까. 그런데 전 그 악몽을 꾸고 난 직후에도 거기에 대한 거부감조차 없어요. 그 범인은 성폭행이 아니라, 오직 살인에만 흥미가 있지 않았나 싶은데, 그럴 수도 있나요?"

갑3과 심오가 서로 마주 보았다. 뇌신경 손상에 의해 성욕이 사라진 환자 중에, 다른 쪽으로 폭력성이 발현되어 성욕을 대신 채우는 케이스가 보고된 바가 있었다. 이 범인도 그런 경우인지는 확답할 수 없지만, 가능성은 컸다.

"그럴 수 있다. 좋은 정보야. 이봐, 갑25 사자. 이런 경우에 병원에서 진찰을 받긴 했을까?"

"그냥 살고 있을 것 같은데? 그러니 지금에 이르렀겠지."

"그쪽으로 기록을 찾긴 힘들겠지?"

"힘들 거라고 본다. 비뇨기과 쪽으로는 상담했을 수도?"

초인종이 울렸다. 영원이 일어서려고 하자, 갑3이 손으로 앉으라는 시늉을 했다. 그리고 직접 나가서 배달을 수령했다. 현관문을 닫고 물건은 공중에 둥실 띄워서 식탁으로 보냈다. 초인종이 또 울렸다. 그것도 갑3이 받았다. 그는 먹을 것들을 식탁에 갖다 놓으면서 폰으로 전화를 했다. 갑21이 전화를 받았다.

— 법의관 오빠! 나영원 어떻게 됐어?

"지금 집에 다 같이 있다. 네 덕분에 찾았어."

스마트폰 건너에 누가 있는지 깨달은 갑1이 급하게 그의 폰을 염력으로 당겨 제 손으로 가져갔다.

"갑21 사자."

— 갑1 오빠구나. 찾아서 다행······.

"장례식장 주변 CCTV 확보해. 영원이 사라지는 장면이 찍혔을지도 모르니까."

— 공간 이동한 거야? 이승에선 좀 조심하자, 오빠. 사건이 난 건 아니니까 조작까진 필요 없지? 영상만 살짝 빼돌릴 거야.

"부탁해."

갑3이 폰을 가져갔다.

"갑21 사자, 이정희 조사해 놓은 자료 있지? 그거 지금 바로 내 메일로 보내라."

— 갑3 오빠? 그거 다 외우고 있잖아.

"예전 수사 기록까지 다 보내라고."

— 뭐 하려고?

"묻지 마라."

폰 너머가 조용했다. 고민하는 기색이 스마트폰을 통해서도 전달되었다. 이윽고 폰에서 메일 알람이 울렸다.

— 난 모르는 일. 나영원 자료를 보낸 것뿐이야. 우린 나영원의 전생을 조사하는 중이니까.

"당연하지."

갑3은 통화를 끊고 메일을 열어서 확인했다. 그리고 그대로 수사관에게 전달하고 문자를 남겼다. 전화는 바로 왔다.

— 급 전화 요망이라고 하셔서.

"메일 한 통 보냈는데, 확인해 봐. 이번 사건 범인의 최초 피해자이거나, 아니어도 초반 피해자일지도 모르니까."

이제껏 단 한 번도 피해자 신원이 나온 적이 없었다. 폰 너머도 놀란 기색이 역력했다. 메일을 확인하느라 통화는 한동안 멈췄다. 영원도 숨을 멈추고 갑3을 쳐다보았다.

— 이 자료 뭐죠? 이건 25년 전보다 더 오래됐는데…….

"33년 전 실종 여성. 나한테 속는 셈 치고 조사 한번 해 봐."

— ……기꺼이 속아 드리죠. 어차피 아무것도 없었는데요, 뭐. 조사하는 데 신발창밖에 더 닳겠습니까? 하하하.

"그리고 오른쪽 손목뼈 근처에 작은 흉터가 있는 60대 남성은 특히 유의해서 살펴. 33년 전에 실종 여성과 같은 동네에서 살았던 것 같으니까."

— 그건 어떻게?

"알려 줄 수는 없는 비밀 제보자. 수고."

— 아……, 네. 앗! 고맙습니다.

통화를 마친 갑3이 중얼거렸다.

"내가 더 고맙다."

영원이 일어나서 갑3 앞에 섰다. 눈으로 많은 것을 물었다. 갑3이 식탁으로 그녀를 밀었다.

"나영원은 우선 죽부터 먹어라. 입에 한 숟가락 떠 넣으면 말해 주마."

영원은 배달용 비닐봉지에서 죽부터 꺼내서 뚜껑을 열었다. 아직도 뜨거운 상태였지만, 선 채로 한 숟가락 입에 물었다. 그리고 갑3에게 말해 달라는 눈빛을 보냈다.

"이정희 한 명만이 아니다. 피해자는 그보다 훨씬 많아. 우리가, 이승의 수사팀이 쫓고 있다. 그러니 너는 우리한테 전부 맡기고 과거에 지나갔던 모든 죽음들은 잊어라. 현생을 살아. 지금까지 열심히 산 것처럼."

"저도 돕고 싶어요, 뭐든."

"돕고 싶거든 잠을 자라. 그리고 꿈을 꿔. 1천여 년 전의 꿈을."

"에? 방금 과거를 잊고 현생을 살라면서요? 그런데 더 먼 과거인 1천여 년 전은 뭔가요?"

갑1이 영원 앞으로 다가갔다. 영원의 시선은 갑3을 떠나 갑1에게로 옮겨졌다. 갑1이 말했다.

"그 1천여 년 전이 지금의 네 현생이니까. 그리고 네 미래니까."

영원은 이해가 되지 않아 갑1만 바라보았다. 그의 눈빛만 보았다. 그의 간절함을 보았다.

"1천여 년 전이라면 설마 갑옷 입은 저승사자들?"

"그래."

"꿈이라는 걸 내 맘대로 꿀 수 있는 것도 아니고……."

"이젠 알잖아, 꿈이 아니라 기억이라는 거."

소파에 앉아 있던 심오가 영원에게 다가왔다. 그녀의 시선은 심오에게로 옮겨 갔다.

"영원 씨가 꿈에서 봤다던 세 명의 저승사자, 그들은 모두 정신장애가 있어. 주 증상은 제각각 다르지만, 영원 씨가 앓는 외출기피증처럼 이승기피증이 공통으로 있지. 이승에 나올 수 없는 그들은 저승사자의 업무를 할 수가 없었다. 그래서 여기 있는 법의관과 내가 이승에 정신의학을 공부하러 나온 거야. 상황이 심각해져서 그들을 고치지 않으면 안 되게 되었거든. 그런데 우리도 막혔었어. 모든 정신장애에는 계기라는 게 있는데 그들은 그조차 알 수 없었거든. 그러다가 영원 씨의 기억을 듣게 된 거야. 그리고 알게 되었지. 세 명의 저승사자에게 기억상실이 발생했었음을. 우리가 이것을 여태 몰랐던 이유는 그들의 기억은 완벽했기 때문이야. 소실된 것은 오직 연화, 영원 씨의 전생과 함께했던 기억뿐이었으니까. 여태 영원 씨의 존재를 몰랐던 우리로서는 알 수가 없었던 거지. 그리고 영원 씨의 잘못된 윤회도 그때부터 시작된 거야. 이제부터 영원 씨가 기억해 내야 해. 그때 무슨 일이 있었는지. 그때를 기억하는 건 영원 씨밖에 없어."

영원은 의자에 힘없이 앉았다. 그리고 무의식중에 죽을 떠먹었다. 그러다가 숟가락질을 멈추고 생각을 했다. 그리고 다시 죽을 떠먹었다. 머릿속은 방금 들은 대화들을 정리하느라 분주했다. 영원이 가까스로 한 가지 질문을 했다.

"연화……, 그때의 제 이름인가요?"

"맞아, 연화."

영원은 방금 갑1의 입에서 나온 이름에 움찔했다. 무언가 떠오를 것만 같았다.

"가빌, 한 번만 더 그 이름을 불러 볼래?"

"연화……."

이 느낌을 되새기며 기억을 떠올리려고 애를 써 봤지만 실패했다. 머릿속에선 아무것도 지나가지 않았다.

"미안. 모르겠어."

갑3이 배달 온 음식들을 풀어 식탁에 늘어놓으면서 말했다.

"우선 먹으면서 계속 생각해 보자."

식탁 위에는 보쌈이 펼쳐졌다. 영원이 젓가락을 들고 슬쩍 고기 한 점을 집었다. 그런데 갑3이 젓가락으로 잽싸게 고기를 털어 냈다.

"어허! 어딜. 죽부터 다 먹고."

"이걸 다 먹으면 배불러서 보쌈을 어떻게 먹나요?"

"그러게 하루 종일 아무것도 안 먹고 돌아다니래?"

영원이 입술을 삐죽했다.

"죽만 먹으면 기운 안 나는데. 머리도 안 돌아가고. 돌아오던 기억도 달아날 거야, 아마."

"네 몫까진 안 먹는다. 너 때문에 보쌈을 시킨 거니까. 죽 다 먹고 나면 몇 점이라도 먹어. 그래야 기운 나."

영원이 갑자기 웃음을 터뜨렸다. 갑3이 어리둥절하여 눈썹을 찌푸렸다.

"왜 웃지?"

"법의관님 완전 츤데레의 정석이셔. 여자들한테 엄청 인기 많으시죠?"

"그런 거 많아 봤자 귀찮기만 하지 쓸데라고는 하나도 없다. 여자들이 그러니까 내가 자꾸 사람들 눈에 띄는 거잖아."

"순서가 잘못되었네요. 눈에 띄니까 여자들이 자꾸 그러는 겁니다."

심오가 갑1에게 말했다.

"너도 좀 먹지? 이거 맛있어."

갑1은 고개를 저었다. 지금 이승의 음식을 먹었다간 눈물을 감당하지 못할 것만 같았다. 영원이 갑1의 눈치를 슬쩍 살피면서 어렵게 입을 뗐다.

"저기, 욕쟁이……, 그러니까……."

"그냥 센터장이라고 불러. 자기더러 욕쟁이라고 했단 소리 들으면 더 욕할 거다."

영원이 여전히 선 채로 있는 갑1의 눈치를 다시금 슬쩍 살폈다. 갑1은 궁금하여 눈빛으로 뒷말을 종용했다. 영원은 그의 눈을 피해 갑3에게 말했다.

"그분 직접 만나 볼 수는 없는 건가요?"

"왜?"

"직접 보면 생각이 날 것도 같아서요."

심오가 영원의 말을 받아서 말했다.

"하긴, 그게 가장 좋은 방법이긴 하지. 그런데 여의치가 않아서. 증상이 심하거든."

꿈속의 사람도 아니고, 존재하지도 않는 꿈속의 상황도 아니었다. 실존하는 인물이고, 실제 겪은 상황과 감정이었다면, 그리고 그것이 현재의 그들과 이어져 있다면 말하는 편이 도움이 될 것이다. 하지만 역시나 갑1 앞에서는 껄끄러웠다. 현재의 남친한테 과거 남친에 대해 말하는 기분이 이런 걸까 싶었다. 갑1도 영원의 이상한 낌새를 알아차렸다.

"하고 싶은 말 있으면 해. 센터장과 관련해서 생각난 거 있나? 뭐든 좋다. 우리한텐 네 기억이 절실해."

"그러니까……, 그 센터장이라는 분……, 과거에, 완전 과거지, 1천 년이면, 그치?"

"그래, 엄청 옛날 맞아. 그러니까 말해 봐."

"나와, 아니, 연화와 뭐랄까……, 아! 썸이 좀 있었던 것 같은데……."

"역시."

갑1에게서 튀어나온 말은 의외였다. 갑3과 심오도 놀라서 갑1을 쳐다보았다. 심오가 물었다.

"뭔가 알아차린 거라도 있었어?"

"아니, 예감상. 둘 사이가 수상했거든."

이건 아무래도 마음이 상한 목소리인 듯했다. 사랑을 하더니 인간 남자가 하는 짓은 다 하고 있었다. 갑3이 퉁명스럽게 물었다.

"어떤 면에서? 난 그런 거 전혀 못 느꼈는데? 나영원이 말해 봐. 왜 그렇게 생각했는지."

"둘이서 계속 만났던 느낌이었어요. 사람들 틈에 있을 땐 그분도 무체화로 제 곁에 있어 줬거든요. 지금의 가빌같이. 박쥐를 본 게 더 뒤 같고……."

세 명의 월직들이 서로를 쳐다보았다. 순서가 이상했다. 만약에 영원의 기억이 사실이라면, 센터장은 사랑하는 여자의 죽음을 인도하러 왔다는 뜻이 된다. 마치 자신에게 닥친 일처럼 충격을 받은 갑1이 중얼거렸다.

"그건……, 그건 할 수 없어. 못 견딜 거다."

사랑하는 여자에게서 자신을 사랑했던 기억을 추출해 낼 수는 없었을지도 모른다. 그래서 그 결과가 지금에까지 이른 것인가? 갑3이 단호하게 고개를 저었다.

"센터장 성격 모르나? 그 성격에 퍽이나 누굴 좋아하고 그러겠다."

심오가 갑3을 보며 턱 끝으로 갑1을 가리켰다. 갑1도 누군가를 좋아할 성격은 못 된다. 그런데 지금은 어떤가. 거의 미쳐 있지 않은가. 현재 갑1에게 영원의 죽음을 인도해야 하는 일이 닥친다면, 같은 짓을 하지 않으리란 보장이 없었다. 그러니 과거에 그런 일이 있었다는 걸 마냥 부정할 수는 없었다. 갑3이 짜증스럽게 말했다.

"미치겠다. 그게 진짜면……. 나영원, 너 도끼병 같은 거면 내 손에 죽는다."

영원은 뜨끔해졌다. 솔직히 그에 대한 부분은 자신이 없었다.

"저, 정확한 건 아니고요. 아직 꿈을 더 꿔 봐야 될 것 같은……."

"그것 말고 또 기억나는 건 없나?"

영원이 고개를 저었다.

"아직은."

영원이 상추를 집어 들고 고기 한 점을 올렸다. 이번에는 갑3의 태클이 들어오지 않았다.

염라국의 입출국장으로 평소에는 볼 수 없는 인물이 걸어오고 있었다. 센터장이었다. 목소리는 자주 듣지만 실물을 보는 건 흔한 기회가 아니었다. 그래서 시직과 일직들의 시선이 그에게로 쏠렸다. 센터장은 개찰구 앞에서 걸음을 멈추었다. 앞이 가로막혀서가 아니었다. 그의 심리적 거부감이 발을 잡은 것이다. 억지로 발에 힘을 주었다. 그래도 떨어지지 않았다. 숨이 거칠어졌다.

"나영원……. 연화……."

이름을 중얼거려 봤지만 숨만 더 거칠어졌을 뿐, 이승에 대한 거부감은 조금도 줄어들지 않았다. 영상을 봐도 갑2처럼 그녀를 만나고 싶다는 생각이 들지는 않았다. 가슴 쪽의 통증만 확실했다. 그 외에는 아무것도 확실한 것이 없었다. 갑2도, 청장도, 그리고 센터장도 그 당시의 염라부명장을 다 뒤져 보았다. 기록이라 할 수 있는 것들도 다 보았다. 월직들은 굳이 과거를 회고하지 않는다. 과거에 집착하지도 않을뿐더러 현재에 더 충실히 살기 때문이다. 그렇다고 기억을 버리는 건 아니다. 그래서 문제가 있을 시에 과거를 돌이켜보면 완전한 형태의 기억을 떠올릴 수 있었다.

자료와 비교한 그들의 모든 기억은 온전했다. 그런데 연화에 대한 기억만 없었다. 그녀가 줬다는 머리꽂이는 이토록이나 소중하게 여겨지는데, 받은 기억조차 없었다. 센터장도 은연중에 병의 원인이 그녀 같다는 생각은 하고 있었다. 다른 원인이 없었기에 달리 생각할 수도 없었다. 영원이 보고 싶어서가 아니었다. 그를 괴롭히는 병의 원인을 알고 싶어서 이승으로 나가 보고 싶었다. 그런데 이렇게 마음은 간절한데도 발이 앞으로 나아가지를 못했다.

"대체 왜!"

센터장이 몸을 돌려 섰다. 그런데 뒤에서 갑1과 갑3, 심오가 떡하니 이쪽을 보고 서 있었다. 그들의 눈빛이 심상치 않았다. 본능적으로 위험을 느끼고 다른 방향을 향해 발걸음을 했다. 하지만 이번에도 발이 묶였다. 심리적인 영향이 아니었다. 누군가 염력으로 그의 몸을 묶은 것이다. 센터장의 몸이 순식간에 그들 앞으로 끌려갔다.

"야! 갑1 사자! 이런 힘이 남아돌면 이승에 한 번이라도 더일 나갔다가 오라고!"

"잔말 말고 따라와."

갑1이 앞서 걸었다. 그리고 갑3과 심오도 저승의 진료실을향해 걸었다. 센터장은 발버둥을 쳤지만, 결국 염력의 포박을끊지 못하고 진료실까지 끌려가고 말았다. 진료실 문이 닫히자염력은 풀렸다.

"이게 뭐 하는 짓이야!"

갑1이 센터장 앞에 바짝 다가가 그의 얼굴을 한 손으로 잡았다.

"지금 중앙관제센터로 바로 돌아가면 내가 그곳을 박살 내버릴 거다."

"네가 그런 짓을 할 리가……."

갑3이 옆에서 말했다.

"할 거다, 지금이라면. 여차하다간 네 얼굴도 날려 버릴걸?"

"뭐?"

갑1이 그에게서 손을 뗐다. 그리고 소파로 던지듯이 보냈다.센터장이 소파 위로 내팽개쳐지다시피 쓰러졌다가 얼른 자리잡고 앉았다. 그가 옷매무새를 가다듬는 사이에 진료실 안의모든 가구가 움직여 각을 맞췄다.

"설명 좀 하지? 나를 이렇게 끌고 온 이유."

"이렇게라도 하지 않으면 너와 제대로 된 대화는 못 할 테니까."

심오가 센터장과 마주 보는 소파에 앉았다.

"조금 전에 입출국장에서 뭐 하고 있었지?"

"그냥 일없이 있었다."

갑1의 손으로 암흑의 기운이 모였다. 그것은 금방이라도 이쪽을 향해 날아올 것만 같았다. 센터장이 냉큼 실토했다.

"시험해 본 거다! 테스트!"

갑1의 손에서 기운이 사라졌다. 그래도 분노, 혹은 질투는 사라지지 않았다. 심오가 물었다.

"시험해 본 결과는 어땠어?"

"실패. 꿈쩍도 않더라."

"그런 일이라면 여기를 먼저 찾아왔어야지. 무턱대고 덤비는 것보단 단계별로 차근차근 치료해 나가는 게 더 빨라."

갑3이 소파 주위를 서성거리면서 말했다.

"단도직입적으로 묻지. 갑5, 아니, 센터장! 넌 나영원 영상 보고 어떤 기분이 들었지? 아! 바꿔 묻지. 연화를 보고."

센터장이 잠시 머뭇거리다가 제 가슴에 손을 올렸다. 그리고 한숨을 쉬면서 솔직하게 말했다.

"아팠다, 여기가."

갑1과 갑3이 자리에 멈춰 섰다. 앉아 있던 심오의 상체는 센터장에게로 쏠렸다.

"연화가 보고 싶다거나 그런 마음은 없고?"

"그런 감정까지는 모르겠다."

갑3이 말했다.

"나영원이 말하기를, 1천여 년 전에 너와 연분이 있었던 것 같단다."

센터장이 발끈했다.

"그 여자 미친 거 아니냐? 어떻게 저승사자인 나와 연분이 났다고 생각할 수 있지? 나 사자청의 월직이다. 인간 여자들이야 그렇다고 해도, 우리한테 그런 감정이 생길 턱이 없잖아."

갑3이 말했다.

"그 말은 이미 설득력을 잃었다."

"왜?"

"그럴 이유가 있다. 어쨌든 마음이 아프다며? 그 부분은 설명할 수 있나?"

센터장은 대답을 하지 못했다. 여기에 대해선 그도 설명 불가였다. 기억이 없는 느낌은 어떠한 증명도 할 수 없었다. 갑1이 말했다.

"연화는 천마 떼와 박쥐 떼를 봤어. 둘 중의 한 명은 연화를 인도해야 하는 책임이 있었을지도 모른다. 순서상 박쥐가 제일 뒤일 수도 있다고 하니, 네가 책임을 다하지 않았다는 의심도 가능해."

"천마가 뒤일 경우는?"

"우린 천마와 박쥐가 한 생애에서 일어난 일이라고 생각하고 있다. 연화가 태어난 게 1천여 년 전인 건 산국의 점지 증서로 확실해졌다. 인간의 규칙은 성인에서 어린이로 역행하지 않아. 네 말대로라면 천마를 본 어린이로 한 번 더 환생을 해야 한다는 건데, 그럼 다시 330여년 더 뒤로 계산해야 하는데, 그땐 갑2가 이승에 나가지 않을 때이니 천마를 볼 수 없지. 게다가 어릴 때 갑2뿐만이 아니라 너희 세 명을 다 만났다고 했다. 결국 영원의 기억이 확실하다는 거다."

"내가 책임을 다하지 않았다고 추정하는 이유는?"

"기억을 추출하지 않았으니, 어릴 때의 기억까지 다 가지고 있는 거잖아."

"그럼 대체 내가 왜 그랬을까?"

"우리가 지금 그 얘기를 하고 있잖아! 네가 연화를 사랑해서 차마 기억을 못 빼낸 거라고!"

"미치고 환장하겠네. 그런 가슴 아픈 사연을 내가 잊어버렸다니. 그래, 그럼 난 그렇다고 쳐. 다른 녀석들은 그럼 왜 그 모양이 된 거지?"

할 말이 없었다. 여기에 대해선 엉터리 가설조차 만들어 내지 못했다. 심오가 말했다.

"그래서 네가 좀 적극적으로 치료를 받았으면 하는 거야. 연화, 나영원을 직접 만나 주면 그녀의 기억에 도움이 될 거다."

"내 기억이 아니고?"

갑3이 말했다.

"너희들은 포기했다. 글러 먹었거든."

갑1이 말했다.

"네가 치료에 협조하지 않으면 기한 내에 이거 해결 못 할 수도 있다. 그럼 영원은……."

센터장도 영원을 살리는 쪽에 손을 들었다. 병을 고치고 싶은 마음도 절실했지만, 인간을 사랑해서 책임을 저버렸다는 누명은 벗고 싶었다.

"알았다. 어떻게 해야 하는지 알려 줘."

그의 눈에서 의지가 보였다. 심오가 만족스럽게 고개를 끄덕였다.

"현재 갑2 사자 정도로만 차도가 있어도 영원 씨와 만날 수 있을 거다. 해 보자, 속성으로!"

센터장이 손끝으로 제 머리카락을 쓸어 올리면서 계속 중얼거렸다.

"내가 사랑을 했다고? 내가? 인간을? 미치지 않고서야……."

VII
삼도천의 기억

비단잉어였다. 투명한 비단잉어였다. 이것은 어울리지 않게 연못이 아닌 바다를 헤엄치고 있었다. 바닷속을 유영하던 이것들은 서서히 해수면을 박차고 하늘로 날아올랐다. 한 마리가 아니었다. 수많은 비단잉어가 어딘가를 향해 공중을 헤엄쳐 가고 있었다. 그것들을 따라 투명한 사람들도 바다 위를 둥둥 떠서 가고 있었다.

바다 위가 불바다였다. 산산조각이 난 나무 선박들이 여기저기에 흩어져 불에 타고 있었다. 흉터투성이의 손이 부서진 나무 기둥을 부여잡고 출렁이는 바다 위에 떠 있었다. 등에는 화살통이 짊어져 있었다. 여전히 궁사였다. 망망대해였지만, 육지가 어디쯤인지는 감을 잡고 있었다. 그런데 기를 쓰고 발을 젓는 곳은 육지 쪽이 아니었다. 비단잉어와 투명한 사람들이

가고 있는 그 방향이었다.

"어이, 우리 7살짜리!"

유쾌한 목소리를 향해 고개를 들었다. 검은색 갑옷을 입은 투명한 사람이 바다 위를 걸어오고 있었다. 아는 얼굴이었다. 긴 머리를 한 가닥으로 땋아 내린 그는 어릴 때 보았던 세 명의 저승사자 중 한 명이었다. 이쪽에서도 반갑게 인사를 했다.

"갑4 사자님!"

"많이 컸구나. 처녀가 다 되었다더니 사실인걸?"

"이젠 7살짜리가 아니라니까요."

"하하하, 내 눈엔 똑같아 보인다. 그래, 우리 연화는 여기서 왜 이러고 있지? 또 참전한 것이냐?"

"저 이번에는 진짜로 죽을 건가 봐요. 갑4 사자님이 저 데리러 오신 건가요?"

"내가 가져온 염라부명장에는 네 이름이 없는데?"

"아! 그럼 또 살려나 보다. 저번에 갑5 사자님도 저 살려 주셨는데."

갑4가 먼 육지를 보다가, 바다에서 버둥거리는 연화를 보았다. 그리고 잠시 고민을 하다가 연화의 몸을 공중에 띄웠다.

"어? 갑4 사자님이 저 살려 주시는 거예요?"

"그럴 리가. 애초에 염라부명장도 없으니 살려 주는 것도 아니지."

"다른 분들은요? 제가 얼마나 보고 싶어 하는지 아시나요?"

"알다마다. 그래도 전장에서 얼쩡거리지 마라. 모두가 널 걱정한다."

"하지만 전장이 아니면 사자님들을 만나지 못하는걸요. 보고
싶어서 어쩔 수 없다고요."

눈 깜짝할 사이였다. 연화가 선 곳은 바다가 아니라 육지로
변해 있었다. 그리고 아득히 먼 바다 위는 여전히 죽음의 목구
멍 속에 있었다.

영원이 눈을 떴다. 이번에도 악몽이 아니었다. 저승사자들이
나오는 모든 꿈은 행복한 꿈이었다. 심지어 이번은 유쾌하기까
지 했다. 꿈속의 저승사자 성격 덕분인 듯했다. 대화도 생생하
게 기억이 났다. 영원은 일어나서 벽에 기대앉았다. 그리고 캄
캄한 곳에서 불도 켜지 않고 생각했다.

"갑4 사자님……, 숫자가 맞았구나. 갑4. 법의관님은 갑3인
것 같고, 원장님은 언뜻 갑25라고 들었던 것 같고, 아름다운
그분은 갑2 사자님. 갑5는 센터장님 같아. 그리고 우리 가빌은
갑1, 1번이었어."

청장은 저승의 진료실에 들어서자마자 자신을 압박해 오는
심오의 기세에 밀려 뒷걸음질을 했다. 그 뒤에 버티고 선 갑1과
갑3의 기세도 만만치가 않았다.

"왜, 왜 이러는 거지?"

"왜냐는 질문은 우리가 해야지!"

고함부터 지르는 갑3을 심오가 어깨를 잡아 만류했다.

"기억도 없는 놈한테 왜냐는 질문은 사치다. 우선 소파에 앉

아 봐."

그러고 나서 심오는 영원에게서 전화로 전해 들은 비단잉어가 나온 꿈 이야기를 상세하게 설명했다. 청장도 의아한 표정이 되었다.

"갑4 사자라면, 내가 확실한 거겠지?"

"비단잉어가 도용이 되나?"

"나 그때 기억하고 있다. 그 당시 해상권 다툼도 치열했거든. 화선을 이용한 전술이 많아서 배에 불이 자주 났었지. 그곳의 큰 전투는 내가 다 나갔었다. 그런데 연화는 기억에 없어. 신기하네."

갑3이 다시 고함을 질렀다.

"신기하다고 감탄할 때냐? 네가 사람을 살려 줬다고! 인간의 생사에 관여한 게 얼마나 엄청난 짓인지 몰라서 그래?"

청장이 곰곰이 생각하다가 대충 대답했다.

"그게 그렇게 되나? 염라부명장은 없었다며?"

"물론 네가 개입하지 않아도 살았을 수도 있지. 하지만 바다를 떠돌다가 하루나 이틀 뒤에 죽었을 수도 있어. 그럴 경우에는 너한테 염라부명장이 안 나가지. 너도 이 정도는 알잖아."

청장도 마지못해 고개를 끄덕였다.

"그래, 아무래도 만일의 경우까지 알면서도 살려 준 것 같다. 기억에는 없지만, 나도 살려 준다는 인식은 했을 거야. 허, 참. 나란 놈이 왜 그랬을까?"

"설마 너도 사랑했나?"

"뭐라는 거야? 뭘 해?"

갑3이 청장을 훑어보았다. 센터장은 말은 거칠어도 그나마 섬세한 건 있어서 사랑을 할 만도 하다고 억지로 생각해 볼 순 있었다. 하지만 청장의 성격은 섬세함과는 거리가 멀었다. 뭐든 대충인 경향이 있었다. 그때도 대충 생각하고 살려 줬을 가능성이 컸다.

"별말 아니다. 그럴 리는 없지."

모두의 시선이 청장을 향해 있었다. 묻고 싶은 건 많은데 기억도 없는 걸 따져 물을 수는 없으니 쳐다보고만 있는 것이다.

"내가 살려 주기 전에 갑5, 센터장도 살려 줬단 말을 했다며? 박쥐 떼를 본 그건가?"

심오가 대답했다.

"나도 그 부분을 물어봤는데, 영원 씨도 잘 모르겠다더라. 어린이와 성인은 구분이 되는데, 성인과 성인은 순서가 구분이 안 된다고. 박쥐 떼일 수도 있고, 그 이전에 또 생사에 관여했을 수도 있고."

한 놈은 사랑을 해서 기억 추출도 안 시키고, 한 놈은 살려 주기까지. 저승사자의 개입으로 인하여 한 인간의 운명에 너무 많은 변수가 생긴 셈이다. 청장이 입을 열었다.

"이거 혹시 갑1 사자의 지하철 사건과 비슷한 케이스 아닌가?"

갑1이 말했다.

"응? 그때 그 칸은 전멸이었다. 바다 위와 상황이 달라."

"아니, 넓은 의미에서 말이다. 난 분명 기억은 없어. 하지만 나를 가장 잘 아는 건 나일 거라고 생각해. 그때의 나란 놈이 왜 그랬을까 생각하면 그렇단 거지. 무슨 말이냐면, 연화가 어렸을 때, 들어 보니 7살 때겠군. 어떤 일로 우리가 알게 된 건지는 모르겠지만, 정이 든 건 분명해 보여. 아무리 전쟁이 빈번했던 시대였다고 해도 여자라 위험한 전장에 굳이 나갈 이유는 없어. 성주의 딸이었다면 더 그렇지. 그런데 그런 애가 계속 전쟁터에 나와. 이유는 딱 하나, 우리를 보고 싶어서야. 7살 때 우리를 만나지 않았다면, 연화가 그 죽음 속에 있었을까? 난 그때 그 바다 위에서 그런 생각을 했을 것 같아. 갑1 사자가 지하철에서 자신을 보지 않았다면 나영원이 죽음 속에 있지 않았을 거라고 생각한 거와 같은 경우지. 그래서 난 떠밀어 준 것 같다. 살라고. 이 전장에는 오지 말라고. 우리를 만나기 전의 삶을 살라고. 연화라는 아이를 우리가 많이 좋아했나 보다. 안 죽기를 바랄 정도로. 한편으로는 죄책감이 있었을지도. 그래서 살려 준 것 같다."

죄책감은 무거운 감정이다. 7살, 애매한 나이. 원래 무의 눈을 타고 태어났는지, 어려서 한시적으로 지나가는 눈이었는지 분간하기 어려운 나이. 그 나이에 연화는 저승사자들을 만났다. 그 7살에 한 인간의 운명이 엉키기 시작한 것이다. 이것을 세 명의 저승사자들은 인식하고 있었다. 이 죄책감이 알게 모르게 연화의 삶에 관여를 했을지도 모른다. 갑3이 중얼거렸다.

"천마, 아무래도 첫 계기는 그때일지도 모르겠군."

갑1이 말했다.

"그렇다는 건, 역시 33의 저주는 우리 염라국 측에서 시작된 잘못이었나?"

33은 가장 안정적인 숫자. 그래서 천상의 숫자라고도 일컬어진다. 옥황국에서건 염라국에서건 어떤 인위적인 설정을 했거나, 또는 실수로 인해 자동 설정되었다면 시스템상 33이 되었을 가능성이 크다. 33이 오류가 거의 없기 때문이다. 어쩌면 훨씬 쉽게 연화가 죽은 나이일 수도 있다. 만약에 7살부터 저승사자들에 의해 몇 번의 생사가 뒤틀려 왔다면, 옥황국의 공과격이 버텨 내질 못하고 고장을 일으켰을 가능성도 있다. 그래서 염라부명장 생성조차 멈췄을지도 모른다. 그로 인해 33의 숫자가 설정되었다면? 가능성이 영 없지는 않았다.

"힝, 죄송해요, 작가님."

민아가 현관문을 열고 들어오면서 제일 먼저 뱉은 말이었다.

"다짜고짜 웬 죄송?"

영원은 민아의 팔에 무겁게 들려 있는 쇼핑백을 발견했다. 민아는 부엌으로 쪼르르 달려가 식탁 위에 쇼핑백을 올렸다.

"엄마가 이거 작가님께 갖다 드리라고 해서. 필요 없다고, 작가님은 밥 안 해 드신다고 아무리 그래도 막무가내잖아요."

영원이 현관문을 다 잠그고 부엌으로 가니, 그사이에 쇼핑백에 있던 반찬 용기들이 식탁 위로 나와 있었다.

"민폐죠? 죄송해요."

"아냐. 집밥 싫어하는 사람이 어디 있어. 난 어려서부터 집

안 분위기가 집밥과는 거리가 멀어서 그렇게 버릇이 든 거지. 고맙다고 전해 드려. 아! 집에 즉석밥 있어. 비록 라면에 말아 먹으려고 사 놓은 거지만. 지금 먹으면 되겠다."

"휴! 다행이다. 전 진짜 이거 어떻게 해야 하나 얼마나 걱정하면서 왔다고요."

영원이 싱크대에서 즉석밥을 꺼내는 것을 본 민아가 재빨리 작업실에 제 가방을 던져 넣고 나왔다.

"잠깐만요. 제가 덜어 드릴게요."

그리고 바지런하게 작은 접시들을 꺼내어 반찬을 조금씩 덜어 냈다. 영원이 전자레인지에서 데워진 즉석밥을 밥그릇에 옮겨 담았다. 그러면서 민아를 보았다. 2년을 훨씬 넘게 봐 왔지만, 이제는 새삼스럽게 보였다.

"민아야, 넌 왜 나한테로 온 거야? 다른 만화가들 많잖아."

"작가님 팬이니까요."

"넌 우리 이모 팬 아니었니?"

"그것도 그렇지만, 하하하. 두 분의 동시 팬이죠. 전 작가님 그림이 너무 좋았거든요. 세련미라고 해야 하나? 펜선도 예술이고. 무엇보다 연출이요. 흑백뿐인 만화에서 느껴지는 꽉 찬 아우라가 좋아서요. 스크린톤으로 빽빽하게 공간을 채워 넣으면 그림이 전체적으로 어두워지잖아요. 그런데 작가님은 스크린톤도 적절하게 쓰고, 여백도 충분히 배치하는데 화면이 비어 보이지가 않아요. 도리어 세련되어 보이죠. 전 엄청 감탄했거든요. 와! 이건 보통 내공이 아니다! 흑백 만화도 엄청나네, 길러 웹툰까지. 컬러감은 또 어찌나 러블리한지. 게다가 작가님 남주! 진짜 얼마나 다 멋있던지. 친구들은 아이돌이 꿈에 나온다는데, 전 작가님 남주가 꿈에 나오더라니까요."

영원이 소리 내어 웃으며 제대로 차려진 밥상 앞에 앉았다. 그리고 밥을 먹기 전에 반찬부터 한 젓가락 집어 먹었다. 이건 아는 맛이었다. 손맛은 유전이 된 모양이었다.

"내 입에 딱 맞아. 맛있어."

"진짜요? 엄마한테 전해 드릴게요."

"고맙다, 민아야."

"저한테 고마워하실 것까지야, 하하하."

"너한테 고마워, 나한테로 와 줘서. 네가 날 밖으로 끌어내 줬어. 네가 어시하겠다고 나를 조르고, 우리 이모한테 협조 요청해 가며 이렇게 들어오지 않았다면, 난 여전히 이 집 밖을 못 나가고 있었을 거야."

"도움이 되었다니 정말 기뻐요. 전 계속 민폐만 끼쳐서, 하하하."

민아가 냉장고에 반찬 용기를 넣으면서 말했다.

"여기 둘 테니까 챙겨 드세요. 잊어버리심 안 돼요."

"어떻게 잊어버려. 이렇게 맛있는데."

한때는 동생의 인연이 이렇게 나이가 들어서 엄마와 닮은 음식 맛을 내고 있었다. 씹을수록 영원은 목이 메어 왔다. 초인종이 울렸다. 경민이었다. 민아가 현관으로 달려 나가 문을 열어 주었고, 집은 이전과 다름없이 떠들썩해졌다. 이들은 작업실에 들어가 오늘 업무를 확인했다. 영원은 밥을 다 먹고 설거지를 하면서 스마트폰을 힐끔 보았다. 혼자 중얼거렸다.

"현생을 살아라."

고무장갑을 빼고 스마트폰을 잡았다. 그리고 전화를 했다. 긴 신호가 간 뒤에 건너편에서 받았다. 하지만 말소리는 들리지 않았다. 이쪽에서 먼저 말했다.

"이모!"

— 여기 오기 전까진 전화하지 말랬지?

"내가 전화하는 게 싫으면 받지를 말든가."

— 넌 진짜 못됐어.

"나 못된 건 이모 닮았다더라."

— 내가 동기 부여로는 부족했던 거지? 그러니 여태 못 오는 거지. 네가 날 좋아했으면, 얼른 비행기 탔을 거야.

"미안해. 그게 그렇게 쉽지가 않더라고. 아! 나 요즘 약 안 먹어. 좀 됐어. 그리고 지하철도 타고, 버스도 타. 택시도 탔어."

— 그래? 진짜 차도가 있는 거니?

"응. 조금만 더 노력해서 비행기도 탈 거야. 그러면 제주도로 갈게, 꼭. 나 이모가 보고 싶어서 이만큼이나 좋아진 거야."

— 어디서 먹히지도 않을 거짓말을. 넌 나를 물로 보지?

"어유, 우리 순정만화계의 신이신 분을 어찌 이 찌끄레기가 감히. 내가 이모한테 배운 기술로 밥 벌어먹고 살잖아, 하하하."

— 목소리가 좋아 보인다. 좋네. ……좋아.

"이모, 나 있지, 잘 살아남은 것 같아. 그때 살아남아서 다행이라는 생각이 들어, 비로소."

— 당연하지! 너무너무 당연한 생각이야. 게다가 나 같은 이모가 흔한 줄 아니? 복 터진 것도 모르고.

"맞아, 이모 같은 사람 흔하지 않지. 하루에 세 번 연속 냄비 태워 먹는 사람 흔하지 않아."

— 야! 그건 좀 잊으면 안 되겠니? 내가 그땐 마감 때문에…….

오랜만의 통화는 수다로 흘렀다. 오래전으로 돌아간 듯 즐거웠다. 현생의 인연은 별로 없었다. 긴 세월을 앓아 온 정신장애 때문이었다. 그나마 가장 오랫동안 곁에서 부모처럼, 친구처럼 함께해 준 건 이모였기에 이 인연을 잃고 싶지 않다는 생각이 들었다. 영원은 전화를 끊고 다시 설거지를 했다.

즐거운 마음으로 고무장갑을 벗고 고개를 뒤로 돌렸을 때였다. 어린 연화의 기억이 나타났다. 병원 대기실에서 보았던 그 장면이었다. 오른쪽은 갑2, 왼쪽은 갑4, 앞은 갑5. 그들에 둘러싸여 즐겁게 걸어가고 있었다. 그런데 어린 연화는 자꾸 뒤를 돌아보았다. 세 명의 저승사자들만 있는 것이 아니었다. 뒤에 한 명이 더 있었다. 연화의 마음은 뒤에 있었다. 그가 입은 옷은 갑옷이 아니었다. 검은색 긴 두루마기였다. 조선 시대 옷은 아니었다. 포라고 불렸던 고려 시대 이전의 옷으로 보였다. 그가 뒤에서 벗어나 앞질러 걷기 시작했다. 왼쪽의 갑4 너머로 그가 걸었다. 키가 작은 연화는 시야가 가려져 그가 보이지 않았다. 뒷짐 지고 있는 긴 소맷자락만 보였다. 어느새 그가 제일 앞서 가고 있었다. 연화는 갑4와 갑5의 사이를 뚫고 그를 향해 뛰었다. 큰 키의 뒷모습이 보였다. 칠흑보다 더 어두운 긴 머리카락이 보였다. 연화가 소리 내어 웃으며 그를 향해 손을 뻗었다.

"작가님!"

"어? 뭐?"

"넋 놓고 무슨 생각 하세요?"

영원의 정신이 겨우 돌아왔다. 작업실에서 얼굴을 빼고 이쪽을 보고 있는 건 경민이었다.

"아무 생각도. 무슨 일?"

"이것 좀 봐 주세요. 오늘 분량 중에 배경 지정 3D라고만 표시되어 있고, 배경 넘버는 표시가 안 되어 있어요."

영원이 작업실로 들어가면서 생각했다.

'그 남자다. 박쥐 떼와 함께 나타났던 그 남자가 분명해.'

"절대 아니야, 영원 씨. 박쥐는 머리카락에 나뭇가지를 꽂은 갑5 사자라니까. 이건 바꿀 수 있는 부분이 아니야. 영원 씨 착각이 분명해."

마주 보고 앉은 심오의 목소리는 단호했다. 영원은 식탁에 앉아서 팔짱을 꼈다. 그리고 다시 그 장면을 떠올려 보았다. 그녀의 말은 달라지지 않았다.

"그 남자가 박쥐인데……."

"얼굴은 봤어? 용의자처럼 쭉 세워 놓으면 지목할 수 있겠어?"

"얼굴은 매번 잘 안 보여요. 약 올리는 것도 아니고."

옆에 앉은 갑3이 짜증스럽게 말했다.

"얼굴도 확실히 모르면서 박쥐라고 확신을 해? 확, 마! 사람 헷갈리게 하면 못써."

저승사자가 자신을 지칭해서 자꾸 사람이라고 하면 이쪽이 더 헷갈린다.

"그렇지만 연화가 느끼는 감정은 같았다고요."

"7살짜리와 성인의 감정이 같을 수는 없잖아."

"그것도 그렇지만……."

영원은 더 이상 자신 있게 밀어붙일 수가 없었다. 얼굴도 정확하지 않으면서 확신을 한다는 건 무리라는 생각이 없지는 않았다. 하지만 성인 연화가 느끼는 감정과 7살 연화가 느끼는 감정, 그리고 갑1에게서 느끼는 영원의 감정은 서로 닮아 있었다. 사소한 에피소드는 착각할 수 있겠지만, 감정은 착각일 수가 없었다. 7살짜리와 성인의 감정이 같을 수 없다?

"아! 연화의 7살 첫사랑이 그 남자일 수도 있죠."

"하긴, 그 당시는 다들 일찍 혼인하고 그랬으니. 그래도 7살은 너무 어려."

"하! 어린애가 보통 맹랑한 게 아닌 것 같아요. 분명히 좋아했어요, 내가 느낄 땐. 키가 그 남자 허리에도 안 닿더구먼. 조막만 한 게."

갑3이 중얼거렸다.

"긴 검은 머리라……."

"네. 엄청 진한 색깔이었어요. 블랙은 블랙인데, 뭐라 표현하기 힘든 색깔이라고 해야 하나? 길이가 허리까지 내려오고요.

매번 머리를 풀고 있는데, 이게 또 단정해요. 막 지저분하지 않아요. 박쥐 떼와 나타났을 때도 머리카락이 나부끼는데, 마치 명품 샴푸 광고같이 아름다웠거든요. 헤어숍에서 트리트먼트 관리를 갓 받고 나온 느낌?"

"네가 지금 설명하고 있는 그 느낌을 우리가 모른다. 도통 알 아들을 수가 없군."

이승에서 150년을 살았다는 갑3이나, 이승에 익숙하지 않다는 갑1이나, 말이 통하지 않는 건 크게 다르지 않은 것 같았다.

"아! 제가 그림으로 설명해 드릴까요? 만화 그림이지만 이미지는 느끼실 수도……."

"우린 만화 그림을 더 이해 못 한다. 머리에서 실사화시키기를 못해."

"아, 네. 그건 이해합니다."

대화의 벽이 너무 높았다. 오늘 보았던 그 긴 머리의 남자, 느낌이 갑1과 상당히 유사했다. 감정이 닮아서인지는 모르겠지만 말이다.

"가빌이 갑1이죠? 1번."

심오와 갑3이 서로 마주 보았다. 굳이 숨길 일도 아니었다. 그래서 고개를 끄덕였다. 오늘 갑1은 오지 않았다. 저승의 일이 바빠서였다. 영원을 위해서였지만 이를 알지 못하는 영원은 서운함을 감출 수가 없었다. 보고 싶은 마음에서 오는 서운함이었다.

"가빌은 머리 색깔이 언제부터 그랬어요?"

"언제랄 것도 없다. 원래 그렇다고 생각하면 돼. 우린 인위적인 색깔을 입힐 수가 없으니까."

"꿈속의 그 긴 머리 남자, 가빌과 비슷한 느낌이거든요."

"얼굴도 정확하게 못 봤다면서 자꾸 헷갈리게 할래?"

"뭐든 다 말하라고 그러서 놓고는……. 그렇지만 진짜 비슷해요, 제 감정이. 제가 머리꽂이 준 남자도 그 남자 같고요, 사람들 틈에서 무체화로 제 곁에 있어 준 것도 그 남자 같고요. 박쥐도……."

"와! 진짜 더 헷갈린다. 그게 갑5 사자라니까! 지금의 센터장! 네가 준 그 머리꽂이가 지금도 그 녀석 머리에 꽂혀 있어."

"제 기억에는 긴 머리 남자와 머리에 나뭇가지 꽂은 남자가 다르다니까요. 두 명이 한 화면에 같이 있었는데 어떻게 동일 인물일 수가 있죠?"

"그러니까 네 착각이라고! 똑같은 말 되풀이하게 하지 마!"

심오가 끼어들었다.

"둘이 그만 싸워! 갑3 사자도 그만하고. 네가 이해 안 간다고 해서 영원 씨한테 그렇게 윽박지르면 기억이 올라오다가 도로 들어가겠다."

영원이 세차게 고개를 끄덕였다. 갑3도 머리를 저으며 일어섰다. 조금 가닥을 잡아 가나 싶었는데, 다시 혼란이 왔다. 영원의 목숨이 얼마 남지 않았다. 그 조급함으로 인해 더 화가 나는 것이다. 현재 갑1은 더 제정신이 아니었다. 그런 갑1을 생각하면 딴 남자나 생각하고 있는 영원을 한 대 패 주고 싶단 생각밖에 들지 않았다.

"내가 갑1 사자 때문에 참는다. 손 줘 봐."

갑3은 영원의 손목을 잡아 진맥을 해 보았다. 여전히 건강에는 이상이 없었다.

"앞으로는 잠이 오면 자. 마감 펑크 내더라도. 식사는 제때 해? 거르지는 않고?"

"조금 있다가 먹을 겁니다."

"같이 먹어 줄게. 주문해 봐."

"전 오늘 반찬이 있어서 그거 먹을 건데요."

"뭐? 너도 요리할 줄 알아?"

"아, 아뇨. 어시가 집에서 가져온 거."

갑자기 갑3과 심오가 식탁에 각 잡고 앉았다. 심오가 상기된 표정으로 말했다.

"다 같이 먹자."

"아, 네."

영원은 어리둥절해하면서 즉석밥 세 개를 꺼냈다. 그리고 전자레인지에 넣어 돌린 후에 냉장고에서 반찬을 꺼냈다. 아껴 두었던 잡채도 꺼내 프라이팬에 올렸다. 민아가 알려 준 대로 약불에서 천천히 데웠다.

"이거 전부 제 어시인 민아의 어머니가 해 준 거거든요. 전생에는 제 여동생이었는데 어떻게 대해야 할지……."

심오가 말했다.

"고민할 것 없어. 어시의 부모일 뿐이니까. 넌 나영원이야.

현생을 살고 현재를 살아. 지나간 아픔을 계속 돌아보면, 한 번 받고 끝날 외상도 여러 번 받게 되는 거야. 그게 쌓여 정신병이 돼. 상처는 되새기기 위해서가 아니라, 치료하기 위해 돌아보는 거야. 죽음도, 사랑도."

영원이 고개를 끄덕였다. 심오의 말 자체만으로도 수많은 악몽으로부터 벗어나는 느낌이었다.

저승의 진료실 소파에 앉은 갑3은 만족스러웠다.

"진짜 맛있게 먹었다. 이상해. 똑같은 재료로 똑같이 만드는데, 어째서 가족에게 먹이기 위해 만드는 음식은 특히 더 맛있을까?"

심오도 공감했다. 식당에서 사 먹는 것과는 확실히 달랐다. 오늘은 오랜만에 입만 만족스러운 하루였다. 영원의 기억은 심란하기 이를 데 없었다. 심오가 말했다.

"현재 영원 씨의 기억에만 의존하고 있는데, 이거 우리 실수 아닌가? 영원 씨도 인간이야. 1천 년이나 지난 인간의 기억은 남아 있기도 힘든데, 온전할 리가 없잖아. 게다가 영원 씨는 현생의 기억 중, 비행기 사고 때도 기억을 조작했던 전력이 있어. 오늘 저 기억은 완전 오류야."

"나도 같은 생각이다. 절대 바꿀 수 없는 팩트는 '박쥐=갑5 사자'다. 여기에 어긋나는 기억은 버려야지."

둘은 서로 말을 하지 않았다. 영원의 기억을 부정하기로 했음에도 쉽게 놓아지지 않는 무언가가 있었다. 갑3이 몸을 숙여 심오에게 가까이 다가갔다. 건너편 소파에 앉은 심오도 몸을 숙여 주었다.

"지난번에 뇌제가 말했던 염라국의 수문장 말이다. 그게 누구일 거 같냐?"

"센터장 같다며? 아……, 영원 씨가 말한 남자와 뭔가……."

"나는 현재 우리 염라국의 기억들을 신뢰할 수가 없다. 인간인 나영원의 기억도. 그렇다면 우리가 알고 있는 모든 사실과 기억보다 가장 높은 상위의 팩트가 뭐지?"

"뇌제의 기억."

심오의 대답에 갑3이 고개를 크게 한 번 끄덕였다.

짧은 노크 소리가 들렸다. 심오가 들어오라고 말하자, 갑1이 성큼 걸어 들어왔다.

"영원한테는 잘 다녀왔나?"

"그래, 건강하더군. 별 탈도 없어 보이고."

갑1이 이승의 문에 가까이 갔다가 다시 소파로 와서 앉았다. 지금까지 영원의 영혼이 감지된 모든 기억상자의 정리를 마치고 온 참이었다.

"영원 씨의 전생 정리는?"

"429년 전이 끝이었다. 그것도 거의 분간이 안 갈 정도로 기억이 흐릿해서 재판에 참고로 사용할 순 없겠어. 그때와 관련된 영혼들은 이미 환생하기도 했고."

"영원 씨가 정리해 준 열 개의 악몽은?"

"그것도 429년 안쪽으로 다 들어 있었다. 그 얘기인즉슨, 엉원의 기억도 430년을 넘어가진 않는다는 거지. 연화의 기억만 예외."

"더 가까운 강렬한 죽음의 기억보다 더 오래가는 기억이라. 사랑인가? 센터장을 향한."

갑3의 말에 갑1이 움찔했다. 이윽고 그의 주변으로 검은 기운이 강해졌다. 심오가 갑3을 노려보았다. 쓸데없는 말은 삼가라는 눈짓이었다. 갑3이 미안한 듯 어깨를 으쓱하면서 말했다.

"뭐, 그 기억도 썩 쓸 만하진 않더구먼. 여러 가지 헷갈리는 부분이 있어."

"어떤?"

"연화가 사랑한 자가 센터장이 아닐 거라나? 그런데 나영원이 말하고 있는 건 전부 센터장이야. 그러니 기억이 헷갈리고 있다는 거지. 고작 500년 전의 기억도 없는데, 그 두 배인 1천 년 전의 기억이 온전할 수 있나? 난 더 이상 나영원의 기억을 신뢰할 수가 없다. 부분적으로 참고만 해야 돼."

"지금 와서 그러면 너무 막막하잖아. 이제 31일 남았어."

갑1의 고개가 숙여졌다. 상체도 숙여졌다. 머리를 제 손에 얹고서야 겨우 지탱할 수 있었다. 갑1이 물었다.

"센터장과 청장의 현재 진도는 어때?"

"이 진료실에서 이승 문을 만져 보는 것까지. 그것도 겨우."

갑3이 물었다.

"갑1 사자, 센터장이 이승에 나가게 되면 나영원과 만나게 할 거냐?"

"안 되나?"

"뭐, 안 될 건 없지만. 인간은 옛 연인을 만나면 감정이 돌아오기도 하고 그런다니까."

"하! 정말 싫다. 그렇지만 영원을 살리는 데 도움이 된다면……, 내가 견뎌야지."

고개 숙인 그의 주변으로 보이는 기운을 보건대, 견뎌 낼 것 같지는 않았다. 이때 갑자기 저승의 문이 활짝 열렸다. 갑21이었다.

"아! 마침 모여 있었네."

"노크 좀 해라!"

"급한 전갈이야! 산국으로부터 들어온 첩보인데, 옥황국에서 발동시켰대. 나영원 영혼 소멸."

심오가 제일 먼저 고함을 질렀다.

"왜 멀쩡한 영혼을!"

"나영원이 자꾸 타인의 공과격에 에러를 일으킨다나 봐."

공과격 에러는 예전부터 있어 왔다. 인간의 수명이 크게 바뀔 때를 기점으로 일어나는 경우가 많았다. 옛날부터, 그간 일어났던 원인을 알 수 없는 에러 중에 나영원으로 인한 것이 다수 관찰된 것이다. 하지만 이들은 옥황국의 현재 상황을 알지 못했다. 갑3이 말했다.

"미친 새끼들! 나영원은 집구석에 박혀서 일만 하는데 어떻게 에러를 일으켜. 접촉해 봤자 어시 두 명뿐이잖아. 나머지는 저승사자인 우리들뿐인데."

갑1은 충격으로 소파에 앉아만 있었다. 분노를 표출하지도 못했다. 그가 겨우 중얼거렸다.

"어떤 일이 있더라도 영원의 영혼을 육체에서 나오게 해선 안 돼. 어떻게 해서라도!"

2

D-30

민아가 식탁 위에 깨끗하게 씻어서 둔 반찬 용기를 쳐다보았다. 하루 사이에 다 먹은 것이다. 영원이 냉장고에 기대서서 속상한 듯이 말했다.

"며칠 동안 아껴서 먹으려고 했는데, 어제 손님들이 와서 초토화시켜 버렸어. 집밥이 먹고 싶었다며 걸신들린 듯이 먹어 치우는 바람에……."

"맛있게 드셨으면 된 거죠. 그런데 손님이요?"

"어? 응."

"요즘 손님이 자주 오시나 봐요. 수시로 배달 음식 포장이 쌓여 있던데. 혼자 드시는 양은 아니더라고요."

민아의 눈이 반짝반짝했다. 만화 속의 반짝거리는 눈농자와 판박이였다. 손님이라는 것이 저승사자들이라고 말할 수는 없지 않은가. 영원이 당황하여 얼버무렸다.

"응, 좀."

민아가 신이 나서 입을 열려고 하는데, 경민이 작업실에서 달려 나와 그녀의 입을 막으려고 했다.

"앗! 선배, 보여 줄 것이 있……."

늦었다. 민아의 말이 한발 빨랐다.

"손님 중에 혹시 이심오 원장님도 계세요?"

영원이 깜짝 놀라서 말했다.

"어떻게 알았어?"

"헤헷! 저도 뭐, 그 정도 눈치는 있다고요. 저번부터 엄청 티 나더니만, 헤헤헤. 전 완전 좋아요."

"뭐가?"

"원장님도 집밥은 못 드시는구나. 맞다, 혼자 사신다고 그랬죠? 이럴 줄 알았으면 좀 더 챙겨 오는 건데, 으흐흐흐."

경민이 민아를 작업실로 끌어당겼다.

"선배, 지금 웃음소리 괴상해요. 자중 좀 하세요."

"좋아서 그러지, 좋아서. 우리 작가님이 드디어! 하하하."

"내가 뭘 드디어?"

경민이 멋쩍게 웃으며 말했다.

"우리 다 알고 있었습니다. 이제 안 숨기셔도 되세요."

그리고 민아를 데리고 작업실로 쏙 들어갔다. 영원의 눈이 계속 깜박거렸다. 그러다가 번쩍 뜨였다.

"아, 아니야! 원장님과는 그런 사이 아니야. 이게 말하자면 복잡한데……."

영원은 잠시 멘붕이 왔다. 민아와 경민에게 어떻게 해명할 것인가에 대한 멘붕이 아니었다. 눈치 없다고 타박했던 저승사자들과 자신의 눈치가 같은 레벨이라는 것에 대한 좌절이었다. 영원이 작업실로 들어가서 말했다.

"원장님이 아니야. 나한테 좋아하는 사람이 생긴 건 맞는데, 상대는 원장님이 아니야."

민아가 웃음을 그치고 의아하다는 듯이 물었다.

"그럼요?"

"어……, 원장님 친구?"

잠시 정적이 흘렀다. 그러다가 민아가 노래를 흥얼거리기 시작했다.

"난 너를 믿었던 만큼 난 내 친구도 믿었기에, 난 아무런 부담 없이 널 내 친구에게 소개시켜 줬고, 그런 만남이 있은 후로부터 우리는 자주 함께 만나며, 즐거운 시간을 보내며 함께 어울렸던 것뿐인데……. 지금 이 상황인 거죠?"

"그 상황은 더 아니야."

민아가 진지하게 말했다.

"작가님, 그러시면 안 되세요. 원장님은 작가님을 좋아한다고요."

"아니야! 원장님한테는 그런 마음이 없어. 그런 마음을 가지는 존재가 아니야."

"그건 작가님이 쓰러져 계셔서 못 봐서 그래요. 원장님이 작가님한테 얼마나 헌신적이었는지 아세요? 그런데 친구요? 와! 제가 다 배신감이……. 나 눈물 날 것 같아."

"건담 날아가서 눈물 나는 거겠죠."

민아가 경민에게 화난 표정을 지어 보였다. 영원이 미소 지으며 말했다.

"원장님은 모든 환자한테 친절하셔. 나한테만 특별히 잘하시는 거 아니고."

"좋아하지도 않는 여자 집에 이렇게 자주 오나요?"

"혼자 오시는 게 아니야. 친구가 오는데, 따라오시는 거지."

"그러니까 제 말이요. 친구가 연애하는 여자 집에 오는데, 눈치도 없이 따라오나요? 정신과 의사씩이나 되는 사람이?"

여기에는 많은 사정이 있는데, 이것을 설명하지 못하니 이들도 이해가 안 되는 것이다. 해명하는 영원도 스스로를 납득시키지 못하고 있었다.

"상식적으로 그분한테 내가 가당키나 하니? 그러니 우리 김칫국은 그만 마시자."

"원장님 같은 분이면 김칫국도 좀 마시고 그러는 거예요."

"나 분명히 말했다, 좋아하는 사람 따로 있다고."

민아가 샐쭉해져서 책상 앞에 앉았다. 그리고 차분하게 말했다.

"경민과 내기에 져서 속상한 게 아니라, 진짜 원장님 좋은 분 같았거든요. 작가님한테 잘해 주실 것 같고. 그럼 작가님도 정신장애 깔끔하게 나아서 행복해지실 것 같고. 작가님한테 원장님만 한 사람 없을 거라고 생각했어요."

민아는 전생의 인연이 아니라 현생의 인연일 뿐이다. 그런 인연이 영원을 걱정하고 진심으로 행복하길 빌어 주고 있었다. 아무리 친해도 남의 불행을 빌어 주기는 쉬워도, 행복을 빌어 주기는 힘든 법이다.

"민아야, 경민아, 고맙다. 너희들 마음은 알겠어. 그런데 내가 좋아하는 사람은 더 괜찮아."

"콩깍지 마법 아닐까요? 원장님보다 더 괜찮다니, 믿을 수가 없어요."

"그럴지도 모르지."

"아, 원장님 진짜 아깝다. 그렇게 잘생긴 남자 또 없는데. 아까워!"

"내가 좋아했어도 안 됐어. 그분이 날 좋아하지 않으니까. 미련 버려."

경민이 놀리듯이 말했다.

"선배, 내일 피규어 가지고 오세요. 한정판. 바꿔치기 없기."

민아가 책상 위에 힘없이 머리를 박았다.

동네 작은 슈퍼마켓에서 수사관들이 나왔다. 그들은 동네를 돌면서 이것저것 묻고 다니는 중이었다. 아직은 피해자 집과 관련된 내용이 주였다. 조만간 재개발이 있을 동네였다. 그래서 이전에 살던 사람들은 대부분 떠났고, 잠시 머물기 위해 들어온 사람들이 많았다. 소위 동네 터줏대감이라 할 만한 주민들은 드문 셈이다. 그나마 이 슈퍼마켓의 퉁명스러운 주인 할머니가 오래된 주민이었다.

수사관들이 슈퍼마켓 주인한테서 얻어 낸 정보는 없었다. 있다면 이정희 집안에 대한 험담이었다. 처음에는 그 집안이 안타깝다는 듯이 한숨 쉬며 말하던 주인이 차츰 남의 불행이 즐겁다는 듯이 말을 쏟아 냈다. 남편한테 버림받은 팔자라서 자식한테도 버림을 받았다는 식이었다. 어쩔 수 없다. 그 당시는 바람나서 떠난 남자가 아니라, 버림받은 여자가 더 큰 돌을 맞던 시대였으니까. 그리고 남의 불행에 기대어 나의 삶을 위로받으며 사는 게 인간이니까. 나를 위로하는 다른 방법은 배우지 못했으니까. 주인 할머니는 주변에서 흔히 만나는 아주 평범한 사람일 뿐이었다.

수사관들은 다소 난감한 상황에 봉착했다. 재개발 지역의 특성상 여러 이권으로 인해 실제 거주하지 않아도 전입신고가 되어 있는 경우도 많고, 실제 거주해도 전입신고가 안 되어 있는 경우도 많았다. 주민등록상 거주지 불명인 사람들이 많은 곳이다. 이런 상황에서 33년이나 지난 사건을 캐묻고 다니기에는 한계가 있었다. 질문도 받아 줄 사람이 있어야 가능하니 말이다. 어차피 한계를 알고, 피해자 동네 구경 삼아 여기까지 나왔다. 그래서 실망은 해도 좌절은 하지 않았다. 범인이 아직까지 여기 살 거라는 기대는 단 1%도 하지 않았다. 수사관들이 앞에 세워 둔 차에 올랐다.

"33년 전 사건 담당 경찰이 아직 살아 있다고 하니, 거기나 한번 가 보자. 여긴 다음에 또 오지, 뭐."

"형사계로 안 넘어간 것 보니 거기도 맹탕이겠어요."

"갑갑하다. 하늘에서 범인 안 떨어지나? 저번 CCTV에서 봤던 트렌치코트 입은 노인이 똑같은 가방 메고 지나가 주면 딱 알아볼 수 있는데."

"그런 기적이 어디 있어요. 들킬까 봐 그때와 똑같은 옷은 안 입고 다닐걸요."

"자신 있으면 입고 다닐 수도 있지. 얼마나 자신 있었으면 정류장에 사체를 놔뒀겠어. 우리가 모르는 여죄가 진짜 많을 거다."

그들의 차가 떠났다. 그 뒤편으로 트렌치코트를 입고 가방을 어깨에 멘 노인이 슈퍼마켓으로 들어갔다. 그가 라면 한 봉지와 통조림 한 개를 계산대로 가지고 가서 물었다.

"방금 나간 남자들 뭐지요? 손님은 아닌 것 같더니만."

"아! 경찰이랬나, 형사랬나. 암튼 그렇다면서 뭐 좀 묻고 갔어요."

"이 동네에 무슨 사건 났습니까?"

"아니, 웬 33년 전 일을 묻고 그러잖아요. 기억도 까마득하구먼."

"33년 전 일?"

"그 당시는 사람들 입방아에 자주 오르내리긴 했지만, 지금은 다 잊어버렸어요. 바로 어제 일어난 내 일도 긴가민가하는데, 남한테 일어난 옛날 일을 어떻게 알겠어요. 형사들도 참 할

일 없나 보지."

"33년 전 일이 대체 뭐기에. 궁금하긴 하군요. 난 이 동네로 이사 온 지 얼마 안 돼서."

"맞다. 그랬지, 참. 이 동네는 처음이신가요?"

"네, 처음이죠. 집 뜯길 때까지만 잠깐 기거하기 좋대서."

"그런데 인상은 눈에 익은 것 같기도……."

"우리나라 사람은 생긴 게 다 거기서 거기 아닙니까."

"하긴. 근데 그쪽은 낚시가 취미이신가 봐. 낚싯대랑 이것저 것 들고 한 번씩 지나가는 거 봤는데."

"유일한 취미라서. 그런데 33년 전 일은 어떤 거죠?"

"아! 저쪽에 살던 정신 나간 노친네 집. 거기 집 나간 딸 물 어보더라고요."

"집 나간 사람을 지금에 와서 왜……."

"그러니까. 아! 서로 형사라고 부르던데, 경찰이나 형사나 같 은 건가?"

남자는 현금으로 계산을 하고 가게를 나왔다. 그리고 천천히 길을 걸었다. 처음에만 그랬을 뿐이다. 차츰 그의 걸음은 빨라 졌다. 나중에는 뛰다시피 옥탑에 있는 집으로 들어갔다. 그는 방 안에 몇 개 붙여 놓은 영원의 사진 앞에 섰다. 시선은 목표 날짜에서 멈췄다. 'D-319'가 붙어 있었다. 그는 붙여 놓은 종이 에서 끝자리 9만 찢어서 버렸다. 그리고 1 위에 0을 그려 넣었 다. 벽에 남은 숫자는 'D-30'으로 바뀌었다.

"시건방진 것 같으니. 감히 이 나를 인간들의 구경거리로 만들어?"

호텔의 바 한가운데에 앉은 뇌제의 불쾌한 말이었다. 테이블을 사이에 두고 마주 앉은 갑3에게 던진 말이기도 했다. 원래는 검은 머리지만 현신을 해도 그의 빛으로 인해 인간들에게는 새하얗게만 보이는 머리카락이 사람들의 시선을 모으고 있었다. 무엇보다 뇌제의 외모가 시선을 모으는 주요 원인이기도 했다. 딴에는 시선을 덜 받으려고 머리를 묶고 왔는데도 역효과였다. 사람들이 쳐다보고 있는 것도 화가 나는데, 뇌제의 화를 더욱 북돋운 건 약속을 잡은 놈은 얼굴을 마스크로 가리고 왔다는 것이다.

"이건 공평하지가 않아. 너도 얼굴 내놓아라."

"애초에 마스크 금지라는 조건을 내걸지 않은 것은 너다."

"왜 굳이 현신을 조건으로 내세운 것이냐?"

"사람들 틈에 있으면 네가 헛짓을 못 할 거 아니냐."

뇌제는 어처구니가 없어서 헛웃음만 쳤다.

"내가 있는 곳을 알아맞힌 건 기특하군. 칭찬해 주마."

"서울 시내에서 이 호텔만 빛에 에워싸여 있는데 모르는 게 더 이상한 거 아니냐? 나더러 찾아오라고 광고하는 줄 알았다."

"빛이……, 안 감춰지나 보군."

"설마 감춘 거였나?"

뇌제의 기세등등하던 목소리가 조금 잦아들었다.

"노력은 하였다."

웨이터가 와서 테이블 위에 칵테일 두 잔과 과일 접시를 올려놓고 물러났다. 그 잠깐 사이에 대화랄 것도 없는 대화는 중단되었다. 갑3은 뇌제를 관찰했다. 그의 눈에는 평범한 검은색으로만 보이는 머리카락이었다. 인간들의 눈에 보인다는 하얀색은 어떤지 궁금하긴 했다. 뇌제가 안락의자 깊숙이 몸을 기대며 물었다.

"나를 찾은 용건은?"

"우리한테 궁금한 것이 많은 듯하여 그에 응한 것뿐."

뇌제가 컬이 있는 터벅머리를 꼼꼼하게 보았다. 2천여 년 전의 전쟁 당시, 긴 곱슬머리를 절반만 묶었던 검을 든 사신이 분명했다. 그때는 머리에 투구를 쓰고, 얼굴도 지금 정도로 가려져 있었지만 알아볼 수는 있었다. 얼마 전에 이승의 진료실과 공간을 이었을 때 보았던 덕분일 수도 있다. 뇌제가 거만하게 말했다.

"우리가 전장에서 쌓아 올린 우정도 만만치 않지?"

갑3의 짙은 눈썹이 일그러졌다. 빈정거리는 기색이 가려진 얼굴에서도 드러났다.

"나는 몇 번을 너희 사신들과 함께 자웅을 겨뤘지."

"하! 아무렇게나 막 갖다 붙이는구먼. 넌 그냥 지옥털이범에 불과하다, 우리한텐."

"시비 걸러 온 것이냐?"

"서로 출혈을 무릅쓰고 전쟁한 것을 두고, 스포츠 경기 치른 식으로 말을 하니 그런 것이다."

"난 나의 역할에 충실할 뿐이다."

"사랑에 미치면 인간이나 신이나, 참……."

이번에는 뇌제의 눈썹이 일그러졌다. 그래도 사람들 틈이어서 폭주하지는 않았다.

"애초에 부당한 판결이었다."

뇌제의 목소리가 찍어 누르는 분노는 결코 작지 않았다.

"그건 우리 관할이 아니다. 염라한테나 따져 물어야지."

뇌제가 홀 안을 빙 둘러보았다. 모든 시선이 이쪽에서 안 떨어지고 있었다. 여기선 섣불리 움직이는 건 불가능했다.

"내가 원하는 영혼은 아직 너희 염라국에서 잡고 있더군. 산국으로 인도를 하지 않았어."

"그런가? 나는 그런 부분은 잘 몰라서."

"내가 찾는 사신은 없어졌고. 내가 궁금한 건 그자였거든."

"그럴 리가, 하하하."

"없다. 그동안 계속 주시를 했는데도."

"우린 전부 존재한다. 너의 착각이야."

"넌 검을 들고 있었다. 활을 든 여자 사신도 있었고. 창을 든 사신, 그리고 언월도를 든 사신이 있었지. 마지막으로 내가 찾는 염라국의 수문장은 무기가 없는 자다."

무기가 없는 월직, 그건 갑1이었다. 그는 모든 무기를 자유자재로 다룰 수 있지만, 어떤 무기도 필요로 하지 않았다. 그 자체가 무기의 역할을 했기 때문이다.

"그 수문장이라면 건재하다."

"글쎄다. 최근에 내가 궁금해진 사신도 있지. 저번에 나의 휴대폰을 뭉쳐 버린 녀석인데, 머리카락에 색깔이 없다고 하더군. 생소해. 우리가 치른 여러 번의 전투에서도 본 적이 없거든."

갑3에게서 말이 사라졌다. 그의 기억 속의 전투에서는 무기가 없는 월직은 머리카락에 색깔이 없었다. 그런데 뇌제의 기억 속의 전투에서는 머리카락 색깔이 없는 월직은 없었다는 것이다. 즉 긴 검은 머리라는 것. 인간인 영원의 기억에 무게가 실렸다. 이것은 또 다른 난제가 생겼음을 의미했다. 뇌제가 싱긋이 웃으며 말했다.

"넌 나에게 이걸 묻고자 온 것이 아니냐. 난 너의 물음에 답했다. 이를 어찌하면 좋으냐. 너희들은 수문장을 잃었다."

"우리의 수문장은 여전히 건재하다니까 그러네. 참 말귀를 못 알아들어."

갑3이 마스크를 벗어 재킷 주머니에 쑤셔 넣었다. 홀 안에 소리 없는 아우성이 바람처럼 휩쓸고 지나갔다. 사람들의 시선이 더욱 집중된 것이다. 두 명 이상 모이지 말라는 영원의 충고를 어긴 대가였다.

"그거 다시 쓰면 안 되겠느냐."

"조금 전에는 벗으라며. 그리고 마스크 쓰고 칵테일을 어떻게 마시지? 네가 사는 거잖아. 난 공짜 술은 마다하지 않는다. 안주는 더더욱 그렇고."

"거참. 인간들의 시선은 참으로 무례하기 짝이 없구나."

"난 익숙해져서 이젠 괜찮다. 어차피 돌아서면 잊어. 인간의 기억은 무거운 건 더없이 무겁지만, 가벼운 건 또 한정 없이 가볍거든."

갑3이 잔을 잡아 한 모금 마셨다. 그리고 말했다.

"난 네가 눈치를 채든 말든 상관이 없었다. 그러니 이렇게 온 거지. 자신이 있거든. 네가 말한 머리 색깔이 없는 월직, 넌 그 녀석 못 뚫어."

뇌제에게도 자신감은 있었다. 넘쳐서 탈일 정도다.

"과연 그럴까?"

"직접 만나면 알 수 있을 거다."

"직접 볼 수 있으면 나도 좋지. 전투조인 다섯 명의 사신 중에 직접 얼굴 본 건 지금 여기서의 네가 유일하다. 너희들은 이렇게 생겼구나. 만나서 반갑다."

갑3이 마시던 칵테일 잔을 건배하듯이 들어 보였다.

"나도 반갑다."

뇌제가 한 모금 마신 뒤에 잔을 든 채로 말했다.

"너희도 알다시피 나도 시간이 촉박하다. 우린 너희 염라국의 월직과는 달라서 영혼을 구분해 내는 눈이 부족하다. 찾는 영혼이 환생을 해 버리면 못 찾을지도 모른다는 조급함이 있어. 그러니 환생하기 전에 반드시 찾아야 한다."

"환생하면 찾지 못할 영혼이라면 잊는 게 더 낫지 않나?"

"잔인하군, 너희 사신들은."

뇌제가 잔에 든 것을 한입에 털어 넣었다.

"뇌제, 내가 너한테 줄 수 있는 정보는 그 영혼은 이미 너를 잊었다는 것."

"그래. 나는 죽었구나, 그 마음속에서."

그 영혼의 기억은 장장 2천 년 가까이 버텼다. 염라국이 생긴 이래 최장 기록이었다. 그 안에 든 것이 사랑이었는지 증오였는지 알 수는 없어도, 맨 마지막에 사라진 기억은 뇌제였다. 그래도 결국 잊었다. 가여운 건 잊은 쪽인지 잊힌 쪽인지, 갑3으로서는 가늠할 수 없었다.

"그래도 그 영혼은 소멸하지는 않았잖아. 영혼 소멸은 옥황국에서 쥐고 있으니, 네가 있는 한 그건 막을 수 있었겠지. 다행이라 여겨라."

"원래가 영혼 소멸은 있을 수 없는 일이다. 나의 역할일 뿐이야."

갑3의 상체가 꼿꼿하게 세워졌다. 그의 입가에 미소가 돌았다. 지금까지 잊고 있던 눈앞의 존재가 새삼 생각이 났다.

"맞아! 너 뇌제였지. 이렇게 가까이에 아군을 두고 몰랐었군."

"우린 아군이 될 순 없지."

"나도 너 같은 아군 원치 않는다. 단지 인간의 아군으로서 너만 한 놈도 없지."

"또 시비 거는 것이냐?"

"내가 잠시 깜박했다. 넌 지옥털이범만이 아니었지. 옥황국의 꼴통이기도 하잖아."

"시비군. 인간을 방패로 삼는 건 여기까지다."

"난 너의 꼴통력을 한번 보고 싶다. 죄 없는 인간 영혼을 소멸시키려는 옥황국을 네가 어떻게 처리할지."

죄가 있는 영혼도 구제를 해 주는 뇌제였다. 심지어 지옥에서조차 구해 내곤 했다. 그래서 골칫덩어리로 낙인찍힌 것이다. 아니나 다를까 그에게서 분노가 올라왔다.

"또 그 짓거리를 도모하고 있었단 말이냐! 이것들은 영혼 귀한 줄을 몰라."

갑3에게 있어서 이건 생각지도 못한 횡재였다. 여기까지 예상하고 온 것이 아니었다. 뇌제는 그에게 그저 적이기만 했기 때문이다. 뇌제가 갑3을 노려보았다.

"그런데! 이건 부탁 아니냐? 이런 말은 공손하게 하는 것이다."

"나도 염라국의 꼴통이라서. 난 부탁한 게 아니다. 넌 못 들은 걸로 하면 될 일이다."

뇌제에게서 짜증스러운 표정이 나왔다. 그러고 싶어도 그의 성격상 그게 마음대로 안 되었다. 하지만 지금 그의 사정은 평소와 달랐다. 그에게는 임박한 영혼 찾기가 있었다. 수문장의 부재라는 기회를 노리지 않을 수가 없는 상황이었다. 게다가 마지막 기회였다. 그런데 옥황국의 납득할 수 없는 짓거리에 눈을 감을 수도 없는 노릇이었다. 그의 선택지는 두 군데였다. 어디를 선택할지는 그의 의지에 달렸다. 뇌제가 영혼 찾기만 선택하는 것이 영원에게는 가장 최악의 상황이었다. 그런 일이 발생하면 뇌제 방어에 전부 출전하게 되고, 그렇게 되면 영원은 홀로 죽음과 맞서야 하기 때문이다. 갑3이 웃으면서 말했다.

"맥주 할래? 이 뒤는 내가 쏘마."

뇌제는 잠시 고민하다가 고개를 끄덕였다.

"내가 너의 맥주를 먹어 준다고 해서 네 말을 들은 걸로 하겠다는 의미는 아니다."

갑3도 불안하지 않은 것은 아니었다. 하지만 이젠 어쩔 수 없다. 앞으로 닥쳐 오는 일을 감내하는 수밖에.

추가 주문하기도 전에, 다른 테이블에서 선물로 도착한 칵테일 잔이 둘이 앉은 테이블 위에 하나둘씩 놓이기 시작했다. 갑3은 뇌제의 의견도 듣지 않고 전부 돌려보냈다.

"왜지? 인간의 경배는 받아 주는 것이 도리다."

"경배가 아니다. 다음부턴 무체화로 만나자. 성가시다."

"공짜 좋아한다며?"

"공짜라도 그런 걸 받아먹고 입 닦으면 화가 닥치거든. 다 경험에서 나온 처신이다."

그리고 단출하게 맥주로 주문했다.

3

D-26

"뇌제가 과연 도와줄까?"

심오에게 뇌제는 낯설었다. 그래서 영 믿음이 가지 않았다. 갑3이 탁자 위에 발을 올려 다리를 펴면서 말했다.

"우리는 안 도와줘도 인간은 도와줄 거다. 그렇게 생겨 먹은 놈이니까. 옥황국에서 그만큼 발언권 높은 신도 드물고. 변덕이 죽 끓듯 해서 안심할 순 없지만."

저승사자들은 옥황국의 문제에 개입할 수가 없었다. 그러니 그쪽의 문제에 뇌제가 나서 준다면, 그래서 영혼 소멸만 막아 준다면, 이쪽에선 영원의 죽음만 막으면 되었다.

"그럼 우리의 숙제는 영원 씨가 말한 긴 검은 머리 사자와 뇌제가 말한 수문장이로군."

박쥐는 어떤 경우로도 센터장 외에 달리 생각할 수 없다. 하지만 뇌제의 기억도 제일 상위 개념으로 둬야 한다.

"수문장이 갑1 사자가 아니면 대체 누구란 말이지? 왜 나의 기억과 다른 거지?"

심오가 물었다.

"뇌제와 함께 전쟁할 때를 제외한, 평소 갑1 사자는 어때? 네 기억 속에."

"온전해. 갑1 사자는 언제나 우리와 함께 살아왔어. 물론 요즘처럼 자주 얼굴 맞댈 일은 없었지만. 우리가 지금 이렇게 어울려 다니는 건 상당히 드문 케이스야. 뇌제와의 전쟁이 아니면 모일 일이 없었다."

"1천 년 전에 세 명의 월직이 어울려 다닌 것도 드문 케이스지. 연화와 관련해서 문제가 발생했기 때문에……."

"그게 어떤 문제였느냐, 이거지."

"우리의 기억이란 게 고작 인간 한 명으로 인해 소실이 발생할 만큼 약한가? 이건 아무리 생각해도 인위적으로 가해진 손상인데?"

"나도 자발적인 소실은 아니라는 생각이다. 우리한텐 인간과 같은 그런 초능력이 없어."

그렇다면 인위적인 손상을 가한 주체를 찾아야 한다. 그 최강의 월직들에게 누가 감히 그런 짓을 했는지. 아울러 또 찾아야 하는 것이 있다. 어쨌든 뇌제, 영원, 월직들 중에 적어도 한 명 이상은 잘못된 기억이 들어 있다는 의미니까. 오류라는 건 찾지 않으면 모르고 지나쳐도, 인식하고 찾으려고 덤벼들면 드러나는 법이다. 곰곰이 생각하던 갑3이 중얼거렸다.

"갑1 사자라면 가능할지도……."

"응? 아무리 그래도 그건 너무 나간 거 아닌가?"

"갑1 사자는 우리가 상상하는 것 이상이다. 저렇게 멍때리고 있어서 순해 보이지? 나도 가끔은 저렇게 착해 빠져서 큰일이다 싶기도 해. 그런데 뇌제와 싸우는 걸 보면 그 말 쏙 들어간다."

"나도 갑1 사자가 강하다는 건 몸으로 느껴. 그래도……."

"그리고 우리 월직들 중에 유일하게 휴식기가 없는 사자다."

"휴식기가 없다? 그것도 이상해. 1번……, 진짜 갑1 사자 혼자뿐이었을까?"

"또 그 얘기냐?"

"어차피 이것저것 다 못 믿을 판인데, 가설 하나 더 세우는 게 뭐 어렵다고. 나의 가설은 이승기피증 3인방이 잃어버린 기억은 연화만이 아닐 것이다, 이거야."

"너야말로 너무 나갔다."

"그 잃어버린 기억에, 또 다른 갑1 사자, 즉 긴 검은 머리 수문장이 있지 않을까 생각 중."

"우리의 기억 소실도 사실 있을 수 없는 일이긴 하지만, 우리의 기억을 전부 바꾸는 건 더 있을 수 없는 일이야. 네 말대로라면 우리 전부의 기억이 조작됐다는 거다."

"하긴 그건 불가능하겠지? 그래도 암흑의 감옥 지하에 있는 거대한 나비, 난 그게 걸리거든. 그것도 확실한 팩트니까. 갑1 사자에게 그에 대한 기억이 없는 것도 팩트고. 그 거대한 나비가 또 다른 갑1 사자의 기억일 가능성은 없나?"

월직은 죽지 않는다. 뇌제의 기억과 심오의 가정을 받아들여서, 또 다른 갑1 사자가 있었다손 친다면, 현재 어디엔가는 존재할 것이다. 예전의 모습은 아닐지라도. 현재 형체가 없을 수도 있다. 하지만 시간이 지나 다시 기력이 모이면 예전의 원형태를 찾을 것이다. 기억도 되찾아 갈 것이다. 월직의 특징이었다. 갑3이 목소리를 낮춰서 말했다.

"무엇보다 네 말대로라면, 그를 그렇게 만든 건 갑1 사자의 짓이라는 거다. 나비니까. 그게 얼마나 무서운 얘기인지 알고나 하는 소리냐?"

"만약에, 진짜 만약인데, 갑1 사자한테 같은 월직을 제거할 수 있을 정도의 능력이 있나?"

"안타깝게도……, 아니라고 말 못 하겠다. 그 녀석이 하려고만 든다면……. 그런데 갑25 사자! 네 가설 나도 좋아하는데, 지나친 건 듣기 거북하다."

"갑1 사자가 나쁜 마음을 먹어서가 아니라, 불가항력적인 어떤 사태에 직면했다면? 이렇게 생각했을 뿐이다."

"그러고 보면 우리끼리는 크게 싸워 본 적이 없구나."

"싸우는 것도 관심이 있어야 하는데 사자청 월직들은, 쯧."

노크 소리가 들렸다. 간격이 짧고 여러 번 두드리는 것으로 보아 급한 용무인 듯했다.

"들어와."

갑21이 문을 활짝 열어젖히고 들어왔다. 그 뒤를 갑1도 따라서 들어왔다.

"오빠들, 뇌제가 갑자기 군대를 소집 중이라는 소문이 있어. 대체 무슨 일이야?"

탁자에 올려져 있던 갑3의 발이 놀라서 바닥으로 내려갔다.

"뭐? 사실이야?"

"소문이라고는 해도 신빙성은 있나 봐. 의정부 쪽에서 사자청더러 긴장하고 있으라는 하달이 왔대."

갑3이 화를 버럭 내질렀다.

"이 자식이 맥주 곱게 처먹고 뒤통수를 쳐? 아냐, 뇌제 그렇게 안 봤는데."

갑1과 갑21이 갑3을 노려보았다. 원흉을 보는 눈빛이었다.

"나는 억울하다. 뇌제라면 인간의 영혼은 지켜 줄 거라고 생각했을 뿐이야."

갑3도 찔리는 구석은 있었다. 자신의 말과 태도로 인해 뇌제가 수문장이 없어졌다고 확신을 하고, 실행에 옮기려는 것인지도 모른다. 그의 절박함을 간과한 탓이다. 이렇게 되면 문제는 복잡해진다. 뇌제의 군대 소집이 완료되기 전에 염라국도 방어 태세에 들어가야 한다. 특히 전투조인 다섯 명의 월직들은 현재의 모든 업무를 내려놓고 대기할 수밖에 없다. 이승에도 나갈 수 없을 뿐만 아니라, 나가 있던 갑3조차 저승으로 복귀해야 한다. 이정희 관련 일을 포함하여 현재 벌여 놓고 있는 이승의 일 전부 접어야 하는 것이다. 심지어 영원의 윤회와 죽음 문제에서도 손을 떼야 한다. 갑1이 말했다.

"그래! 뇌제라면 영원의 영혼 소멸은 이유를 막론하고 막아 준다. 그에게는 우리하고의 감정은 중요하지 않아."

"갑1 사자, 뇌제와의 전투는 전부 기억하나?"

"당연하지. 아니면 내가 그를 어떻게 알아?"

갑3이 그것 보라는 듯한 눈빛으로 심오를 쳐다보았다. 심오도 자신의 가설을 머릿속에서 버렸다. 갑1이 다른 월직들의 기억은 건드릴 수 있을지 모르겠지만, 그의 기억을 건드릴 다른 월직은 없었다. 그렇다면 이번에는 뇌제의 기억이 또 에러다. 갑1이 물었다.

"뇌제와 맥주를 마셨다고?"

"칵테일도."

"뭘 마셨는지 묻는 게 아니라, 뇌제가 있는 곳을 묻는 거다."

"왜?"

"이승에 있다면 만나야지."

"뇌제도 영혼 소멸 관련한 부분은 인지했다. 더 이상 말할 건 없어."

"인지하고도 지금 군대를 소집한다잖아! 그럼 가서 다시 말해 봐야지. 뇌제가 무릎을 꿇으라면 그렇게라도 해야지!"

"뇌제가 네 무릎을 원하겠냐? 염라국에서 잡아 둔 영혼을 원하지. 그건 우리 임의대로 처리할 수 있는 게 아니잖아."

갑1도 말문이 막혔다. 갑3이 고개를 돌리다 말고 다시 갑1에게로 시선을 고정했다. 그리고 소리쳤다.

"아! 만나자! 뇌제도 갑1 사자를 무지 보고 싶어 하니까."

만나면 뇌제의 기억도 확인할 수 있을 것이다. 아울러 영원의 문제도 다시 부탁해 볼 수 있다. 그런데 갑21이 불만스럽게 말했다.

"안 돼! 아무리 그래도 뇌제야. 그 지옥털이범을 사적으로 만나는 일은 용납할 수 없어."

"이미 만났는데, 뭘. 새삼스럽게."

"그러니까 법의관 오빠가 화근이라는 거야! 대체 왜 의논도 안 하고 일을 벌이고 다니는 거야!"

"원래 우리는 의논이 서툴러."

"확 성질나는데, 오빠가 부탁한 거 안 줄까 보다."

갑3이 냉큼 손을 내밀었다. 짧게 손을 흔들어 재촉하는 동작도 했다. 갑21이 그의 손에 USB를 올려놓았다. 그동안 갑21은 혼자서 바빴다. 물론 시스템관리소 직원들의 도움을 받기는 했다. 그녀가 한 일은 모든 병원의 기록을 뒤지는 거였다. 우선 뇌신경외과와 정신의학과가 주 타깃이었고, 부 타깃은 비뇨기과였다. 주요 키워드는 무성욕이었다. 검색이 되는 진찰 기록들은 최대한 저장을 했다.

"무성욕은 의외로 많이 안 걸리더라. 근데 이걸로 뭘 하겠다는 거야? 옛날 기록은 전산으로 검색도 안 되는데."

갑3이 USB를 재킷 안주머니에 챙겨 넣으면서 말했다.

"인간들은 아무것도 없어도 부딪혀 보더라. 나도 그렇게 해 보려고."

갑1이 말했다.

"이승의 일에 너무 관여하는 거 아닌가? 우리 때문에 인간사가 꼬여도 정작 우리는 모르는데."

"기록만 잠깐 보는 거다. 어차피 아무것도 못 찾을 테니까 걱정은 접어 두고, 우린 뇌제나 만나러 가 볼까?"

갑21이 다시 마뜩잖은 표정으로 물었다.

"진짜 만나게?"

갑1이 고개를 끄덕였다. 지금으로써는 그 방법밖에 없었다. 뇌제가 옥황국에 있다면 모를까, 이승에 나와 있다면 기회와 다름없다. 심오도 딱히 반대하는 입장은 아니었다. 오히려 만나는 장면을 보고 싶은 마음이었다.

"그럼 나는 이만 바빠서. 나중에 결과 알려 줘."

갑21이 손을 흔들며 저승의 문으로 나갔다. 그러자 공간이 변하기 시작했다. 진료실이 이승으로 나왔다. 갑3이 심오에게 말했다.

"넌 여기 있어라. 혹시 모를 일에 대비해서."

심오도 마지못해 고개를 끄덕였다. 그러잖아도 센터장의 진료 예약이 잡혀 있어서 그들과 함께할 수 없었다. 갑1과 갑3이 동시에 사라졌다.

서울의 야경이 아득하게 아래로 보이는 공중에 갑1과 갑3이 나타났다. 뇌제와 만났던 호텔 빌딩도 저 멀리에 보였다. 하지만 이미 그곳에는 뇌제의 아우라가 사라지고 없었다. 갑3이 안타까움을 숨기지 않고 말했다.

"젠장! 빛만 사라진 건 아닌 것 같다."

"뇌제의 기운이 없다. 이승 어디에도. 옥황국으로 돌아갔군. 진짜 군대를 소집하고 있나 보다."

"일이 안 좋게 돌아가는데, 어쩌지?"

"뇌제라면 두 가지 다 처리하려고 하겠지. 영원의 영혼 소멸도 막고, 염라국에서 영혼도 되찾고."

"그건 우리 희망일 수도 있다."

"이렇게 된 이상, 우리도 최선을 다해 영원의 죽음을 막고, 뇌제도 막을 수밖에."

갑3에게서 긴 한숨이 나왔다. 왜 진즉에 뇌제와 갑1을 마주하게 할 생각을 못 했을까 싶어서였다.

"돌아가자."

"난 영원에게로."

"같이 가……."

"오지 마."

갑1이 사라졌다. 갑3은 상황을 궁금하게 여기고 있을 심오에게 전화를 하기 위해 이승폰을 꺼냈다. 그런데 높아서인지 통화권 이탈로 잡혔다. 갑3도 공중에서 사라졌다.

초인종 소리를 들은 영원이 현관으로 달려갔다. 그런데 현관문에 다다르기도 전에 갑1이 현관문을 통과하여 들어왔다. 그리고 곧장 유체화로 변하면서 영원을 품에 안았다.

"보고 싶었다, 영원."

영원도 그의 몸을 팔로 감았다.

"내가 더 보고 싶었어."

갑1은 오래도록 영원을 안고 있었다. 품에서 떼어 내고 싶지가 않았다. 영원도 군이 떨어지고 싶지 않았기에 안긴 채로 말을 했다.

"그동안 바빴어?"

"응."

"힘든 일은 없었어? 못된 상사가 괴롭혔다거나."

"너와 떨어져 있는 게 제일 힘들었다."

수많은 영원의 전생이 죽어 가는 장면들이 그의 머릿속을 헤집고 지나갔다. 그래서 더욱 힘껏 영원을 안았다. 품에서 놓으면 영원도 죽음에 휩쓸려 떠내려갈 것만 같았다. 하지만 오래가지 않았다. 갑1이 깊은 한숨을 쉬며 영원을 품에서 떼어 냈다.

"하아! 내가 오지 말랬는데……."

갑1이 뒤를 돌아보았다. 영원도 그의 시선을 따라 그의 팔 너머를 보았다. 거실 안쪽으로 사람의 형체가 나타났다. 무체화였다가 유체화로 변한 사람의 형체는 총 세 명으로, 갑3과 심오, 그리고 머리카락을 틀어 올리고 두 개의 나뭇가지 비녀를 꽂은 센터장이었다. 영원의 눈으로도 센터장이 들어왔다. 그러자 갑자기 갑1의 가슴을 짚고 있는 자신의 손이 흉터투성이로 변하기 시작했다. 손가락에는 가죽끈이 감겼다. 갑1의 옷도 갑옷으로 변했다. 마지막으로 그녀의 집 안 전체가 죽음의 목구멍 속인 전장으로 변했다.

박쥐 떼가 날아올랐다. 투명한 박쥐들이었다. 그것들은 한곳을 향해 날아가고 있었다. 연화는 긴 검은 머리의 저승사자 품에 안겨 박쥐 떼를 보았다. 연화와 그의 곁을 지나쳐서 더 뒤를 향해 날아가고 있었다. 그의 뒤에, 저 멀리에 또 다른 저승사자가 있었다. 거기를 향해 날아가는 박쥐들이었다. 박쥐들이 날아가 에워싸고 있는 저승사자도 긴 머리를 푼 모습이었다. 현재 영원의 거실에 나타난 센터장, 갑5였다.

영원이 다리의 힘을 잃고 주저앉았다. 하지만 땅에 닿기도 전에 갑1이 그녀의 허리를 감아 안았다. 갑3이 다가왔다.

"또 배가 고픈 거냐?"

갑1이 사색이 되어 갑3에게 말했다.

"아니다. 의식을 잃었어. 그런데 잠든 기척은 아니야."

심오와 센터장도 놀라서 다가왔다. 갑3이 진맥을 했다.

"맥박이 조금 빠른 것 외엔 큰 이상은 없는데? 가수면 상태다."

심오가 말했다.

"이대로 둬. 꿈, 아니, 기억이 갑자기 영원 씨를 덮친 모양이니까. 어쩌면 중요한 기억을 떠올릴지도 몰라."

갑1이 영원을 가로로 안아 올렸다. 더없이 조심스러운 손길이었다. 모두의 시선이 센터장에게 집중되었다. 그를 보자마자 기절을 했다. 그렇다는 건 역시 과거에 센터장과 깊은 인연임을 의심할 수밖에 없었다. 센터장이 얼굴을 찌푸렸다.

"나 지금 엄청 억울한 상황인 것 같은데? 그냥 기절한 거잖아. 그런데 날 보는 그 시선들은 다 뭐지?"

"너는 뭐 떠오르는 거 없나?"

센터장이 갑1에게 안긴 영원을 가까이에서 살펴보았다. 그의 고개가 두어 번 저어졌다.

"전혀."

"최악이군. 영원은 널 보고 정신을 잃을 정도인데, 어떻게 월직이란 놈이."

"만약에 나중에 나의 억울함이 다 밝혀지면, 너희 셋은 한 시간씩 돌아가면서 나한테 욕 들을 줄 알아라. 내가 지금은 이 인간이 깰까 봐 참는다."

갑1이 영원을 안은 채로 사라졌다. 그녀를 잠자는 방에 눕히기 위해 이동한 것이다. 이불이 자동으로 젖혀졌다. 영원은 공중에 떠올랐다가 천천히 내려가 매트리스 위에 눕혀졌다. 이불이 그녀의 몸을 타고 목까지 올라갔다. 갑1은 다리를 낮추고 앉아 손을 영원의 얼굴에 가까이 가져다 대었다. 하지만 피부에 닿지는 않았다. 차가운 손이 그녀의 잠을 깨울까 염려해서 자신의 욕심을 눌렀기 때문이다.

갑1이 거실로 돌아왔다. 소파에 앉은 갑3이 눈으로 영원의 상태를 물었다.

"잔다. 저번에 너희들이 말한 비렘수면기 같다."

심오가 안심한 듯이 말했다.

"꿈을 꾸겠군. 왠지 이번엔 제대로 된 기억을 떠올릴 것 같다."

그리고 바로 센터장의 상태를 살폈다.

"이승에 나온 기분은 어때?"

"기분이고 뭐고 간에, 만나자마자 의식을 잃는 바람에 이승에 나왔단 실감도 못 했다. 깜짝 놀랐네."

갑1은 잠자는 방과 가장 가까운 식탁 의자에 앉아 영원의 기척에 집중했다. 한편으로는 다른 세 명은 저승으로 돌아가 줬으면 싶다가도, 의사는 한 명 남아 주었으면 싶기도 했다. 그런데 세 명은 아직 돌아갈 생각이 없는 듯했다. 갑1이 속삭이듯이 말했다.

"센터장, 이승에 이렇게 나와 있어도 되나?"

"솔직히 괜찮은 것 같다. 나오기 직전은 정말 고통스러웠는데, 막상 나오고 보니 놀라울 정도로 아무렇지 않아. 진짜 저 인간이 특효약이었……을 것 같지는 않고."

노려보는 눈빛들에 저격당한 센터장이 끝말을 돌렸다. 실제로 영원을 보고 나니 심리적으로 안정이 된 건 사실이었다. 하지만 이것을 인정하면 또 터무니없는 스캔들로 엮으려 들 게 뻔했다. 그래서 급하게 말을 돌렸다.

"시청각실에서나 보던 곳이군. 옛날과 많이 변했어. TV에서 보던 것과 그리 다르지는 않고."

"다음에는 혼자서 나올 수 있겠나?"

"글쎄다. 지금 상태 같아선 할 수 있을 것 같다. 음……, 이 근처는 악귀도 하나 없군. 있으면 시범조로 한번 잡아서 가 보려고 했더니."

지옥청의 사자가 병원을 운영하고, 월직사자들이 문턱이 닳도록 드나드는 이 지역에 악귀가 있으면 이상한 일이다.

"인도할 수 있을 것 같나?"

"못 할 것 같지는 않다."

"다행이군. 갑자기 이렇게 호전된 데에는 역시나 영원 씨에 대한 감정이……."

"아니라고 몇 번을 말해!"

센터장이 버럭 소리를 지르자, 세 명의 사자가 일제히 손가락을 입에 대었다.

"쉿!"

센터장이 작은 소리로 외쳤다.

"난 억울한 누명을 벗고자 기를 쓰고 노력했을 뿐이다. 다른 이유는 없어. 그리고 지금은 가슴도 아프지 않아."

"만났기 때……."

"아니라고 했다, 이 X새끼들아!"

결국 참았던 욕이 튀어나오고 말았다. 갑3이 말했다.

"난 참 양반이다. 그래도 욕은 안 하거든."

"너의 고약한 말은 욕보다 더 열 받거든. 아! 나 센터로 복귀해야겠다. 너무 오래 나와 있는 것 같다."

"영원 씨가 깨어나면 대면해 보는 게 좋은데."

"언제 깨어날지 모르잖아. 난 돌아가 있을 테니까, 혹시나 깨거든 연락해. 상황 보고 또 나올 수 있으면 시간 내 볼 테니까."

"진료실로 이동……."

"필요 없어. 나 혼자 돌아간다."

아직은 완치라고 판정할 정도는 아니었다. 이제 겨우 한 번

나왔을 뿐이다. 걱정된 심오가 말했다.

"거기 도착하면 연락은 해라. 오랜만에 이동하는 거잖아."

아름다운 얼굴에 환한 미소를 지어 보인 뒤, 센터장은 사라졌다. 그에게서 오랜만에 보는 미소였다. 갑3도 소파에서 일어섰다.

"나도 가 봐야겠다. USB 확인해야 해서. 급한 일 있으면 전화해라."

갑3이 제 구두를 보았다.

"으, 나영원한테 야단맞겠다. 구둣발로 거실에 있었군."

하지만 치워 주지는 않고 바로 사라졌다. 갑1과 심오만 남았다. 갑1이 말했다.

"넌 가지 마라. 혹시나 의사가 필요할지도 모르니까."

"그러잖아도 남아 있을 생각이었다. 영원 씨는 내 환자잖아."

심오가 갑1에게 소파로 오라고 손짓했다.

"거긴 방과 너무 가까워서 우리 소리 들릴지도 몰라."

갑1이 일어나서 소파로 가면서 물었다.

"진짜 센터장은 영원에게 아무런 감정도 느끼지 못한 건가? 영원은 저렇게 되었는데."

"내 생각엔……, 센터장은 사랑의 감정은 아니고, 죄책감 정도가 아니었을까 싶다."

갑1이 소파에 앉으면서 되물었다.

"죄책감?"

"이승기피증 3인방이 영원 씨에게 느끼는 공통적인 감정은 죄책감 같아서. 저번의 청장 말도 그렇고."

"그럼 영원은?"

"영원 씨는 센터장에게 사랑과는 분리된 감정을 가지고 있어. 아직은 나도 헷갈리지만, 센터장이 아닌 누군가에게서 사랑의 감정을 크게 느낀 것 같다. 그게 그녀의 1천 년 전 기억의 핵심 같아. 지금까지 잊지 못한 원인. 죽음보다 더 강렬한 건 결국 사랑의 기억이 아니었을까 싶다. 그것이 영원 씨의 영혼을 강하게 해 주었겠지."

"센터장이 아니면 누구?"

"아직은 모른다. 영원 씨의 기억이 아직 오류라고 확정된 게 아니어서. 어쩌면 센터장이 맞을 수도 있겠지만, 내 짐작은 달라서 말이야."

7살의 연화는 천마를 따라 나아갔다. 조금 전까지만 해도 허허벌판이던 갑2의 뒤로 삼도천이 길게 생겨났다. 군데군데 정박해 있는 작은 배도 나타났다. 투명한 사람들은 갑2의 앞으로 모여들었다. 천마를 쫓던 연화도 그들 틈으로 들어갔다. 그들 속에는 유모를 포함하여 낯익은 사람들이 있었기 때문이다.

투명한 천마 떼가 먼저 삼도천 위를 날아가기 시작했다. 이윽고 연화의 눈앞에서 삼도천이 사라졌다. 앞에서만 사라졌을 뿐이다. 삼도천은 연화의 뒤로 자리를 옮겼다. 그리고 연화의 눈앞에는 허허벌판이 아닌, 2층짜리 광활한 건물이 삼도천을 마당으로 삼아 펼쳐져 있었다. 삼도천이 자리를 옮긴 것이 아니었다. 연화가 영혼들 틈에 섞여 있다가 함께 삼도천을 건너오고 만 것이다. 투명한 천마들은 커다란 우물같이 생긴 곳으로 쏟아지듯 들어갔다. 연화도 달려가 우물에 붙어 까치발을 들었다. 하지만 우물의 높이가 높아서 연화의 눈에 보이는 건 그 속으로 빨려 들어가는 천마의 배 부분뿐이었다. 하나도 남김없이 다 들어가고 나서야 우물 위의 뚜껑은 닫혔다.

월직을 도우러 나온 지원대가 망자들을 염라부명장과 한 명씩 대조했다. 갑2는 그 틈에서 우물에 붙어 까치발을 든 소녀를 발견했다. 갑2의 눈이 크게 떠졌다. 죽은 영혼이 아니었기 때문이다. 갑2와 연화가 동시에 사라졌다. 그리고 둘이 동시에 나타난 곳은 사자부의 끝에 있는 작은 휴게방이었다.

연화는 갑자기 사라진 우물로 인해 앞으로 꼬꾸라졌다. 갑2가 연화를 일으켜 세웠다. 그리고 다리를 낮춰 앉아서 속삭이듯이 물었다.

"너 어떻게 여기 온 것이냐?"

가까이서 보는 갑2는 연화의 눈을 한층 사로잡았다.

"우와! 예쁜 여신님이다!"

"쉿! 조용히 해. 들키면 곤란하단다, 꼬마야."

연화가 갑2를 따라 제 입에 손가락을 올리고 '쉿!'을 따라 했다. 그리고 방 안을 두리번거렸다.

"어? 여긴 어디죠? 전 천마를 따라서 왔는데……."

"오, 이런!"

갑자기 뒤에서 남자 목소리가 들렸다.

"갑2 사자! 이게 대체 무슨 일이야? 왜 살아 있는 아이가 여기 저승에 있는 거지?"

화들짝 놀란 갑2가 뒤를 돌아보았다. 방구석에 놓인 침대에서 몸을 반쯤 일으킨 갑4였다. 그는 길게 땋은 머리를 뒤로 튕겨 내면서 일어섰다. 갑옷이 아닌, 검은색 일반 저고리와 바지를 입고 있었다. 그의 것으로 보이는 갑옷은 침대 옆의 선반 위에 걸려 있었다. 갑2가 놀라서 물었다.

"갑4 사자가 왜 여기에?"

"어지간히도 당황한 모양이로군. 내가 침대에 누워 있는 것도 못 느꼈을 정도면."

갑4는 방 한가운데에 있는 둥근 탁자 앞의 둥근 의자에 앉았다. 탁자도 의자도 전부 사기로 만들어진 거였다. 그가 앉은 채로 연화를 향해 상체를 기울였다. 그리고 긴 팔을 뻗어 연화의 볼을 손가락으로 푹 찔러 보았다.

"생체 그대로 저승으로 넘어왔군. 내가 이런 사달이 한 번은 일어날 줄 알았다. 천마는 사람들을 현혹시키거든."

"네 상징도 만만치 않아."

"게다가 넌 능력이 너무 넘쳐. 생체까지 저승으로 옮겨 버리는 건 아무나 할 수 없다고."

"나 지금 정신이 하나도 없거든. 시비는 이따가 해 줄래?"

"시비가 아니고 이 아이 걱정하는 거다. 어쩌다가 삼도천까지 이런 실수를 한 건지, 쯧쯧. 이제 이 일을 어떻게 할 거냐?"

갑2가 연화를 보면서 말했다.

"꼬마야, 여기서 얌전하게 기다려라. 잠깐이면 된다."

그리고 일어서서 갑4에게 말했다.

"너 일 없으면 이 아이 좀 잠깐 봐 줘. 망자들 확인만 하고 금방 돌아올 테니까."

"알았다. 다녀와라."

갑2가 문을 열고 나갔다. 문이 닫히고 갑4와 단둘이 되자, 연화도 조금 겁에 질린 듯했다. 갑자기 낯선 장소에 왔으니 그럴 만도 했다. 갑4가 상냥하게 웃었지만 효과는 없었다. 연화가 주춤주춤 뒷걸음으로 거리를 만들었다.

"꼬마라서 뭘 모르는구면. 방금 전의 저 여자가 나보다 더 무섭다."

"저렇게 예쁜데 어떻게 무서워요?"

"그럼 난 못생겼느냐?"

"아뇨, 그건 아니지만……."

갑4가 큰 소리로 웃으면서 앞의 의자를 가리켰다.

"와서 앉아라. 안 잡아먹는다."

그는 탁자 위, 바구니에 담긴 과일을 손에 잡았다. 그리고 연화의 눈앞에서 위로 던졌다가 떨어지는 걸 받으며 유혹했다. 저승으로 넘어오기 전부터 연화의 배는 고픈 상태였다. 그래서 복숭아같이 생긴 과일을 보고 한두 발짝 앞으로 나갔다. 입에 침도 고였다. 갑4에게는 과일에서 눈을 떼지 못하는 연화가 귀엽게만 보였다. 과일이 공중에 떠올랐다. 그것은 날아서 연화의 손 위로 살포시 올라갔다. 연화가 두 손으로 과일을 꽉 잡고 말했다.

"와! 신기하다. 방금 어떻게 한 거예요?"

"궁금하면 앞의 의자에 앉아서 그거 먹어라."

연화의 몸이 둥실 떠올라 의자에 앉혀졌다. 완전하게 경계를 풀지는 않았지만, 과일을 한입 베어 물었다. 연화의 눈과 입이 일그러졌다.

"맛……없어……요."

갑4가 큰 소리로 웃기 시작했다.

"하하하. 그래, 맛없다. 그래서 우리도 이렇게 두고도 잘 안 먹어. 여기에서 나는 것들은 하나같이 맛이 없지."

연화는 맛은 없어도 배는 고팠기에 인상을 쓰고서도 한 입씩 베어서 먹었다. 그 표정 때문에 갑4의 웃음은 그치지를 않았다. 갑자기 문이 열리고 갑옷을 입은 또 다른 남자가 들어왔다. 머리를 틀어 올리고 나뭇가지 비녀를 꽂은 갑5였다.

"야! 시끄러워. 바깥까지 네 웃음소리가……."

갑5의 뒤로 문이 확 닫혔다. 동시에 연화의 몸이 공중에 떠올라 한 바퀴 빙 돌았다. 갑5가 연화를 살핀 거였다. 관찰을 마친 그가 갑4에게로 달려가 멱살을 잡았다.

"이거 살아 있는 아이잖아!"

"어, 그게 어떻게 된 거냐면……."

"이 유괴범!"

"그럴 리가. 애가 실수로 따라온 거란다."

"내가 이런 사달이 한 번은 일어날 줄 알았다. 너의 그 알록

달록한 물고기가 얼마나 사람들을 현혹시키는 줄 아냐?"

"그 말 조금 전에 내가 갑2 사자한테 똑같이 써먹었다."

갑5가 멱살을 놓았다.

"뭐? 설마……."

"천마 따라서 왔다나 봐. 그리고 나는 일부러라도 생체를 이렇게 못 데리고 온다. 어린애라고 해도 말이야. 힘이 넘쳐서 주체를 못 하는 갑2 사자라서 가능했지. 그런데 애를 저렇게 띄워 놓으면……."

공중에 떠 있던 연화는 처음에는 두려워서 눈물이 맺혔지만, 어느새 재미있어졌는지 팔과 다리를 움직이며 까르르거리고 있었다. 갑4가 물었다.

"재미있느냐?"

"네, 신기해요. 새가 된 것 같아요."

갑4가 갑5를 보며 말했다.

"내려 주지 마라. 좋아한다."

하지만 갑5는 인상을 쓰며 연화를 땅으로 내렸다. 갑5의 눈이 다시 커다래졌다. 연화가 한쪽 손에 들고 있는 과일 때문이었다. 그는 과일 바구니와 연화의 입, 그리고 먹은 흔적이 있는 손에 든 과일을 번갈아 보았다. 갑5가 다시 갑4의 멱살을 잡았다.

"야! 살아 있는 애한테 저승의 음식을 먹이면 어떻게 해!"

"어차피 여기서 살아야 할 거 아니냐."

"살아 있는 애를 저승에 두자고?"

"두고 싶어서 두는 게 아니고, 삼도천이 돌려보내 줄 리가 없잖아."

"그래도 만약의 경우를 대비해야지. 인간이 저승의 음식을 먹으면 우리 저승의 것을 계속 보게 된다고."

"천마를 봤고, 여기도 왔으면 어차피 무의 눈이라고 봐야지. 무의 눈은 상관없잖아."

"애잖아, 이 멍청한 자식아! 어린애일 때는 일시적으로 보일 수도 있다는 거 몰라?"

갑4가 연화를 쳐다보았다. 연화는 과일을 꼭 쥔 채로, 싸우고 있는 남자 둘을 겁먹은 표정으로 보고 있었다. 갑4가 물었다.

"꼬마야, 너 몇 살?"

"7살이요."

"7살이라……. 뼈가 완전히 야물지 못할 나이여서 영혼들과 함께 휩쓸렸구나. 무의 눈……이겠지, 뭐."

"대충 넘어갈 일이야, 이게? 만약에 무의 눈이 아닌데 저걸 먹은 거라면, 저 아이는 저승의 것만 볼 수 있는 무의 눈이 돼. 천상의 것은 못 보는."

"이승으로 못 돌아간다니까 그러네."

문이 열리고 갑2가 들어왔다. 연화는 반갑게 그녀에게 달려가서 붙었다. 갑2는 안심하라는 듯이 연화의 머리를 쓰다듬어 주다가 손에 든 과일을 발견했다. 갑2의 살벌한 눈동자가 갑4에게 꽂혔다.

"무슨 짓이야! 왜 애한테……."

갑5가 끼어들었다.

"지금 네가 하려는 말, 조금 전까지 내가 똑같이 이 녀석한테 했다."

갑4가 말했다.

"어차피 여기서 살 수밖에……."

"돌려보낼 거야! 당연한 거 아니야?"

"어떻게?"

"어떻게든! 확인하고 왔는데, 망자와 염라부명장 명단은 일치했어. 이 아이만 잘못 온 거야. 이 아이의 수명이 얼마 남았는지는 모르겠지만, 최선을 다해 돌려보내야지. 내 실수로 남은 수명을 거둘 수는 없어."

갑4가 어림도 없다는 듯이 말했다.

"삼도천을 넘어가려다간, 이 아이 영혼이 소실될 수도 있어. 영원히 삼도천 속에 잠겨 있어야 할지도 모른다."

갑2가 연화를 안아 올려 탁자 위에 앉혔다. 그리고 상냥하게 물었다.

"꼬마야, 이름이 뭐지?"

"연화예요, 연화. 7살. 아버지는 비래성의 군주軍主이십니다."

갑5가 다른 사자들을 눈짓으로 불렀다. 그리고 뒤로 가서 말했다.

"비래성이면, 지금 갑1 사자가 나가 있다."

"갑1 사자가? 그럼 그곳에서 대전투가 벌어지고 있다는 거잖아."

갑2는 제 머리를 양손으로 잡았다. 그리고 중얼거렸다.

"내가 연화를 죽인 거야, 살린 거야?"

그녀의 질문에 대답하는 사자는 없었다. 고의건 실수건 크건 작건 간에, 인간사에 개입하게 됨으로써 꼬여 버린 운명은 그들로서도 알 수가 없었다.

4

D-25

갑3은 모니터 앞에서 자료들을 훑어보고 있었다. 무성욕이 많이 안 걸리더라는 갑21의 말과는 다르게 자료의 양은 많았다. 사소하게 검색된 것까지 다 포함시켜 달라는 요청을 잘 수용해 준 덕분이었다. 그는 다른 의사들이 작성해 둔 차트를 재분석하고, 그와 관련된 혈청 검사부터 시작하여 CT나 MRI 뇌 영상까지 꼼꼼하게 확인했다. 아무것도 찾아내지 못해도 실망은 하지 않으리라 맹세했다. 범인이 자신의 병을 인지하지 못했을 가능성이 더 크니까. 그럼에도 불구하고 지푸라기라도 잡는 심정으로 모니터 앞에 앉은 것이다.

"비래성이면 확실하게 기억한다. 내가 인도하러 나갔었다."

갑1의 말에 심오는 다시 물었다.

"너는 기억 소실이 전혀 없다는 거지? 그 당시 활동기였던 것도 확실하고?"

"그렇다. 난 예로부터 휴식기가 없었으니까. 그리고 그 전투의 염라부명장에 7살의 연화는 없었어."

분명한 건 하나도 없었다. 염라부명장이 원래부터 없었던 것인지, 갑2가 저승으로 연화를 데리고 오는 바람에 생성이 되지 않았던 것인지, 생성이 되었는데 갑1마저 이 기억이 소실된 것인지, 무엇 하나 확실한 답은 없었다.

"연화와 관련된 기억만 소실되었을 가능성은?"

갑1이 고민하다가 말했다.

"그건 자신할 수 없겠어. 다른 월직들을 보건대."

갑21의 저승 사무실 소파에 빙 둘러앉은 월직들은 하나같이 고민에 빠져 있었다. 이번에도 영원과 관련 있는 월직들만 모였다. 그중에서 가장 심한 정신적 타격을 입은 건 갑2였다. 지금까지 기괴하다고만 생각되었던 문제가 자신의 실수에서 비롯된 것임이 드러났기 때문이다. 갑4, 즉 청장도 마찬가지였다. 영원이 반쪽 무의 눈이 된 것은 명백한 그의 오판이었다. 예전의 연화도 무의 눈이 되었을 것이다. 그래서 이승으로 돌아가고서도 계속 그들을 그리워하고, 다시 만나기 위해 전장으로 나갔을 확률이 높았다. 이것도 대단히 심각한 운명의 뒤틀림이 아닐 수 없었다.

"죽은 영혼은 저승에 와서 이쪽 음식을 먹잖아. 그건 환생해

도 다음 생에 영향이 없는데, 생체는 달랐던 건가? 나영원한테
까지 이어졌다는 건 중간의 다른 전생들도 전부 무의 눈이었단
건가?"

어쩌면 그럴 가능성도 있었다. 결핵요양원에서의 김분이를
떠올리면 더 그렇다. 그녀는 애써 하얀 벽을 보고 있었다. 갑3에
게서도 의도적으로 고개를 돌린 채였다. 그녀에게는 그곳을 드
나드는 저승의 존재들이 보였던 것이다. 갑3이 말했다.

"다들 마음에 담아 두지 마라. 우리가 인간의 운명에 개입한
것이 아니고, 인간이 자신의 운명에 우리가 닿도록 열어 둔 것
이니까. 우리를 만난 것 자체가 그 인간의 운명이었을 뿐이야.
인간과 인간끼리도 서로 운명을 바꾸면서 공과격에 에러를 일
으키잖아. 뇌제를 봐라. 그조차 한 인간의 운명을 어쩌지 못해
저렇게 괴로워하는 것을. 우리라고 그와 다르지 않아. 천마를
만난 건 어린 연화의 의지였다."

위로는 되는 말이었다. 하지만 죄책감을 완전히 내려놓을 수
는 없었다. 이에 반해 갑5, 센터장의 마음은 다소 가벼워졌다.
그에게 쏠렸던 대부분의 혐의가 풀렸기 때문이다. 그가 연화에
게 저지른 직접적인 잘못은 아직 드러난 바가 없었다. 게다가
사랑해서 연화의 기억을 추출하지 않았을 거라는 의심도 풀렸
다. 갑3이 그에게 말했다.

"너는 안심하지 마라. 우린 아직 너한테 한 시간씩 욕먹는 게
확정되지 않았어. 넌 연화를 구한 적이 있다. 그게 어떤 상황
에서 어떻게 벌어진 일인지는 아직 모르지만, 연화와 청장과의

대화에서 거론이 된 적이 있으니까."

"적어도 스캔들에서 자유로워진 건 사실이야. 그러니 너희 셋은 한 시간씩 욕 확정이다. 그럼 그렇지. 내가 인간과? 애초부터 말이 안 되는 거였다."

"그 말은 네 머리의 그 머리꽂이나 빼 놓고 하는 건 어떠냐?"

센터장이 갑3을 흘겨보았다. 대꾸는 하지 못했다. 마음은 가벼워졌지만 찜찜함은 여전히 남아 있었다. 이곳에 모인 모두에게 가장 큰 숙제는 의문의 긴 검은 머리 사자였다. 이를 길어서 말하기 귀찮다며, 수학 문제의 답 구할 때처럼 χ사자라고 부르기로 합의했다. 센터장의 업무 중에 이 χ사자가 나타나 연화를 구한 것이 분명한데, 센터장의 기억에 이 장면은 없었다. 연화의 염라부명장에 대한 기억도 없었다. 분명 이때 어디쯤에선가 연화의 염라부명장에 문제가 발생했을 가능성이 컸다. 이것이 지금의 영원에게까지 이어져 왔을 것이다. 연화가 수많은 죽음의 문턱을 넘나드는 동안 한 번이라도 염라부명장이 생성되었다면, 그것을 기억해 내기만 하면, 영원의 저주를 멈출 수 있을지도 모른다. 그런데 χ사자가 누구인지 도무지 알 수가 없다. 심오가 말했다.

"인간의 기억 말이야, 기억보관소에 있는 기억상자들만 봐도 일반적으로 500년도 버티기 힘들어. 그런데 딱 하나, 2천 년 가까이 버틴 게 있었지?"

"맞아. 뇌제와 관련된 인간의 기억이었지."

"이건 내 예측일 뿐인데, 영원 씨의 기억도 제대로 추출해서 보관소에 있었다면 그 정도 버텼을 거야. 지금 영원 씨의 기억 상태만 봐도 굉장히 유지가 잘되었잖아? 아무래도 인간의 기억 속에는 옥황국의 신들이나 우리가 오래 남는 것 같다. 이건 사랑의 힘일 수도 있지만, 우리의 영향 때문일 수도 있어. 그래서 나는 영원 씨의 기억을 신뢰하는 게 옳다고 생각한다. 좀 더 정확하게 말하자면, 인간의 기억 속에 남아 있는 우리를 신뢰하자는 거야."

갑3이 말했다.

"χ사자의 존재를 인정하자는 거냐?"

심오가 고개를 끄덕였다. 그리고 다시 말했다.

"한 가지 더, 연화는 어떻게 이승으로 돌아갔지? 삼도천이 버티고 있는데."

그건 아무리 앞번호 월직이라고 해도 쉽게 할 수 있는 일이 아니다. 갑1이 말했다.

"우린 여기서 한 번 더 생각해야 할 게 있다. 영원도 삼도천을 거슬러 돌아갔어. 진료실을 통해서."

갑21이 말했다.

"그건 명백히 삼도천 짓이야. 그것의 의지였다고."

삼도천이 영원에게 저승을 다녀갈 수 있게 해 주었다. 입이 없어서 아무 말을 하지 않을 뿐, 삼도천은 과거에 발생했던 모든 일을 기억하고 있을 것이다. 심오가 말했다.

"한 가지 더 질문! 만약에 지금 또 그런 일이 발생했다고 치자. 산 자를 삼도천을 건너 이승으로 돌려보내려고 결심했어.

그럼 다들 누구한테 이 일을 맡길 거야?"

모두의 시선은 딱 한 명에게로 모였다. 갑1이었다. 여기에는 이견이 없었다. 이것이 가장 중요했다. 지금도 그렇다는 건 그때도 그러했을 테니까. 심오가 갑1에게 물었다.

"너에게 이런 요청이 들어왔다면, 너는 승낙할 거야?"

"당연히 그렇게 하겠지. 어떤 영혼이든 이유를 막론하고."

심오가 말했다.

"우린 여기서 두 가지를 전제해 볼 수 있다. 첫 번째, X사자는 여기 있는 갑1 사자와 비슷한 능력을 가지고 따로 존재했었다. 우리는 그를 전부 잊었다."

사무실 안이 술렁거렸다. 이건 너무 파격이었다. 갑3이 말했다.

"인간에게는 작화증이라는 것이 있어서, 정상적인 기억이 소멸되면 망가진 기억을 메우기 위해 거짓 기억을 지어내서 진짜 기억으로 삼는다. 반면에 우리 기억이 진짜 조작이 되었다면 삭제가 고작이겠지. 우린 단순해서 소실된 기억 사이를 메우는 건 못한다. 그러니 삭제했을 때 오류가 없는 부분만 가능해. 난 큰 전쟁이 있을 때마다, 수천 년 전에도 이런 생각을 했었다. '아! 갑1 사자 같은 놈 한 명만 더 있었으면 좋겠다.'라고. 이 기억을 누가 만들어서 붙였다고?"

모두가 옛날부터 같은 생각들을 하고 있었다. 그래서 고개를 끄덕이지 않을 수 없었다. 심오도 고개를 끄덕인 후에, 갑1을 쳐다보면서 말을 이었다.

"그래, χ사자는 애초부터 없었다. 박쥐 때문에 생긴 혼선이었지. 그렇다면 두 번째 전제, χ사자는 갑1 사자, 바로 너뿐이다!"

술렁거림이 멈췄다. 모두의 시선이 갑1에게로 쏠렸다. 갑1은 아무 표정 없이 심오의 입만 쳐다보았다.

"갑1 사자는 연화와 관련되어 있는 3인방과 마찬가지로 정신장애와 흉터가 있다. 그리고 기억 소실까지. 너도 절대 연화와 무관한 위치에 있지는 않아. 확실한 건, 여기 있는 모두의 정신장애에는 연화뿐만이 아니라, χ사자의 일이 함께 영향을 미쳤다는 거다. 우리 모두의 기억 속에 있는 갑1 사자의 현재 머리 색깔이 그 증거야."

"그게 어떻게 증거가 되지?"

"우리 염라국에는 암흑의 색깔과 능력은 비례한다는 질서 개념이 있어. 만약에 태고 때부터 갑1 사자가 지금 머리 색깔과 같았다면 이 개념 자체가 생겨나지 않았을 거다. 아직까지 이 개념 자체가 희석되지도 않았고. 그렇다는 건 갑1 사자의 머리카락은 아주 오랫동안 블랙이었고, 지금의 색깔로 변한 건 그리 오래되지 않았다는 거지. 누군가가 우리 전부의 기억에서 머리 색깔만 변형시켜 놓았다는 명백한 증거야."

청장이 말했다.

"으악! 뭔 말인지 모르겠다. 나영원의 기억 더 없나? 이러다간 내가 더 미칠 것 같은데?"

심오가 말했다.

"계속 나올 것 같아. 영원 씨의 꿈이 점점 길어지고 있거든.

아! 갑3 사자, 넌 최면요법 같은 건 안 배웠나?"

"애석하게도. 다음에는 그것도 배워 볼까? 상당히 유용할 것 같다."

센터장이 고함을 버럭 질렀다.

"넌 더 이상 괴상한 거 배우지 말고 저승으로 돌아와! 다들 삼족오가 멸종한 줄 알잖아!"

"내가 그간 휴식기에도 전쟁만 터지면 짬짬이 일 나가 줬잖아. 그건 왜 쏙 빼지?"

갑2가 말했다.

"아! 이번에 시직과 일직, 직원, 염라국의 일반 국민을 대상으로 설문조사 했거든. 거기서 흥미로운 결과가 나왔어. 비율상 시직과 일직들한테 저승에서의 첫 기억에 뭐가 가장 많았는지 알아? 삼족오였어."

모두가 갑3을 쳐다보았다. 다리가 세 개 달린 검은 까마귀, 삼족오는 갑3의 상징이었다.

"난 네가 무슨 말을 하고 싶은지를 더 모르겠다. 그게 중요해?"

"우리 사자청에서는 중요한 결과야. 그러니까 들어. 우리는 알다시피 일손이 부족해. 저승사자 지원을 잘 안 하니까. 만약에 갑3 사자가 열심히 일만 해 준다면 지원자가 늘어날 수도 있다, 이런 결과지. 참고로 첫 기억이 나비인 영혼들은 단 한 명도 빠지지 않고 환생을 선택해. 단 하루도 더 지체하지 않아. 참 신기하지?"

"왜지?"

이유는 모른다. 영혼들조차 여기에 대한 대답을 내놓지 않았다. 나비에 이끌려 저승으로 온 영혼들이 환생을 택하는 이유는 죽음에 대한 첫인상이 편안함이었기 때문인지도 모른다. 반면, 삼족오는 죽음에 대한 공포를 먼저 보여 준다. 아마도 시직과 일직이 유독 갑3을 겁내는 이유가 그의 인도를 받은 기억 때문일 것이다. 무서워는 해도 싫어하지는 않는 이유도 여기에 있으리라.

연화는 이불 속에 숨어 있었다. 갑2의 지시였다. 그래서 숨바꼭질을 하는 기분으로 몸을 잔뜩 웅크리고 귀는 바깥을 향해 쫑긋 세웠다. 방문이 열리고 누가 들어오는 소리가 들렸다.

"날 보자고 한 게 이곳에 있는 살아 있는 인간의 기척 때문인가?"

"윽! 바로 들켰다. 아니, 그게……."

발걸음이 순식간에 이쪽으로 다가왔다. 그리고 이불을 휙 걷어 냈다. 걷어져 가는 이불 뒤로 한 남자의 모습이 드러났다. 연화의 눈앞에 몸을 숙이고 얼굴을 가까이 들이민 그는 긴 검은 머리였다.

"헉!"

영원이 눈을 번쩍 떴다. 긴 검은 머리, 어린 연화의 기억 속에 너무도 또렷하게 새겨진 그 얼굴은 분명 '가빌'이었다. 영원은 금세 기억의 꿈속으로 다시 들어갔다. 그녀의 눈가에는 눈물이 흘러내렸다.

검은 머리 색깔은 너무도 새까매서 오묘했다. 눈동자가 따뜻한 느낌이어서 그런지 무섭지는 않았다. 연화는 멍하니 갑1의 얼굴만 쳐다보았다. 일부러 빤히 보려던 것은 아니었다. 저절로 그렇게 되었다. 짙은 눈썹을 일그러뜨린 그의 얼굴이 멀어졌다. 연화도 따라서 몸을 일으켜 앉았다. 갑옷을 입은 그의 등이 보였다.

"대체 무슨 일이냐?"

갑2가 어설프게 웃으면서 말했다.

"내가 실수로 데리고 왔어. 힘든 일 치르고 온 너한테 말하기 좀 미안한데, 갑1 사자, 애 좀 다시 이승으로 보내 주면 안 될까? 삼도천을 넘을 수 있는 가능성은 그래도 네가 제일 높아."

탁자에 앉은 갑4가 말했다.

"그냥 여기 두자니까. 여차하다간 영혼 소실이다. 삼도천이 영혼을 삼키면 빨라도 5천 년은 지나야 뱉어 낸다고."

갑5가 말했다.

"이제껏 이런 전례가 없어서 여기 남게 되었을 경우, 인간의 생명이 어떻게 되는지 모른다. 성장이 멈춘 이 상태에서 살아가야 할지도 모르고. 돌려보내는 게 이치에 맞아. 갑1 사자 생각은?"

"내 생각도 이승에 돌려놓는 쪽. 아직 수명이 남은 거라면."

"비래성에서 7살 연화의 염라부명장은 없었나?"

"없었다. 이 아이가 연화인가 보군."

갑1이 고개를 돌려 연화를 보았다. 눈이 마주쳤다. 연화가 미소를 지었지만, 그에게선 웃음기를 찾아볼 수가 없었다. 갑2가 물었다.

"처음부터 없었나, 아니면 사라진 건가?"

"중간에 사라진 염라부명장은 없었다."

"그렇다면 아직 이 아이의 운명이 크게 바뀌진 않았나 보군. 다행이다."

연화의 운명이 크게 바뀐 것은 갑1을 처음 본 지금 이 시점이었다. 그녀의 시선은 갑1의 얼굴과 몸짓에서 떠나지를 못했다. 갑4도 일어나서 갑옷을 챙겨 입었다.

"돌려보내는 걸로 결정 났으면 이승에 가서 상황 좀 알아봐야겠다. 갑1 사자는 지쳤을 테니까 여기서 연화 좀 보고 있어. 우리는 나갔다가 오마."

"애를 보라고? 나더러? 어이, 이봐! 난 경험이 없어."

"우리 모두 경험이 없는데도 별문제 없었다. 괜찮아. 연화는 얌전해. 얼마나 귀여운지 보고 있으면 시간 가는 줄도 모른다니까."

모두 나가고 휴게방에는 갑1과 연화만 남았다. 갑1이 갑옷을 벗어 선반에 두었다. 그리고 가벼운 저고리와 바지 차림으로 삼도천이 보이는 창 앞에 앉았다. 다리를 펴고 등을 기댈 수 있는 긴 의자였다. 갑1이 창밖을 보면서 말했다.

"연화, 이 방을 나가지 마라. 귀찮은 건 질색이니까."

"연화는 얌전하여 나가지 말라면 나가지 않습니다."

연화가 갑1의 곁으로 쪼르르 달려오다가, 보이지 않는 벽에 부딪혀 튕겨 나가 엉덩방아를 찧었다. 갑1이 막아 놓은 거였다.

"가까이 오지 마라."

연화가 씩씩하게 일어나서 방금 자신을 튕겨 낸 벽을 더듬었다. 보이지도 않고 손에 만져지는 건 없어도 앞으로 빠지지는 않았다.

"우와! 신기하다. 이건 뭐예요?"

"아무것도 물어보지 마라. 성가시다. 거기 의자에 가만히 앉아 있어."

연화의 눈꼬리가 아래로 내려가고 입은 앞으로 쭉 나왔다. 그리고 힘없이 어깨를 축 늘어뜨린 채 의자로 갔다. 둥글고 높은 의자였기에 연화는 끙끙대며 올라가려고 애를 썼다. 그러자 몸이 둥실 떠올라 의자로 올라갔다.

"우와! 이거 갑1 사자님이 해 주신 거지요?"

갑1은 돌아보지도 않고 말을 했다.

"우린 인사도 나누지 아니하였거늘, 어이하여 내 번호를 막 부른단 말이냐."

"다른 사자님들이 부르는 걸 들었으니 그리 부를 수밖에요. 아니면 무어라 합니까?"

"뭐, 상관없다. 네가 부르고 싶은 대로."

연화가 앉아서 갑1을 바라보았다. 창밖으로 시선을 두고 앉은 그를 보고 있는 게 여간 재미있는 것이 아니었다. 연화의 눈이 히죽거렸다. 볼도 발그스름해졌다. 갑1이 말했다.

"넌 돌아갈 아이다. 아무것도 보려고 하지 마라."

"그럼 눈도 감고 있어야 합니까?"

"그러든가."

연화는 눈을 감았다. 하지만 3초도 넘기지 못하고 다시 떴다.

"눈을 감고 있는 건 아닌 것 같아요. 재미없어요."

"이곳은 재미있는 곳이 아니다."

"여긴 저승이란 곳이지요?"

"다른 녀석들이 그리 말하더냐?"

"말씀은 안 하셨지만, 그런 것 같아서요. 연화는 눈치가 빠른 아이입니다."

"제 입으로 제 칭찬을 하는 것이냐?"

"그……, 그건 아니고요. 아! 그럼 모두 저승사자이십니까?"

"생각하고 싶은 대로."

"저승사자는 막 뿔이 있고 도깨비처럼 생긴 줄 알았는데, 아니었습니다."

"뿔은 네 머리에 돋아 있구나."

연화는 제 머리를 만져 보았다. 머리 위에 쌍상투를 틀어 올려 묶어 둔 게 양손에 잡혔다.

"이것은 뿔이 아니에요!"

연화가 의자에서 슬그머니 내려갔다. 그러자 갑1이 말했다.

"왜 움직이지?"

"갑1 사자님은 제 쪽을 보지도 않으시고 어떻게 바로 아세요?"

"그냥 안다."

연화가 갑1에게로 쪼르르 달려가다가 다시 튕겨 나갔다. 갑1은 아무 말도 없었다. 이쪽을 보지도 않았다. 연화는 일부러 소리 내어 한숨을 내쉬었다. 그래도 갑1은 봐 주지를 않았다. 이번에는 조심스러운 발걸음으로 다가갔다. 그래도 튕겨 나갔다.

"가까이 가면 안 되는 것입니까?"

"안 된다."

"얌전하게 있을 건데도 안 되나요?"

"안 된다."

"다른 사자님들은 가까이 가도 괜찮……."

"거참. 종알종알 귀찮구나."

연화가 풀이 죽어 탁자 아래로 들어갔다. 좁은 장소에서 몸을 웅크리는 건 슬플 때 곧잘 하는 행동이었다.

"탁자 아래에는 왜 숨지?"

연화가 탁자 아래에서 쏙 나오면서 물었다.

"연화가 이 아래에 숨은 거 어떻게 아셨습니까? 눈이 뒤에도 달렸나요?"

"그냥 안다."

연화가 다음으로 숨은 곳은 침대 아래였다.

"연화 지금 어디 있게요?"

갑1은 쳐다보지도 않고 대답해 주었다.

"침대 아래."

이번에는 갑1이 벗어 둔 갑옷 뒤로 숨었다.

"연화 어디 있게요?"

"내 갑옷 뒤에."

"우와! 진짜 눈이 뒤에도 있네요. 갑1 사자님은 연화가 어디에 있어도 찾아내시…….."

연화의 몸이 공중에 둥실 떠올랐다. 그리고 천천히 갑1의 곁으로 옮겨졌다. 연화의 구슬 소리와도 같은 웃음소리가 방 안을 메웠다. 웃음소리는 갑1과 가까워질수록 점점 사라졌다. 이제야 겨우 돌아봐 주는 갑1과 눈이 마주쳤다. 손을 뻗으면 닿을 듯한 거리에서 연화는 바닥으로 내려졌다.

"숨바꼭질이 재미있느냐?"

"예!"

"금방 들켜서 재미없을 텐데?"

"갑1 사자님이 연화를 찾아 주시는 게 재미있어요. 안 보고 계셔도 보고 계신 거였어요. 신나요."

갑1이 연화를 보며 앉았다.

"맹랑하구나. 널 보고 있는지 시험한 것이냐?"

"관심을 끌고 싶어서 그런 거지요. 연화는 아직 어립니다. 아주 어리지요. 이렇게 어린 제가 이런 낯선 곳에 왔으니 얼마나 무섭고 힘들겠어요."

"너의 어디에 무서움이 있느냐? 하나도 보이지 않는구나."

"사실은……, 죄송해요, 거짓말했어요. 하나도 안 무서워요. 갑1 사자님을 이렇게 보고 있으니 기분이 엄청 좋아져서요."

"왜?"

"모르겠어요. 그냥 막, 막, 신나요. 연화는 이곳에 잘 온 것 같습니다."

"넌 여기 잘못 왔어."

"다들 그렇게 말씀하지만, 저는 잘 온 것 같아요. 모두 친절하고 상냥하세요."

"나는 친절하지도, 상냥하지도 않다."

"그래도 괜찮아요. 연화 눈에는 좋은 분 같거든요."

갑1은 웃지 않았다. 보이지 않을 정도로 고개만 살짝 기울였을 뿐이다. 연화가 팔을 짚고 갑1이 앉은 의자로 올라갔다. 갑1은 몸을 비켜 앉을 틈을 만들어 주었다. 연화가 갑1을 보면서 의자에 무릎을 꿇고 앉았다.

"여긴 저승이 맞는 거지요?"

갑1은 대답 없이 눈만 한 번 깜박였다. 연화가 똘망똘망한 눈으로 물었다.

"그럼 저와 함께 있던 사람들은 모두 죽은 것입니까?"

"여기로 왔느냐?"

"네, 전부 함께 왔습니다. 유모도⋯⋯."

"만나게 해 줄 수 없다. 넌 그들과는 다르니까."

어차피 지금 만나도 그들은 연화를 기억할 수 없으니 부질없는 일이다.

"아! 괜찮습니다. 떼 부리려던 게 아닙니다. 그들이 가엾어서 좋은 곳으로 갔는지를 여쭤보려던 것입니다."

"그들이 가여우냐?"

"네. 아무래도 저와 제 어머니 때문에 모두 죽은 것 같아서."

"어머니?"

"네. 어머니는 연화가 어렸을 때 여기로 오셨거든요. 어머니도 만날 수 없겠죠? 괜찮습니다. 어머니 얼굴도 모르거든요. 어머니도 연화를 못 알아볼 테고……. 제가 너무 커 버려서……."

갑1이 연화의 얼굴을 살폈다. 그가 처음으로 표정을 담았다. 담긴 감정은 안타까움이었다.

"너는 참고 있었구나, 슬픔을."

"이곳에서 폐를 끼치고 있으니 참아야 합니다. 다른 저승사자분들도 제가 천마를 따라오는 바람에 고생이 많으시니."

"너의 잘못이 아니다. 우리의 실수였고, 우리가 해야 할 일이야. 그러니 폐라고 생각하여 기죽을 필요 없다."

무뚝뚝한 말투였지만 상냥함이 깃든 말이었다. 머리 색깔과는 달리 인간들보다 더 인간답게 생긴 눈동자가 연화를 미혹시켰다. 연화가 활짝 웃었다.

"역시 좋은 분이십니다. 이승에서도 갑1 사자님만큼 상냥한 눈동자로 연화를 봐 주는 사람은 없어요. 아버지조차도……."

그리고 갑1을 보며 생각했다.

'전 갑1 사자님을 만나기 위해 여기에 왔나 봐요.'

사기로 만들어진 탁자를 가운데에 두고 네 명의 사자가 둘러앉았다. 연화는 침대에서 잠들어 있었다. 그들은 이승에서 가

겨온 정보를 주고받는 중이었다. 먼저, 갑2가 인도해 온 영혼들은 연화의 식솔들이었다. 엄밀히 말하면 연화의 모친 집안의 식솔들이었는데, 이들을 모조리 죽이도록 살수를 보낸 건 연화의 부친이었다. 연화는 그들에게 일종의 인질이었던 모양이지만, 연화의 부친에게 연화의 목숨은 큰 가치가 없었다. 그래서 그 난리통에 죽든 살든 크게 개의치 않고 살육을 진행했다. 그에게는 아내도 많았고 자식도 많았다. 연화는 얼굴을 겨우 기억하는 정도의 딸이었을 뿐이다. 부친에게는 모친 집안의 반기를 제거하는 것이 더 중요했던 것이다.

갑1이 비래성 전투에서 인도해 온 망자 중에 연화의 부친은 없었다. 그는 살아남았다. 애초부터 그는 이 전투에서 이길 생각이 없었다. 연화의 모친 집안을 쓸어버린 것도 그러한 이유였다. 원래의 왕조를 배신하고 북에서 내려온 새로운 왕조와 결탁하는 것이 그의 전략이었기 때문이다. 그것이 자신을 더 영화롭게 만들어 줄 거라고 확신했다. 그래서 비래성에서 가장 많이 죽은 자들은 원래의 왕조와 주변 성주들이 보내 준 지원부대였다. 이곳에서 타격을 심하게 입은 다른 성들도 현재 순식간에 함락되어 가고 있었다.

"연화를 이승에 돌려보내도 되는 거냐?"

갑4의 걱정은 이제 사적인 감정이 많이 들어간 상태였다. 그런 아비한테 다시 보낼 생각을 하니 갑갑했다. 전쟁 속에서 태어난 아이였다. 그리고 이 전장의 한복판을 뚫고 살아가야 하는 아이였다. 죽음이 여기저기서 입을 벌리고 있는 이승에 다시 이 아이를 돌려보내야 하는 상황이었다. 월직들이 찾아보려고 애써 봤지만, 연화에게 안전한 곳이란 없었다. 그나마 가장 나은 것이 부친의 곁이었다. 갑2도 걱정을 떨칠 수가 없었다.

"애가 제대로 버틸 수 있을까? 유모까지 죽은 모양인데."

갑5가 말했다.

"유모도 연화를 인질로 삼았는데, 뭘. 어차피 마음 기댈 데라고는 없는 아이야. 부친한테 돌려보내기로 합의된 거지?"

갑2가 한숨을 쉬면서 승낙조의 말을 했다.

"굶겨 죽이진 않겠지. 제 야욕을 위해 애를 팔아먹진 않을까 걱정은 된다만."

살아 있는 아이를 언제까지 저승에 둘 순 없었다. 마음은 무거워도 월직들은 결심을 굳혔다. 갑1도 마지막으로 고개를 끄덕였다.

5

잠에서 깨어나니 갑1은 없었다. 방 안을 구석구석 살펴도 그의 흔적은 보이지 않았다. 갑옷조차 없었다. 연화는 울먹거리며 문 앞에 섰다. 갑4와 갑5가 의자에 앉아 있음에도 그랬다.

"연화야, 이리로 와. 왜 그러고 섰어?"

"갑1 사자님……, 왜 안 계세요?"

"자기 집에 갔다. 여긴 일터일 뿐이라."

"완전히 가신 건가요? 언제 또 오셔요?"

"이따가 올 거다. 너를 집으로 돌려보내 줄 거거든."

"집?"

보통의 아이라면 반갑게 말했을 것이다. 하지만 연화는 시무룩했다. 모친의 집이든 부친의 집이든 연화에게 집다운 곳은 어디에도 없었다. 그래서 돌아가고픈 집도 없었다. 그나마 그녀를 지켜 줄 수 있을 만한 사람은 전부 저승에 있었다. 연화는 다시 문을 바라보고 섰다. 거기서 움직이지를 않았다.

한참 만에 문이 열렸다. 연화의 다리가 생기를 띠고 폴짝거렸다. 들어온 건 갑2였다. 그녀가 허리를 숙이고 상냥하게 말했다.

"연화가 나를 기다린 거야?"

연화가 우물쭈물하다가 기어들어 가는 소리로 말했다.

"어……, 네."

하지만 바로 갑4의 놀리는 듯한 공격을 받았다.

"이 녀석, 거짓말할래? 갑1 사자 기다렸으면서, 하하하."

"그, 그건 사실이지만, 갑2 사자님 기다린 것도 맞아요, 뭐."

연화가 토라지듯이 갑4에게서 고개를 돌렸다. 하지만 소용 없었다. 연화의 몸이 둥실 날아가 갑4의 다리 위에 앉혀졌기 때문이다.

"갑4 사자님은 연화를 너무 놀려요."

"나는 사실을 말해 줬을 뿐이다."

하지만 갑4는 연화의 반응을 즐기고 있는 중이었다. 갑5가 그만하라는 눈치를 주었다. 연화의 몸이 다시 둥실 떠올랐다. 이번에 날아가서 안긴 품은 갑2였다.

"그동안 좁은 방에 갇혀서 갑갑했지? 이제 나가자. 준비는 다 됐어."

연화는 갑2의 목을 꼬옥 끌어안았다. 준비가 다 되었다는 건 이승으로 돌아갈 채비가 되었다는 것이다. 그렇다는 건 곧 헤어질 시간이 왔다는 의미이기도 했다. 연화가 아무리 어려도 이런 분위기를 모르지는 않았다. 헤어지고 싶지 않은 마음을 담아 더욱 힘주어 끌어안았다. 싸늘한 갑2의 체온이 연화에게는 이승의 다른 인간들보다 더 따뜻하게 느껴졌다. 눈물이 나오려는 걸 꾹 참았다. 이들은 지금 자신 때문에 수고를 하는 중이었다. 어리다고 해서 눈물을 보이는 건 큰 민폐였다.

"갑1 사자님은요?"

"약속 장소에서 만나기로 했어. 거기로 올 거야."

갑4와 갑5도 의자에서 일어나 갑옷을 챙겨 입었다. 갑2가 연화를 땅에 내려놓았다. 하지만 연화의 발이 닿은 곳은 돌로 판을 깔아 둔 방바닥이 아니라 단단한 흙바닥이었다. 방 안이었던 장소가 야외로 변한 것이다. 주변만 달라지고 사자들은 그대로였다. 갑5가 제일 앞에 섰다.

"가자. 연화가 다른 눈에 안 띄게."

연화는 갑5의 뒤를 따라 걸었다. 오른쪽에는 갑2가 걸었다. 그리고 왼쪽에는 갑4가 소리 내어 웃으면서 걸었다. 모두가 아이의 보폭에 맞추느라 느릿한 걸음이었다. 연화의 머리 위에는 저승의 회색 하늘이 끝도 없이 펼쳐져 있었다. 고개를 오른쪽으로 하면 갑2가 상냥한 미소로 보아 주었고, 왼쪽으로 하면 갑4가 유쾌하게 웃어 주었다. 그리고 앞서 걷던 갑5도 간간이 뒤돌아보며 미소로 연화를 살폈다. 헤어지는 서운함은 연화만 가지고 있는 것이 아니었다. 이들 모두 그러한 마음이었다. 그리고 저승사자들로부터 생명을 보호받고 있다는 느낌은 연화로 하여금 강한 마음을 가지게 했다.

연화의 뒤로 가까워지고 있는 사자가 있었다. 돌아보지 않아도 갑1임을 느낄 수 있었다. 연화는 괜히 수줍고 신이 나서 갑2의 긴 머리카락에 제 얼굴을 묻었다. 갑2는 제 머리카락이 당겨졌음에도 화를 내기는커녕 연화의 장난을 미소로 봐 주었다. 갑4가 장난스럽게 말했다.

"연화 얼굴 빨개졌다. 갑1 사자가 제일 좋은 거지? 우리가 잘해 줘 봤자 소용없구먼."

갑2가 웃으면서 갑4의 어깨를 툭 쳤다.

"연화는 다른 사자님들도 다 좋아해요. 진짜 좋아해요."

갑4가 알았다는 듯이 연화의 머리를 쓰다듬었다. 앞서 걷던 갑5도 웃었다. 뒤에서 걷던 갑1이 어느새 이들을 앞질러 걷기 시작했다. 갑옷 차림이 아니었다. 길게 내려오는 얇은 도포를 입고 있었다. 그는 긴 머리카락을 휘날리며 저 멀리 걸어갔다. 그가 멀어져 가는 것이 불안했던 연화는 갑4와 갑5의 사이를 뚫고 그를 향해 뛰었다. 팔을 뻗었다. 연화의 작은 손에 갑1의 옷자락이 잡혔다. 그는 고개를 돌려 봐 주지 않았다. 그렇다고 연화의 손을 뿌리치지도 않았다. 발걸음이 느려졌을 뿐이다.

길게 펼쳐진 강이 천천히 다가왔다. 건너편에 육지가 보였다. 아마도 그곳이 이승인 듯했다. 강가에는 두 명이 겨우 앉을 수 있는 작은 배가 정박해 있었다. 갑5가 걱정스럽게 물었다.

"작은 배로 가려고? 삼도천 물살이 장난 아닐 텐데."

"공간 이동부터 시도할 거다. 실패하면 이 배라도."

"망자들 인도한 뒤에 아직 회복되지도 않았을 텐데 이런 일을 맡겨서 미안하다."

"월직의 역할이다. 내가 해야만 하는 일이고."

"몸조심해라."

갑2가 다리를 낮춰 앉아 연화와 눈을 맞추었다. 연화도 그녀의 눈동자에서 서운함을 읽었다. 걱정스러움도 함께 들어 있었다.

"걱정 마세요. 연화 잘 있다가 갑니다. 다들 신세가 많았습니다."

허리를 숙여 깍듯하게 인사를 했다. 그리고 작은 입을 앙다물고 눈물을 참았다. 갑4도 더 이상 웃지 않았다. 그저 말없이 연화의 볼을 손가락으로 살짝 찌르기만 했다. 갑5도 다리를 낮춰 앉았다.

"연화야, 잘 지내야 한다."

"갑5 사자님도요. 연화는 갑5 사자님만큼 예쁜 남자는 처음 보았어요. 화랑인 줄 알았지 뭐예요."

갑5가 연화의 볼에 애정을 담아 입을 맞췄다. 비록 옥황국의 신들처럼 복을 빌어 주는 입맞춤은 아니었지만, 연화의 앞날에 고난이 덜하기를 빌어 주는 입맞춤이었다. 연화도 갑5의 볼에 입을 맞췄다. 갑2의 볼에도 해 주었다. 그러자 갑4도 상체를 숙여 가까이 대 주었다. 연화가 활짝 웃으며 그의 목을 끌어안고 볼에 입을 맞춰 주었다. 갑1이 도포 안쪽 허리에 감아 둔 끈을 풀어내면서 말했다.

"그만하고 가자. 삼도천이 눈치채겠다."

그리고 연화 쪽에 등을 돌려 앉았다.

"업혀라."

연화가 그의 등에 업혔다. 갑1은 끈으로 연화와 자신의 몸을 묶었다. 그가 갑옷을 벗은 이유는 보다 단단하게 묶기 위해서였다.

"내 목을 꽉 끌어안아라."

연화는 시키는 대로 그의 목을 안았다.

"이승의 땅을 밟을 때까지 아무 소리도 내지 마라. 너의 작은 소리에 내 정신이 흐트러질지도 모르니."

연화가 입술을 깨물고 고개를 끄덕였다. 갑1이 공간 이동을 시도했다. 꿈쩍도 하지 않았다.

"젠장! 삼도천이 눈치챘다."

다급하게 배 위에 올라섰을 때였다. 갑자기 삼도천의 건너편 육지가 멀어지기 시작했다. 삼도천이 건너갈 수 없게끔 강폭을 벌리고 있었다. 더 이상의 인사를 나눌 틈도 없이 갑1의 발이 디디고 선 배는 바로 출발했다. 돛도 없고 노도 없었다. 배는 오직 갑1의 의지에 따라 움직였다.

"연화, 꽉 잡아!"

배가 속도를 올렸다. 삼도천 위를 질주하기 시작했다. 갑1의 도포 자락이 바람을 맞아 소리 내어 펄럭거렸다. 연화의 얼굴 주위로 그의 머리카락이 지나갔다. 하지만 배가 앞으로 나아가면 나아갈수록 육지는 더 멀어지고 있었다. 갑1이 이쪽으로 끈질기게 달라붙는 바람의 저항을 염력으로 베어 내듯 잘라 내었다. 그 틈을 파고들어 갔다.

순식간에 육지를 따라잡았다. 하지만 끝에 다다르기도 전에 이승 쪽의 강이 높은 파도를 일으키며 솟아올랐다. 그것은 넘을 수 없는 성벽과도 같았다. 파도가 갑1과 연화를 삼킬 듯이 덮쳐 왔다. 배는 뒤집힐 듯 파도의 벽을 타고 올랐다. 위로 향하던 배가 방향을 바꾸었다. 그것은 높이 솟아오른 파도의 벽을 타고 옆으로 달리기 시작했다. 이번에는 파도의 폭이 넓어지기 시작했다. 뒤로 따돌려진 파도는 곧장 모양을 바꾸어 연화의 뒤로 따라붙었다. 그것은 수없이 많은 긴 칼날의 모양을 하고 있었다.

삼도천의 칼날이 갑1과 연화의 몸을 묶어 둔 끈을 자르고, 순식간에 줄의 모양으로 변하여 연화의 몸을 감아 갑1에게서 분리시키려고 했다. 연화가 온 힘을 자아내어 그의 목을 끌어안고 매달렸지만 역부족이었다. 떨어져 나가려는 찰나였다. 갑1이 팔을 뻗어 손을 잡았다. 그리고 연화의 몸을 칭칭 감고 있던 물의 줄들을 손으로 뜯어냈다. 그것들은 산산이 부서져 물방울이 되어 삼도천으로 돌아갔다.

갑1이 가까스로 연화를 품에 안았을 때였다. 이번에는 위로 솟구쳤던 파도가 고드름 모양이 되어 둘을 향해 쏟아져 내렸다. 갑1이 연화를 품에 안은 채로 몸을 웅크렸다. 그리고 등 뒤로 염력을 뿜어 그것들을 막아 내었다. 뾰족한 것들이 깨지듯 흩어지면서 갑1을 공격했다. 소모되었던 기력이 회복되지 않은 상태에서 삼도천을 건너려고 했다. 그 때문에 결국 마지막 공격을 막아 내지 못하고 온몸이 찢어지는 상처를 입고 말았다. 자신의 몸이 찢어져 가도 연화에게는 작은 생채기 하나도 허락하지 않았다. 큰 파도가 갑1과 연화가 타고 있던 배를 둥글게 말아 삼켰다. 그제야 삼도천은 잔잔한 강의 모습으로 돌아갔다.

이승의 강가에 연화를 품에 안은 갑1이 나타났다. 삼도천이 삼킨 것은 배뿐이었다. 삼켜지기 직전에 갑1은 배를 미끼로 던지고 공간 이동을 한 것이다. 그렇게 힘겹게 이승으로 돌아왔다. 삼도천이 이를 깨닫고 다시 파도를 일으키기 시작했다. 갑1이 웅크린 채로 한 손을 뻗어 파도를 멈춰 세웠다.

"이승의 땅을 밟았다. 삼도천, 끝난 것이다."

연화와 갑1의 몸을 적시고 있던 물들이 방울방울 빠져나왔다. 그것은 남김없이 모두 삼도천으로 돌아갔다. 삼도천의 파도가 사라졌다. 삼도천은 어느새 잔잔한 강의 모습으로 되돌아가 눈앞에서 완전히 사라졌다.

안전해진 것을 확인하자마자 갑1은 연화를 품에서 놓고 바닥에 쓰러졌다. 그리고 투명해졌다. 약해진 기력으로 인해 형체를 가지지 못하게 된 것이다. 옷은 곳곳이 찢어져 있었고 몸에도 상처들이 빼곡하게 있었지만, 금방 아물었다. 하지만 형체는 쉽게 돌아오지 못했다. 갑1은 땅바닥에 쓰러진 채로 연화를 보았다. 삼도천의 물기가 걷혔음에도 연화의 얼굴은 눈물범벅이었다. 작은 입술은 깨문 흔적으로 상처가 나 있었다.

"잘 참았구나. 이제 말해도 된다. 무서웠느냐?"

연화는 말하지 않았다. 울음이 먼저 터져 나와 말을 할 틈이 없었다. 작은 손으로 그를 잡으려고 애를 썼지만 무체화인 갑1은 손에 잡히지 않았다.

"엉엉, 어, 어째서……, 어떻게 해야……, 엉엉."

"원래 우린 무체화와 유체화를 오고 간다. 이렇게 있는 게 더 쉽게 회복되어서 그런 것이니 걱정 마라. 잠시만 기다려 다오. 너를 집까지 무사히……."

갑1의 목소리가 점점 작아져 갔다. 연화의 울음소리는 점점 커져 갔다.

"제가 어떻게 하면 좋을까요? 어떻게 해야 빨리 나으실까요?"

"안 울면 된다. ……나는 괜찮으니. 그리 울다간 네 몸이 상한다."

연화는 흘러내리는 눈물을 소매로 닦아 냈다. 그리고 다시 입술을 앙다물고, 잡히지 않는 갑1의 손에 제 손을 포갰다. 비록 닿지는 않았지만, 그의 손 안에 자신의 손을 두었다. 주변의 돌과 바위들이 조금씩 움직이기 시작했다. 그것은 연화의 뒤로 차곡차곡 쌓였다. 땅에 붙어 있던 풀들도 쌓인 돌들을 타고 올라갔다. 그렇게 만들어진 돌벽은 연화의 몸을 그늘 속에 있게 했다. 갑1의 오른손이 유체화로 변했다. 이윽고 그의 손에 과일 하나가 나타났다. 마침 근처에 과일나무가 있어서 이동시켜 온 것이다.

"이걸 먹어라."

그걸 본 연화는 과일이 아닌 갑1의 손을 잡았다. 하지만 과일만 남겨 두고 그의 손은 다시 무체화로 돌아갔다.

"싫어요. 갑1 사자님이 드셔야 해요."

"난 그걸 먹어도 소용이 없어. 그러니 먹어."

연화는 먹지 않았다. 먹을 수가 없었다. 목구멍에 울음을 겨우 가둬 두고 있었기에 아무것도 삼킬 수가 없었다. 약속을 했기에 더 이상 울음을 뱉어 낼 수도 없었다.

"네가 그걸 다 먹으면 나도 기운이 날 거다."

연화가 과일을 쥐고 갑1의 얼굴을 바라보았다. 그가 힘겹게 미소를 짓고 있었다. 안심시키려고 애쓰는 것이 어린 연화의 눈에도 느껴졌다. 그래서 과일을 한입 베어 물었다. 이승의 것이라 달고 맛있었다. 무엇보다 바짝 말라 있던 입 안을 수분으로 적셔 연화의 탈진을 막아 주었다.

그림자가 점점 길어지고 하늘이 붉게 물들기 시작할 즈음에 갑1은 몸을 일으켜 앉을 정도는 되었다. 그래도 유체화를 시킬 정도로 회복된 것은 아니었다.

"괘, 괜찮으세요?"

"너를 집까지 데려다줄 정도는 된 것 같다. 어차피 사람들이 있는 곳으로 가려면 무체화로 있어야 하니."

갑1이 일어섰다. 조금 휘청거리기는 했지만, 기운이 돌아오는 게 조금 빨라졌는지 금세 반듯하게 설 수 있었다. 그가 연화에게 말했다.

"오늘 삼도천의 심술을 마음에 담아 두지 마라. 이 일로 겁먹어 다음에 다시 삼도천을 만났을 때 달아나선 안 된다. 우리 저승사자를 만나더라도 도망가지 마라. 이승과 저승의 경계에서 길을 잃고 마니까. 삼도천은 제 역할에 충실했을 뿐이다. 우리

또한 그러하고."

연화가 고개를 끄덕였다. 그가 일어선 모습이 괜찮아 보여서 더 크게 고개를 끄덕였다. 갑1이 연화 앞으로 손만 유체화시켜서 내밀었다. 연화가 그의 손을 잡았다. 차가운 손이었다. 비록 상냥한 미소는 없었지만, 그가 잡아 주는 손은 더없이 상냥했다.

"네 아비의 성으로 이동할 것이다. 지금부턴 너는 내가 보여도 보이지 않는 것이다. 알겠느냐?"

"예."

비래성 앞으로 이동한 갑1은 무체화였기에 연화의 눈에만 보였다. 성문 앞에서 연화는 통과가 되어 즉시 성주 앞으로 보내졌다. 연화의 부친은 죽은 줄 알았던 딸자식이 돌아왔는데도 크게 기뻐하지는 않았다. 그렇다고 홀대도 하지 않았다.

"무사하였다니, 다행이구나."

이 말이 고작이었다. 그리고 아랫사람을 시켜 연화에게 방하나를 내어 주라고 명했다. 연화는 부친과 포옹 한번 없이 다른 사람의 안내를 받으며 아버지의 방을 나갔다.

"딸자식은 하나라도 귀한데 잘 돌아왔군. 애가 제 어미를 닮아 예쁘장한 것이 나중에 쓸모가 있겠어."

딸을 혼인으로 주고받으며, 세력들 간에 결속을 다지던 때였다. 연화의 쓸모는 그렇게 정해졌다. 무체화 상태로 이 말을 듣고 있던 갑1이 화난 표정으로 연화를 따라 나갔다.

연화는 아무도 없는 작은방에 홀로 남겨졌다. 집안에 아내가 많은 아비의 아이는 어미가 없으면 고아나 다름없었다. 게다가 기세등등하던 외가의 세력까지 잃은 아이였다. 그런 연화를 두고 떠나야 하는 갑1의 마음은 심란했다.

"연화, 오래오래 살아라. 그래서 먼먼 훗날에나 만나자."

"먼먼 훗날? 얼마나 먼 훗날인데요?"

"글쎄다. 네가 꼬부랑 할머니가 되었을 때면 좋겠구나."

"그건 너무 멀어요. 그 전에라도 연화를 보러 와 주세요."

갑1이 고개를 저었다.

"예쁘게 클게요. 엄청 예쁜 여자가 될게요. 갑2 사자님같이 되기는 어렵겠지만. 그러니까 보러 와 주세요. 기다릴 거예요!"

"강한 여자가 되도록 해라. 너는 살아야 한다. 우리의 수고를 고마워한다면."

"저는 보고 싶을 거예요. 다른 분들도, 갑1 사자님도……."

갑1이 사라졌다. 깜짝 놀란 연화가 방을 뛰어다니며 그의 흔적을 찾았다. 이윽고 그가 완전히 떠난 걸 깨달았다. 그러자 참았던 울음이 터져 나왔다. 마치 세상에 홀로 버려진 것처럼 서럽게 서럽게 오래도록 소리 내어 울었다. 잠시 훔쳐본 것이 전부였기에, 만난 것이 자애로운 저승사자들이었기에, 연화에게 저승은 천당이었고, 이승은 지옥이었다. 그래서 저승사자를 그리워하는 인간이 되었다.

영원은 울었다. 마치 버림받은 어린아이처럼 소리 내어 울었다. 끊어지지 않는 울음소리를 애써 삼키지 않았다. 연화와 같은 나이였을 때, 혼자가 되었던 두려움과 설움이 뒤엉켜 나오도록 내버려 두었다. 꿈은, 기억은 간헐적으로 끊임없이 나타났다. 밥을 먹다가도, 일을 하다가도, 세수를 하다가도, 잠을 자다가도, 이것은 계속 이어지고 있었다. 때로는 즐겁게, 때로는 설레게, 또 때로는 슬프게, 현재를 살아가는 영원의 감정을 쥐고 흔들었다.

울음이 잦아들고서야 이불에 파묻고 있던 얼굴을 들었다. 영원은 자리를 털고 일어섰다. 비틀거리면서 거실로 나갔다. 아직도 아침이 되려면 멀었다. 그래도 탁자에 둔 스마트폰을 쥐고 전화를 걸었다. 심오의 번호였다. 보통 이 시간에는 그와 통화가 이어지지 않았다. 통화권 이탈 지역에 가 있기 때문이다. 그래도 이렇게 전화를 걸어 두면, 어김없이 전화를 해 준다. 그래서 통화가 이어지지 않아도 폰을 끊는 것이 아쉽지 않았다.

영원은 소파에 앉았다. 불을 켜지 않았다. 악몽을 꾼 것이 아니기에 밝음을 필요로 하지 않았다. 그녀는 어둠에 몸을 맡겼다. 비행기 사고를 당했던 7살 때, 갑1이 나타났던 장면을 떠올렸다. 갑1은 영원을 데리고 저승으로 가지 않았다. 실수조차 저질러 주지 않았던 것이다. 어쩌면 나비를 따라가지 않았기 때문인지도 모른다. 처참한 시체들을 넘어가지 못했기 때문일 수도 있었다. 어린 연화처럼 영원도 그때 이미 마음을 빼앗겼었는데. 영원이 소파에 웅크리고 누웠다. 그녀는 다시 깊은 잠으로, 갑1에게로 빠져들어 갔다.

D-15

갑3은 갑21이 수집해 준 기록 중에 특별한 이상을 가진 환자는 발견해 내지 못했다. 개중에 겨우 의심에 가까운 환자 세 명을 추려 내긴 했지만, 그것도 완전히 들어맞는 케이스는 아니었다. 갑3은 이 세 명 중에서도 '고강수'라는 60대에 주목했다. 고강수는 25년 전과 11년 전, 총 두 번에 걸쳐 정신과 상담을 받은 전력이 있었다. 이 두 시기의 중간인 18년 전에는 비뇨기과 진료 기록도 있었다. 비뇨기과에서는 이상 소견이 없었다. 25년 전 정신과 진단에는 신체적 이상 징후가 없는 가짜 환자, 즉 인위성장애로 되어 있었다. 그나마 11년 전 진단에는 신체화장애라고 되어 있었다. 이 병 또한 신체적 질병이 없는 가짜 환자에 가깝지만, 증상에 발기부전, 성에 대한 무관심이 적혀 있었다. 그런데 이때 혈액 검사에서 무성욕자답지 않게 테스토스테론 농도가 높게 나왔다. 아마도 이 수치 때문에 신체화장애로 진단을 내린 듯했다. 안타깝게도 첨부된 CT나 MRI 기록은 없어서 확실한 증거로는 부족했다. 고강수가 갑3의 관심을 끈 것은 세 번의 병원 기록 모두 거주지가 다른 도시였던 점이다. 이동 반경이 넓은 셈이다.

사무실 밖에서 노크 소리가 들렸다. 약속되어 있던 수사관들이었다. 갑3은 정리되지 않은 머리를 털고 일어섰다. 아직은 수사관들에게 고강수에 대한 언급은 자제하는 편이 낫다는 판단을 했다. 그들의 수사가 어디까지 진행되었는지 모르는 상태에서 괜한 혼선을 주는 건 피하는 것이 좋을 것 같아서였다. 그자에 대한 조사는 차라리 갑21에게 의뢰하는 게 낫지 않을까 생각했다. 그런데 갑21이 이 이상은 이승의 일에 관여하는 걸로 간주하고 있기 때문에 받아들여 줄지 미지수였다. 수사관 두 명이 문을 열고 들어왔다. 갑3이 소파에 앉으면서 말했다.

"무슨 일로 나를 보자고 했지?"

수사관들은 그가 권하지 않아도 소파에 앉으면서 대답했다.

"별일 없이 뵙고 싶어서요. 진행도 꽉 막히고 해서, 하하하."

그들은 행운을 찾아왔다. 드라큘라의 얼굴이라도 보면 뭔가 뚫릴 것만 같은 예감이었다. 하지만 갑3의 표정은 드라큘라보다 더 살벌하게 바뀌었다. 안 그래도 없는 시간인데, 이런 쓸데없는 곳에까지 낭비하게 만든 노여움이었다.

"꽉 막혔으면 다른 경로를 찾아야지, 나를 찾아오면 어쩌자는 거야?"

"그러게 말입니다. 왜 강 선생님한테 오고 싶었을까요?"

갑3이 눈을 치켜뜨는데도 젊은 수사관까지 거들었다.

"솔직히 잘생긴 남자는 진짜 재수 없는데, 강 선생님은 재수가 좋거든요."

"요행을 바라고 나를 찾았단 거냐? 과학적인 수사를 하는 시대 아닌가?"

"육감이 8할입니다, 하하하."

"혹시 떡밥 없나요? 터무니없는 거라도 좋으니까."

"없다."

수사관들이 동시에 한숨을 내쉬었다. 갑3이 물었다.

"저번에 준 이정희 관련한 수사는?"

수사팀장이 눈을 반짝이며 엉덩이를 살짝 앞으로 당겨 앉았다.

"이게 느낌이 쎄합니다. 그 당시 관할서에서 근무했던 경찰을 만났거든요. 그때 신입이라 아직 은퇴를 안 했더라고요. 그 사건 담당도 아니었고요."

갑3은 살짝 놀랐다. 갑21이 심부름센터 직원들을 동원하여 조사를 할 때는 담당 경찰만 만났었다. 그런데 사건 담당자가 아닌 경찰까지 만나는 건 생각도 하지 못했다.

"그래서?"

"그 시절에는 성폭행 사건이 많았거든요. 당연히 신고가 안 된 케이스가 훨씬 많죠. 그 시절은 성폭행 피해자가 더 손가락질을 받았으니까요. 지금도 그렇지만 보통 실종 신고가 강력 범죄로 이어지는 확률은 극히 낮잖아요. 그때도 마찬가지고. 그래서 그때도 성인 여성의 실종 신고가 있으면 수사 방향은 딱 두 가지였죠. 성폭행 후 살해. 아니면 단순 가출. 그 경찰 말로는 그때도 단순 가출은 전혀 고려하지 않았답니다. 왜냐하면 이정희가 굉장히 성실했었다고 하더라고요. 가장으로서 책임감도 있었고. 그 책임감을 쉽게 저버릴 성격이 아니었답니다. 사귀던 남자가 있었으면 집에서 반대하여 야반도주한 거 아니냐고 의심해 볼 만도 한데, 그것도 아니었고."

"그런데 왜 결과는 단순 가출이지?"

"시체가 안 나왔답니다. 시체는 고사하고 그 어떤 것도 안 나왔답니다. 하다못해 머리핀 하나조차. 그래도 관할서 내에서는 의심 가는 용의자 몇 명은 추렸었나 보더라고요. 조사까지 이어지기 전에 단순 가출로 사건은 종결되었지만. 그때 그 일 외에도 언론에까지 터진 강력 사건이 있어서 그냥 접었답니다."

"어떻게 자기 사건도 아닌데, 그 예전의 일을 기억하지?"

"하하하, 우리가 찜찜하게 마무리된 사건은 절대 못 잊거든요. 게다가 그 경찰은 처음 맡은 강력 사건 냄새였답니다."

"몇 명 추렸다는 용의자는 모르고?"

"우리가 다시 담당 경찰을 찾아갔지요, 하하하. 저번에 찾았을 때는 딱 잡아떼더니, 이번에 또 가니까 그쪽도 필이 왔나 보더라고요. 보통 사건이 아니라는. 그래서인지 개인적으로 소장하고 있던 당시 자료 우리한테 넘겼습니다."

"인간들은 필로 수사를 참 잘해. 그 육감, 참 놀랍군."

갑3이 소파에 몸을 기대다가 다시 수사관 앞으로 상체를 숙였다. 그 육감이 저승사자인 자신에게는 없었지만, 한번 저질러보고 싶다는 생각이 들었다. 그런데 갑자기 저승폰으로 벨이 울렸다. 물론 인간들의 귀에는 들리지 않는 벨소리였다. 갑3은 이를 무시하고 말했다.

"혹시 그 용의자 중에 고강수라는 이름을 가진 자가 있나?"

수사관 두 명이 놀란 눈으로 서로를 쳐다보았다. 그리고 동시에 소리쳤다.

"그걸 어떻게!"

두 사람이 동시에 벌떡 일어섰다. 그리고 다급하게 사무실을 뛰쳐나가려고 했다. 벨소리는 끊어지지 않았다.

"잠깐! 고강수는 성폭행범이 아니다. 살인, 그중에서도 피에 대한 집착이 있어."

"아! 그래서 핀트가 안 맞았군요."

"메일로 고강수 진료 기록 보내 줄게. 이거 불법으로 빼낸 거니까, 알지?"

"알죠, 알죠! 알다마다요!"

"지금은 잡아도 증거 불충분인 것도 알지?"

"알죠, 알죠! 바닷가 쪽도 캐고 있습니다. 거기 배낚시 단골들도 뒤지고 있고요. 그쪽에서도 고강수가 나오면 100% 범인입니다."

"그래도 증거 불충분이다."

"우린 강 선생님이 내리시는 행운을 믿습니다!"

문을 열고 나가려던 젊은 수사관이 다시 돌아와서 소파에서 일어서는 갑3을 와락 끌어안았다.

"사랑합니다! 혹시 피가 모자라면 제 피라도 바칠게요. 감사합니다!"

"뭐? 뭔 피?"

갑3이 이해하지 못할 말을 남기고 수사관들이 달려 나갔다. 그들은 무턱대고 드라큘라라도 만나자고 한 자신들의 육감을 서로 칭찬해 가며 수사팀으로 돌아갔다.

갑3이 하얀 가운 안에 입은 상의 포켓에서 저승폰을 꺼냈다. 통화를 연결하자마자 센터장의 고함이 터졌다.

— 왜 이제야 받는 거야!

"용건은?"

— 당장 저승으로 복귀해라. 뇌제가 2천 년 전의 그 영혼을 만나게 해 달라고 정식 요청을 해 왔다. 요청에 불응할 시엔 무력도 감행하겠단다.

"뇌제 이 자식이!"

— 빨리! 조금 있으면 이동 금지 조치 발령이다. 인간들과 같이 있다가 괴상한 꼴 보이지 말고.

"알았다."

인간과 함께 있어도 무조건 자동 소환이다. 그러면 인간들 앞에서 바로 사라지는 진귀한 장면이 연출되는 것이다. 갑3도 다급해졌다. 우선 책상 서랍에서 유사시를 대비해 작성해 둔 봉투를 꺼내 책상 위에 놓았다. 휴가서였다. 그리고 법의학센터장에게 전화를 했다.

"저번부터 말씀드렸던 휴가, 내일부터입니다. 휴가서 제 책상 위에 둡니다."

— 뭐? 갑자기…….

그의 잔소리를 듣기도 전에 전화를 끊었다. 그리고 가운을 벗어 의자 등받이에 걸치면서 말했다.

"다시 와서 꼭 입어 주마."

전쟁에서 부상을 입어도 죽지는 않는다. 그래도 치명상을 입을 경우, 한동안 이승에 드나들기 힘든 상태가 된다. 그렇게 되면 다음에 다시 이승에 나올 때, 또 대입부터 시작해야 할지도 모른다. 갑3에게는 그것이 뇌제와의 전투보다 더 두려웠다. 갑3이 사무실에서 사라졌다.

갑3이 다시 나타난 곳은 염라국 입출국장이었다. 패스트트랙으로 가려는데 이미 그곳의 문이 열리고 있었다. 갑1이 순식간에 그곳을 통과하여 이승으로 사라졌다. 목적지를 묻지 않아도 어디로 가는지 짐작할 수 있었다. 뒤늦게야 센터장의 안내방송이 나왔다.

— 어디 가는 거야! 갑1 사자, 돌아와!

"이미 사라지고 없구먼, 누구를 향해 소리 지르나 모르겠다."

갑3이 중얼거리다 말고, 영원을 떠올렸다. 만약에 뇌제와의 전투에서 갑1이 부상이라도 입게 되면 어떻게 되지? 예정된 6월 6일까지 전투가 끝나지 않으면? 갑3은 창밖의 삼도천 너머를 보았다. 어쩌면 방금 나간 저 외출이 영원과의 마지막 만남일지도 모른다. 갑3이 센터장에게 전화를 걸었다.

— 왔어?

"언제 이동 금지 시작이야?"

— 그건 우리 사자청 관할이 아니야.

"딱 30분만, 아니, 15분만이라도 시간 끌어!"

— 왜?

"꼭 그렇게 해 줘. 묻지 말고."

— ……알았다. 의정부 쪽에 연락해 보마. 나도 곧 이곳 중앙관제센터 비워야 해서 확답은 못 해.

센터장도 전투조였다. 그러니 그도 대리인에게 자리를 맡겨 두고 나와야 하는 것이다. 갑3이 패스트트랙을 지나 청장실로 가려는데, 심오와 갑21이 이쪽으로 달려오는 것이 보였다. 심오가 뛰어오면서 말했다.

"우린 이승에 나가 있는 걸로 결정 났다. 갑1 사자한테서 영원 씨를 부탁받았거든. 저승의 문이 폐쇄되기 전에 나가야 해."

"잠깐! 갑21 사자! 고강수! 그자를 추적해 줘."

"오빠, 그건 너무 갔어. 이승의 일이야!"

"부탁해. 강삼이 이승에 두고 온 일이다. 미련이 남아서 그래. 그자의 현재 위치만이라도 찾아 줘."

"아, 정말. 그것만이야. 법의관 강삼의 부탁이라서 들어주는 거야. 심부름센터 사장으로서 말이지. 나중에 요금 청구할 거야."

"알았다. 넉넉하게 계산해 주마. 우리가 없는 동안, 이승 잘 부탁한다. 갑25 사자도!"

심오가 저승의 진료실로 가면서 말했다.

"너 여기 있는 동안, 네 이승의 원룸은 내가 사용한다. 이의 없지?"

"상관없다. 살림살이도 없는데, 뭐."

"6월 6일 이전에 꼭 와라. 전투조, 수고!"

갑3이 청장실로 가면서 입출국장을 훑어보았다. 뇌제와 대치 중이어도 이곳의 일은 멈추지 않는다. 이곳이 잠시라도 멈추게 되면 저승뿐 아니라, 이승, 나아가 옥황국까지 타격을 입기 때문에, 그 어떤 상황이 닥쳐도 여기는 건드리지 않는다. 이 것은 절대적인 규칙이다. 그래서 비상 상황인 것과는 다르게 이곳만큼은 여느 때와 다름없이 움직이고 있었다. 활동기의 월직들은 정상적인 저승사자 업무를 계속 수행한다. 하지만 휴식기의 월직들은 현재 재소환 중이다. 전방은 전투조 5인방이 전담하지만, 만약 전방이 뚫릴 경우를 대비해 후방에 휴식기 월직들이 배치되기 때문이다.

영원은 작업실에서 한창 일하고 있었다. 민아와 경민도 퇴근을 앞두고 있어서 책상에서 얼굴을 떼지 않았다. 지금 하고 있는 것까지는 마치고 가기 위해서였다. 책상 위에 비스듬히 눕혀 둔 영원의 태블릿 위로 투명한 손이 올라왔다. 깜짝 놀라 옆으로 고개를 돌리는 순간, 영원이 작업실에서 사라졌다.

민아가 고개를 들다가 영원이 없어진 것을 발견했다.

"어? 작가님이 안 계셔."

경민도 고개를 들어 영원의 책상을 보았다.

"화장실이라도 가셨나 보죠, 뭐."

"내 뒤로 나가시는 거 못 느꼈는데?"

"설마 하늘로 솟았을까 봐서요?"

"와! 나 대단한 것 같아. 이렇게 좁은 틈으로 나가시는 걸 못 느낄 정도로 집중하고 있었다니. 집중력 짱인 듯."

그리고 퇴근을 위해 다시 열심히 일했다.

분명 작업실이었다. 고개를 들기 전까지는 그랬다. 그런데 순식간에 주변이 숲으로 변했다. 땅에는 이름 모를 들꽃들이 낮게 쫙 깔려 양탄자 같았다. 영원에게 주변을 감상할 시간은 주어지지 않았다. 여기가 어디쯤인지 가늠할 틈도 없었다. 갑1의 입술이 그녀의 입술과 함께 있었기 때문이다. 영원은 눈을 감은 채로 그만을 느꼈다. 그의 입술과 그의 차가운 손길만을 느꼈다. 아마도 이곳은 이승의 어디쯤이기도 하고, 저승의 어디쯤이기도 한 그런 곳이리라.

갑1의 손길에 따라 틀어 올렸던 머리카락이 풀어져 흩어졌다. 무릎에 푹신한 풀들이 닿았다. 등으로 살며시 와 닿는 부드러운 들꽃들이 느껴졌다. 앉아서도 누워서도, 입술은 여전히 그의 입술과 함께였다.

갑1의 입술이, 그의 차가운 손길이 사라졌다. 등으로는 딱딱한 바닥이 느껴졌다. 눈을 떴다. 거실 천장이 보였다. 방금 뭐였을까? 환각이었을까? 아니면 연화의 기억이 잠시 다녀간 것일까? 그것도 아니면 갑1의 입술이 너무도 간절하여 상상 속을 헤매기라도 한 것일까? 영원은 어지러운 마음으로 일어나 앉았다. 그가 닿았던 모든 곳의 촉감이 생생했다. 상상일 수는 없었다. 먼 과거의 기억은 더더욱 아니었다.

"작가님, 여기 계셨네요? 거실에 앉아서 무슨 생각 하세요?"

민아의 목소리였다. 영원이 퍼뜩 정신을 차리고 뒤를 돌아보았다. 민아가 미안하다는 듯이 웃었다.

"앗! 머리가 산발인 거 보니까 구상 중이셨구나. 제가 방해했나 봐요."

"아, 아냐. 잠깐 졸았나 봐."

영원이 자리에서 일어섰다. 민아가 다가오면서 말했다.

"어? 작가님, 등에 뭐가 잔뜩 붙었어요."

민아가 등에 붙은 것을 떼어 영원에게 주었다. 그것은 아주 작은 들꽃이었다.

특별수사팀원 전원이 탄식을 내쉬었다. 고강수가 주소지 불명이었기 때문이다. 마지막으로 등록되었던 주소지에서도 그는 살았던 적이 없었다. 그의 신원으로 등록된 휴대폰도 없었다. 그런 만큼 확신도 생겼다. 용의자는 좁혀졌다. 증거 하나 없는 용의자였다.

VIII

X사자의 부활

영원이 한 발짝을 걸었다. 그녀의 발걸음을 따라 χ사자가 걸었다. 뒤를 돌아보았다. 아무도 없는 텅 빈 거실이었다. 또다시 한 발짝을 걸었다. 이번에는 그녀의 발걸음을 따라 갑1이 걸었다. 뒤를 돌아보았다. 여전히 아무도 없는 텅 빈 거실이었다. 두 발짝을 걸었다. 거실은 풀이 우거진 들판으로 변했다. 저 멀리 연기가 피어오르고, 뿔피리 소리와 징 소리가 요란했다. 연화가 그곳을 향해 달려갔다. 그리운 저승사자들을 만날 수 있는 삶과 죽음의 경계, 전장을 향해서 그녀는 언제나 내달렸다. 어느새 등에는 화살통을 짊어졌다. 손과 몸은 흉터투성이로 변했다. 연화는 세족과의 혼인이 아닌, 전장에서 자신의 쓸모를 찾았다.

"연화는 왜 또 이런 데서 어슬렁거리는 것이냐?"

연화가 돌아보았다. 투명한 갑5였다. 연화가 혼자 있는 틈을 기다려 말을 걸어온 것이다. 머리를 틀어 올린 것으로 봐서는 망자들을 인도하기 위해 나온 것은 아니었다. 그는 연화가 자라는 동안 종종 나타나서 안부를 살폈다. 이승으로 돌려보내야 한다고 우겼던 책임감이 그의 발길을 자주 연화에게로 향하게 했다. 처음에는 갑1이 전해 준 소식을 듣고 안전만 살짝 확인하러 왔는데, 딱 들켜 버렸다. 그 후로는 굳이 숨어서 살피지 않게 되었다. 갑2와 갑4도 그를 통해 서로의 안부를 주고받아 왔다.

"제가 이래 봬도 군사들 사기 올리는 데 제법 쓸모가 있어요. 성주의 딸이 군사들 틈에 섞여서 함께 싸우니까. 뭐, 딸자식 취급 못 받는 건 다들 알긴 하지만서도, 하하하. 다른 사자님들도 다들 안녕하시죠?"

"우리야 어제도 오늘도 변함이 없지."

그래서 7살의 연화는 그들에게 신선한 즐거움이었다. 연화가 나무 아래에 앉았다. 갑5도 옆에 앉았다.

"나무가 계속 벌목이 돼서, 이런 나무 만나기도 쉽지 않아요."

나무는 귀한 전쟁 무기였기에, 세상은 점점 황폐화되어 가고 있었다.

"많이 컸구나. 어른이 되었어, 무사히."

저절로 살아남은 것은 아니었다. 연화는 이복형제들의 괄시 속에 그들의 하녀 노릇까지 해 가며 악착같이 살아남았다. 저승사자들이 찾아오도록 성을 떠나지도 않았다. 살아남음으로써 저승사자들의 수고에 보답했다.

"그죠? 저 진짜 처녀 다 되었죠? 갑5 사자님 눈에도 그렇게 보이죠?"

"그래, 기특하다."

"그럼 갑1 사자님한테 한 번만 다녀가 달라고 해 주세요. 딱 한 번만이라도 좋으니까, 네?"

"너는 나만 보면 그 부탁뿐이고, 갑1 사자는 귓등으로도 안 듣고. 참, 내가 난감하다."

갑1은 삼도천을 건너면서 입은 내상으로 인해 이승을 오가는 일은 최대한 삼가고 있었다. 아직은 전쟁 중이라 사적인 일에 함부로 기력을 낭비할 수가 없었기 때문이다. 연화는 완전히 회복되었다는 소식만 들었기에 서운한 감정이 드는 건 어쩔 수가 없었다.

"왜 안 들으시죠? 제가 예쁜 여자로 못 큰 건 죄송하지만, 그건 어쩔 수 없는 부분이고요. 갑2 사자님처럼 아름다운 여자가 되는 건 수없이 많은 환생을 해도 불가능한 건데. 인간은 절대 그분과 같은 얼굴과 몸매가 될 수 없다고요."

"갑1 사자가 안 오는 건 네 생김새와는 아무런 상관이 없다, 하하하."

"갑1 사자님은 저한테 너무 야박하셔. 얼굴 한번 보여 주는 게 뭐가 그렇게 어렵다고. 쳇!"

"네가 이해해 줘라. 그는 저승을 비우기 힘든 위치에 있단다."

"저는 저승 가기 더 힘든 위치에 있는 인간이거든요. 제가 이승을 비우는 것보단 갑1 사자님이 저승을 비우는 게 더 쉽지 않나요? 내가 많은 걸 바라나? 지금 갑5 사자님처럼 잠깐 다녀가 달라는 건데. 제가 갑1 사자님을 다시 만나려면 계속 큰 전쟁을 찾아다닐 수밖에 없어요."

갑5는 이런 식으로 가다간 연화의 수명이 줄어들지도 모른다는 걱정이 생겼다. 지금까지도 저승사자들로 인해 변수가 생겼을 터이다.

"음⋯⋯, 내가 연화의 다른 소원은 못 들어줘도 고 정도는 애써 보마."

"진짜요? 약속하시는 거죠?"

"약속은 못 해. 그래도 졸라 보기는 하마. 내가 달달 볶으면 귀찮아서라도 나오겠지. 그러니 너도 너무 위험한 짓은 하지 마라."

연화는 대답하지 않고 배시시 웃기만 했다.

"전 갑5 사자님이 이렇게 찾아와 주시는 것만으로도 사실 너무 행복해요. 나를 걱정해 주는 존재가 있다는 게 얼마나 든든한지 몰라요. 생긴 것만 예쁜 게 아니었어."

"그래도 나는 너의 염라부명장을 받으면 데리고 갈 것이다."

"앗! 저는 갑2 사자님 따라가고 싶은데."

"그건 우리가 선택할 수 없어서, 하하하."

연화가 적당한 수명을 누리고 죽음을 맞는다면, 다른 사자들도 마음의 짐을 내려놓을 수 있다. 물론 연화가 그들을 잊으면 서운한 마음은 있겠지만, 이 영혼에게는 다음 생이 있으니 참을 수 있었다. 다음 생은 더 이상 연화가 아닐지라도. 그때는 자신들을 미리 만나지 않고, 이승의 세상만을 생각하면서 살기를 바랐다.

"제가 죽어서 저승에 가면 자주 만날 수 있는 건가요?"

갑5는 고민하다가 솔직하게 말해 주었다.

"연화가 죽으면 우릴 잊게 될 거야. 이번 생에서 보고 느낀 것 전부 다. 죽음은 그런 거야."

연화에게 그의 말은 깊게 와 닿지 않았다. 그래도 기억에는 새겨졌다.

갑5가 저승으로 돌아가려는 즈음, 나무를 감고 내려온 뱀이 연화의 목을 향해 입을 벌리는 것이 보였다. 그 순간은 아무 생각도 하지 않았다. 연화의 어깨를 잡아 함께 자리를 이동했을 뿐이다.

"어? 뭐예요? 왜 갑자기 나무가 저 멀리에 있어요?"

"뱀이 널……, 아!"

갑5도 자신이 저지른 짓에 대해 뒤늦게야 놀랐다. 그의 셈법은 복잡했다. 주변에 저승사자는 없었다. 뱀에 물렸다고 해도 며칠을 앓다가 죽을 수도 있으니, 저승사자는 더 늦게 나타날 수도 있었다. 하지만 애초에 갑5가 없었다면 연화는 그 나무 아래에 앉지 않았을 것이다. 그러니 뱀에 물릴 일은 없었다. 연화의 수명에 영향을 끼쳤는지 아닌지 분간을 할 수가 없었다.

갑5는 연화의 안부를 궁금히 여기는 건 여기까지라고 생각했다. 무사히 어른이 되었고, 지금 죽는다고 해도 단명은 아니었다. 이 전쟁 통에 더 일찍 죽는 생명도 많으니 저승사자들의 실수는 만회한 셈이다. 갑5는 미소로 마지막 인사를 대신했다. 그리고 더 이상 연화를 찾아오지 않았다. 대신 그는 연화의 소원은 들어주었다. 갑1을 설득해서 보내 준 것이다. 이것이 갑5가 저지른 잘못이었다.

D-9

병원으로 가는 길은 어느 정도 익숙했다. 그래서 예전처럼 겁먹은 몸을 웅크리고 땅만 보고 걷지를 않았다. 그렇다고 완전히 고개를 들지는 못했지만, 간간이 가로수와 하늘을 살필 여유는 생겼다. 영원이 걸음을 멈췄다. 보도블록과 가로수가 사라지고 넓은 들판이 나타났기 때문이다. 이것은 연화의 기억임을 이제는 잘 알고 있었다. 자신도 모르게 뒤를 돌아보았다. 연화가 아닌, 영원의 현생에서 건물 속으로 급히 몸을 숨기는 남자가 있었다. 아주 멀리에서 영원의 뒤를 밟다가 갑자기 돌아보는 바람에 놀라서 숨은 고강수였다. 그래도 그는 상관없었다. 이런 스릴조차 재미였다.

전생인 연화가 돌아본 곳에는 무체화인 갑1이 갑옷을 입은 채로 서 있었다. 7살 때 헤어진 후로 첫 재회였다. 연화가 눈물을 글썽이면서 말했다.

"왜 이제 왔어요? 얼마나 기다렸는데……."

갑1이 무표정하게 말했다.

"보고 싶지 않았으니까."

연화가 시무룩해졌다가 곧바로 발랄한 미소를 되찾았다. 눈물이 떨어졌지만 기쁨에서 나온 것이었다.

"괜찮아요. 제가 엄청 보고 싶어 했으니까. 그러니까 갑1 사자님은 저 안 보고 싶어 해도 돼요."

갑1의 손이 연화의 얼굴로 다가왔다. 그는 손만 유체화로 바꿔서 눈물을 닦아 주었다.

"너도 날 보고 싶어 하지 마라."

가로수가 나타났다. 그리고 땅엔 보도블록이 깔렸다. 영원은 정신을 차리고 병원을 향해 몸을 돌렸다. 걸으면서 생각했다. 갑1의 보고 싶지 않았다는 말은 진심 같지가 않았다. 영원은 알 수 있었다. 가빌을 잘 알기에, 그 성격을 알기에, 그 배려를 알기에. 그의 말은 연화를 위해 한 말이었을 것이다. 그렇기에 연화의 갑1 사자는 가빌이 아닐 수 없었다.

"갑1 사자님은 연화가 이승에 마음 붙이고 살길 바랐던 거야. 가빌은 들었던 거야, 그를 찾던 7살 연화의 울음소리를."

영원은 병원으로 뛰어들어 갔다. 대기실에서 기다릴 때도 마음이 동동거렸다. 그리고 그녀의 차례가 되자마자 진료실 안으로 뛰어들었다.

"원장님! 가빌이 맞아요!"

심오가 손을 위아래로 흔들며 진정하라는 사인을 보냈다. 그리고 손가락으로 문을 가리켰다. 아직 문이 닫히지도 않았다. 영원은 진료실 문을 꽉 닫고 앉으면서 저승의 문을 힐끔 보았다.

"앗! 저쪽 문이 사라졌어요. 제 눈이 정상으로……."

심오의 손에 있는 검은색 장갑은 여전했다. 그래서 다시 말했다.

"눈은 그대로네요. 그런데 왜 문이?"

"일시적으로 폐쇄. 영원 씨 오랜만에 진료실 오는 거지?"

"그동안 원장님이 우리 집에 오셨으니까요. 저 문은 가빌이 못 오는 거와 연관이 있는 거죠?"

심오가 고개를 끄덕였다.

"아까 통화로 듣긴 했는데, 갑1 사자가 옛날 연화의 그 갑1 사자가 맞다는 거지?"

"그렇다니까요. 확실해요. 다른 사람은 몰라도 제가 헷갈릴 수는 없습니다!"

"영원 씨가 그렇다면 확실할 거야."

심오는 충격을 받은 상태였다. 그의 추측도 그쪽으로 기울고 있긴 했지만, 연화의 기억을 가진 영원에게서 듣는 거와는 충격의 강도가 달랐다. 그녀의 대답은 추측이 아닌, 사실에 가까우니까. 영원이 다시 다잡아 말했다.

"전 갑2 사자님도 알아봤어요. 갑5 사자님도요. 그런데 어떻게 갑1 사자님을 못 알아보겠어요? 물론 외모가 완전히 똑같지는 않아요. 약간 달라요. 뭐라고 해야 하나……, 좀 더 현대적으로 변했다고 해야 하나? 그래도 거의 똑같이 생겼잖아요. 가빌도 그래요. 머리카락 색깔이 확 달라졌다뿐이지, 생긴 건 크게 바뀌지 않았어요. 느낌은 더 똑같고요."

영원의 귀에 갑1이 했던 말이 들려왔다.

'언제나 네가 보고 싶었다, 만나기 전부터 줄곧.'

비록 기억은 없어졌어도 마음은 사라지지 않았던 것이다. 그는 기억에도 없는 마음을 계속 품어 왔다. 영원의 눈에서 눈물이 흘러내렸다. 어쩌면 연화의 것일지도 모르는 눈물이었다.

"왜……, 왜 그들은 전부 연화를 잊어버린 걸까요? 저의 모든 전생은 그들을 잊지 못했는데……."

"우리도 그걸 알고 싶다. 원래는 그 반대여야 하거든."

심오가 티슈를 뽑아서 영원에게 건넸다. 그리고 영원의 눈물이 잦아들 때까지 차분하게 기다렸다. 직원들에게는 영원이 진료실에 들어오고 나면 퇴근하라고 미리 말해 두었다. 시간은 촉박하지 않았지만, 마음의 조급증은 있었다. 그래도 참았다. 지금 가장 혼란스러운 건 영원이기에. 영원이 눈물을 닦고 고개를 끄덕였다. 이젠 괜찮다는 의미였다. 심오는 가장 급한 것부터 물었다.

"영원 씨, 혹시 염라부명장은 기억 안 나?"

"그 단어는 들은 적 있어요. 갑5 사자님이 만약 자기한테 제 염라부명장이 나오면 데려갈 거라고 했거든요. 그 뒤로도 연화는 더 살았던 것 같아요. 그 말이 있고 난 뒤에 갑1 사자님과 재회를 했으니까요."

"좀 더 떠올려 봐. 이게 진짜 중요한 거야."

"전 그게 어떻게 생긴 건지도 모르는걸요."

"그렇겠지. 하아!"

심오의 한숨이 깊었다. 연화가 그것을 봤을 리는 없다. 인간에게 보여 주는 것이 아니니까. 그렇다면 결국 이 부분만큼은 저승사자들이 기억을 되찾아야 하는 것이다. 심오의 마음에 걸리는 것이 있었다. 암흑의 감옥 지하에 있다는 나비. 즉 누군가의 기억. 그것조차 기억에 없는 갑1. 그곳에 답이 있을 가능성이 컸다.

"가빌은 언제쯤 올 수 있나요?"

"그건 나도 모른다. 우리와도 연락이 차단되어 있어서. 그것보다 영원 씨, 갑1 사자가 다시 올 때까지 웬만하면 한 시간에 한 번씩은 꼭 전화해. 안부 전화. 아니면 간단한 문자라도. 난 한동안 계속 이승에 있거든."

사실 이것도 의미는 없었다. 33의 저주가 완전히 깨지지 않으면, 죽음은 어떤 형태로라도 찾아온다. 원래 죽음은 지뢰처럼 아주 가까이에 수없이 많이 깔려 있다. 언제 어떤 지뢰를 밟는가의 문제일 뿐이다. 영원에게는 '언제'는 정해져 있었다. '어떤'이 남아 있을 뿐이다.

D-7

갑21은 심부름센터의 인간 직원들 도움을 받아 고강수에 관한 자료를 확보해 가고 있었다. 하지만 이것도 한계에 부딪혔다. 특별수사팀도 상황은 비슷했다.

"젠장! 옥황국은 속명만 가지고도 공과격 확인만 하면, 위치쯤은 금방 알아낼 수 있는데. 우린 영혼을 봐야 돼. 고강수 사진이나 영상이라도 하나 있으면 무작위로 찾아볼 텐데……."

비록 사자청 소속은 아닐지라도 갑21도 월직이었다. 그러니 그 영혼을 한 번 확인하고, 전국의 CCTV를 무작위로 훑어보는 것이 차라리 더 빠르겠다는 꼼수였다.

"아! 화장실에서 옷 갈아입고 나오는 영상 확보해 뒀다고 했었지?"

갑21은 잠깐 생각하다가 특별수사팀 PC에 접속을 시도했다. 중요한 증거니까 분명 보관해 뒀을 것이다. 국과수에도 아직 있겠지만, 보안을 뚫기에는 특별수사팀 쪽이 더 수월하리라는 판단이었다. 접속은 비교적 쉽게 되었다. 그런데 영상을 찾는 데 시간이 걸렸다.

"찾았다!"

외양은 달라졌어도 들어가는 장면의 영혼과 나오는 장면의 영혼이 일치하는 영상을 확인했다. 갑21이 신나서 콧노래를 흥얼거리다 말고 고개를 갸웃했다.

"어? 이 영혼 최근에 본 적 있는데……."

갑21은 자신의 컴퓨터 디스크 속을 검색했다. 그녀가 찾는 영상은 휴지통에 있었다. 클릭했다. 저번에 갑1의 요청을 받아, 이정희 모친의 장례식장 주변 CCTV에서 영원이 사라지는 장면을 없애느라 빼돌렸던 영상들이었다. 거기에 영원의 뒤를 쫓듯이 가다가 다시 돌아오는 노인이 찍혀 있었다. 갑21은 그 노인이 돌아서서 앞모습이 보이는 위치에서 정지 버튼을 눌렀다. 특별수사팀에서 확보하고 있는 영상의 남자와 같은 영혼이었다.

"이자가 고강수? 그런데 왜 나영원 뒤를?"

갑21이 그 어느 때보다 붉은색으로 불타는 머리카락을 감싸 쥐었다.

"아……, 보면 안 되는 걸 본 것 같아. 이걸 나 혼자서 어쩌지?"

갑21이 급하게 심오에게 전화를 했다. 현재 의논을 할 상대는 그밖에 없었다.

— 무슨 일…….

"오빠! 여기로 이동돼?"

— 급한 일이야?

"급해! 나영원 일이야."

심오가 심부름센터 사무실에 나타났다. 그는 오자마자 소파에 털썩 주저앉았다.

"휴! 이런 걸 한번 해 보면, 사자청의 월직들이 얼마나 센 놈들인지 감이 와. 순식간에 방전되는 기분이야. 내 한 몸도 이렇게 힘든데, 짐까지 달고 삼도천을 가뿐히 넘는 건…….

"오빠, 힘 빠져 있을 시간 없어. 와서 이것 좀 봐."

심오가 일어나서 갑21이 앉은 책상 쪽으로 갔다. 그 위의 모니터에서 갑21이 재생시켜 주는 영상 두 개를 비교 확인했다.

"모두 같은 영혼이네. 이게 왜?"

"이자가 이정희를 살해한 걸로 추정되는 고강수라는 인물이거든."

심오도 심각한 표정으로 바뀌었다.

"왜 영원 씨를?"

"아직은 잘 모르겠어. 우연히 만난 건지, 아닌지."

"영원 씨는 외출을 거의 안 해. 만났다고 해도 초면이었을 가능성이 높지 않나?"

"그래도 확실히 뒤를 쫓는 느낌이 강해. 나영원을 못 찾아서 다시 돌아가는 것 같지 않아?"

"이정희와 닮아서 따라갔을 수도……. 아! 모르겠다. 머리가 복잡해지는 영상이야."

"중앙관제센터를 통해서 연락 넣을 수 없을까?"

"거긴 비상인데, 이쪽 난리를 넘기면 어쩌자는 거야? 그 녀석들이 전투조가 아니면 또 모를까."

"결국 우리끼리 판단해야 한다는 거네."

"아! 고강수 현재 위치 불명이라고 하지 않았어?"

"나도 방금 찾았어."

"아니, 이 장례식장 뒤지면 거처가 나오지 않을까? 고강수가 누구 장례식에 다녀갔……. 이 자식 설마 이정희 모친 장례식에 다녀간 건 아니겠지?"

"에이, 설마. 진짜 그랬으면 너무 악랄한 놈이잖아. 거길 어떻게 갈 수 있어? 어떤 마음으로?"

"그곳에 간 마음은 내 알 바 아니야. 그자가 사망 소식을 들을 수 있었다는 게 중요하지. 이거 수사팀에 알려 줘."

"어떻게? 우릴 모르는데."

"휴가 떠난 강삼을 팔아."

둘은 머리를 맞대고 건네줄 정보를 간단히 정리했다. 그리고 긴 시간을 들여 거짓말도 만들어 냈다. 수사팀장의 메일 주소는 갑21이 접속해 있던 특별수사팀 PC에서 찾아냈다. 보내는 메일 주소는 강삼의 것을 도용했다. 우선 장례식 때의 영상을 편집하여 첨부하고 간단한 내용을 적었다. 이전에 들었던 수사팀장과의 통화 어투를 빌려서 메일에도 반영했다.

⟨중요한 정보 발견했다. 본 영상은 고강수로 추정되는 인물. 피해자 이정희의 모친 장례식장에서 녹화된 영상이지만, 누구의 장례식에 참석한 것인지는 정확히 모른다. 자세한 건 수사팀에서 확인해 주길. 한동안 전화 통화는 힘든 곳에 있을 예정이라, 메일로 소식 전한다. 급하게 할 말 있으면 이쪽 메일로 보내라.⟩

아이피 주소는 국내라는 걸 추적당하지 않게 외국을 경유시켰다. 메일을 보내 놓고 갑21이 말했다.

"갑3 사자 말이야, 대체 무슨 생각으로 이승에서 이러고 있는 걸까?"

"성실해서."

"에? 우리 월직들 중에 성실과 가장 거리가 먼 사자 아니야?"

"성실은 우리의 본질과도 같아. 일의 보람이란 건 인간들에겐 정신병의 일종이거든. 사회적 위치를 확보함으로써 목숨 유지에 좀 더 유리한 입지를 확보했다는 안도감이 곧 일의 보람이니까. 사자청 월직들이 아무리 힘들어도 묵묵하게 업무를 수행하는 건 그런 성질과는 달라. 저승에 대한 주인 의식, 역할에 대한 책임감, 그게 성실로 나타난다고나 할까? 영원 씨한테 죽음이 임박했는데도 불구하고 뇌제 막겠다고 저승을 지키고 있는 갑1 사자 봐라. 옆에서 지켜보는 내가 더 애탄다. 갑3 사자라고 그 본질에서 예외는 아니었던 거야. 단지 우리와 방법이 다를 뿐, 그도 저승을 위해 최선을 다하고 있는 거다."

갑21은 순순히 고개를 끄덕였다. 그녀도 갑3의 부탁은 한두 번 튕기다가 결국은 다 들어준다. 그가 하는 일을 납득하지는 못해도 저승에 해를 끼치지는 않는다는 믿음이 있기 때문이다. 메일이 도착했다. 답신이었다.

"그새 확인했나 봐."

메일을 열었다.

〈역시 강 선생님이십니다!! 갑자기 휴가 가셨다고 해서 우리를 버린 줄 알았는데 이런 월척을 던져 주시다니. 바로 조사하겠습니다. 우리는 강 선생님만 믿습니다!!!〉

심오와 갑21에게는 답신의 내용보다는 느낌표 개수가 더 눈에 거슬렸다.

"느낌표가 두 개와 세 개로군. 요란한데?"

"믿습니다? 혹시 갑3 오빠 인간들한테 사이비 교주 노릇 하고 있는 거 아니야?"

"아무리 갑3 사자라도 그렇게까지 타락하진 않았을 거다. 본질은 괜찮다니까. 무엇보다 그 녀석은 창의력이 달려서 거짓말엔 소질이 없잖아. 사이비 교주는 혀로 되는 거다."

심오는 소파로 돌아와 앉았다. 공간 이동을 위해서 잠깐만 더 쉬었다가 가기로 했다. 의사 가운을 입고 나온지라 택시 타고 가는 것도 이상할 것 같았다. 갑21도 기분 좋게 소파로 와서 앉았다.

"네가 봤다던 암흑의 감옥 지하에 있는 나비, 그게 뭐일 것 같아?"

갑21은 그것을 목격한 장본인이었다. 그 후로도 줄곧 그에 대한 생각을 해 오지 않을 수가 없었다.

"갑25 오빠, 만약에 우리가 죽어서 기억을 빼낸다고 하면, 그 크기는 어느 정도일까? 특히 나비의 모양이라면."

나비는 얇았다. 그래서 유리 상자를 제작할 때, 가로와 세로는 다른 상징들과 비슷하지만, 폭은 아주 얇게 만든다. 마치 나비 액자처럼. 보관도 서재의 책처럼 꽂아 둔다. 크기도 고용량을 압축해 둔 것처럼 다른 상징들에 비해 작다. 그래서 공간 낭비가 별로 없다. 이런 점 때문에 기억보관소에서는 나비를 좋아한다.

"글쎄다. 죽은 월직을 본 적이 없어서. 어마어마하겠지? 그게 나비 모양이라도."

"여러 요소를 전부 고려해도 내가 봤던 그 나비는 뭔가 애매한 크기야."

한 사건에 대한 기억을 용량으로 환산하면, 인간과 월직은 극명한 차이를 보인다. 대체로 선명도가 떨어지는 사진이 이어져 있는 것이 인간의 기억이라면, 고화질의 동영상이 월직의 기억이다. 이 둘의 용량을 나비의 크기로 치환해서 생각하면, 그 크기는 굉장한 차이를 보일 것이다.

"만약에 월직 한 명의 일대기를 나비로 추출하면 내가 봤던 정도의 크기로 줄이는 건 절대 불가능해. 하지만 한 인간의 일

대기라면 또 지나치게 거대해. 그래서 생각해 봤는데, 한 인간의 일대기에 대한 월직의 기억이라면 그 정도의 크기가 가능하지 않을까 싶어."

"네 얘기인즉슨, 암흑의 감옥 지하에 있는 나비는 연화에 대한 월직들의 기억을 추출해 둔 것이다?"

갑21이 고개를 크게 한 번 끄덕였다. 심오가 말했다.

"손바닥 앞으로 내 봐."

갑21이 영문도 모른 채 손을 앞으로 뻗었다. 심오가 활짝 웃으며 그녀의 손바닥을 자신의 손바닥으로 쳤다. 그리고 엄지손가락을 들어 보였다.

"그 나비 캐내자. 거기에 연화의 염라부명장에 대한 힌트도 있을 거야. 그걸 찾아내면 영원 씨의 저주도 파괴할 수 있다."

둘은 다시 고민에 빠졌다. 이걸 어떻게 저승에 발이 묶여 있는 갑1에게 전달하는가의 문제였다. 게다가 뇌제와 대치하고 있는 상황에서 그에 대한 충격을 주지 않는 방법으로.

"에잇! 그 영혼을 뇌제한테 그냥 주는 걸로 끝내 버리면 안 되나? 솔직히 지옥에 들어올 필요가 없는 영혼이었어. 오빠도 그건 느꼈잖아."

"뭐, 뇌제의 심정도 십분 이해는 가지. 그래도 그건 너나 내가 왈가왈부할 게 아니야."

이건 옥황국 파벌 문제에 재수 없게 휘말린 염라대왕의 판결에서 비롯되었다. 그는 아직까지 본인이 옥황국 소속인지 염라국 소속인지 분간이 안 되는 모양이었다. 이 사태에 대한 뒷수습은 결국 사자청 월직의 몫이 되어 지금에 이르고 있었다.

"단지 지금의 문제는 뇌제한테 있는 권한이 지옥에 있는 영혼 구제일 뿐이라는 거. 이미 지옥에서 나와서 환생을 기다리고 있는 영혼을 데려갈 권한은 없다는 거. 우리에게는 환생까지 무사히 인도할 의무가 있다는 거."

"아이고! 골치 아파. 일주일밖에 안 남았는데, 대체 언제까지 이 상태여야 하는 거지? 그냥 확 전쟁을 치러 버리든가."

심오가 고민하다가 결심한 듯 말했다.

"영원 씨 문제도 발등에 불 떨어졌어. 한시가 급한데 언제까지고 기다릴 순 없어. 지금 중앙관제센터에 연락해 봐. 문자라도 전달해 줄 수 없는지."

갑21이 중앙관제센터로 전화를 했다. 센터장의 대리가 전화를 받았다. 하지만 직원은 갑21의 간청에도 불구하고 거절했다. 그쪽의 현재 진행 상황을 물었으나, 이에 대한 답변조차 들을 수 없었다. 센터장의 부재 시, 매뉴얼에 어긋나는 일을 했다가는 차후에 살벌한 욕을 먹게 된다는 이유에서였다. 지금은 비상 상황이기에 매뉴얼은 더 절대적이었다. 갑21이 전화를 끊고 말했다.

"이렇게 되면 내가 입출국장으로 들어가는 방법밖에 없어. 거긴 상시 개방이니까."

"힘들지 않겠어?"

"저번에 해 봤는데, 잘됐어. 뼈가 녹는 느낌이 살짝 들긴 했지만, 진짜 녹는 건 아니니까, 하하하."

"들어갔다가 자칫 너까지 발이 묶일 수도 있어."

"들어가는 건 힘들어도 나올 땐 일직이나 시직의 캡슐 얻어 타고 오지, 뭐. 나올 땐 공석이 더러 있잖아."

"꼭 다시 와야 한다. 나 혼자선 감당 못 해. 영원 씨 죽음 못 막으면 의사로서, 월직으로서 자괴감에 빠질 것 같아."

"내가 갑25 오빠를 위해서라도 꼭 돌아올게."

갑21은 주먹을 불끈 쥐어 보인 뒤에 사라졌다. 심오도 사라져 갑3의 원룸으로 이동했다.

2

염라국의 외무청에서는 전쟁만큼은 막아 보려고 애쓰고 있었다. 월직들의 과로가 극에 달한 상황에서 전쟁까지 치르게 되면 감당할 수 없는 지경에 이르게 될지도 모르기 때문이다. 그래서 이 부분을 포함하여 뇌제의 요구를 어느 정도 수용할지에 대해 논의 중이었고, 이것이 오히려 시간만 잡아먹고 있는 형국이었다.

전투조는 어쩔 수 없이 사자청 별관에 마련된 임시 거처에 모여, 전투 복장으로 무한 대기 중이었다. 이들도 영원의 예정된 시간이 임박해 옴에 따라 절박해져 갔다. 이대로 가다간 갑1이 먼저 뇌제를 치러 갈 판이었다. 갑1은 코트에 달린 후드를 눌러 쓰고 고개를 숙인 채 거실 소파에 앉아 있었다. 몸만 앉았을 뿐 초조한 마음은 여기에 머물지 못하고 갈팡질팡했다. 갑3이 거실을 서성거리면서 말했다.

"예전에는 덮어 놓고 몸빵이었는데, 요즘은 절차가 너무 복잡해졌어. 치고받고 싸운 뒤 끝내 버리지, 뭘 그렇게 입만 나불거리면서 시간만 질질 끄는지, 원."

갑3이 서성거리다가 보조 의자를 툭 쳐서 비뚤어지게 만들었다. 하지만 그는 신경도 쓰지 않았다. 보조 의자를 자동으로 움직여 원위치로 돌아가게 한 건 센터장이었다. 청장이 말했다.

"뇌제가 많이 순해졌나? 어울리지 않게 절차는 왜 따르지? 도대체 무슨 생각인 거야?"

"그놈도 단순 무식한 건 우리 못지않은데, 설마 꿍꿍이가 있겠나?"

"옆에 책사가 새로 붙었을 수도 있지."

"내가 직접 만나 봤다고 했잖아? 그때 분위기론 이렇게까지 밀어붙일 것 같지 않았단 말이지."

갑2가 말했다.

"술자리 분위기는 거론하지 마라."

"우리가 인간이냐? 취하지도 않는 술이구먼. 우리한텐 물 마신 거와 다르지 않다."

"그럼 물만 마시지 비싼 돈 주고 술은 왜 마시냐?"

"자릿값이었다. 대화할 테이블이 필요했고, 거기에 대한 돈 지불이었고, 술은 부록일 뿐. 이승에는 그런 게 있다."

갑1이 고개를 숙인 채로 물었다.

"진짜 분위기는 나쁘지 않았던 거지?"

"그렇다니까. 영혼 소멸이란 말이 나오자마자 뇌제도 바로 깊은 빡침이 튀어나왔다고."

"뇌제가 그건 확실히 해결해 주겠군. 일단 그것만 어떻게 해 줘도……."

협탁 위에 있는 유선 전화가 울렸다. 갑2가 받았다. 외무청에서 걸려 온 전화였다. 그녀는 스피커폰 버튼을 눌렀다.

— 오래 기다리셨죠? 1차 협의를 마쳤습니다.

"어떻게 하기로 했어?"

— 먼저 2천 년 전의 그 영혼과 관련된 문서를 보여 주기로 했습니다. 보고 다시 판단하겠다고 합니다.

갑1이 분노를 담아서 소리를 쳤다.

"여태 그것도 진행이 안 되었던 거야?"

— 아, 아닙니다. 이것보다 다른 부분의 협의가 길어져서……. 이 문서를 갖고 갈 사자 지명에 이견이 팽배했습니다. 뇌제 측에서는 갑1 사자님을 요구했고, 우리 의정부 측에서는 절대 불가여서……. 겨우 갑3 사자님으로 합의를 했습니다.

다섯 명이 서로를 돌아가면서 쳐다보았다. 이건 또 무슨 개소리인가 싶어서였다. 이들은 모두 갑1이든, 갑3이든 누가 가든 상관없다고 생각했다. 그런데 왜 의정부에서 이걸로 진을 뺐는지 언뜻 이해가 가지 않았다. 물론 뇌제가 갑1만 따로 불러낸 뒤 취할 수 있는 전술은 여러 가지가 있었다. 이를 배제할 수는 없다. 의정부에서는 이러한 전술들을 미리 예측하고 미연에 방지하려는 것일 수도 있다.

— 문서들을 가지고 그쪽으로 출발했습니다. 갑3 사자님 혼자서만 지정된 장소로 가시면 됩니다. 아무쪼록 몸조심하십시오.

갑3이 심술궂게 말했다.

"의정부에서는 나는 죽어도 된다고 하더냐?"

— 그럴 리가요. 죽지도 않으시잖아요.

"그래도 고통은 느낀다."

— 죄송합니다. 뇌제 측에서 2순위로 갑3 사자님을 지목해서요. 아무래도 갑3 사자님 성격을 첩보로 입수하고, 선제공격을 유도하려는 게 아닌가 의심도 들지만, 현재로썬 이게 최선이라는 판단입니다. 뇌제 측에서도 갑3 사자님이 제일 편하다고 해서……. 근데 대체 편하다는 게 무슨 뜻인가요?

"난들 아나! 아무튼 나 혼자 가면 된다는 거지?"

— 예! 다녀오신 후에 다시 대화하기로 했습니다. 잘 부탁드리겠습니다. 절대 먼저 공격하시면 안 됩니다.

"장담 못 한다. 나를 내보내기로 했으면 그 정도는 각오했어야지."

— 아, 저, 그건 절대로…….

갑3이 통화를 끊어 버렸다. 센터장이 혀를 끌끌 차면서 말했다.

"갈 거면서 굳이 그렇게 못되게 말해야겠어? 약 올리는 것도 아니고. 사자청 애들이야 네 성격 알아서 그러려니 하지만, 외무청 애들은 너한테 익숙하지가 않잖아."

"여차하면 선빵이 나갈 수도 있다. 그건 진담이야."

갑1이 고개를 들고 후드를 뒤로 젖혔다. 그리고 비로소 편안해진 표정으로 말했다.

"뇌제가 보자면 봐야겠지? 그는 확인하길 원하고, 우린 확인받길 원하니."

모두가 눈빛으로 고개를 끄덕였다.

염라국과 옥황국이 만나는 땅에 은색의 갑옷을 입은 뇌제가 걸어왔다. 현대화가 상대적으로 늦은 탓에 그의 전투복은 여전히 예전의 갑옷이었다. 반대편에서는 검은색 긴 코트를 입고 후드를 푹 눌러쓴 저승사자가 걸어왔다. 그의 오른손에는 서류 뭉치가, 왼손에는 긴 검이 있었다. 둘의 거리가 가까워질수록 그들 사이를 지나는 바람은 방향을 잃고 흩어졌다. 둘은 3m의 거리를 두고 섰다. 뇌제의 손끝에서 시작된 바람이 앞에 선 저승사자의 후드를 넘겼다. 색이 사라진 머리카락이 드러났다. 마스크로 얼굴의 반을 가리고 있었지만 뇌제는 그를 알아보았다.

"역시! 내 휴대폰을 구겨 버린 것이 너였구나. 아무렴 네가 아니고서야 그렇게 만들 수 있는 놈은 없지. 그런데 머리카락에 대체 무슨 짓을 한 것이냐? 내가 무척이나 아름답게 여겼던 너의 그 짙은 흑발은 어쩌고."

갑1이 눈을 감았다. 머릿속에 휘몰아치는 바람을 감당할 수가 없었다. 그래도 앞에 서 있는 자가 뇌제이기에 애써 정신을 가다듬었다.

"내 머리카락에 대한 감상은 여기까지 듣겠다. 고맙다."

"다른 사자를 보내겠다고 하더니, 왜 네가 나온 것이냐? 나로선 더 환영이다만."

"나를 1순위로 지목했다고 하여, 내가 독단으로 나왔다."

"위의 말을 거역하였단 뜻이로군."

"내가 하는 행동에 거역이란 단어는 맞지 않는다."

뇌제가 앞으로 한 발짝 내디뎠다. 그러자 갑1도 한 발짝 앞으로 다가갔다. 그의 손에 있던 서류 뭉치가 공중을 지나 뇌제의 손으로 옮겨 갔다.

"네가 원하는 영혼은 네가 무단으로 탈취할 수 없다. 모든 것은 영혼의 의지대로 해 준다. 그 영혼은 이미 환생을 지원했다. 네 손에 있는 서류에 지원서도 있다."

뇌제도 잠시 말을 잃었다가 엉뚱한 말을 뱉어 냈다.

"그 영혼의 기억은 나비였다고 들었다."

"옥황국으로부터 특별 요청이 있었다."

"안다. 내가 하고자 하는 말은, 나비가 환생의 욕구를 자극한다는 소문을 들어서 말이지."

"최근 통계 기록일 뿐이다. 예전에도 그랬는지는 모른다. 의미 부여하지 마라."

"그런가? 음모가 있나 여겼더니. 그럼 정말 환생을 하고 싶은 건가?"

"그 영혼은 어차피 옥황국의 지원 요건에 들지 않아. 너희들의 문턱은 높으니. 그렇다면 우리 염라국밖에 없는데, 그럴 바엔 환생이 낫지 않나? 너한테도 그렇고."

"내가 언제 옥황국 말을 고분고분하게 들었던가? 그냥 데리고 가면 되는 것을."

"그건 영혼 약탈과 다름없다."

갑1이 한 발짝 더 앞으로 걸어왔다. 뇌제도 한 발짝 더 걸었다. 둘의 거리는 아주 가까워졌다. 바람은 둘 사이에서 시작하여 양쪽 방향으로 빠져나갔다. 뇌제가 싱긋이 웃으며 말했다.

"이번 전투는 옥황국의 반대가 치열하다."

"우리 쪽도 너에 대한 반대가 치열하다."

"내가 이 정도는 난리를 쳐 줘야 딜이 가능하지 않겠나? 이번 전투에서도 지게 되면 내 체면이 말이 아니어서 나도 전쟁으로 가길 원하지 않아."

"난 너에 대한 기본적인 신뢰는 있다. 그래서 직접 나온 것이고."

"그렇다면 대화가 되겠군. 우선 나한테는 두 가지 방안이 있었다. 첫 번째, 네가 사라졌다면 염라국과 딜을 해서 내가 원하는 영혼을 데리고 간다. 안 되면 전쟁도 불사한다. 전쟁에서 승리할 가능성이 높으니까. 두 번째, 너의 건재가 확인되면 전쟁을 접는 조건으로 옥황국과 딜을 해서 영혼 소멸을 취소시킨다."

"두 번째로 확정이군."

"단! 여기에는 조건이 있다. 네가 나의 조건을 들어준다면 두 번째 방안을 밀어붙이도록 하마."

"조건이 무엇이냐에 따라 나의 대답은 달라질 것이다."

"네가 어떻게 생각하느냐에 달렸다."

"나의 대답보다 더 중요한 것은 기한이다. 6월 6일."

"촉박하군. 공과격 기록부와 다시 한번 대화를 해 보마. 정 안 되면 무력으로라도 대화하는 수밖에."

둘 사이의 거리가 한층 가까워졌다. 바람은 사라졌다. 뇌제의 귓속말이 갑1의 귀로 들어갔다. 갑1의 고개가 한 번 끄덕여졌다. 둘의 거리가 다시 한 발짝씩 멀어졌다. 둘 다 다리가 길어 한 발짝씩이라도 제법 거리가 생겼다. 갑1이 후드를 머리 위로 다시 덮어쓰면서 말했다.

"6월 6일을 지켜 주지 않는다면, 너의 말은 못 들은 걸로 하겠다."

"그럼 6월 6일을 기해 네가 나의 조건을 수락한 걸로 알겠다."

"내가 먼저 돌아서서 등을 보이마. 뒤통수 치고 싶으면 그래도 된다."

"너는 뒤로도 보는 눈이 있는데, 아무리 내가 어리석어도 그런 짓을 할까."

"모르지. 너는 어리석은 짓을 곧잘 해 왔으니까."

"잘 나가다가 마지막에 또 시비를 거는군. 잊었나 본데, 나 뇌제다."

"그게 왜? 요즘 사람들은 너 몰라."

"포털에 검색하면 다 있다. 썩 마음에 드는 설명은 아니지만. 너희 사신들은 너무 오만한 게 문제야."

갑1이 먼저 돌아서면서 말했다.

"안다, 우리의 오만함을. 하지만 너보다는 덜하다."

뇌제가 등을 보이고 걸어가는 갑1을 한참 동안 지켜보았다. 그리고 그가 까마득하게 멀어져서야 말했다.

"등을 저렇게 보이는 건 보통 자신감이 아닌데. 하! 내가 선택할 수 있는 건 진짜 두 번째 방안밖에 없는 건가?"

뇌제도 돌아섰다.

"갑1 오빠!"

갑21이 임시 거처의 거실에서 갑1을 맞았다. 무사히 입출국장으로 이동했던 것이다.

"어? 너 왜 여기 있어? 영원은 어쩌고?"

"급한 전갈이 있어서 왔어. 뇌제 만나러 갔었다며?"

모두의 시선이 갑1에게로 집중되었다. 그가 가져갔던 긴 검을 갑3에게 돌려주었다. 그리고 후드를 뒤로 넘겨 벗으면서 말했다.

"뇌제가 내 머리카락 색깔 바뀐 걸 트집 잡더군."

"무슨 뜻이야?"

청장의 물음에 갑3이 대답해 주었다.

"χ사자가 갑1 사자라는 걸 뇌제가 증명해 준 거잖아!"

모두가 충격으로 말을 잃었는데, 갑21만 예외였다.

"나도 그 이야기 해 주러 온 거야. 나영원이 기억해 냈거든. χ사자가 갑1 오빠라는 거."

갑1이 제 머리카락을 손가락으로 빗어 넘겼다.

"대체 그때 무슨 일이 있었기에……."

제일 먼저 정신을 차린 갑3이 환하게 웃으면서 갑1의 어깨를 쳤다.

"난 불행 중 다행이라고 본다. ℵ사자라는 게 진짜 있었다면 내 기억에서도 삭제되었다는 의미잖아? 내심 얼마나 불쾌했던지."

"내 머리 색깔만 변형시켰다고 해도 결과적으로 조작은 일어난 거다. 우리 모든 월직들의 기억에서."

"한 명의 사자가 통째로 날아간 것보다 머리카락 색깔만 날아간 게 더 낫진 않아? 어떤 자식의 소행인지는 모르겠지만, 우리를 상대로 이 조작도 쉽진 않았을 테지."

센터장이 말을 하려고 했지만, 갑21이 먼저 갑3에게 말했다.

"갑3 오빠는 히죽댈 때가 아니야. 고강수 추적하다가 발견했는데, 그자가 나영원을 만났더라고."

갑3의 얼굴에서 웃음이 사라졌다. 갑1의 복잡한 머릿속은 더 엉망이 되었다. 갑21이 갑1을 보면서 말했다.

"이정희 모친 장례식장에서 나영원과 공간 이동 했지? 그 직전에 나영원을 따라갔던 인간이 있었어."

"그 불쾌했던 기척 기억한다. 그 인간이 이정희 살해범이란 거지? 왜 그때 영원을 따라온 거지? 전생의 악연인데."

"우리도 그건 아직 몰라."

센터장이 또 말을 하려고 했지만, 갑3의 질문에 밀려났다.

"갑1 사자, 넌 기척만으로도 그 인간 찾아낼 수 있지?"

"원거리는 불가능해."

"사정권은 어느 정도야? 넌 엄청 넓지 않나?"

"악귀는 넓은데, 살아 있는 인간의 기척이 타깃이라면 반경 2~3km 정도밖에 안 돼."

"그 능력 사용하……."

"야, 이 X자식들아! 더 급한 것부터 보고해야 할 거 아니야!"

결국 센터장의 입에서 욕이 튀어나오고서야 임시 거처의 거실이 조용해졌다. 청장과 갑2도 갑3을 노려보고 있었다. 갑3이 어리둥절하여 말했다.

"더 급한 게 뭐지?"

"뇌제와 만난 거! 그 문제가 제일 심각하잖아!"

"전쟁 철회 아닌가? 갑1 사자 표정만 봐도 눈치 빤하구먼."

"우리한테 그런 눈치가 없어서 미안하다, 이 새……."

"센터장! 이기지 못할 싸움은 하고 싶지 않다는 게 뇌제의 뜻이다. 그리고 공과격 기록부와 보다 유리한 협상을 위해 지금까지 분란을 키운 것 같다."

"그래도 갑1 사자가 건재하지 않았다면 우리 쪽을 쳤을걸?"

"그럴 생각도 있었나 보더군."

뇌제는 옥황국이나 염라국의 의견은 묵살할 수 있어도, 이미 환생을 지원해 버린 영혼의 의견은 묵살할 수가 없었을 것이다.

"우리도 그에게 장단을 맞춰 줘야 되는 거 아닌가?"

갑2의 물음에 청장이 되물었다.

"그럼 계속 여기서 무장 상태로 있어야 한다는 거야?"

갑1이 고개를 저었다.

"그건 안 돼! 난 한시라도 빨리 이승에 나가야 한다."

센터장이 말했다.

"하지만 이동 금지 조치는 뇌제 문제가 완전히 봉합되기 전에는 해제가 안 될걸?"

"해결된 줄 알았더니, 또 걸려? 이렇게 자꾸 딜레이되면 나 국과수에서 해고될지도 몰라."

갑2가 한숨을 쉬면서 말했다.

"그 전에 저승사자에서 해고시키고 싶다, 정말! 나한테 그런 권한 없나?"

월직은 직업이 아니라 본질이기 때문에 해고가 불가능하다. 아무리 싫어도 사람이 사람을 관둘 수 없는 것처럼. 갑21이 두 팔을 번쩍 들었다.

"잠깐! 다들 주목! 진짜 중요한 이야기가 남았단 말이야!"

모두가 갑21을 쳐다보았다. 가까스로 거실 안이 조용해졌다.

"갑25 사자와 함께 논의했는데, 암흑의 감옥 지하에 있는 나비, 그거 나영원에 대한 너희들의 기억일지도 몰라."

거실 안이 다시 혼란으로 차올랐다. 말을 하여 시끄럽게 만들지는 않았지만, 각자의 머리는 소란스럽기 짝이 없었다. 스트레스를 느낀 센터장이 거실 안의 가구들을 정렬하기 시작했다. 소파와 탁자가 어긋남 없이 직각으로 위치를 새로 잡았다. 그리고 갑3이 아무렇게나 던져 놓은 코트도 저절로 가서 그의 어깨에 걸렸다.

모두가 충격을 받은 이유는 그것이 나비이기 때문이다. 갑1이 인간이 아닌 월직들의 기억을, 심지어 자신의 기억까지 추출했다는 의미가 아닌가. 그것도 부분적으로 딱 한 인간에 대한 기억만. 이게 가능하다는 걸 믿을 수가 없었다. 갑1도 납득할 수가 없었다.

"내가 했다고? 어떻게? 아니, 다른 건 우선 접어 두고, 왜 추출한 거지?"

갑3이 어깨에 걸쳐졌던 코트를 벗어 다시 소파에 던지면서 중얼거렸다.

"χ사자라는 건 없으니, 그렇게 되는 건가?"

"갑25 오빠의 전갈이야. 그 나비를 캐내래. 어떻게든. 인간인 연화는 염라부명장에 대해 몰랐을 가능성이 커. 그래서 나영원이 모든 기억을 되찾는다고 해도 안 나올지도 몰라. 그 나비 안에, 월직들의 기억 속에 염라부명장이 있을 거야."

청장이 물었다.

"그러니까 어떻게 그 나비를 캐낼 거냐고. 내가 계속 거기를 들락거렸는데 문 따위는 구경도 못 했어."

"혹시 문 위치가 패턴이 있을 가능성은……."

갑3의 중얼거림이었지만 그에게도 답은 없었다. 만약에 패턴이 있다고 치더라도 딱 두 번의 위치만 가지고 유추할 수가 없었다. 게다가 문은 나타나지 않은 날이 더 많았다. 차라리 랜덤이라고 생각하고 다음 방편을 강구해 보는 게 나을 듯했다. 그럼 더 답이 없는 상황이 되지만 말이다. 갑1이 물었다.

"현재 암흑의 감옥에 갇혀 있는 사자 있나?"

청장이 대답했다.

"없다."

"그럼 파괴하자."

"그 감옥은 우리 힘으로도 안 될걸?"

"해 보고 말하자. 지금 될 거 안 될 거 가릴 처지가 아니야. 나 혼자라도 간다."

갑1이 앞장서서 별관을 나갔다. 그 뒤를 한 명 두 명 따라나섰다. 그리고 별관에는 한 명도 남지 않았다.

연화가 먼지만이 흩날리는 허허벌판을 걸으면서 싱긋이 웃었다. 잡초들조차 시들어 버리고 없는 이승의 땅이지만, 고개를 돌리면 투명한 갑1이 있었다. 그래서 자꾸만 웃게 되었다. 하지만 한 가지 불만인 점도 있었다. 그는 유체화를 하지 않았다. 연화가 손을 뻗어 갑1의 손을 잡으려고 했다. 무체화 상태인 그는 잡히지 않았다.

"손만 살짝 잡는 것도 안 되나요?"

"안 된다."

연화가 과장되게 어깨를 축 늘어뜨렸다. 갑1의 눈치를 슬쩍 보았다. 그리고 더 보란 듯이 상체를 구부정하게 만들었다.

"하아! 주변에 아무도 없는데. 손가락만이라도 살짝……."

갑1의 표정은 변함이 없었다. 연화가 잽싸게 몸을 날려 그의 품으로 뛰어들었다. 하지만 아무것도 느끼지 못하고 통과될 뿐이었다. 이번에는 그의 등 뒤에 뛰어들었다. 여전히 잡히는 거라고는 없었다. 연화가 투명한 그의 속으로 들어갔다. 갑1이 옆으로 걸음을 옮겨 벗어났다. 그의 걸음을 따라 또 그의 속으로 들어가 겹쳐졌다.

"소용없다."

"조금이라도 더 가까이 있고 싶단 말이에요. 예전엔 절 업어 주셔 놓고선."

"삼도천을 건너려면 어쩔 수가 없었으니까."

"제가 욕심쟁이가 되어 버렸나 봐요. 처음에는 얼굴만 뵈어도 좋았거든요. 무체화여도 상관없다고 생각했는데, 왜 이렇게 아쉽죠?"

재회를 한 후로 갑1은 한 번씩 연화를 방문했다. 더 이상 갑5를 통해서 연화의 소식을 들을 수 없었기 때문이다. 비록 유체화는 하지 않았지만 그의 방문 주기는 차츰 짧아지고 있었다. 연화가 갑1 앞에 마주 보고 섰다. 많이 자랐다고 생각했지만 그의 얼굴은 아직도 멀었다.

"저 많이 컸죠? 저보다 어린 여자들도 전부 혼인했어요."

"너는 왜 안 했지?"

"하고 싶지 않았으니까요. 전 남자보다 전쟁터가 더 설레요."

"희한하게 컸구나."

전쟁터에서는 이 남자와 만날 확률이 높았기에 설렐 수밖에 없었다. 연화는 자신이 죽으면 지옥에 가리라고 예상했다. 사람의 생사가 오가는 곳에 설레어 뛰어든 것은 죄일 테니까. 세상의 탐욕은 재산과 권력에만 국한되는 것이 아니다. 갑1을 다시 만나고 싶어 했던 자신의 마음도 탐욕이라 부르기 충분했다. 그래서 지옥으로 갈 걸 알고도, 죽음의 공포가 뒤엉킨 전쟁터에 뛰어들어 살육에 동참했다.

"이게 무슨 소리지?"

갑1의 질문에 연화는 두리번거렸다.

"귀가 좋으시구나. 난 허허벌판밖에 안 보이는데."

"아니, 너한테서 이상한 소리가 난다."

"시, 심장이 뛰는 소리예요. 갑1 사자님과 함께 있으면 계속 쿵쾅거리……."

"심장 소리보다 아래다. 요란한 소리로구나."

연화가 당황하여 제 배를 손으로 덮었다.

"이, 이건 개구리 우는 소리예요."

"개구리가 인간의 배 속에서 어떻게 살지?"

"아뇨, 배고프면 개구리가 운다고들 해요, 하하하."

"배가 고파서 나는 소리라고? 그럼 뭐라도 먹어야지."

"요즘 먹거리가 부족해서. 개구리와 뱀도 씨가 말랐다고 그러더라고요. 다 잡아먹어서. 이 정도는 참을 만해요. 소리 때문에 창피해서 죽을 것 같긴 한데, 아직 아사할 정도는 아니거든요."

갑1의 표정에 걱정이 드러났다. 큰 변화는 아니어도 이제 연화는 그의 표정을 느낄 수 있었다. 갑자기 발아래에 있던 땅이 사라졌다. 연화는 비명도 지르지 못하고 눈만 동그래졌다. 땅이 사라진 게 아니었다. 공중으로 이동한 것이다. 갑1과 연화의 발 한참 아래에 녹색이 잘 보이지 않는 흙색의 땅이 있었다. 뒤늦게야 비명이 터졌다.

"으, 으악! 사, 살려 줘요."

연화가 마치 물에 빠진 것처럼 허우적거리기 시작했다. 하지만 떨어지지 않고 몸만 버둥대는 꼴이었다. 한참을 혼자서 난리를 떨던 그녀의 행동이 차츰 차분해졌다. 갑1이 절대 떨어지게 하지 않으리라는 걸 깨달았기 때문이다.

"여, 여긴 왜 올라온 거죠?"

"근처에 몸을 숨길 작은 바위 하나 없어서 위로 숨은 것이다."

"왜요?"

"가까워지는 인기척들이 있어서."

썩 좋은 느낌의 인기척이 아니었다. 다른 사람들의 눈에 갑1은 보이지 않을 테니, 아무도 없는 곳에 여자 혼자만 있는 것으로 보일 위험이 있었다.

"그, 그런데 이거 좀 무서워요."

"네가 7살 때 공중을 여러 번 옮겨 다니지 않았느냐. 그때와 다르지 않다."

"하, 하지만 높이가 너무……."

갑1은 여전히 무체화였다. 그래서 하늘에 떠 있는 연화는 발 아래뿐만이 아니라 손에도 뭐 하나 잡히는 것이 없었다.

"손이라도 잡아 주세요. 전 인간이라 이렇게까지 높은 곳은 무섭다고요."

갑1은 마지못해 유체화로 만든 손을 내밀었다. 연화가 그의 손을 잡았다. 차가운 손과 따뜻한 손이 만났다. 피부와 피부가 맞닿았다. 연화가 힘을 줘서 꽉 잡았다. 갑1도 꽉 잡아 주었다. 그의 팔도 유체화로 변하기 시작했다. 그리고 어깨와 몸, 다리, 얼굴까지 전부 유체화가 되었다. 연화가 그의 어깨를 손으로 잡았다. 손바닥에 갑옷의 차가움이 닿았다. 긴 검은 머리카락이 바람에 날리고 있었다. 연화의 머리카락과 같은 방향이었다. 어깨를 잡았던 손이 이번에는 그의 머리카락을 쓰다듬었다. 모든 빛을 삼키는 색깔과는 다르게 너무도 부드러웠다.

"이런 감촉이었구나. 삼도천을 건널 때 눈앞에서 나부꼈는데. 만져 볼 걸 그랬다며 계속 후회했었거든요. 그런데 이제야 이렇게……."

"그만 만졌으면 좋겠다."

연화의 손이 화들짝 놀라 머리카락에서 떨어졌다.

"죄, 죄송해요. 나도 모르게 그만……. 기분 나쁘게 했나요?"

갑1은 연화의 눈만 바라보았다. 그렇게 한참을 공중에서 한 손을 마주 잡고 있다가 말했다.

"아니. 네가 하는 행동들은 기분……, 나쁘지가 않아."

"다행이다. 기분 나빠져서 이제 안 오시면 어쩌나 마음 졸였어요."

"내가 오고 싶어서 오는 것이다. 네가 걱정돼서. 자꾸 눈에 어른거려서……. 그러니 나로 인해 마음 졸이지 마라. 넌 세상의 일만으로도 마음 졸일 일이 많지 않으냐."

"제가 곁에 없어도, 저승에 혼자 계셔도 가끔 절 떠올려 주시는군요. 걱정해 주시는군요."

"네 말은 틀렸다. 가끔이 아니라, 언제나 네가 떠오른다."

연화가 벅차오르는 감정을 주체하지 못하고 갑1의 허리를 끌어안았다. 하늘로 날아오를 것 같은 기분이지만, 이미 실제로 하늘까지 날아올라 있었다.

"그 말씀만이라도 좋아요. 그것만으로도 전 충분해요."

"무섭다 하지 않았느냐?"

"이렇게 갑1 사자님을 안고 있으면 하나도 안 무서워요. 그러니까 계속 안고 있을래요."

갑1이 연화의 어깨와 허리를 감싸 안아 주었다.

"추운 듯하여 이렇게 안았는데, 내가 널 더 춥게 하는구나. 나도 차고 갑옷은 더 차다."

"아뇨! 제 몸에서 열이 나서 괜찮아요. 피가 막 끓는 것 같아요."

다정하게 서로를 안은 그들 위로 차가운 태양이 지나가고 있었다.

3

D-6

갑1은 주먹으로 두드려 돌바닥을 확인했다. 아래에 비어 있는 공간이 있는 건 확실했다. 갑21과 갑2는 지옥에서 끌어온 불로 암흑의 감옥을 환하게 밝혔다. 감옥 내부를 둘러보러 갔던 사자들이 한 명씩 돌아왔다. 갑3이 먼저 돌아왔다.

"아무것도 없다. 요즘 시직과 일직 착한가 보다. 어떻게 감옥이 텅텅 비었지?"

청장도 돌아오면서 말했다.

"인간이었던 영혼들은 고립의 두려움을 아니까."

"이미 죽어서 이제 고립되어도 더 이상 죽지 않는데도 참 희한해."

"이승에 머무르는 시간이 짧아진 만큼 실수가 줄기도 했고.

센터장이 보통 깐깐해야 말이지."

센터장이 마지막으로 돌아왔다.

"문과 비슷하게 생긴 것도 없다. 바닥은 파괴할 수 있겠나?"

갑1이 일어서면서 말했다.

"힘들 것 같은데? 내 힘까지 고려된 감옥이야."

"갑1 오빠, 진짜 방법 없는 거야? 문이 나타나길 기다릴 시간이 없어!"

갑1이 눈을 감고 발바닥으로 나비의 기운을 느껴 보았다. 그리고 눈을 뜨고 말했다.

"뇌제를 믿고, 여기에 힘을 쏟아부어야겠다."

"파괴는 힘들 것 같다며?"

"아래에 있는 것이 진짜 나비라면, 나의 컨트롤에 따를 거다. 그리고 그것이 진짜 나의 기억이라면, 나에게로 돌아오고자 하는 강한 본능이 있을 거다. 이 기본 원칙을 이용해서 나비를 끌어당긴다, 나한테로."

갑1이 한쪽 무릎을 꿇고 앉았다. 그리고 상체를 숙여 오른손을 돌바닥에 붙였다. 바닥 아래로 염력을 밀어 넣었다. 조금씩 바닥이 흔들리기 시작했다. 이윽고 진동은 지진이라도 난 듯 점점 거세졌다. 갑1의 모든 머리카락이 에너지를 방출하듯 꼿꼿하게 섰다. 그의 손등에 핏줄이 두드러졌다. 그리고 목덜미를 타고 얼굴에까지 핏대가 돋았다. 몸이 균형 잡고 서 있기가 힘들 정도로 암흑의 감옥 전체가 흔들리는데도, 균열은 고사하고 흙 부스러기조차 떨어지지 않았다. 이곳은 무너지지 않는 곳이었다.

무너지지 않는 대신 돌바닥에서 검은 것이 피어나듯 올라오고 있었다. 거대한 검은 장막과도 같은 것이었다. 보이는 것은 극히 일부여서 모양은 구분할 수 없었다. 거대한 장막 한 귀퉁이가 찢어졌다. 저절로 분리가 된 것이다. 그것은 곧장 커다란 나비 모양으로 바뀌어 날갯짓을 했다. 다른 귀퉁이들도 찢어지듯 분리가 되었다. 눈 깜짝할 사이에 분리된 나비 세 마리는 빨려 들듯이 청장의 팔뚝으로, 갑2의 어깨로, 센터장의 등으로 들어가서 사라졌다. 그곳의 흉터도 함께 사라졌다. 3인방이 동시에 다리의 힘을 잃고 주저앉았다.

아직도 남아 있는 거대한 장막이 크기를 다소 줄이며 모양을 바꾸었다. 그것 또한 나비였다. 마지막으로 남은 나비가 맹렬한 기세로 갑1에게로 들어갔다. 마치 검은 구름이 진공 속으로 빨려 들어가는 모습과도 같았다. 목덜미의 흉터가 사라졌다. 아울러 그의 머리카락이 예전의 짙은 흑발로 물들었다. 암흑의 감옥을 뒤흔들던 진동이 딱 멈췄다. 갑1이 눈을 떴다.

나비에 저장된 것은 연화의 일생에 대한 그들의 기억만이 아니었다. 전쟁터는 이승과 저승의 경계. 그런 전쟁터 속에서 태어나, 그 한복판에서 살다가, 전쟁터에서 죽어 가야 했던 한 여인. 그런 그녀를 너무도 사랑했던 한 저승사자의 마음에 대한, 그리고 이를 지켜본 저승사자들의 죄책감에 대한 기억이었다.

연화는 언제나 웃었다. 밝은 햇살 아래서도, 내리쬐는 뙤약볕 아래서도, 피부 속까지 난도질을 해 대는 찬바람 속에서도 그녀의 미소는 갑1을 향해 있었다. 그래서 갑1도 환하게 웃는 표정을 배웠다. 연화의 피부는 거칠고 검었다. 머리카락도 아름답게 치장하지 못했다. 활을 쏠 때 방해되지 않도록 자르고 땋은 것이 고작이었다. 그녀의 온몸은 흙먼지에 덮여 있을 때가 더 많았다. 그리고 연화의 볼에는 활시위에 다친 흉터가 있었다. 이것들조차 갑1의 눈에는 그저 사랑스럽기만 했다. 머리꽂이를 건네줄 때만 해도 그랬다.

"남아 있는 어머니의 유품이 별로 없어요. 돈이 될 만한 건 다 빼앗겨서. 이거 하나 겨우 숨겨 뒀는데…….”

연화가 갑1의 손 위에 청동 머리꽂이를 올려놓았다.

"이걸 왜 갑5 사자에게?"

"저는 이것이 어울리는 여자로 자라지를 못했어요. 아무리 생각해 봐도 이게 가장 잘 어울리는 건 갑5 사자님이더라고요. 전 그분께 고마운 것이 많거든요. 어릴 때부터 저의 안부를 물어봐 준 건 저승사자들이 전부였으니까. 안부를 물어 줄 때마다 전 살아갈 힘을 얻었어요. 그리고 제 소원까지 들어주셨으니까, 뭐라도 보답하고 싶어서…….”

"어떤 소원이었지?"

연화는 대답하지 않고 웃기만 했다. 그녀의 눈앞에 답이 있었지만, 갑1은 알지 못했다. 이것은 고스란히 갑5에게로 전달되었다. 그리고 이제는 보러 가지 못하지만, 연화에 대한 애정을 담아 자신의 머리에 꽂았다. 아주 마음에 드는 장신구였다.

비도 내리지 않았다. 햇볕만이 강렬하게 대지를 불태우고 있었다. 땅에 붙어 기생하던 잡초들마저 말라 갔다. 그나마 생명이 붙은 풀들도 메마른 흙먼지에 덮여 마른 풀과 구분이 되지 않았다. 연화는 그 위에 쓰러져 있었다. 흙먼지가 그녀의 위를 조금씩 덮어 가며 모습을 감춰 갔다.

"조, 조금만 더……, 조금만 더 버티면, 해가 떨어져……."

저 먼 곳에 내려앉는 까마귀 떼가 보였다. 연화보다 먼저 낙오된 군사가 있던 지점인 듯했다. 연화의 부대는 다른 전장으로 이동하느라 행군 중이었다. 그런데 폭염을 이기지 못한 군사들이 열사병으로 한 명씩 쓰러졌고, 부대는 이들을 버려두고 목적지로 향해 갔다. 연화도 열사병으로 낙오된 군사 중 한 명일 뿐이었다. 열을 식혀 줄 나무 한 그루 없이, 탈수를 막아 줄 물 한 방울 없이 연화의 몸은 마른 풀 위에 뒹굴고 있었다.

갑1에게 그날은 연화의 얼굴이 몹시도 어른거린 날이었다. 그래서 이유도 없이 비래성을 찾았고, 부대가 이동한 흔적을 따라 그녀를 쫓아왔다. 오는 길에 일직들을 한두 명 마주치면서 원인 모를 초조함을 느꼈다. 그 초조함은 일찍이 느껴 본 적이 없는 종류였기에 불안함을 쫓듯 연화의 기척을 찾아 헤매었다.

연화의 눈앞에 투명한 다리가 나타난 것과 갑1이 유체화로 바꾸어 그녀의 몸을 안아 올린 것은 거의 동시였다.

"괜찮으냐?"

언제나 담담했던 그의 목소리가 떨리고 있었다. 눈동자는 더 떨리고 있었다. 연화는 시원한 그의 품에 뜨거운 몸을 묻고 웃었다. 손끝 하나 움직일 힘이 남아 있지 않은 상황이건만, 언제나 짓던 그 웃음 그대로였다.

"제가 보고 싶어서 온 거지요?"

갑1은 대답하지 못했다. 그녀의 말을 듣고서야 왜 여기까지 오게 되었는지 깨달았던 것이다. 연화가 그의 혼란을 알지 못하고 계속 말했다.

"전 아직 죽지 않을 거예요. 단순한 열병이거든요. 곧 해가 지면 시원해질 테고, 그럼 지금 이렇게 오른 열도 내려갈 거예요. 봐요, 지금도 말 잘하잖아요. 이렇듯 수명이 남은 저를 인도하러 오신 것이 아닐 터이니, 갑1 사자님은 제가 보고 싶어서 오신 것이 맞지요."

연화의 몸은 말과는 달리 지나치리만큼 뜨거웠다. 더 이상 흘릴 땀도 남아 있지 않아 몸을 식히지도 못했다. 물에 빠지면 건져 내면 되고, 뱀이 입을 벌리면 먼 곳으로 이동하면 되지만, 육체의 병을 고치는 방법은 알지 못했다. 갑1은 덧없는 자신의 능력에 절망했다.

"어떻게 해야 열이 내려가지?"

"지금 이승에서 가장 시원한 건 갑1 사자님이에요."

갑1의 손이 연화의 이마를 덮었다. 그리고 볼과 입술을 쓰다듬었다. 그녀의 입술은 메말라 갈라져 있었다.

"물은?"

"수통은 낙오될 때 부대에서 회수해 가 버려서……."

"근처에서 물을 찾아오마."

"가지 마세요. 없으니까. 가물어서 성안의 우물도 말라 버렸는걸요. 저는 물보다 갑1 사자님을 원해요."

갑1의 차가운 손이 연화의 목덜미를 감쌌다.

"갑1 사자님의 손이 제 열을 내리는 것 같아요."

갑1은 그녀의 목덜미를 잡은 채로 그녀의 이마에 제 이마를 붙였다가, 그녀의 볼에 제 볼을 붙이기를 반복했다. 그의 안타까운 몸짓이 계속되어도 열은 쉽게 내려가지 않았다. 안절부절못하던 갑1이 연화를 안은 채로 사라졌다.

그들이 다시 나타난 곳은 깊은 계곡이었다. 하지만 그곳도 바짝 말라 있었다. 이제 연화는 아무 말도 하지 못했다. 지금까지 말을 했던 것이 기적일 만큼 쇠약해져 있었다. 갑1은 자신의 품에 있는 것이 사람인지 불덩이인지 분간이 가지 않았다. 다시금 자신의 얼굴로 연화의 얼굴을 쓰다듬다가 사라졌다.

물줄기의 상류까지 거슬러 올라가서야 겨우 돌 틈 사이로 방울방울 떨어지는 물을 만날 수 있었다. 갑1은 구슬처럼 동그랗게 뭉친 물을 연화의 입술 사이로 밀어 넣었다. 그렇게 연거푸 몇 번이나 물구슬을 먹였다. 수분 섭취는 적당히 된 것 같은데도 열은 내려가지 않았다. 해가 떨어져도 세상의 더위는 그대로였기 때문이다. 땅이 낮 동안 머금은 열기도 그대로였다. 그래서 연화를 땅바닥에 내릴 수가 없었다. 무엇보다 품에서 놓고 싶지가 않았다. 놓는 순간, 다른 저승사자가 그녀를 낚아채 갈 것만 같았다.

갑1은 연화를 잠시 공중에 띄웠다. 그리고 자신의 갑옷을 벗었다. 그것은 저승의 물건이기에 뜨거운 바닥에 두면 열기를 차단할 수 있었다. 그 갑옷 위에 연화를 눕혔다. 등에 시원한 것이 닿자 연화도 가까스로 눈을 떴다.

"아직도 힘이 드느냐?"

주위가 어두워졌어도 갑1의 얼굴은 보였다. 그의 눈동자도 보였다. 연화가 두 팔을 뻗으면서 말했다.

"안아 주세요. 안아 주지 않을 거라면 그런 눈빛으로 보지 마세요."

"내 눈빛이 어떤지 나는 모른다."

"두려운 눈빛."

"두려움……. 그래, 지금 나의 이 감정은 두려움이었어."

"저를 잃을까 두려운 거지요? 어째서일까요? 내가 죽으면 비로소 갑1 사자님이 사는 곳으로 가는데, 왜 두렵고 슬픈 눈빛을 하고 계신 거지요?"

갑1의 몸이 쏟아지듯 연화의 몸을 덮었다. 그렇게 자신의 차가운 몸으로 연화의 열을 식혔다. 물로 입술을 축였음에도 여전히 거친 그녀의 입술과 입 속의 열까지 그의 입술로 식혀 주었다. 잃고 싶지 않다는 그의 간절한 몸과 마음이 결국 연화의 열을 내리게 했다.

몸을 일으켜 앉을 수 있게 된 연화가 갑1의 어깨에 기대어 앉았다. 그리고 그의 어깨에 기댄 채로 하늘에 빼곡하게 박힌 별들을 바라보았다. 이 밤이 지나면 연화는 다시 전장으로 돌아가야 했다. 그곳이 그녀 삶의 터전이었다. 갑1은 안타까운 심정으로 그녀의 손을 잡았다. 이승에서, 인간들 틈에서 살기를 바랐다. 그것이 질서라고 생각했고, 연화를 위하는 길이라고 판단했다. 그런데 그토록 힘겹게 돌려보낸 그녀에게 이승은 삶도 죽음도 아닌 곳이었다.

"이승에 돌려보내었다 여겼더니, 지옥에 버려두었구나."

연화의 손가락이 그의 손가락 사이사이를 파고들어 깍지를 끼었다. 갑1은 깍지 낀 손을 힘주어 잡아 주었다. 연화가 어깨에 기댄 채로 속삭였다.

"사랑해요. 언제나, 영원히……."

연화가 아버지의 성안에서 거닐 때도 갑1은 무체화로 옆에서 함께 걸었다. 사람들의 기척이 없을 때는 손만 유체화로 만들어 연인처럼 잡고 거닐 때도 있었다. 인간에게는 긴 시간을, 월직에게는 아주 짧은 순간을 둘은 연인으로 함께했다. 차츰 갑1도 성안에 살고 있는 사람들의 심상치 않은 눈빛을 느끼게 되었다. 보통 사람의 눈에는 보이지 않는 갑1을 향한 눈빛이 아니었다. 연화를 향한 것이었다. 그들의 눈에는 공포와 경계가 담겨 있었다. 어느 날 갑1이 물었다.

"왜 숨어서 저렇게 쳐다보지? 피하기도 하고."

연화가 앞만 보고 거닐면서 속삭였다.

"못 본 척하세요. 저도 그러고 지내니까."

"이유는 아는 것이냐?"

"제가 죽지 않아서요. 전부 몰살된 전쟁터에서도 매번 살아서 돌아오기 때문에 무서워들 해요. 마귀라도 씌었나 해서."

"너는 평범한 인간이야. 저런 살기 어린 눈빛은 옳지 않다."

"우리 모두가 인간이라서 그래요. 죽음의 공포는 보이지 않아요. 자신의 마음속에 있는 사소한 두려움조차 거기에서 비롯된 것인지도 모르고 살죠. 하지만 저는 형체가 있고, 보여요. 보이지 않는 공포를 경계하기보다, 보이는 저를 경계하는 것이 인간들에게는 더 쉬워요. 그리고 아무리 티를 안 낸다고 해도 저승사자가 제 눈에 보이는 건 사실이니까."

이렇게 말하는 순간에도 연화는 웃었다. 인간은 무리를 지어야 죽음으로부터 안전하다. 그 무리에서 떨어지면 죽음에 잡아먹힐 확률이 높아진다. 연화에게는 무리가 없었다. 그래도 거기에 속하지 않았다고 하여 두려움을 느끼지 않았다. 저승을 미리 보았기 때문이다.

갑1은 연화를 데리고 아무도 없는 곳으로 공간 이동을 했다. 어두운 동굴 속이었다. 하지만 따뜻한 곳이었다. 망망대해 가운데 솟은 섬이었지만 연화는 알지 못했다. 파도 소리로 바닷가 어디쯤이겠거니 가늠할 뿐이었다. 그곳에서 갑1은 갑옷을 벗었다. 그리고 서로의 입술을 나누고, 몸을 나눴다. 서로의 영혼을 나눠서 가졌다.

암흑의 감옥을 뒤흔들던 진동이 딱 멈췄다. 눈을 떴던 갑1이 이내 다시 눈을 감고 바닥에 쓰러졌다. 갑3이 갑1에게 달려들어 일으켰다. 그의 의식은 없었다. 갑21은 갑2를 안아서 흔들었다. 다행히 갑2의 눈은 떠졌다. 의식도 금방 돌아왔다. 청장과 센터장도 각자의 머리를 짚으면서 일어났다. 하지만 갑1의 의식은 돌아오지 않았다. 갑3이 아무리 그를 흔들고, 귀가 아플 정도로 불러도 소용이 없었다. 맥박이 없으니 진맥도 필요 없었다. 마치 시체와도 같은 모양새였다.

그런데 갑자기 다시 바닥이 흔들리기 시작했다. 이전의 진동과는 달랐다. 공간이 움직이는 진동이었다. 바닥이 퍼즐 떨어지듯이 네모로 조각조각 갈라졌다. 벽도 직사각형으로 조각이 났다. 암흑의 감옥 전체가 새로 짜 맞추기라도 하는 듯 움직였다. 안에 있던 모든 월직들이 돌바닥의 움직임에 따라 뿔뿔이 흩어졌다.

심상치 않음을 느낀 갑3이 앉은 채로 갑1을 힘껏 끌어안았다. 갑1을 놓치면 안 된다는 의지가 솟구쳤다. 이승에서 갈고닦은 육감 내지는 예감이 그의 의지를 뒷받침했다. 갑3은 염력으로 갑1과 자신을 꽁꽁 묶었다. 이것은 기력을 상당히 소진시켰다. 이 둘을 분리시키려는, 갑1만 끌고 가려는 어떤 보이지 않는 힘이 작용하고 있었기 때문이다.

눈 깜짝할 사이에 조각난 돌들이 월직들을 한 명씩 에워쌌다. 그리고 결국 갑3의 염력을 끊지 못한 갑1과 갑3만 돌들이 한꺼번에 에워쌌다. 그렇게 새로 짜 맞춰진 조각들은 월직 한 명씩을 분리해서 가둔 감옥의 형태가 되어 모든 움직임을 정지했다. 그들을 가둔 감옥 칸들은 가운데를 비우고 둥글게 모여 있는 구조였지만, 옆의 소리도, 앞의 광경도 보이지 않았다. 감옥 안에 오직 혼자만 있는 느낌이었다. 각자가 목청껏 소리를 질러도 자신의 목소리 외에는 아무 소리도 들리지 않았다.

갑5는 이번에 데리고 올 망자들의 염라부명장을 한 장씩 확인했다. 그중에 약간 다른 것이 끼워져 있었다. 다른 것들에 비해 흐릿하고 부분적으로 일그러진 글자였다. 그의 입에서 탄식이 나왔다. 연화의 염라부명장이었다.

"결국 올 것이 왔구나."

갑5는 일그러진 글자에 집중했다. 아마도 그동안 연화에게 생겼던 많은 변수로 인해 이렇게 된 듯했다. 갑5가 갑옷 안쪽에 염라부명장들을 넣고 건물 밖으로 나갔다. 삼도천으로 가니, 지원대들이 그를 돕기 위해 하나둘씩 나오고 있었다. 그런데 삼도천 한가운데에서 배를 타고 이승 쪽을 바라보고 있는 갑1이 보였다.

"어이, 갑1 사자!"

갑1이 돌아보았다. 그의 배가 천천히 저승 쪽으로 와서 강가에 정박했다. 갑5가 물었다.

"왜 그러고 있었어?"

한동안 나가지 못하면 이렇게라도 저승과 이승에 발을 걸치고 앉아 있곤 했다. 연화와 헤어지고 들어올 때도 마찬가지였다. 떨어지지 않는 마음으로 인해 이렇게 멍하니 앉아 있곤 했다. 때로는 삼도천으로 흩뿌리는 미소도 있었고, 떨구는 눈물도 있었다. 혼자서 간직한 마음이지만, 삼도천은 그가 비추는 마음을 수면에 담았다. 갑1이 배에서 내려서면서 말했다.

"삼도천 위가 편해서 잠시 쉬었다. 머리 푼 것을 보니 나가는 길인가 보군."

"그래. 음……, 나 오늘 놀라운 망자를 데려올 거다."

갑1이 무표정하게 쳐다보았다. 그러다가 차츰 두려운 표정이 스며 나왔다. 그의 마음을 모르는 갑5가 담담하게 말했다. 갑5도 슬펐지만 목소리에 감정을 드러내지 않으려고 애를 썼다.

"연화의 수명은 여기까지인 것 같다. 우린 최선을 다했어. 우릴 안 만났다면 좀 더 살았을지, 좀 더 일찍 죽었을지는 모르겠지만. 33살, 인간에게는 일찍 죽는 것도, 늦게 죽는 것도 아닌 나이야. 혹시 다른 녀석들을 나보다 먼저 만나거든 연화 안부나 말해 줘라. 이젠 연화도 우리를 잊을 거라고. 혹은 잊었다고."

갑5가 이승으로 사라졌다. 충격으로 우두커니 서 있던 갑1이 겨우 말을 했다.

"나를 잊어? 연화가? 그 마음속에서 내가 사라지는 건가?"

갑1이 지원대에게로 달려가 물었다.

"갑5 사자가 어디로 갔는지 아느냐?"

"그건 우리도 모르지요."

갑1이 삼도천을 향해 달리듯이 사라졌다.

갑1이 몇 군데를 거쳐 도착한 곳에는 이미 박쥐들이 날아오르고 있었다. 비슷한 군사들과 죽음의 무기들이 뒤엉켜 있었지만 갑1은 연화를 바로 찾아내었다. 그런데 그녀를 향해 날아가는 거대한 바위가 보였다. 옳고 그름을 계산할 정신이 없었다.

그에게는 연화의 마음속에서 조금만 더 살고 싶다는 아주 단순한 생각밖에 없었다. 그녀의 목숨을 앗아 갈 바위를 산산이 부수어 사라지게 했다. 그리고 모습을 드러내 연화에게 손을 뻗었다. 연화가 달려와 그의 손을 잡고 품에 안겼다. 그들의 뒤에서 갑5가 소리쳤다.

"안 돼! 갑1 사자!"

갑1이 그에게 손을 뻗었다. 그러자 갑5의 품에 있던 염라부명장 한 장이 빠져나왔다. 연화의 것이었다. 갑5가 다급하게 염력으로 그것을 잡았다. 염라부명장 한 장이 공중에 뜬 상태로 멈췄다. 서로가 잡아당기고 있었기 때문이다. 강한 월직 둘의 힘을 버티지 못한 염라부명장이 공중에서 찢어져 흩어졌다. 그리고 땅에 떨어지지도 못하고 공기 속으로 사라졌다. 갑1과 연화도 사라졌다.

한 명씩 따로 가둔 채 둥글게 짜 맞춰진 암흑의 감옥 가운데에 불이 밝아졌다. 월직들이 그곳을 향해 섰다. 앞은 돌이 아닌, 투명한 유리 같은 것으로 막아 놓은 형태였다. 진짜 유리는 아니었다. 실체가 없는 방어막이었다. 하지만 가운데만 보일 뿐 그 건너편의 다른 감옥 칸은 보이지 않았다.

밝아진 곳에 등을 삼각으로 맞댄 세 명의 실루엣이 나타났다. 후드를 깊게 눌러쓰고 발밑까지 내려오는 코트를 입은 그들은 의정부의 3정승, 즉 연직들이었다. 갑3이 소리 질렀다.

"이 자식들! 너희들 짓이냐!"

하지만 이 소리는 연직들에게만 들릴 뿐 다른 월직들에게는 들리지 않았다. 다른 칸에서 외치는 소리도 갑3에게 들리지 않는 것처럼. 갑2도 외치고 있었다.

"지금 이거, 몹시도 익숙한 장면이구나!"

"기억이 각자에게로 돌아갔구나. 갑2 사자, 잊고 지내는 편이 낫지 않았나?"

좌의정의 이 말은 갑2에게만 들렸다.

"무슨 소리! 그동안 내가 얼마나 고통스러웠는지 알면서도 그런 소리가 나와?"

"우리는 잊는 것이 치유인 줄로만 알았다. 인간들이 그러하기에."

"그것은 회피지 치유가 아니야!"

다른 칸에서 청장과 센터장도 연직들과 똑같은 대화를 주고받았다. 연직들은 갇힌 월직들에게 동시에 말했다.

"그때 너희 네 명 모두 상처가 심했다. 우리의 선택은 저승과 이승을 위한 최선이었다."

갑21이 소리쳤다.

"어떻게 월직들의 기억을 빼낼 수가 있죠?"

연직들이 모두에게 들리도록 동시에 말했다.

"나비였던 걸 못 보았느냐? 상징이 없는 우리들로선 너희들의 기억 추출은 어림도 없다. 그 당시, 너희들의 몸에 상처가 있었다고 해도……."

망망대해에 솟은 아무도 없는 섬에 갑1은 연화를 데리고 숨었다. 이렇게 이동을 하고서야 연화는 상황을 깨달았다. 전쟁터에서는 너무도 순식간에 지나간 일이었으므로. 연화도 그때 자신이 죽었어야 했음을 비로소 알게 되었다.

　"설마 저를 살리신 건가요? 갑1 사자님이 저 때문에……."

　"너 때문이 아니다. 내 욕심 때문이다. 내가……, 너한테서 잊히고 싶지 않아서……. 네 마음속에서 죽고 싶지 않아서……. 조금만 더 너와 있고 싶은 것뿐이다."

　그들의 입맞춤은 짧았다. 함께 숨어 있었던 시간은 더 짧았다. 하루를 넘기지도 못하고 금방 발각이 되고 말았다. 갑2와 갑4, 갑5에 의해서였다. 찾아낸 그들도 모두가 혼란스러웠고, 모두가 슬펐다. 누구 하나 괴롭지 않은 마음이 없었다. 지금 이 사태에 이르기까지 잘못이 없는 월직은 아무도 없었기 때문이다. 갑1과 세 명의 월직은 바다 위에 서서 대치했다. 갑2가 참담하게 말했다.

　"내가 그때 실수만 하지 않았더라면……."

　갑4도 말했다.

　"내가 저승의 과일을 건네지만 않았어도 더 이상 우리를 보는 일은 없었을 텐데……."

　갑5도 말했다.

　"내가……, 내가 갑1 사자를 이승에 보냈다. 연화와 재회하게 만들었어."

　갑1이 말했다.

"내가 사랑한 거다. 누구의 잘못도 아니야. 미안하다."

그들의 죄책감을 덜어 주고 싶었지만 소용이 없었다.

"우린 인간이 아닌데, 어떻게 인간의 마음을 가진 것이냐."

"옥황국의 신들이나 저지르는 잘못이다. 저승을 관장하는 우리 월직만큼은 그래선 안 되는 거다."

갑5와 갑4의 말에는 한탄만 있을 뿐 비난은 없었다. 자신들이 가지지 못한 마음이라고 해서, 갑1도 가지지 말라는 법은 없었기에.

"이미 생긴 마음이다. 가지고 싶어서 가진 마음이 아니다. 연화의 기억 속에서 아직은 죽고 싶지 않아."

갑2가 눈물을 흘리면서 말했다.

"우리 월직에겐 생성된 염라부명장을 지켜야 하는 의무가 있다. 이를 파기한 것은 위법이다. 갑1 사자, 너는 죄를 지었어. 저승으로 돌아가서 이 일을 보고하고……."

갑1은 염라부명장을 파기하려던 것은 아니었다. 잠깐만 숨겨 둘 생각이었다. 그런데 갑5가 빼앗기지 않으려고 당기는 바람에 파손된 것이다. 하지만 이에 대한 핑계는 대지 않았다.

"난 저승으로 돌아가지 않을 거다! 연화가 사는 이곳은 이승이 아니라 지옥이야. 그녀만 이 지옥에 놓아두고 갈 수가 없어."

"정신 차려, 갑1 사자! 네가 없는 염라국은 있을 수가 없어!"

"다른 월직들처럼 긴 휴식기를 달라는 게 아니다. 아주 조금만 더 같이 있게 해 다오. 그 후에 내가 직접 데리고 갈 테니까. 내가 지은 죄에 대한 벌은 그때 전부 받으마."

"미안하다. 우린 강제로라도 너를 끌고 가야겠다."

갑2가 활시위를 당겼다. 갑4와 갑5도 각각 창과 언월도를 휘둘렀다. 서로 싸우는 동안 모두의 마음이 다쳤고, 모두의 몸에 상처가 생겼다.

D-5

스마트폰의 벨소리가 울렸다. 영원은 펜대를 놓고 얼른 폰을 잡았다. 심오가 아니었다. 심오를 기다리는 것이 아니라, 그가 전해 줄 갑1의 소식을 기다리는 중이었다. 여전히 그에게서는 감감무소식이었다. 영원이 통화를 눌렀다.

"응, 이모."

— 6월 4일이 무슨 날인지는 알지?

"당연히 알지."

돌아가신 어머니의 생신이었다. 영원은 부모님의 태어난 날과 죽은 날을 전부 기억하고 있었지만, 납골당을 제대로 찾아본 적이 없었다. 지금까지 공포로부터 회피만 해 왔기에 찾아뵐 수가 없었다.

— 어떻게 할래?

"이번에는 갈 거야. 지하철도 버스도 탈 수 있으니까. 택시도 가능해."

— 아……, 진짜 좋아졌나 보구나.

스마트폰 너머로 전해져 오는 이모의 목소리에서 감격의 떨림이 느껴졌다.

"엄마 아빠 보러 가서 꼭 이모한테 전화할게. 영상통화, 하하하."

― 거긴 외따로 떨어져 있으니까 택시 대절해서 다녀와.

"지하철 타고 가서 버스로 환승해서 다녀올 거야. 버스에서 내려서 낯선 길을 좀 걸어야 하지만, 나 그것도 다 마스터했어. 그렇게 가서 엄마 아빠한테 나 이만큼이나 좋아졌다고 자랑하고, 미뤄 왔던 인사 다 하고 올게. 이모도 기다려! 내가 비행기 타고 가서 이모 막 괴롭혀 줄 테니까."

― 제발 괴롭혀 다오. 심심해 죽겠다.

"심심하긴. 거긴 이모 말고도 예전 순정만화계의 3대 마녀들 거주 중이시잖아. 나 거기 가면 살벌하게 물어뜯길 거야."

― 물어뜯겨? 하하하, 그 전에 큰 가마솥에다가 널 넣고 푹 고아 낼 거다.

"가마솥? 하하하, 날 고아 드시고도 남을 분들이지. 끊을게."

영원이 웃으면서 전화를 끊었다. 옆에서 대화를 듣고 있던 민아의 손이 저절로 기도하는 자세가 되었다. 경민도 같은 자세였다. 여차하다간 무릎까지 꿇을 기세였다.

"작가님, 제주도 저희도 데리고 가 주세요. 비행깃값 정도는 저희도 이미 벌어 놨고요, 물어뜯기는 것도 저희가 할게요. 가마솥? 까짓 저희가 불 피워서 들어가 앉죠, 뭐."

"직접 사인받을 만화책 쟁여 놓은 지 오래됐습니다. 그러니까 꼭!"

영원이 잠시 고민했다. 비행기는 아직 자신이 없었다. 다른 것은 전생의 기억이지만, 비행기 사고에서 부모를 잃은 건 현생의 기억이었다. 그것의 상처는 아직도 생생했다. 하지만 이것도 결국 떨치고 일어서야 하는 과제였다. 현생일지라도 이것 또한 지나간 사고일 뿐이다.

"날짜 한번 잡아 보자. 너희들한테 민폐가 될지도 모르지만, 도움 좀 받자."

경민이 두 주먹을 불끈 쥐어 보였다.

"짐은 제가 들겠습니다!"

"내 팔뚝도 굵어, 하하하. 비행기 탈 때 조력자 찬스 부탁한다는 의미야. 약 안 먹고 도전해 볼까 하거든."

민아가 신나서 말했다.

"좋아요! 제가 작가님 혼을 빼 드릴게요. 비행기라고 느낄 틈도 없을 만큼."

"그건 곤란해. 우리 셋 모두 하늘에서 던져질 거야. 나는 아직 나는 법을 못 배웠어."

"낙하산 정도는 주고 던지겠죠, 뭐. 하하하."

영원은 스마트폰을 들고 일어나서 거실로 나갔다. 심오에게 전화를 걸었다. 그는 얼마 지나지 않아 목소리를 들려주었다.

— 영원 씨?

"그, 그냥 전화했어요. 가빌한테서 연락 없나 하고."

— 저승 쪽 일이 쉽게 수습이 안 되나 봐. 곧 소식 있을 거야.

"6월 4일에 부모님 납골당에 다녀올 예정인데, 그때 가빌이 오게 되면 집에 아무도 없을 수도 있어서……."

— 내가 전해 줄게. 영원 씨도 한 시간에 한 번씩은 간단한 문자라도 해. 내 폰이 갑1 사자 폰이라고 생각하고. 나중에 한꺼번에 보여 주면 되니까.

"예. 그런데 왜 저한테 자꾸 문자를 보내라고 하죠? 마치 안전을 확인하려는 것처럼."

— 말 그대로 안전 확인. 난 영원 씨의 담당 의사잖아. 건강 체크라고 생각해 줘.

심오는 영원과의 전화를 끊었다. 그리고 진료실 창문으로 밖을 내다보았다. 그의 한숨이 깊었다. 6월 6일이 곧 다가온다. 닷새밖에 남지 않았다. 6월 4일에 부모님 납골당에 다녀오는 건 아직 날짜가 남았으니 별문제 없을 것이다.

문제는 저승에 묶여 있는 월직들이었다. 반드시 돌아오겠다며 장담하고 간 갑21조차 연락 두절인 상태였다. 저승으로 입국하는 건 어려울지라도, 출국은 비교적 쉬웠다. 공석인 캡슐의 도움을 받으면 되니까. 그런데도 아직 오지 않는 것을 보면 사고가 난 게 분명했다. 그렇다고 자신까지 저승으로 들어가 볼 수는 없었다. 영원을 지키는 최후의 보루가 이제 자신밖에 남지 않았음을 알기 때문이다.

"전부 다 해결이 안 된 건가? 제발, 갑21 사자라도 돌아와 다오."

4

바다 위에서는 결판나지 않는 싸움이 계속되었다. 죽지 않는 자들끼리의 싸움이었을 뿐만 아니라, 갑1이 최선을 다해 다른 세 명을 죽이려 들지 못했기 때문이다. 갑1의 목표는 그들을 포기시키는 거였고, 그들은 포기하려고 하지 않았다. 갑1을 위해서라도 세 명은 최선을 다해 버텼다. 갑1을 저승으로 데리고 가는 것만이 그를 지키는 길이라고 믿었다.

바다 위에서 만신창이가 되어 서로를 경계하며 숨을 고르던 중이었다. 갑자기 검은 돌들이 그들을 한 명씩 에워싸기 시작했다. 암흑의 감옥이었다. 이것은 순식간에 모두를 삼키고 저승으로 이동했다.

네 개의 감옥 칸이 가운데를 비우고 띄엄띄엄 마주 보듯이 위치했다. 하지만 건너편의 감옥은 보이지 않았다. 어둠 속에서 오로지 혼자만 감옥에 갇힌 듯한 모습이었다. 아무리 목청 껏 외쳐도 자신의 목소리 외에는 들리는 것이 없었다. 가운데에 불이 밝아졌다. 그곳에 삼각으로 등을 맞댄 3대신, 즉 연직들이 나타났다. 갇힌 네 명의 월직들에게는 한 면만 앞이 보였다. 그곳만 유리로 된 듯 투명했다. 모두가 똑같이 외쳤다.

"여기가 어디야!"

하지만 다른 월직들의 소리는 들리지 않고 오직 자신의 목소리만 들렸다. 연직들이 동시에 대답했다.

"암흑의 감옥이다. 너희들은 모두 여기에 갇혔다. 대체 이게 무슨 난리인 것이냐!"

갑2와 갑4, 갑5는 지쳐 있었다. 그래서 감옥인 걸 안 순간 모두 주저앉았다. 다리에 힘이 빠져서가 아니었다. 지금의 사태가 절망스러웠다. 갑1을 원망하면 될 터인데, 그들은 자신들의 잘못을 책망했다. 갑1을 망친 것이, 그를 타락시킨 것이 자신의 탓이라고만 생각했다. 하지만 갑1은 염력으로 감옥을 부수려고 했다. 외딴 섬에 홀로 둔 연화에 대한 걱정 때문이었다. 연직들이 갑1에게만 들리도록 말했다.

"갑1 사자, 그만둬라. 여기에 인간 여자도 있다."

갑1이 멈추고 연직들이 보이는 벽을 향해 섰다.

"연화가 이곳 저승에 있단 말이냐! 죽인 것이냐!"

"살아 있다. 산 채로 데리고 온 것이니 염려 마라. 우린 살인은 하지 않는다."

"삼도천이 이승으로 돌려보내 주지 않을 텐데 대체 무슨 생각으로 데려온 거야!"

"삼도천의 허락하에 데려온 것이다. 전에도 한 번 여기에 왔었다며? 삼도천도 자신의 잘못으로 인해 벌어진 이 사태를 어떻게든 수습해 보고 싶은 게지."

저승에서 이승으로의 영혼 탈출을 막기 위해 존재하는 것이 삼도천. 7살의 연화를 데리고 삼도천을 건너던 갑1을 막지 못한 건 제 역할을 다하지 못한 것이었다. 삼도천은 연직을 도와줌으로써 이 사태를 해결할 수 있으리라 여겼다. 갑1은 자신의 다친 몸을 감옥 여기저기에 부딪쳤다.

"날뛰지 마라! 네가 이 감옥을 부수면 저 인간에게도 영향이 가니까. 이 감옥은 서로 이어져 있어, 한곳이 무너지면 전부 무너진다."

갑1은 더 이상 날뛰지 않았다. 대신 간청했다.

"보여 줘."

월직들을 가두고 있던 감옥 칸들이 한곳을 비우기 위해 조금씩 움직였다. 비워진 공간에 감옥 한 칸이 나타났다. 그 속에 있는 건 연화였다. 연화는 불빛이 나타나자마자 그곳을 향해 섰다. 그리고 보이지 않는 방어벽을 두드리며 갑1을 목청껏 불렀다. 연직들은 갑1에게만 연화의 감옥 칸이 보이게 해 주었다. 갑1의 눈에 갇혀 있는 연화의 모습이 들어왔다.

"안 돼! 연화는 인간이다. 이곳은 인간에겐 공포라고!"

"금방 돌려보내 줄 예정이다. 단, 네가 어찌하는가에 따라 감옥 안에서 지체하는 시간은 달라질 것이다."

연직 중에 2대신이 연화에게로 다가갔다. 각진 사모를 쓰고 얼굴을 천으로 가린 모습이었다.

"인간은 듣거라. 우린 저승의 사자들이다. 너는 아직 죽은 것이 아니니, 두려워 마라."

연화에게는 자신의 안위 따윈 중요하지 않았다.

"가, 갑1 사자님은요? 그분은 어떻게 되셨……."

2대신이 몸을 비켜 건너편이 보이게 했다. 갑1이 이곳을 보고 있었다. 걱정과 슬픔이 뒤엉킨 표정이었다. 서로의 목소리는 들리지 않았다. 2대신이 다시 몸으로 가로막으며 말했다.

"갑1 사자는 지금 감옥에 갇힌 것이다."

"가, 감옥이요? 아, 아닙니다! 그분 잘못은 하나도 없습니다. 제가 살려 달라고 간청한 것입니다. 그분은 착해서, 너무 착해서 제 말을 들어준 잘못밖에 없습니다. 모두 제 잘못이니 벌은 제가 받겠습니다. 그러니 제발, 제발 갑1 사자님은 풀어 주세요."

"벌은 네가 받겠다고 하였느냐?"

"네! 제가 받겠습니다. 전부 저한테 내려 주십시오."

"저승의 벌을 우습게 생각하는구나."

"그런 것이 아닙니다. 그분이 벌을 받는 것이 제게는 더 큰 지옥이기에……."

끊임없이 졸랐다. 봐 달라고 조르고, 와 달라고 조르고, 사랑해 달라고 졸랐다. 그렇기에 연화는 이 모든 사태가 진심으로 자신의 죄라고 생각했다. 2대신이 고개를 끄덕인 다음, 다른 연직들에게로 돌아갔다. 그리고 세 명이 머리를 맞대고 논의했다.

"저 인간에게는 아무런 잘못이 없다. 인간에게는 사랑하지 않은 죄는 물을 수 있어도, 사랑한 죄는 물을 수 없으니. 죽어서 제대로 된 심판을 받기 전에는 우리가 어찌할 수가 없어."

"잘못은 갑1 사자와 우리 월직들이 저질렀다."

"하지만 갑1 사자는……. 대체 이 일을 어쩌면 좋단 말인가. 다른 월직도 아니고, 갑1 사자가 문제를 일으킬 줄이야!"

"그가 없으면 우리 염라국은 안 돼. 아직도 뇌제가 서슬 퍼렇게 노리고 있는데, 갑1 사자 없이 어떻게 방어를 할 수 있겠나."

연직들이 감옥 칸에 있는 월직들을 훑어보았다. 갑1뿐만이 아니라, 다른 월직들의 마음도 모두 상처가 심했다. 이들도 뇌제를 방어하는 전투조였다. 게다가 이 네 명이 해내는 업무량은 다른 월직들로 채우는 건 불가능했다.

"허! 이걸 어떻게 수습하지? 난국이로구나!"

"이 문제가 발생하기 전으로 돌릴 수만 있다면 좋으련만……."

처음에 이 말은 한탄을 뱉은 것뿐이었다. 하지만 이 방법밖에 없다는 생각이 들기 시작했다. 세 명의 연직은 여기에 대해 의논했고, 재빨리 결론을 내렸다. 자초지종을 알아보고 깊게 논의할 시간적 여유가 없었다. 암흑의 감옥이 살아 있는 인간에게 어떤 영향을 줄지 그들도 모르는 상황이었다. 연직들이 갑1에게 말했다.

"갑1 사자! 다른 세 명의 월직들이 현재 몹시도 괴로워하고 있다."

갑1도 본의가 아니었기에 고통스러웠다. 그들이 스스로를 책망하는 것도 괴로웠다. 자신이 가진 마음은 그들과는 상관없었다. 그의 자유였고 그의 의지였다.

"넌 그들의 죄책감을 덜어 줘야 할 책임이 있다. 우린 할 수가 없다. 하지만 너라면 할 수 있을 것이다."

"어떻게?"

"그들에게서 기억을 추출해라. 이 일과 관련된 기억들만. 아울러 너의 기억도."

"마, 말도 안 되는 소릴 하는구나. 나의 죄가 아무리 크다고 해도 그 벌은……."

"해야만 할 거다, 저 인간을 위해서."

연직들이 일제히 몸을 비켜 갑1의 눈에 연화가 보이게끔 했다. 그리고 연화의 칸을 가까이 옮겨 왔다. 갑1에게 그녀의 모습을 재차 확인시킨 뒤에 다시 뒤로 옮겨 보이지 않게 했다.

"우린 선례가 없어서 모른다. 살아 있는 인간의 생체가 이곳 암흑의 감옥에서 어떻게 되는지. 이 공포스러운 암흑에 갇혀 인간의 노화와 같은 속도로 빠르게 죽어 갈지, 보다 더디게 천천히 죽어 갈지, 아니면 수천수만 년이 흘러도 죽지 않은 채로 암흑 속에 있을지. 결과를 모른다는 것은 두려운 일이지."

"그건 절대 안 돼! 연화에겐 아무 잘못이 없단 말이다!"

"안다! 모두 너의 잘못이지! 하지만 저 인간은 너의 죄를 대신 받겠다고 하였다."

"벌을 대신 받는 건 우리 규칙에는 없다! 연화에겐 아무 짓도 하지 마! 이승으로, 그녀가 원래 살던 자리로 돌려보내 다오.

만약에 허튼짓을 한다면, 내가 너희들을 갈기갈기 찢어 소멸시
켜 버릴 것이다."

월직들이 죽지 않는 것처럼 연직들도 마찬가지인 존재였다.
하지만 진짜 분노한 갑1이 하려고 든다면, 완전한 소멸까지는
안 되더라도, 소멸에 가깝게는 될 수도 있었다. 하지만 연직들
은 물러나지 않았다.

"다시 한번 말하지만, 네가 하기에 달렸다."

갑1은 완고하게 고개를 저으면서 말했다.

"기억 추출은 죽은 인간의 영혼에서만 해야 한다. 살아 있는
인간에게서도 하면 안 되는 일이다."

"해서는 안 되는 일이라 하지 않는 것뿐이지, 불가능한 건 아
니다."

"우리한테서 기억을 추출하는 건 더 불가능하다. 하물며 특
정 기억만은 더욱더 그렇고. 불가능한 것을 제시하여 협상하려
들지 마라."

"상황 파악이 안 되나 보군. 너는 지금 불가능도 가능으로 바
꿔야 하는 상황이다. 우리한테는 이 사태를 수습해야 할 의무
가 있다. 어떤 더러운 수를 쓰더라도! 이 사태의 수습은 네가
저 인간을 잊는 것뿐이다!"

연직들에게는 염라국의 안전과 관련해서는 초법적인 권한이
있었다. 그리고 갑1의 이탈은 염라국의 안전과 직접적인 연관이
있었다.

"갑1 사자! 어렵게 생각하지 마라. 저 인간은 자신이 살던 곳

으로 보내고, 너희들은 너희가 살던 대로 살게 하라는 뜻이다. 죄를 지은 네 손으로 직접. 그것으로 벌을 대신하겠다. 자연스러운 규칙으로 돌아가는 거다. 너희들이 질서를 교란시키기 전으로. 그러면 모두가 편안해진다."

"편안? 연화는 태어나서 지금까지 단 한 번도 편안했던 적이 없었다."

"어떻게 할 것이냐? 저 인간을 계속 암흑 속에 둘 것이냐, 아니면 이승으로 돌려보낼 것이냐?"

갑1이 힘없이 주저앉았다. 현재 모두가 상처를 가지고 있었다. 그들끼리 만든 상처였다. 하지만 월직의 특성상 금세 흔적도 없이 아물 것이다. 상처가 아물기 전이라면, 기력이 회복되기 전이라면 가능할지도 모른다는 생각이 들었다. 갑1이 고개를 숙인 채 말했다.

"이승으로 돌려보내 다오. 내가 잊을 테니."

연화의 감옥이 사라졌다. 갑1은 마지막으로 기원했다.

'연화, 너의 다음 생은 부디 평화로운 시대에 태어나, 마음 졸이는 일 하나 없이 평화롭게 살다가 가기를……. 그때는 나를 미리 만나지 않기를…….'

이불을 밀치며 갑1이 일어났다. 그의 발이 침대에서 내려섰다. 그의 손은 옆에 걸쳐 둔 긴 도포를 잡아 몸에 걸쳤다. 커다랗게 뚫린 둥근 창문이 저절로 활짝 열렸다. 그리고 기둥과 벽만 남고 모든 방문도 열렸다. 집 밖으로는 억새풀이 바람에 흔들리는 것 하나 없이 꼿꼿하게 펼쳐져 있었다. 집사가 방으로 들어와서 허리를 숙여 인사를 했다.

"처음 뵙겠습니다. 오늘부터 여기서 새로 일하게 되었습니다."

갑1은 그를 알아보았다. 이전에도, 또 그 이전에도 이 영혼은 갑1의 집사를 지원하여 왔었다. 언제나 처음 뵙겠다는 인사를 하며……

"다른 곳도 지원할 수 있었을 텐데, 왜 나한테로 온 것이냐?"

"이상하게 그러고 싶었습니다."

갑1이 아무 감정 없는 목소리로 말했다.

"와 줘서 고맙다. 다음 생까지 편히 쉬었다 가라."

"예. 그리고 사자부의 전갈입니다. 자택에서 좀 더 쉬셔도 된다고 합니다. 혹여 일이 생기면 연통을 보낸다고 했습니다."

"알았다."

집사가 인사를 하고 물러났다. 갑1은 둥근 창 앞에 놓인 의자에 앉으려고 상체를 기울였다. 볼 옆쪽으로 흘러 내려온 긴 머리카락이 보였다. 색이 사라지고 없는 머리카락이었다. 그는 머리를 쓸어 넘기고 의자에 앉아 등받이에 몸을 기댔다. 창밖으로 보이는 억새풀은 죽은 것을 박제라도 한 것처럼 아무런 움직임이 없었다. 갑1도 그랬다. 기억에는 기쁜 일도 없었고 슬픈 일도 없었다. 언제나 앉던 의자였고, 언제나 살던 집이었고, 언제나 보던 마당이었고, 언제나 되풀이되던 생활이었다.

"모든 것이 낯설구나."

갑1은 자신의 두 손을 들어서 손바닥을 바라보았다. 상처 하나 없이 깔끔한 손이었다. 이 손으로 무언가를 만졌던 적이 있었던가? 갑1이 중얼거렸다.

"나조차도……, 낯설구나."

갑1은 창문을 보면서 억새풀처럼 미동도 없이 오래도록 앉아만 있었다. 그의 모습은 영혼 없는 인형과도 같았다.

D-4

수사관 두 명이 예전에 들렀던 슈퍼마켓에 들어갔다. 옛날에 이정희가 살았던 동네의 그 슈퍼마켓이었다. 그들은 바닷가 쪽 배낚시 선주들에게 고강수의 CCTV 영상 캡처 사진을 보여 주고, 배낚시 단골임을 확인하는 데 성공했다. 고강수는 옛날부터 종종 배를 타고 바다 한가운데로 나가 낚시를 했다는 증언을 쉽게 들을 수 있었다. 수사관들은 그가 그곳에서 사체 토막을 유기했으리라 짐작했다.

이 동네를 다시 찾은 이유는 민아의 엄마인 이정미의 인터뷰 덕분이었다. 그녀가 장례식장에서 본 고강수를 기억하고, 들었던 내용을 이야기해 준 것이다. 슈퍼마켓 주인 할머니도 캡처 사진을 보자마자 이 동네 주민임을 확인해 주었다. 아울러 낚시를 즐겨 다니는 걸 본 적 있다는 목격담과 손목뼈 근처의 작은 흉터에 관한 이야기도 들려주었다.

고강수가 살고 있다는 옥상으로 조심스럽게 올라갔다. 아직 영장도 없었기에 확인차 방문하는 거였지만 발걸음에는 긴장이 묻어났다. 그런데 옥탑방에는 아무도 없었다. 텅 빈 상태로 문까지 활짝 열려 있었다. 살림살이 하나, 종이 쪼가리 하나 없었다. 방문 앞의 옥상 마당 귀퉁이에는 버려진 낚시 도구들만 뒹굴고 있었다.

갑1이 눈을 떴다. 온통 캄캄한 세상이었지만 한쪽에서 불빛이 느껴졌다. 갑1이 가까스로 목소리를 내 보았다.

"영원……."

갑3이 그의 곁으로 다가와 속삭였다.

"갑1 사자, 정신이 드나?"

갑1이 몸을 일으켜 앉았다.

"갑3 사자? 여긴 어디……, 아! 암흑의 감옥이구나."

"기억은?"

"전부 돌아왔다."

"어두워서 분간은 잘 안 되지만, 너의 머리카락 색깔도 돌아온 것 같다. 내 기억 속에서도 1천 년 전의 네 머리카락 색깔이 돌아왔거든. 그것도 네 짓이냐?"

"아마도 아닐 거다. 우리들의 기억을 추출한 것을 마지막으로 내 기억은 없거든. 내가 한 짓이라면 기억 추출 후니까 기억을 하고 있었겠지."

갑1의 머리카락 색깔이 바뀐 것은 연직들에게는 청천벽력과도 같은 사고였다. 월직이 스스로의 기억을 추출한 것이 처음이었기에 이러한 부작용이 나타날 줄 몰랐던 것이다. 그런데 일은 이미 벌어졌고, 그 상태에서 또 다급하게 뒷수습을 하여야만 했다. 그들에게는 상징이 없었기에 기억 추출은 불가능했다. 그래서 그들이 생각해 낸 방법은 자신들의 힘을 모아서 바뀐 머리 색깔을 사자들의 기억에 덧입히는 것이었다. 언 발에 오줌 누기 식의 수습이었다. 이렇게 엉성한 수습이었음에도 불구하고 지금까지 별문제를 일으키지 않았던 이유는, 월직들은 과거를 회고하는 일이 드물고, 일 외에는 서로 대화를 거의 하지 않을 뿐만 아니라, 서로의 외모, 심지어 자신의 외모에조차 관심을 두지 않는 특징 때문이었다.

"가장 문제였던 염라부명장은 기억에서 찾았다. 갑5 사자는?"

"다른 칸에 감금돼 있다. 보이지 않고 들리지는 않아도, 여기 전부 다 있어."

"연직들이 가둔 거로군. 예전에도 그랬으니. 여기 얼마나 있었나? 날짜는?"

"6월 6일까지는 나흘 남았다."

"젠장! 연직들은?"

"잠시 사라졌다. 다급하게 사라진 거로 봐서는 아마도 뇌제 일로 여길 비운 것 같아."

"염라부명장은 찾았지만 아직 모르는 문제가 남아 있어. 영원의 33년 윤회. 단지 염라부명장이 파손된 것만으로 그런 저주가 생길 수는 없어. 자세한 내막은 연직들만 알 거다."

염라부명장이 갑1의 손에 의해 사라졌던 그해, 연화는 33살이었다. 하지만 이 감옥에서 마지막으로 보았을 때까지 죽지는 않았었다. 연직들이 살려서 보내 준다고 했었다. 삼도천도 협조를 한다고 했다. 그땐 약속을 지켰으리라 생각했었지만, 현재까지 이어진 결과를 보면 의심이 들었다. 그때는 음력이 기준이었으니, 지금의 양력으로 계산하면, 그때 감옥에 갇혔던 날짜도 지금 날짜와 얼추 비슷했다.

"연화도 6월 6일에 죽었나? 이 감옥에서? 아니면 이승으로 나가서?"

염라부명장은 그때 확실히 파손되었다. 저주는 그때부터 시작이었던 건가?

"무슨 말이야? 인간인 연화가 이 감옥에 갇혔었단 말이야?"

"그래. 산 채로."

"연직 그 자식들 미쳤던 거 아니야? 죽음을 경험한 인간한테조차 여긴 공포인 곳인데!"

"연직들만 탓할 수는 없어. 염라부명장을 파기한 나의 죄가 연화를 힘들게 만든 가장 큰 원흉이니까."

갑1이 일어섰다. 그리고 돌벽을 두드려 보았다. 바닥도 발바닥으로 느껴 보았다. 갑3이 말했다.

"나도 부수려고 해 봤는데 소용없었어."

"부수려는 게 아니야. 방법을 찾는 거다. 연직이 이걸 조종한다면, 나도 할 수 있을지 모르니까. 난 영원에게 가야 한다, 반드시."

"연직들 몰래 탈출하겠다는 거냐?"

"아니, 연직들을 잡을 거다. 그래야 그들을 취조할 수 있어."

갑1이 정신을 집중해서 돌벽에 염력을 불어넣었다. 이번에는 부수는 게 아니라 움직이는 게 목표였다. 갑3도 갑1처럼 돌벽에 염력을 불어넣었다.

D-3

스마트폰 카메라로 아파트 호수가 붙어 있는 현관문을 찍었다. 영원은 이 사진을 이모와 심오의 폰으로 보냈다. 그리고 납골당으로 출발한다는 문자도 이어서 보내면서 엘리베이터를 탔다. 아침잠이 많은 이모보다 심오의 답장이 더 빨랐다.

〈드디어 오늘 종합 테스트인가? 파이팅!〉

이것이 갑1의 문자였으면 더 힘이 났겠지만, 어쩔 수 없었다. 어느 직장이든 말단은 자기 시간 만들기 힘든 법이니까. 영원은 연화의 기억을 떠올렸다.

"그때 함께 있던 사자님들 모두 청장이니 센터장이니 하면서 한 자리씩 꿰차고 계시는데, 가빌은 왜 아직까지 일반 사자지? 혹시 연화 일로 강등당했나?"

영원은 마음이 짠해졌다. 갑1이 다시 오면 지난번에 못 먹었다던 치킨을 사 줘야겠다고 생각하면서 아파트 로비를 나갔다. 날씨는 화창했다. 여름이 일찍 왔는지, 긴팔을 입은 영원의 옷차림과는 다르게 아침인데도 제법 더위가 느껴졌다. 낮에 기온이 올라가지는 않을까 걱정되어 폰으로 날씨를 검색했다. 예상대로 낮 기온이 높을 것으로 나왔다. 폰을 보면서 지하철역으로 걸어가는 영원에게 예전의 두려움은 전혀 없었다. 영원은 인도를 걸었다. 그런데 도로를 건너 반대편 인도 쪽에서 뒤따라 걷는 남자가 있었다. 가방을 배낭처럼 메고 벙거지 모자를 쓴 그는 고강수였다.

　혼자서는 불가능했다. 연직들도 세 명의 힘을 한꺼번에 모아서 조종하는 감옥이었다. 다행히 이번에는 갑3도 함께였다. 그리고 갑3은 이 돌들이 어떤 형태로 분리가 되는지를 보았다. 갑1과 갑3의 염력이 합쳐졌다. 돌들이 조금씩 움직이기 시작했다. 처음의 움직임은 더뎠다. 하지만 한번 몸에 익숙해지자 속도는 순식간에 빨라졌다.

　그들은 자신들을 가두고 있던 벽을 밀어내 돌들을 하나씩 분리해 냈다. 그것들은 갑1과 갑3을 남겨 두고 공중으로 흩어졌다. 이 감옥은 연직들의 말대로 전부 이어져 있었다. 칸 하나가 흩어지자 다른 월직을 가두고 있던 칸들도 쉽게 해체할 수 있었다. 돌들이 암흑의 감옥에서 사라졌다. 감옥 칸들이 사라진 곳에는 광활한 공간과 여섯 명의 월직만 남았다.

　갑21이 재빨리 지옥의 불을 다시 불러들여 공간을 밝혔다. 월직들은 갑1과 갑3에게로 다가왔다. 하지만 갑1과 갑3은 여전히 정신을 모으고 있었다. 이곳에서 사라졌던 돌들이 돌아오고 있었다. 그것들은 연직들을 한 명씩 가둔 총 세 칸의 형태로 재조립되어, 비어 있던 공간에 띄엄띄엄 고정되었다. 월직들은 연직들이 이전에 섰던 가운데 자리에 모두 모였다. 연직 중에 영의정이 말했다.

　"이렇게 될까 봐 둘을 같이 가두지 않으려고 하였는데. 하필 갑1 사자와 갑3 사자가 한 칸이었다니."

갑3이 거만하게 말했다.

"우연이 아니다. 나의 촉이 떨어지면 안 된다고 가르쳐 줬거든."

"우릴 이렇게 묶어 두면 안 될 텐데?"

갑1이 대답했다.

"안 될 이유는 없다."

"뇌제가 있다는 걸 잊었나?"

"잊었다. 나는 단순해서 지금 한 가지 생각밖에 못 해. 그래도 너희가 원한다면 현재 뇌제의 소식을 들어 줄 용의는 있다."

갑1이 이렇게 말하자, 정작 연직들은 아무 말 못 했다. 갑3이 짐작으로 말했다.

"오호라! 뇌제의 분쟁은 옥황국 쪽으로 넘어간 거로군. 아니면 너희가 이렇게 우리를 가둬 둘 리가 없지."

정곡을 찔렀다. 연직들은 굳게 입을 다물었다. 갑1이 영의정 앞으로 다가가면서 센터장에게 말했다.

"갑5 사자! 넌 가서 연화의 염라부명장 재생시켜."

센터장이 감옥 칸 사이로 뛰어가면서 말했다.

"오케이! 연화의 마지막 염라부명장, 내가 보았다. 재생시키고 나는 중앙관제센터로 복귀하마."

갑1이 갑21에게 말했다.

"갑21 사자! 넌 재생된 염라부명장에 인도장 첨부해서 산국으로 넘겨라. 그걸로 영원의 점지 증서 만들라고 해. 급속으로."

"오케이! 산국으로 인도장 넘기고 나서, 난 바로 갑25 오빠한테로 돌아갈게. 다들 수고해!"

암흑의 감옥에는 갑1과 청장, 갑2, 갑3이 남았다. 갑1이 영의정에게 말했다.

"입 다물지 마라. 너희들은 나한테 소명해야 할 것들이 많다. 아주 많은 말을 해야 할 것이다."

영원은 스마트폰으로 이모와 영상통화를 했다. 부모님의 납골당을 배경으로 삼았다. 영원은 이모와도 많은 대화를 했고, 부모님과도 많은 대화를 했다. 공약한 대로 지하철을 타고, 버스로 갈아타고, 아무도 없는 낯선 길을 걸었다. 이것은 훌륭한 자랑거리였다. 새로 신고 나온 신발도 자랑했다. 납골당은 주말이 아니어서 한산했다. 그래서 영상통화에 별 무리가 없었다.

긴 인사 끝에 집으로 돌아가기 위해 납골당을 나왔다. 넓게 조성된 공원을 걸어 납골당 정문을 나섰다. 버스를 타러 가는 길은 올 때처럼 아무도 없었다. 어쩌다 자동차 한 대가 지나가는 정도였다. 올 때 조금 익숙해졌다고, 갈 때의 길은 낯설지가 않았다. 밤이었다면 조금 무섭기도 했겠지만, 지금은 한낮이었고, 햇빛은 쨍쨍했다. 오히려 지금 가장 두려운 건 자외선이었다.

"자외선 차단제라도 바르고 나올걸."

외출에 익숙지 않다 보니 이런 준비는 서툴렀다. 영원이 걷는 인도 옆 차도로 짙은 회색의 자동차 한 대가 그녀를 지나 뒷모습을 보이고 사라졌다. 쭉 뻗은 직선 도로였다. 그래서 앞과 뒤로 시야가 탁 트여 있었다. 잠시 후에 건너편 차도로 또 짙은 회색의 자동차 한 대가 오고 있었다. 그것은 영원을 지나갔다. 그런 줄로만 알았다. 그 자동차는 영원의 뒤에서 유턴을 해 다시 앞질렀다가 1m쯤 앞에서 인도에 바짝 붙여 정차를 했다.

영원의 발걸음이 멈췄다. 그녀가 이상함을 감지한 것과 운전석에서 벙거지 모자를 쓴 고강수가 내린 것은 거의 동시였다. 자동차가 앞뒤로 오고 간 이유는 잠깐 동안 가까워질 다른 차가 있는지를 확인한 절차였다. 영원은 그의 얼굴을 알아보았다. 공포가 그녀의 기억을 빠르게 끌어왔던 것이다. 영원은 달아나기 위해 뒤돌아 뛰었다. 하지만 몇 발짝 가지도 못하고 뒷덜미를 잡혔다. 이윽고 머리 위로 무언가가 씌워졌고, 순식간에 세상은 캄캄해졌다.

"너희들이 오해한 것이다. 우리는 약속대로 분명히 연화라는 인간을 이승으로 돌려보냈다. 삼도천의 협조하에 살려서!"

만약에 삼도천이 협조를 이행하지 않았다면 연화는 환생조차 하지 못한 채 지금까지 삼도천에 잠겨 있었을 것이다. 그러니 삼도천은 무사히 지나갔다는 뜻이 된다.

"그렇다면 33년의 패턴으로 윤회를 하는 원인은 뭐지? 6월 6일을 기점으로. 그 당시 연화도 같은 날짜에 죽었다는 의미 아닌가?"

갑1은 입을 다문 영의정의 앞을 떠나 이번에는 우의정 앞에 섰다.

"다시 묻겠다. 연화가 이승에서 계속 환생을 거듭하는 원인이 뭐지?"

우의정이 고민하다가 말했다.

"우리도 정확한 원인은 모른다. 다만……, 우리가 취한 조치가 문제를 일으켰을 가능성은 있다. 우리는 연화의 염라부명장이 파손된 것을 몰랐다. 그런 상태에서 취한 수습이어서……."

연직들은 염라부명장이 파손된 것도 몰랐지만, 또 한 가지 중요한 것을 파악하지 못했었다. 그 전장에서 연화가 죽기 직전에, 타인의 공과격에조차 기입되지 않는 저승사자의 개입이 있었다. 염라부명장의 파손과 연화의 죽음을 막은 일이 동시에 발생했고, 그로 인해 그간 누적된 문제에 더해서 공과격에 결정적인 오류가 발생하고 말았다. 연화의 공과격은 그 전장에서 전사했다는 기록을 끝으로 영원히 멈추었던 것이다. 염라부명장은 발급이 된 후였기에 옥황국에서는 당연히 연화의 영혼이 저승으로 인도된 것으로 마무리되었다. 옥황국의 일이었기에 연직들은 지금까지도 이 사실을 모르고 있었다. 공과격 사본이 염라국으로 넘어오기는 했지만, 연화는 여전히 살아 있었기에 오류라고 판단하고 폐기했다. 옥황국과의 소통 부재에서 온 폐단이었다. 갑1이 우의정의 뒷말을 재촉했다.

"어떤 수습이었지?"

"아주 작은 설정이었을 뿐이다. 이승으로 돌려보낼 때, 연화는 갑1 사자를 잊기 전에는 저승의 땅을 밟지 못한다는 설정을 하였다. 그런데 그게 이런 사태를 만들었다는 것이냐?"

갑1의 온몸에서 분노가 소용돌이쳤다. 그 기운은 암흑의 감옥 안에서도 숨겨지지 않았다.

"죽으면 어차피 기억 추출을 하지 않나! 그런데 굳이 그런 설정은 왜 한 것이야!"

"연화가 잊어야 하는 것은 기억이 아니었다. 마음이었다."

입을 다물고 있던 영의정이 말했다.

"인간의 마음은 쉽게 변한다, 기억보다도 더. 그리고 마음이 변하면 기억도 변한다. 인간은 한 일생에서도 여러 번의 사랑을 한다. 지금의 사랑에 집중하게 되면, 지난 사랑은 기억은 남더라도 마음은 사라지는 경우가 많아. 우린 연화도 인간이라 쉽게 변할 마음이라고 생각했었다. 갑1 사자를 잊기 전에는 저승의 땅을 밟지 못한다는 말은, 바꿔 말하면 다른 사랑으로 갑1 사자에 대한 마음이 옅어지면 저승의 땅을 밟을 수 있다는 의미였다. 연화라는 한 일생 안에서 끝날 일이라고만 생각했다고. 그런데 그 마음이 1천 년이 지난 지금까지 이어질 줄은 정말 몰랐다."

공과격의 기록이 멈췄으리라 짐작조차 못 했던 연직들은 연화가 다음에 또 죽을 때는 당연히 새로운 염라부명장이 재생성되리라고 생각했다. 좌의정이 말했다.

"우리도 지금 황당한 상태다. 오죽하면 요즘 염라의 재판이 비상이라는 소문을 듣고도 연화의 문제일 거라고는 짐작도 못 했겠나. 그때는 정말 잘 마무리되었다고 생각했었다. 인간의 마음을 가벼이 여긴 우리의 잘못임을 인정하마."

사자청과 마찬가지로 염라대왕의 재판부도 별개의 독립자치

지구라 의정부의 영향권에서 벗어나 있다. 그래서 일일이 보고를 하는 일은 없다. 큰 문제가 발생했을 시에도 염라국의 안전을 위협하지 않는 선이라면 관여하지 않는 형식이었다. 의정부의 역할은 염라국의 방어와 거주하고 있는 인간의 영혼을 관리하는 데 집중되어 있었다. 좌의정이 계속 말했다.

"연화가 33살에 죽었나? 이승으로 돌아가서 바로? 공교롭게도 패턴이 자동으로 설정되기 딱 좋은 숫자였구나. 하필 천계의 나이일 때, 쯧!"

33은 자고로 하늘의 숫자라 일컬어졌다. 인간의 생애에서도 가장 큰 전환이 이뤄지는 나이, 마치 나비처럼 애벌레의 삶을 살다가 변태하여 새 삶을 시작하는 나이, 죽음과 부활이 혼재하고 있는 나이가 바로 33살이었다. 한 인간 영혼에게 모두가 하나 이상의 크고 작은 실수와 잘못을 했다. 어느 것 하나 영향을 미치지 않은 것이 없었다. 이것들이 계속 누적되어 끔찍한 저주가 되었다.

갑1이 감옥을 전부 해체하여 연직들을 풀어 주었다. 서로 간의 오해는 풀렸다. 가둬 뒀던 기억들은 모두에게 돌아갔고, 다시 기억을 추출해야 할 명분은 없었다. 무엇보다 협박을 이용하지 않으면 그럴 능력도 없었다. 영의정이 말했다.

"우리의 가장 큰 걱정은 너희들이 그 기억을 그대로 가지고 있어도 괜찮은가이다."

그래서 다시 이들을 가둬 두고 되돌아간 기억을 어떻게 할 것인가를 고심하고 있었다. 갑3이 대답했다.

"그럼 기억이 없었을 때는 괜찮았나? 우리 걱정은 집어치우고 너희들 걱정이나 해라."

연직들의 주먹에 힘이 빡 들어갔다. 갑3의 말투는 정말 적응이 되지 않았다. 영의정이 말했다.

"그때의 설정은 풀도록 하마. 하지만 지금쯤이면 33살이라는 과녁에 맞춰진 활시위는 당겨졌을지도 모른다."

"그때 연화를 어디로 돌려보냈나? 설마 내가 데려다 놓은 외딴섬으로?"

"우리가 그 정도로 멍청하진 않다. 그 인간이 살던 비래성으로 보냈다."

연화는 비래성 안으로 들어갔다. 비록 성 문지기들의 눈빛은 살벌했어도 성문을 통과하는 건 어렵지 않았다. 그런데 성안의 분위기가 평소와는 달랐다. 그녀가 한 발짝씩 디딜 때마다 인파가 갈라졌다. 이전에도 그녀를 보는 눈빛은 좋지 않았지만, 이렇게까지 무서운 눈빛은 아니었다. 너무 많은 사람이 죽었다. 이들은 아직 자신의 가족이거나 친구인 군사들의 시신도 제대로 보지 못했다. 그런데 같이 전투에 참여했던 연화는 이번에도 버젓이 살아서 돌아온 것이다. 성안의 사람들에게 연화는 영원히 죽지 않는 마귀와 다르지 않았다.

창을 든 군사들이 창끝을 연화를 향해 겨누고 앞을 막아섰다. 뒤와 옆도 창끝으로 연화의 움직임을 막았다. 연화는 창에 둘러싸인 채로 주변을 경계했다. 그녀는 군사들의 창끝에, 그리고 공포에 질린 사람들의 눈빛에 겹겹이 포위당해 있었다. 아버지가 다가오고 있었다. 핏줄이긴 하지만 도움을 요청할 상대는 아니었다. 성안에서 연화에게 창끝을 겨눌 수 있는 건 성주의 명령이 있지 않고서는 불가능하기에. 연화가 부친을 향해 말했다.

"도망친 것은 아닙니다. 그랬다면 돌아오지 않았겠지요."

"안다. 전쟁터에 있었던 너를 본 사람이 있거든. 그런데 너는 또 살아 돌아왔구나. 7살 때도 그랬지."

갑자기 연화의 등 뒤로 군사 두 명이 덮쳤다. 그들은 그녀의 어깨를 짓누르고 등 뒤로 손과 팔을 묶었다.

"전 잘못한 것이 없습니다!"

"너의 생각과 나의 생각은 다르구나."

군사들은 발버둥 치는 연화의 다리까지 꽁꽁 묶었다. 또 다른 군사들이 나무 궤짝을 가지고 왔다. 그곳에 연화를 집어넣고 뚜껑을 닫았다. 그리고 나무판 여러 개를 덧대어 뚜껑을 봉쇄했다. 안에서는 연화의 고함 소리가 새어 나왔다.

"이러는 이유를 알려 주십시오!"

부친이 다리를 낮춰 앉아 나무 궤짝에 입을 가까이하고 말했다.

"널 본 사람이 있다고 하질 않았느냐. 전쟁터 한복판에서 시커먼 갑옷을 입은 남자와 함께 홀연히 사라지는 너를 본 사람이."

"자, 잘못 본 것입니다. 바위가 날아다니고 앞뒤로 포위되어 혼비백산한 상황이라……."

"나도 널 본 적이 있다. 배를 타고 지원 나갔던 네가 갑자기 바닷가에 홀로 나타나던 모습을. 나는 네가 언제나 무서웠다. 어렸을 때부터, 줄곧."

더 이상 변명으로 밀어붙일 수 없다고 생각했다. 그래서 연화는 어려서부터 마음속에 품고 있던 한을 내뱉었다.

"무서웠던 건 제가 아니라 어머니였겠지요. 당신의 손으로 죽였던 여자의 모습이 저를 통해 계속 보였을 테니까."

그렇게 많은 사람을 죽여 온 그도 죽음의 공포 속에서 살아가고 있었다. 자신이 죽지 않으려고 죽음 앞에 다른 목숨을 제물로 던져 왔다.

"모르고 있을 거라 생각하지는 않았다만, 직접 들으니 놀랍기는 하구나. 나도 그렇고, 성안의 백성들도 그렇고, 너에게 궁금한 게 많다. 이렇게 두어도 과연 끝까지 살아 있을지가."

나무 궤짝은 성안의 넓은 뜰에 방치되었다. 먼 거리를 두고 감시하는 군사들이 교대로 보초를 섰다. 그들이 보고 싶은 것은 연화의 죽은 시체였다. 사람들은 죽음을 두려워하면서도, 죽지 않는 인간을 두려워했다. 6월 초였지만 여름이 일찍 왔는지 나무 궤짝 안은 더웠다. 먹은 거라곤 외딴섬에서 배 속의 개구리 소리를 없애고자 갑1이 잡아 준 물고기 한 마리가 다였다. 물을 마신 지도 오래된 것 같았다. 그런데 땀이 흘러내렸다. 연화는 웅크린 몸을 옴짝달싹 못 한 채 옆으로 누워만 있었다. 뒤로 묶인 손의 감각이 사라져 갔다. 다리의 감각도 사라져 갔다. 연화는 마지막에 와서야 갑5가 했던 말의 의미를 떠올리게 되었다.

'연화가 죽으면 우릴 잊게 될 거야. 이번 생에서 보고 느낀 것 전부 다. 죽음은 그런 거야.'

갑5의 말을 떠올리니, 갑1의 말도 이해가 되었다.

'내가……, 너한테서 잊히고 싶지 않아서……. 네 마음속에서 죽고 싶지 않아서…….'

"죽으면 나는 갑1 사자님을 잊게 되는 건가?"

연화는 꺼져 가는 의식 속에서도 맹세를 되뇌었다.

"나는 잊지 않아. 갑1 사자님을 내 마음속에서 영원히 살게 할 거야."

이때 이미 연화는 공과격 없이 살아 있는 인간, 즉 옥황국의 개념에서는 환각의 존재인 상태였다. 계속된 저승사자들의 생사 개입, 파손된 염라부명장, 전사를 마지막으로 기록이 멈춘 공과격, 연직들의 설정, 천계의 나이인 33살, 그리고 마지막으로 연화의 간절한 의지가 뒤엉켜 저주가 완성되었다. 언제나 저주의 가장 강력한 잠금장치는 인간의 염원이자 의지였다.

연화는 오래 버티지를 못하고, 나무 궤짝 속에 감금된 지 사흘 만인 6월 6일에 숨을 거두었다. 혼자 살아남은 죄였다. 죽음의 순간, 저승사자를 기다렸던 그녀의 영혼을 인도하러 온 저승사자는 아무도 없었다. 그리고 이날, 갑1은 기억을 새하얗게 비운 채로, 바람이 흐르지 않는 저승의 억새풀 속에 텅 빈 영혼으로 서 있었다.

나무 궤짝과도 같은 좁은 곳에, 영원은 연화가 그랬던 것처럼 뒤로 손이 묶이고 발도 묶인 채로 웅크리고 있었다. 정신은 잃은 상태였다. 영원이 들어 있는 곳은 커다란 여행 가방이었다. 고강수가 바퀴가 달린 이것을 끌고 도로 아래로 뚫린 굴다리를 터덜터덜 걸어갔다. 주변은 캄캄했고 어디에도 CCTV는 없었다. 영원의 손끝이 꿈틀했다. 이윽고 덜컹거리는 가방 안에서 영원은 눈을 떴다.

5

무체화 상태의 심오가 납골당을 나오고 있었다. 그는 의사
가운이 아닌 저승의 코트 차림이었다. 코트 주머니에서 이승폰
을 꺼내 영원에게 전화를 걸었다. 오후 2시 이후부터 8시가 지
난 지금까지 계속 전원이 꺼져 있다는 멘트만 나오고 있었다.
전화만 안 받는 것이 아니라 집에도 없었다. 한 시간마다 꼬박
꼬박 보내던 문자도 이곳 납골당에서 뚝 끊어졌다. 다른 사람
이라면 어디 다른 데라도 갔을 거라 생각할 수 있겠지만, 영원
은 그렇게 생각할 수가 없는 생활 반경을 가지고 있었다. 이건
문제가 생긴 게 분명한데도, 심오 혼자서는 어떻게 해야 할지
몰라서, 잘 되지도 않는 공간 이동을 해 가며 여기까지 온 것이
다. 이번에는 갑21 사자에게로 전화를 걸었다. 그쪽도 여전히
연결이 안 되었다.

"아직 6월 6일이 아니다. 괜찮을 거야. 제발, 갑21 사자라도 와라."

전화를 끊자마자 벨이 울렸다. 갑21이었다. 심오가 얼른 받았다.

"갑21 사자! 어디야? 사무실이야?"

— 오빠! 거의 다 해결⋯⋯.

"영원 씨가 행방불명됐어!"

— 뭐? 언제?

"오늘 오후 2시부터 연락이 안 되고 있어. 난 지금 영원 씨 부모님 납골당 근처인데 여기서부터 연락이 끊겼어."

— 미치겠네! 이제 다 해결됐다고 생각했는데! 6월 6일은 아직 사흘 남았잖아.

"그래서 나도 괜찮을 줄 알고 혼자 다녀오도록 내버려 뒀는데⋯⋯."

— 오빠는 잠깐만 거기에서 기다려 봐. 내가 우선 그 근처 CCTV부터 뒤져 볼게.

"그래. 다행이다, 너라도 와 줘서."

— 곧 다 나올 수 있어.

갑21은 전화를 끊고 PC 전원부터 켰다. 그리고 부팅이 되는 동안 저승폰으로 중앙관제센터에 전화를 했다. 복귀한 센터장이 받았다.

"센터장 오빠! 감옥 쪽은 어떻게 됐대?"

— 그쪽도 해결됐다. 연직들도 자기 위치로 돌아갔어.

"이동 금지는 언제 해제돼?"

— 뇌제 쪽은 아직 완전히 봉합은 안 된 모양인데, 우리 쪽과는 싸울 의사가 없는 거로 우리도 곧 결론 내릴 거다.

"의정부 측 독촉해서 결론 빨리 내리고 이동 금지 해제해. 여기 나영원 행방불명이야. 갑1 오빠 당장 보내 줘. 갑3 오빠도!"

— 아, 씨X! 또 X같은 일이! 알았다.

통화가 끊어졌다. 갑21은 고개를 절레절레 저으며 모니터 앞에 앉았다.

"우리 센터장 오빠는 또 직원들한테 한 소리 듣겠구나. 욕만 안 하면 나무랄 데가 없는 월직인데."

갑21은 납골당의 CCTV에서 영원을 찾아냈다. 그곳 정문을 나가는 모습도 확인했다. 그다음부터는 찾을 수가 없었다. 집으로 돌아오는 노선을 확인해 보니, 택시가 아니고서는 버스 정류장이 필수였다. 외딴곳이라 택시는 여의치가 않았을 테니 버스 정류장으로 왔을 것이다. 그런데 정류장 근처에는 CCTV도 없었다. 그나마 과속 단속 카메라가 가장 가까운데, 정류장을 지난 곳에 있어서 영원을 찾을 수는 없었다.

"아……, 어떻게 하지?"

갑21이 심오에게 전화를 하려는 그때, 허름한 이승 사무실 안에 갑1과 갑3이 동시에 나타났다. 둘은 옷을 갈아입을 틈도 없이 와서 전투복 차림 그대로였다. 갑1이 급하게 용건부터 다 그쳤다.

"대체 무슨 얘기야! 영원이 왜 행방불명이야!"

"부모님 납골당에 갔다가 나오면서 사라졌어. CCTV로는 더 이상 추적이 안 돼. 이동 금지 해제됐어? 저승 문은 아직 안 나타났는데?"

갑3이 모니터가 보이는 갑21 옆으로 가면서 대답했다.

"우선 우리만 긴급 해제. 납골당 근처 영상 다 띄워 봐."

갑1도 모니터 쪽으로 갔다. 영상으로 확인이 가능한 것은 영원의 모습뿐이었다. 적어도 이때까지는 아무 이상이 없었다는 뜻이다. 갑3이 말했다.

"그 근방 병원 다 뒤져 봐. 혹시나 응급 환자 들어왔는지. 그리고 충전기 좀 줘."

갑21이 책상 서랍에서 충전기 여러 개를 손에 잡히는 대로 잡아서 던져 주고, 근처 병원을 검색했다. 갑3은 자신의 이승폰을 충전기에 연결시켜 콘센트에 꽂았다. 갑21이 서버에 접속을 시도하는 동안 갑3은 제 폰에서 지도 로드뷰로 납골당 주변을 살펴보았다. 갑1도 그것을 자신의 머리에 입력했다.

"오빠들, 병원 두 군데 확인했는데, 나영원 들어온 기록 없어. 신원 불명자도 없고."

"길을 잃어버렸을 리는 없으니까……, 예감이 안 좋다. 나영원을 역으로 쫓아서 아파트로 출발할 때로 돌아와 봐."

갑3이 충전기에 폰을 꽂은 채로 심오에게 전화를 했다.

— 왔구나! 갑1 사자는?

"흥신소에 같이 있다. 스피커폰으로 돌릴게."

갑3이 버튼을 누르자 갑1이 질문했다.

"지금 어디야?"

심오의 목소리가 전부에게 들렸다.

— 갑1 사자구나! 난 지금 납골당과 버스 정류장 사이에서 대기하고 있어. 여기서 갑21 사자 연락 기다리는 중.

"영원과 연락은 자주 주고받았나?"

— 대략 한 시간에 한 번씩. 오늘은 환승할 때마다 치료 효과 자랑한다면서 사진 보내 줬다.

"그럼 출발할 때부터 시간에 따른 위치는 대충 알겠구나? 납골당 들어가기 전은 언제, 어디였나?"

— 오전 10시 12분, 지하철에서 내려 버스로 환승하기 직전에 정류장에서.

갑21이 물었다.

"어느 정류장인지 정확하게 몰라?"

— 그건 사진에 없었어. 납골당 홈페이지에 안내된 대로 환승할 거라고 했다. 오랜만에 찾아뵙는 거라 길을 모른다고.

갑21이 납골당 홈페이지에 들어갔다. 그리고 '찾아오시는 길'이라는 카테고리로 들어가서 확인했다. 거기에 적힌 환승 장소에서 CCTV를 검색했다. 마침 정류장이 가까스로 보이는 위치에 신호 위반 단속 CCTV가 있었다. 영원으로부터 연락받은 시간이 있어서 검색은 금방 되었다.

"나영원 여기 보여."

갑21의 말에 따라 갑1과 갑3도 영상을 보았다. 영원이 사진을 찍고 폰으로 문자를 보내는 모습이 찍혀 있었다. 이때도 전혀 이상은 없는 듯했다. 갑자기 갑3이 소리를 질렀다.

"잠깐! 방금 장면!"

갑21이 화면을 뒤로 돌렸다.

"여기!"

갑3의 외침에 따라 화면은 정지되었다. 영원과 멀찌감치 서서 등 돌리고 다른 곳을 보는 척하는 남자가 있었다. 여름에 가까워졌는데도 트렌치코트에 배낭식으로 뒤로 멘 가방이 보였다. 갑21이 소리쳤다.

"고강수와 옷이 똑같아! 가방도! 그때 화장실에서 옷 갈아입고 나왔던 그 모습이야."

"얼굴은 안 찍혔어?"

갑21이 다시 영상을 재생했다. 버스가 도착하자 사람들이 앞문으로 탑승을 시작했다. 영원이 먼저 탔다. 그리고 마지막에 고강수가 타는 모습이 찍혔다. 완전한 앞모습도 아니고 벙거지 모자로 얼굴이 가려져 있어서 일반 인간의 눈으로는 알 수 없겠지만, 앞서 다른 영상도 본 적 있는 갑3과 갑21은 단박에 알아보았다. 갑3이 탄식하듯이 말했다.

"고강수가 확실하다. 젠장!"

갑1이 아연실색하여 말했다.

"그럼 그 장례식 때부터 노리고 있었던 거야? 아니! 다른 건 지금 중요하지 않아. 이 자식이 납치했을 가능성에만 집중하자."

스마트폰 너머로 심오도 절망했다.

— 날짜만 남았다고 생각하고 그것까지는 예상을 못 했어.

그런데 나 고강수, 그 영혼 알아. 900년가량 우리 지옥에 있다가 방출되었거든.

갑21도 말했다.

"나도 알아. 장기간 벌을 받은 영혼은 우리가 모르기 힘들지."

"한심한 영혼 같으니. 어떻게 환생하자마자 또 이러고 있는지, 원."

갑3의 짜증을 들으면서 잠시 생각하던 갑1이 말했다.

"고강수 얼굴 나온 영상 보여 줘."

갑21이 장례식장에서 찍힌 영상을 재생시켜 주었다. 그것을 본 갑1이 말했다.

"역시! 이 영혼, 1천 년 전 비래성의 성주이자 연화의 부친이었다."

모두가 어처구니없다는 표정이 되었다. 스마트폰 너머 심오의 표정도 다르지 않았다.

— 엄청난 악연인데?

"잠시 끊어 봐. 다른 데와 통화 좀 하고 다시 연락하마."

심오의 전화를 끊은 갑3이 수사팀장에게 전화를 했다. 벨이 울리지도 않은 것 같은데 목소리가 들렸다.

— 강 선생님! 드디어 돌아…….

"인사는 나중에! 고강수가 여자 한 명을 납치한 것 같다."

— 네? 아니, 그걸 어떻게…….

"그건 나중에 설명할 테니까, 좀 도와줘."

— 도와 달라니요! 이건 우리 사건입니다!

갑3이 나영원에 대한 간략한 설명과 납치된 예상 시점과 지점을 말해 주었다. 그러자 수사팀장에게서 즉각적인 예측이 나왔다.

— 그 말씀대로라면 이번에 고강수가 즉흥적인 짓을 제법 했겠는데요? 일정한 출퇴근 시간이 정해져 있지 않은 여성이라 납치 날짜를 미리 정해 놓기 어려웠을 테고, 납골당도 여성이 평소 가던 곳이 아니었다면 사전 계획을 세우지 못했을 겁니다. 왜 납치 계획 세우기 힘든 여성을 타깃으로 했는지는 모르겠지만, 뭔가 이것저것 흘려 놓은 게 많을 것 같네요. 찾아보겠습니다. 아! 어떻게 납치했는지는 모르나요?

"글쎄다. 이동은 나영원을 따라 대중교통으로 했는데. 로드뷰로 확인해 보니 거기는 차 없이 이동하기 힘들겠던데? 더군다나 납치한 여자까지 데리고."

— 잠시만요. 강 선생님, 잠깐만 기다려 주십시오.

스마트폰 너머에서 다소 부산한 소음이 들렸다. 그러다가 다시 수사팀장의 목소리가 들렸다.

— 강 선생님! 그 근처에서 차량 도난 신고 접수된 것이 있습니다. 차주가 퇴근하면서 알게 되어 뒤늦게야 신고를 했답니다. 점심 먹으러 갈 때는 있었기 때문에 그 뒤에 도난당한 것 같다고 하니까 시간도 얼추 맞습니다. 시간 차가 있어서 이미 멀리 이동했을 가능성이 큽니다. 고강수가 자주 외출하지 않는 여성을 타깃으로 잡는 바람에 이 방법이 최선이었나 봅니다. 이전에 써먹어 봤던 수법일지도 모릅니다. 차 문 따고 시동 거

는 거 아무나 못 하니까요.

"차량 번호와 차종은?"

수사팀장이 차량 번호와 짙은 회색의 소나타라는 차종을 알려 주었다. 갑21이 버스 정류장을 지나서 설치되어 있는 도로 CCTV에서 차를 찾아보았다. 그동안에 갑3은 계속 연락을 주고받자는 인사를 하고 전화를 끊었다. 갑21이 소리쳤다.

"오빠들! 회색 소나타 찾았어! 차량 번호, 시간도 딱 맞아."

갑1이 물었다.

"차 내부 보여?"

"아니. 운전석도 몸만 보여. 옷 모양은 일치하는 것 같은데, 자세하게는 안 보여."

갑3이 말했다.

"지금까지 보면 옷 모양만 비슷해도 거의 일치하는 거다."

갑1이 말했다.

"그 차 계속 추적해서 위치 알려 줘. 난 갑25 사자와 합류해서 차 위치 따라갈 테니까."

"난 폰 충전 다 되면 뒤따라서 합류하마. 고속이라 금방 돼."

갑1이 물었다.

"아! 갑21 사자, 산국 쪽은 어떻게 되었나?"

"급속으로 처리해 준댔어. 삼신제석이 친히 사후 점지 증서에 사인해 주신다고 그러더라. 빨리 처리하려고. 오늘 중으로 완료시킬 예정이래."

사후 점지 증서까지 만들어지면, 저주는 더 이상 효력이 없

440

을 것이다. 영원은 남은 삶 동안 평범한 인간의 굴레를 살아가면 된다. 심오에게 이동하려던 갑1이 급히 멈추고 말했다.

"잠깐! 저주가 풀리면 6월 6일은 의미가 없어지잖아."

"그렇지."

"그럼 죽음의 날짜를 모르게 돼. 영원이 꼬부랑 할머니가 되어서 죽을 수도 있지만, 6월 5일이 될 수도 있고, 바로 오늘이 될 수도……."

갑3과 갑21이 사색이 되었다. 갑1이 중앙관제센터로 전화를 했다. 센터장이 받았다.

"센터장! 오늘 들어온 망자 중에 나영원 있는지 확인 좀 해 봐. 2시 이후로."

아직은 점지 증서가 통과되지 않았을 가능성이 크니까 6월 6일에 맞춰진 상태일 것이다. 그래도 확인해 보고 싶었다. 깜짝 놀란 센터장 입에서 거친 말이 쏟아졌다.

— 갑자기 전화해서 뭔 개소리야! 나영원이 여길 왜 들어와? 우리가 다 해결했는데!

"아닐 거란 걸 알면서도 물어보는 거다. 그러니까 빨리 확인 좀 해 봐."

건너편에서 말이 사라졌다. 알아보는 중인 듯했다. 잠깐 사이였지만 갑1의 긴장은 순식간에 치솟았다.

— 없다. 휴! 놀래지 좀 마라.

갑1이야말로 큰 소리로 한숨을 내쉬고 싶은 심정이었다. 하지만 아직 급한 용건이 남았다.

"생성된 염라부명장이 있는지도 확인해 줘."

다시 건너편에서 말이 사라졌다. 알아보는 것이 아니라 센터장이 침묵을 지키는 중이었다.

"센터장!"

— 갑1 사자, 그건 알아봐 줄 수 없어. 우린 이미 실수를 했고, 그 참담한 결과도 겪었다. 다시 되풀이되는 건 내가 막을 거다.

"사건의 발생 과정을 본다면, 저주로 인해 발생된 납치다. 만약에 영원이 죽는다면 저주의 결과와 마찬가지야."

— 염라부명장이 생성되었다는 것 자체가 저주의 끝을 의미해. 1천 년 넘게 이승에서 고통받은 영혼이다. 이제는 좀 쉬게 해 주자. 나도 연화 많이 귀여워했다. 내 마음은 안 아플 것 같아?

"그렇게 많은 윤회를 되풀이하는 동안, 영원은 제 스스로 목숨을 끊은 적이 없었다. 어떤 고통스러운 순간에서도. 삶은 영원의 의지야. 난 영원의 의지를 지킬 거다."

— 알려 줄 수 없다, 절대로! 나도 모른 채로 있을 테니까 물어 봤자 소용없어.

통화가 끊어졌다. 어색한 침묵을 갑21이 깼다.

"난 끝까지 도와줄게. 염라부명장을 직접 파기하지 않는 선에서만. 이번 납치는 저주로 인해서 발생한 거라는 갑1 오빠 말에 동의해. 애프터서비스는 확실하게 해야지."

갑3도 말했다.

"난 센터장의 말에 동의하지만, 그것과는 별개로 도와주마. 난 고강수를 잡고 싶거든. 더 이상 그 참혹한 현장에 우리 일직사자들을 보낼 수가 없다."

그리고 갑3은 생각했다. 만약에 갑1이 1번이 아니었다면, 뒷 번호였다면, 그때 그렇게 기억까지 도려내게 하고 저승에 주저 앉혔을까? 아니었다. 갑1이었기에 감당해야 했던 희생이었다. 그렇기에 갑3도 영원의 죽음을 막고 싶었다. 그것이 갑1의 희 생에 조금이나마 보답하는 길이기에. 충전기에서 폰을 뽑았다.

"충전 완료. 같이 가자."

갑1과 갑3이 동시에 사라졌다. 혼자 남은 갑21이 중얼거렸다.

"그랬구나. 그때 나영원이 진료실을 통해 저승에 다녀온 건 실수가 아니었어. 삼도천이 오작교 노릇을 한 거였어."

삼도천도 갑3과 같은 마음이었던 것이다. 모두의 눈물을 알 고 있었기에. 갑1에게 가해진 과한 벌을 알고 있었기에.

갑21은 모니터에 집중했다. 그녀의 손가락은 키보드와 마우 스를 클릭하기 바빴고, 눈동자는 여러 영상을 좇느라 쉴 새 없 이 돌아갔다.

덜컹거리면서 움직이고 있는 가방 속은 캄캄한 공간이었다. 몸을 웅크리고도 움직일 수 없을 만큼 좁은 공간이기도 했다. 영원은 뒤로 묶인 손을 꼼지락거려 보았다. 왼손보다는 오른손 을 더 많이 움직였다.

이 상황에서도 영원은 만화 그리는 손에 문제가 없는지부터 확인했다. 다행히 모든 손가락에서 감각이 느껴졌다. 움직임에 도 이상이 없었다. 그러자 안심이 되었다.

어둠이 무섭지 않은 건 아니었다. 어디로 가고 있는지 두렵지 않은 것도 아니었다. 수없이 많은 죽음을 겪었다. 그 어둠들을 기억하고 있었다. 그리고 암흑의 감옥까지 경험했다. 거기에 비하면 여긴 버틸 만했다. 무엇보다 그녀의 공포를 쫓아 주는 건 갑1이었다. 영원은 테이프로 막힌 입이 아닌, 마음속으로 소리 없이 되뇌었다.

"살아야 해. 나는 죽어서도 가빌을 만나지 못해. 살아서, 기억을 가지고서 당신을 만나고 싶어. 내가 얼마나 오랫동안, 얼마나 많이 그리워했는지 아직 전하지 못했어."

영원은 이정희의 기억에서 죽기 전의 상황을 빌려 왔다. 납치를 당할 때, 바로 기절했었다. 이번에도 똑같았다. 마취제를 사용한 듯했다. 이정희는 눈을 떴을 때 차가운 탁자 같은 곳에 묶여 있었다. 그 상태로 오랫동안 피 말리는 시간을 보냈다. 그런데 지금은 좁은 곳에 갇힌 채로 여전히 이동 중이었다. 아직 목적지에 도착을 못 한 상태인 듯했다. 아마도 그동안 먹어 온 약들로 인해 면역이 생겨서 마취가 잘 안 된 덕에 일찍 깨어난 것인지도 모른다. 이것도 이자가 예상하지 못한 상황일 것이다. 이동 중에 간간이 쉬는 것을 보면 이자도 상당히 지쳤음을 알 수 있었다. 어느 정도 시간이 지났는지, 어떤 상황인지는 알 수 없었지만, 이정희보다 나은 상황인 건 분명했다.

이자는 마취가 되어 있는 상태에서 가방에서 꺼내, 차가운 탁자 같은 곳에 묶어 두고 살인을 준비할 시간을 가질 것이다. 이정희 때도 그랬던 것처럼. 가방에서 꺼내 손과 발을 묶고 있는 줄을 푼 그 순간, 그때가 달아날 기회일 것이다. 경험이 많은 자다. 쉽지는 않겠지만, 그 순간을 놓치면 안 된다. 영원은 절망 속에서도 이를 악물었다.

"나는 더 이상 죽지 않을 거야! 절대로!"

세 명의 저승사자가 도로 위에 나타났다. 모두 무체화 상태였다. 그래서 씽씽 달리는 차들과 아무런 영향도 주고받지 않았다. 갑21에게서 문자가 왔다. 그 즉시 그들은 사라져서 다음 영상이 발견된 곳에 나타났다. 한동안 문자가 오지 않았다. 대신 갑3의 폰으로 전화가 왔다.

— 오빠들, 더 이상 못 찾겠어. 거기서 작은 도로로 빠진 것 같은데, 안 나와.

"완전히 인적 없는 시골길로 빠졌나? 조금만 더 힘내 봐. 우린 이 주변을 뒤져 보고 있을 테니까."

갑3이 전화를 끊고 갑1에게 물었다.

"이제 어떻게 하지?"

옆의 심오가 말했다.

"나 여기 예전에 군의관으로 복무했던 곳과 가까워. 요즘도 그런지 모르겠지만, 지도에도 없는 비포장도로가 많았다."

"하! 골치 아프네."

갑1이 사라졌다. 순식간에 주변을 돌고 다시 나타났다.

"기척이 없다. 여기서 더 멀어진 것 같아."

벨이 울렸다. 이번에는 수사팀장이었다.

"어이! 밤늦도록 수고가 많다."

— 강 선생님! 저희가 도난 차량 발견했습니다. 후미진 곳에 숨겨 놨네요. 오는 도중에 여행 가방을 구입한 것도 증거 확보했습니다. 여기서부터는 여행 가방으로 피해자를 이동시킨 것 같습니다.

"여행 가방? 어떻게 거기까지 알아낼 수 있지?"

— CCTV 영상 사이에 시간이 좀 뜨는 구간이 있어서, 예감에 뭘 구입했을 것 같더라고요. 언제 도난 신고 될지 모를 차량을 끌고 쉴 정도로 여유가 있진 않았을 테니까. 그게 뭘까 생각하다가, 피해자를 이동시킬 도구가 아닐까 의견이 모아져서요. 도난 차량을 목적지까지 끌고 갈 리는 없지 싶어서. 고강수도이제 60대인데 힘도 달릴 테고. 마침 도로에 가방 가게가 딱 보이지 뭡니까. 그래서 가게 셔터를 내리는 주인을 잡아서 확인했습니다. 고강수 맞습니다. 사 간 건 검은색 대형 여행 가방인데, 바퀴가 튼튼한 걸 원하더랍니다.

"거기 위치 문자로 보내 줘."

전화를 끊고 위치를 확인했다. 그들이 현재 서 있는 곳과는 거리가 있었다. 갑1이 물었다.

"인간들이 더 빠르군. 어째서 그렇지?"

"노하우가 있으니까. 촉이란 것도 무시 못 하고. 인간의 촉은 쓸 만해."

세 명은 바로 그곳으로 이동했다. 도난 차량 옆으로 형사 두명이 서서 수사팀 쪽과 통화로 정보를 주고받고 있었다. 그들 눈에는 무체화로 나타난 월직들이 보일 리가 없었다. 수사팀장이 전화를 끊고 말했다.

"이봐, 강 선생님 말이야."

갑3이 두 수사관 앞에 팔짱을 끼고 버티고 섰다. 그걸 알지 못하는 수사팀장이 계속 말했다.

"내 촉인데, 지금 납치된 나영원과 특별한 사이 같아. 강 선생님이 예전부터 고강수를 쫓았고, 그놈이 그걸 알고 그분 애인을 납치한 것 같아. 나영원에 대해 사적인 부분도 알고 계시고, 무엇보다 우리한테 도와 달라고 그랬다고. 그 강 선생님 입에서 도와 달란 말이 그냥 나왔겠어? 분명히 애인이야."

"어떻게 이런 일이. 우리 반드시 살려 내야 합니다. 강 선생님을 위해서!"

갑3이 그들 바로 앞에서 짜증스럽게 말했다.

"이 자식들이 하라는 수사는 안 하고 쓸데없는 데 상상력 발휘를 하고 있어. 왜 인간은 남녀라면 무조건 엮고 보는 거지?"

갑1이 옆에서 물었다.

"인간의 촉은 쓸 만하다며?"

갑3이 어깨를 으쓱하면서 대꾸했다.

"이 인간들한테는 수사 관련된 촉만 발달했나 보군. 다른 방면은 낙제야."

심오가 차 안을 살피는 동안, 갑1이 주변으로 신경을 훑으면서 말했다.

"감지되는 영원의 기척은 없다. 고강수도 마찬가지고. 이 차를 언제쯤 여기다 버렸는지 물어봐."

갑3이 수사팀장에게 전화를 했다. 그는 폰을 들고 수사팀장 바로 옆에서 대화를 했다.

"어이, 도난 차량을 언제부터 버려두고 간 것 같나?"

그의 목소리는 실제로도 들렸지만, 수사팀장은 폰에서 흘러 나오는 소리라고만 생각했다.

"오후 6시 이후로 추정됩니다. 강 선생님은 괜찮으십니까?"

답을 들은 갑1이 사라졌다. 갑3이 대답했다.

"사람이 납치됐는데 괜찮을 리가 있나? 내 애인은 아니니까 쓸데없는 소리들 하지 말고 고강수나 쫓아!"

갑3이 전화를 끊었다. 수사팀장은 자신의 팔을 훑어 내리며 주변을 부리나케 둘러보았다.

"왁! 소름! 우리 도청당하고 있나? 우리가 대화한 걸 알고 계셔."

"드라큘라 아닙니까. 뭐든 듣고 계시고, 뭐든 알고 계실 것 같아요. 전 이제 그러려니 싶네요."

"이 자식들, 드라큘라는 또 뭐야. 내가?"

순식간에 공간 이동으로 주변을 탐색하고 돌아온 갑1이 갑3에게 말했다.

"저쪽에서 듣지도 못하는 대화는 그만하고 이리 와 봐. 이 근방에는 영원의 기척도, 고강수의 기척도 없다."

차 내부를 살피고 있던 심오가 말했다.

"영원 씨는 차에 탄 적이 없는 것 같다."

"기절시킨 뒤에 트렁크에 태웠겠지."

갑3의 대답이었다. 갑1이 수사관들이 이미 열어 놓은 트렁크 내부를 살폈다. 좁고 갑갑한 공간이었다. 갑1의 마음속으로 어둠에 대한 거부감이 들어왔다. 그것은 암흑의 감옥에 있던 연화의 모습을 불러들였다.

"이런 곳에 영원을……."

"여행 가방은 여기보다 더 좁다."

"간절히 기원했는데. 연화의 다음 생은 평화롭기를. 마음 졸일 일 없기를. 그런데 매 생애마다, 전쟁이 없는 영원의 이번 생애에서조차 단 한순간도 편안하질 못하였구나."

심오가 안타깝게 말했다.

"거의 다 나아 가고 있는 환자였어. 즐겁게 외출하고, 대중교통도 타면서 자축하는 하루였는데……. 이건 정말 너무하는 거다."

수사관들도 기지개를 켜고 움직이기 시작했다.

"가 보자. 목적지에서 최대한 떨어져서 차를 버렸을 거다. 분명히 고강수와 연관이 있는 지역일 거란 말이지. 난생처음 오는 장소에 납치한 여성을 끌고 오진 않았을 테니. 목적지가 어디일까? 거기가 메인인데."

"그놈도 지쳤겠네요. 바퀴로 끌어도 이런 울퉁불퉁한 길을 가려면. 무게도 만만치 않았을 테니. 나영원은 아직까지 살아 있을 겁니다. 고강수는 산 채로 죽이잖아요. 그놈도 인간인데 자기 몸뚱어리는 쉬었다가 하겠죠."

"우리는 그놈 잡아 놓고 쉬자!"

수사관들의 대화가 갑1에게는 위로가 되었다. 저승에 속한 그가 현재 죽음이 오는 것을 두려워하고 있었다.

"영원, 살아 있어 다오. 나는 아직 사랑한다는 말을 네게 해 주지 못하였다. 제발 이 말을 하게 해 줘. 살아 있는 너에게, 나를 기억하고 있는 너에게……."

수사관들이 차 문을 잠갔다. 그리고 두 발로 땅을 살피면서 걸어가려는데, 수사팀장의 벨소리가 울렸다.

"이제 무음으로 바꾸세요. 꼭 결정적일 때 벨이 울려 산통 깨니까."

그는 파트너의 타박에 고개를 끄덕이며 전화를 받았다.

"그래, 뭐 좀 나왔어? 어, 어. 그래? 알았어. 우리도 바로 거기로 이동할게. 혹시 모르니까 지원 요청하고. 구급차도 대기시켜 놔."

멀어져 있던 세 명의 월직이 바람보다 더 빨리 수사팀장 앞에 붙어 섰다. 그는 문자를 찍어서 보냈다. 갑3의 폰이 울렸다. 문자에 적힌 지역을 확인했다. 그리고 바로 코앞에서 전화를 걸었다.

"그나마 이 지역이 이 근방에서 고강수와 연관이 있는 장소인 건가?"

수사팀장이 주변을 두리번거리면서 대꾸했다.

"이 근방이요?"

그리고 옷 아래로 올라온 소름을 달래느라 자신의 손으로 팔을 훑었다. 마치 자신들의 대화를 듣고 말하는 느낌이 들었기 때문이다. 갑3이 변명했다.

"도난 차량 버린 곳에서란 뜻이다."

수사팀장은 갑3을 통과하여 자동차 쪽으로 걸어가면서 말했다.

"아, 예. 거기에 주소가 등록된 적은 없는데, 어릴 때 거기 친척 집에서 더부살이 좀 했나 봅니다. 요즘은 폐촌에 가깝다고 하네요. 실제로 무거운 가방까지 끌고 가기에는 굉장히 먼 거리입니다. 혹시나 싶긴 하지만, 고강수가 지리를 잘 알아서 지름길로 갔다고 전제하면 영 헛다리는 아닐 것 같아서 가 보려고요."

"알았다. 나도 가마."

수사관들이 차에 올라타서 시동을 걸었다.

"우리한테 맡기시고 몸조심하세요. 애인도 아니라면서요."

"애인은 아니어도 중요한 사람이다. 빨리 출발해!"

수사관들의 차가 먼저 출발했다. 갑3은 전화를 끊고 문자로 전송받은 지역을 지도에서 검색했다. 심오의 이승폰에서 벨이 울렸다. 갑21이었다.

"영원 씨 있는……."

― 오빠! 점지 증서 조금만 늦춰 달라고 연락해 봤는데, 지금 통과되어 버렸대. 이거 오히려 큰일 난 거 아니야?

그토록 원한 점지 증서였지만, 지금 이 순간은 조금도 반갑지가 않았다. 영원의 수명은 6월 6일을 보장받지 못하게 되었다. 만약에 죽음이 임박했다면 염라부명장이 생성되겠지만, 센터장이 막고 있는 한 미리 알 수는 없었다. 갑3이 고강수가 갔으리라고 추정하는 장소를 캡처해서 갑21의 폰으로 보냈다. 그리고 세 명은 동시에 사라졌다.

6

 덜컹거리는 느낌이 길을 가는 것 같지가 않았다. 소리의 울림을 봐서는 건물 안으로 들어온 듯했다. 어떤 건물인지는 알 수 없어도 목적지에 도착한 것 같았다. 여기까지 오는 동안 사람이나 생활 소음이 지나간 적이 없는 것으로 보아, 사람이 살지 않는 동네의 폐건물일지도 모른다고 생각했다. 주변을 머리에서 그려 볼 수가 없으니 어떻게 도망을 쳐야 할지 감이 잡히지 않았다.

 한 칸 들렸다가 잠깐 멈추고, 한 칸 들렸다가 잠깐 멈추는 패턴이 반복되었다. 계단을 오르는 듯했다. 제법 많은 계단을 오른 뒤에야 영원의 몸은 옆으로 털썩 누워졌다. 가방이 눕힌 채 멈춰진 것이다. 고강수의 발소리가 멀어지더니 비닐을 뒤지는 소리가 들렸다. 그의 거친 숨소리가 영원을 소름 끼치게 했다.

액체류를 마시는 소리가 들렸다. 물일 거라고 짐작했다. 그러다가 그의 헐떡이는 숨소리만 남겨 두고 모든 소리가 조용해졌다.

영원은 옴짝달싹 못 하는 장소에서 연화의 기억을 떠올렸다. 기억 속의 연화도 지금과 같은 모양새였다. 그로 인해 연화가 왜 죽어야 했는지를 기억해 냈다.

'나의 살아남은 죄의식은……, 연화의 공포였던 거구나. 죄의식 또한 공포의 감정이었던 거야.'

연화는 기다렸다. 이렇게 죽어 가면서도 저승으로 인도해 줄 저승사자가 오기만을. 하지만 영원은 아니었다. 갑1을 다시 만나기만을 기다렸다. 살아서, 그의 기억을 가지고서 만나기만을 기원했다. 그 외에는 어떤 기원도 하지 않았다.

다시 고강수가 움직이는 소리가 들렸다. 무언가를 끄는 소리도 들렸고, 비닐 소리 뒤에 무언가가 바닥에 툭 떨어지는 소리도 들렸다. 하지만 무슨 소리인지는 전혀 알 수가 없었다. 한동안 크고 작은 소음이 이어졌다. 그리고 발짝 소리가 다시 영원에게로 가까워졌다. 가방에 장착된 잠금을 돌리는 소리가 들렸다. 영원은 눈을 감고 여전히 잠들어 있는 척을 했다. 가방 지퍼가 천천히 열렸다.

— 을3 사자님! 긴급입니다. 지금 즉시 출국하여 주십시오.

을3은 책상에서 벌떡 일어나 폰을 든 채로 입출국장을 향해 달리면서 물었다.

"무슨 일이지?"

— 갑자기 생성된 염라부명장이 나와서요. 한시가 급합니다.

"이미 달리고 있다. 나한테 세 시간 후로 잡혀 있는 일은 어쩌지?"

— 그건 다른 일직사자님께로 돌리겠습니다.

보통 염라부명장은 늦어도 반나절 전에는 담당 사자에게 일정 공지가 된다. 그런데 촉박하게 생성되는 경우가 아주 드물게 있었다. 평균 100년에 한 번꼴로 있을까 말까였다. 이런 경우는 이유를 막론하고 위험도가 1단계로 분류되기에, 경험 많고 순발력 좋은 앞번호 일직을 우선 투입시켰다. 지금은 마침 1번과 2번이 부재중이었기에 을3에게 배당이 된 것이다.

입출국장에 도착하니, 진행 당번인 시직이 미리 준비해 둔 이어셋과 망자용 팔찌를 건네주었다. 을3은 그것을 장착하면서 개찰구로 갔다. 안내 방송이 나왔다.

— 1번 개찰구 비워 주십시오. 1번 개찰구 비워 주십시오.

1번 개찰구를 통과하기 위해 줄을 서 있던 사자들이 재빨리 뒤로 빠졌다. 을3은 폰으로 전송된 염라부명장 파일 번호와 좌표를 확인하면서, 손바닥으로 바코드를 찍고 통과를 했다. 그리고 이어셋에서 안내해 주는 게이트의 캡슐에 탑승했다.

영원의 손과 발을 묶고 있던 것은 케이블타이였다. 고강수는 가방 밖으로 꺼내 놓은 영원의 손과 발에서 케이블타이를 가위로 잘랐다. 그리고 걸음이 뒤쪽으로 멀어졌다. 곧 다시 가까워질 것이다. 이정희처럼 묶어 두기 위해서.

영원은 한쪽 눈을 실눈으로 떠서 주변을 가늠해 보았다. 캄캄한 밤이었다. 뒤로부터 비추는 손전등 불빛이 희미했지만, 그로 인해 벽에 그려진 고강수의 그림자를 통해 위치를 가늠할 수 있었다. 이정희의 기억에서 본 것과 같은 비닐들은 아직 도배되어 있지 않았다. 그때와 같은 장소는 아니었다. 제법 넓은 공간이었다. 벽은 시멘트가 떨어져 나가 벽돌이 드러난 곳도 있었고, 창을 뜯어내었는지 곳곳이 뚫려 있기도 했다. 영원의 눈에 닫혀 있는 낡은 나무문이 보였다.

지체할 시간이 없었다. 벌떡 일어나 문을 향해 뛰었다. 하지만 몇 발짝 가지 않아 앞으로 꼬꾸라졌다. 오랫동안 묶여 있었던 탓에 다리에 힘이 들어가지 않았기 때문이다. 하지만 기를 쓰고 다시 일어나 문으로 달렸다. 맨발이어서 발바닥에 뾰족한 것들이 찔리는데도 통증을 느낄 새가 없었다. 그런데 달아나는 것이 뻔히 보일 텐데도 따라오는 고강수를 느낄 수가 없었다. 이상함을 감지한 찰나, 목표였던 문을 열어젖혔다.

영원은 문 바로 앞에서 멈춰 서고 말았다. 문밖에는 아무것도 없었다. 원래 있었던 비상용 철제 계단이 다 부서져 간당간당하게 흔적만 남은 게 고작이었다. 높은 건물이었다. 아래가 컴컴해서 잘 보이지 않았지만, 족히 5층은 될 것 같았다. 한 발만 더 내디뎠다면 한참 아래로 떨어졌을 순간이었다. 뒤에서 웃음 띤 고강수의 목소리가 들렸다.

"쯧쯧, 내가 왜 고생해 가며 이 위에까지 너를 끌고 왔겠어? 여기선 도망칠 수가 없거든. 잡으러 뛰어다니는 건 영 재미가 없더라고."

머릿속이 하얗게 변해 버린 영원은 캄캄한 건물 아래만 하염없이 내려다보았다. 주변에 불빛이라고는 까마득하게 먼 곳이 전부였다.

"조심해. 거기서 뛰어내리면 죽어."

영원이 천천히 돌아섰다. 그리고 멀찌감치 서 있는 고강수를 쳐다보면서 입에 붙어 있던 테이프를 떼어 냈다.

"살려 달라고 고함쳐도 돼. 들을 사람이 없으니까. 깨어 있지 않을까 잠깐 의심은 했었는데, 눈물 자국이 없어서 방심했더니. 용케 안 울었군."

영원은 반대편에 있는 또 다른 문을 발견했다. 이곳으로 들어오는 문이었다. 살려면 저쪽 문으로 달아나야 하지만, 그곳은 이미 여러 폐기물로 가로막혀 있었다. 그런데 그 문에 투명한 어떤 문이 겹쳐졌다. 실제의 문은 그대로인데 투명한 문이 열리더니, 그 안에서 투명한 사람이 나왔다. 을3이었다. 영원과 을3의 눈이 마주쳤다.

을3은 단번에 영원을 알아보았다. 병9의 첫 임무 때, 트레이닝복을 입고 저승사자들을 보던 그 여자였다. 조금 걸어서 고강수의 모습도 확인했다. 단번에 토막 살해범임을 알아보았다. 을3의 눈이 급박하게 돌아갔다. 지금의 상황을 머리에서 정리하느라고 그랬다. 대충 토막 살해를 당하기 직전에 여자가 도망을 시도했음을 유추했다. 이내 위태롭게 서 있는 영원에게 시선을 집중했다. 고강수에게 거부감이 있던 을3이었다. 그러

니 저승사자임에도 불구하고 은연중에 영원의 안전을 바라게
되었다. 영원에게는 을3의 모습이 보였지만, 고강수에게는 보
이지가 않았다. 그래서 영원과의 대화를 이어 갔다.

"얌전하게 이쪽으로 오면 죽이지는 않으마."

영원은 저승사자임을 알아보았기에 자신의 죽음을 예감했
다. 영원이 고강수를 향해 말했다.

"나는 너의 말이 거짓말인 걸 알아."

"이게 겁에 질려 실성을 했나. 얻다 대고 반말이야? 새파랗
게 어린 것이."

"넌 그때 나보다 어렸어."

"뭐? 그때라니?"

"여기 있는 도구들을 보니, 그때처럼 또 나를 산 채로 토막을
내겠구나."

고강수가 알아듣지 못할 말에 짜증이 나서 인상을 찌푸렸다.
을3도 어리둥절하기는 마찬가지였다.

"넌 그때 온통 비닐로 도배를 해 둔 곳에서 나의 오른팔을 먼
저 잘랐어. 그다음 왼쪽 다리를 잘랐지."

을3이 영원을 자세하게 살폈다. 살아 있는 사람일 뿐이었다.
태연하던 고강수의 눈에 서서히 공포가 스며들기 시작했다.

"너, 너 뭐야?"

"33년 전, 6월 6일, 이정희. 정말 나를 못 알아보는 건 아니
겠지?"

어두운 곳에서 손전등에 의해 겨우 형체가 보이는 영원이었

다. 머리도 산발이었다. 때마침 불어온 바람이 머리카락을 더 헝클어 놓았다. 이것은 공포에 잠식당한 고강수의 눈에 마치 귀신처럼 보였다. 영원을 처음 본 순간, 갑자기 타깃을 바꾸었다. 이정희를 닮아서였다. 그렇기에 영원의 말을 부정할 수가 없었다.

"그, 그럴 리가. 그냥 닮았다고만 생각했는데⋯⋯. 진짜 이정희?"

고강수가 다급하게 바닥을 두리번거리다가 부러진 채로 굴러다니는 각목 한 개를 집어 들었다. 그것을 들고 영원에게로 달려왔다.

"사람이건 귀신이건 상관없어! 귀신이라도 또 죽여 줄 테니까!"

영원은 사정없이 휘두르는 각목을 몸을 웅크려 가까스로 피했다. 이날 이때까지 평생 몸을 사용하는 일은 해 본 적이 없는 그녀였다. 소질도 없었다. 그렇기에 이 싸움은 결과가 뻔했다. 그래도 영원의 죽고 싶지 않다는 의지는 강했다. 들어온 문으로 달아나야 한다는 일념 하나만으로 발을 떼다가 고강수의 손에 붙잡혔다. 각목을 쥔 그의 팔을 물어뜯자, 고강수는 욕을 퍼부으며 영원의 머리채를 잡아당겼다. 밖이 뚫린 문 앞에서 엎치락뒤치락하는 둘의 몸싸움이 계속되었다. 둘의 발이 번갈아가며 문지방을 밟았다. 압도적으로 영원에게 불리한 몸싸움이었다. 이를 초조하게 지켜보고 있던 을3이 다급하게 이어셋 너머의 파트너 직원에게 물었다.

"망자의 신원은?"

— 영혼이 빠져나왔습니까?

"아니, 아직."

— 그럼 규정상 알려 드릴 수가 없습니다.

"이번만 특별히! 여기 상황이 갑갑해서 그래."

— 규정상 안 됩니다. 영혼이 빠져나올 때까지 기다려 주십시오.

"성별이라도!"

— 규정상…….

을3은 코트 주머니에 든 팔찌를 만져 보았다. 딱 한 개의 팔찌만 가지고 나왔다. 그는 월직이 아니어서 이승에서는 유체화가 불가능했다. 고강수를 막기 위해서는 누군가에게 빙의를 해야만 하는데, 근처에서 인기척이라고는 느껴지지 않았다. 여기 있는 두 사람에게라도 하고 싶지만, 불행히도 둘 다 강한 영혼이라 빙의가 불가능했다. 그래서 을3은 결과가 나올 때까지 지켜볼 수밖에 없었다.

"젠장!"

영원이 고강수를 떼어 내기 위해 몸부림을 치면서 뒤로 발을 디뎠다. 그곳은 문지방 너머의 다 부서진 철제 계단이었다. 영원의 발과 밀려났던 고강수의 발이 거의 동시에 그곳을 밟았다. 밟는 순간 철제 계단은 순식간에 부서져 내렸다. 둘은 눈 깜짝할 사이에 문 아래로 떨어져 내렸다.

깜짝 놀란 을3이 건물 밖으로 나갔다. 그리고 공중에 떠서 둘을 찾았다. 있었다. 조금 남은 철제 계단을 겨우 부여잡은 영원과 그녀의 옷 목덜미를 거머쥐고 매달린 고강수는 여전히 살아 있었다. 을3이 다시 이어셋을 향해 외쳤다.

"한 명이야? 진짜 한 명 맞아?"

— 네, 그렇습니다.

"다시 확인해 봐!"

— 그곳에서 발생할 망자는 한 명 맞습니다.

을3은 높이를 가늠해 보았다. 둘 다 떨어질 확률이 높아 보였다. 그렇다면 한 명만 사망이고, 다른 한 명은 산다는 것인가? 한 명은 즉사, 다른 한 명은 크게 다쳐서 하루나 이틀 뒤에 사망하는 것인가? 만약에 산다고 해도 이 높이라면 지금과 같은 신체 상태로 살기는 어려울 것이다.

영원은 의식이 사라져 가는 것을 느꼈다. 손의 힘이 빠지는 속도보다 목덜미를 당기고 있는 힘으로 인해 숨이 막혀 오는 속도가 더 빨랐기 때문이다. 고강수가 다른 손을 뻗어 철제 계단을 잡으려는 것이 보였다. 그와 동시에 영원이 쥐고 있던 녹슨 철재가 산산이 부서지면서 아래로 떨어져 내렸다.

고강수라는 무거운 추를 매달고 아래로 하염없이 추락해 가면서 영원은 하늘을 향해 손을 뻗었다. 이정희가, 임덕자가, 김분이가, 그리고 참혹하게 죽어 갔던 수많은 여인이, 마지막으로 연화와 영원이 어두운 밤하늘을 향해 동시에 말했다.

"나는 잊지 않을 거야. 내 마음에서 갑1 사자님을, 가빌을 영원히 살게 할 거야."

퍽!

둔탁하게 부딪히는 소리가 들렸다. 이윽고 영원의 볼을 타고 피가 위로 튀어 오름과 동시에 추락은 멈췄다.

D-2

추락이 멈춘 순간, 하늘 위에 사람이 나타났다. 무체화에서 유체화로 모습을 바꾸는 그는 검은 머리카락의 갑1이었다.

"이번에는 갑1 사자님이 나를 인도하러 와 주셨구나. 겨우 와 주셨구나."

갑1이 가까워지고 있었다. 그가 내려오고 있는 것인지, 영원이 올라가고 있는 것인지 가늠할 수가 없었다.

"아……, 내가 가빌에게로 가고 있구나."

가까워질수록 갑1의 표정이 점점 분명해져 갔다. 그의 슬픔이 분명해져 갔다. 두 팔을 뻗어 갑1을 끌어안았다. 갑1도 온몸으로 영원을 끌어안았다. 그러자 차가운 감촉이 영원을 감쌌다.

"차가워, 가빌."

그의 감촉을 통해 자신의 따뜻함을 깨달았다. 여전히 살아있는 인간임을 깨달았다. 땅에 부딪혀 피가 튄 것은 고강수였다. 영원은 땅에 닿기 직전, 갑1이 멈춰 세웠던 것이다. 고강수의 영혼은 육체에서 빠져나오자마자 도망치려다가 을3에게 붙잡혀 있었다. 을3이 이어셋으로 물었다.

"영혼이 빠져나와서 잡았다. 망자 신원은?"

─속명, 고강수…….

갑1은 신원을 전부 확인하기도 전에 을3과 고강수를 동시에 사라지게 했다. 영원이 있는 이승에서 잠시도 지체하지 않도록 바로 저승으로 보내 버린 것이다. 이로써 이승에는 뒤틀리고 부서진 고강수의 시체만 남았다.

영원은 살아서 갑1의 품에 안겨 있었다. 갑1이 눈물을 머금은 목소리로 말했다.

"무서웠지? 미안하다, 너무 늦게 와서."

"늦지 않았어. 난 아직 살아 있잖아. 아직 당신을 기억하고 있잖아. 나는 당신을 잊을까 봐 그게 더 무서웠어."

연화도, 수많은 전생도 죽어서조차 갑1을 만나지 못했다. 그들의 설움이 영원을 덮쳤다. 그것은 통곡과도 같은 울음으로 터져 나왔다. 연화가 말했다.

"너무 그리웠어요. 갑1 사자님."

"미안하구나. 잊히고 싶지 않다고 하고선, 내가 잊어서. 너만 기억하게 해서……."

그의 눈물을 들으며, 이번에 대답한 것은 영원이었다.

"괜찮아. 내가 기억했으니까. 당신을 영원토록 기억하고 싶었던 건 나였으니까. 당신의 바람이 아니라 나의 바람이었으니까."

영원의 전생들이 겪었던 참혹한 죽음들이 갑1의 심장 속으로 파고들었다.

"힘들었지? 매 삶이……."

영원은 갑1을 끌어안고 그의 품 안에서 힘껏 도리질을 했다.

"당신이 내 곁에 없었던 시간은 이제 기억나지 않아. 내 기억에는 당신 외에는 없으니까. 힘들었던 기억은 이제 없어."

"미안하다. 미안해."

"가빌은 나한테 미안하단 말을 가장 많이 해."

갑1은 영원을 품에서 떼어 냈다. 그리고 눈물로 얼룩진 그녀의 얼굴을 부드럽게 쓰다듬으면서 말했다.

"사랑해. 나는 이번에도 이 말을 전하지 못할까 봐 두려웠다."

"가빌은 그 말을 하지 않아도 돼. 당신의 말, 행동 어느 하나도 사랑이 아니었던 적이 없으니까. 말보다 마음을 더 많이 들려줬어. 그래서 넘치도록 들었어."

영원이 그의 검은색 머리카락을 알아보았다. 그녀의 손이 돌아온 머리카락을 쓰다듬었다.

"갑1 사자님이 되었네."

"이젠 절대 잊지 않아. 앞으로는 내가 너를 기억할 거야. 영원히……."

영원은 그의 머리카락을 계속 쓰다듬으면서 말했다.

"이제 뭐라고 불러야 해? 갑1 사자님? 가빌? 이번에도 내 마음대로 하라고 할 거지?"

"아니. 가빌이라고 불러 줘. 너는 나영원이니까."

"응, ……가빌."

영원의 입술이 갑1에게로 다가갔다. 갑1의 입술도 이끌리듯이 다가갔다. 그리고 그들은 서로의 입술을 포개고 지나간 시간을 위로했다.

"분위기 깨서 미안한데, 지금 그러고 있을 상황이 아니다. 그만하고 내려와."

갑자기 들려온 갑3의 목소리에 화들짝 놀란 영원이 갑1에게서 떨어졌다. 영원의 심장은 여러 가지 감정들의 충돌로 인해 급격히 뛰었다. 여차했으면 심장마비가 올 뻔했다. 갑3은 심오와 함께 고강수의 시체 옆에 무체화로 서 있었다. 공중에 떠 있던 갑1과 영원이 땅으로 살포시 내려갔다.

"앗! 착지는 하지 마! 발자국 남기면 안 돼."

"어, 언제부터 계셨어요?"

"'갑1 사자님이 되었네.'부터."

영원이 당황하여 어쩔 줄을 모르고 쥐구멍을 찾는데, 갑3은 관심도 두지 않고 갑1을 다그쳤다.

"갑1 사자, 그렇게 혼자 사라져 버리는 거 아니지! 찾느라고 고생했잖아."

"깜박했다. 영원을 감지한 순간, 나도 모르게 그만."

심오는 영원의 안부부터 챙겼다.

"영원 씨, 다친 데는 없어?"

"네, 괜찮아요."

갑3이 갑1에게 물었다.

"여기서 빠져나온 고강수의 영혼은?"

"을3 사자와 함께 저승으로 보냈다."

"어디서 떨어졌지?"

영원이 위의 열린 문을 가리켰다. 갑3이 시체와 영원을 번갈아 보다가, 영원의 등과 몸에 튀었던 고강수의 피를 염력으로 남김없이 뽑아냈다. 그것을 시체에서 흘러나온 피에 보태 주었다. 갑1이 말했다.

"인기척이……, 경찰들인 것 같다. 가까워졌어. 숫자가 제법 된다."

"사건 현장이니까 갑1 사자도 무체화로 바꿔. 발자국 남았다 간 골치 아파진다. 그리고 나영원은……, 보아하니 갑1 사자가 추락을 막은 모양인데, 같이 추락하고 너만 멀쩡하면 이상하잖아? 그러니 고강수만 떨어진 걸로 스토리 만들어 봐."

심오가 말했다.

"그럼 우선 경찰들 도착하기 전에 저 위로 올라가 있어야지."

네 명은 동시에 사라졌다가 떨어지기 직전의 장소에 나타났다. 이번은 영원만 형체가 있었고, 갑1을 포함하여 다른 두 명도 무체화였다. 갑3은 오른손만 유체화시켜서 영원의 손목을 잡고 진맥을 했다. 묶여 있던 손목과 발목도 체크하고, 등 뒤를 손끝으로 톡톡 두드려 보기도 했다.

"기력이 약해진 것 외에는 큰 문제 없어. 심장이야 지금 빠르게 안 뛰면 비정상인 상태니까 패스하고. 구급차가 오고 있으니까 수액부터 맞자."

"여긴 어딘가요?"

"공기 좋은 시골."

갑3의 답은 마치 피크닉이라도 온 듯 간단했다. 심오가 시선을 낮춰 영원의 눈을 보면서 말했다.

"몸에는 이상이 없어도 정신은 충격으로 인해 큰 부상을 입었을 거다. 몸에 이상만 없다고 끝은 아니야. 우리 영원 씨는 정신부터 먼저 치료하자. 정신 부상의 골든타임은 한 달 이내, 그 이상으로 넘어가면 만성으로 고착돼서 힘들어져."

"네, 꼭 병원에 방문할게요. 이번에는 절대 미루지 않고."

갑1이 물었다.

"경찰들을 어떻게 이쪽으로 오게 하지? 멀찌감치 오면서 너무 미적거리는데?"

미적거리는 게 아니라 빈집들을 하나하나 조심스럽게 뒤지는 중이었다. 갑1은 경찰들보다 구급차가 더 급했다. 영원이 손전등을 손가락으로 가리켰다. 그러자 그것은 공중에 떠서 영원의 손으로 옮겨졌다. 영원은 열린 문밖으로 손전등을 흔들었다. 불빛을 발견한 경찰들이 건물을 향해 속속 모여들었다.

상처가 있는 발바닥에 밴드를 붙이고 신발을 신었다. 나비 여러 마리가 수놓아진 스니커즈였다. 손에도 밴드투성이였다. 영원의 어깨에는 구급용 담요가 덮여 있었고, 팔에는 수액이 꽂혀 있었다. 그 상태로 그녀는 구급차에 앉아 다른 사람의 눈에는 보이지 않는 갑1을 바라보았다. 심오는 유체화를 시켜 영원의 옆에 있었다. 심오가 스마트폰으로 갑21에게 전화를 했다. 연결이 되자마자 갑21의 목소리가 튀어나왔다.

— 오빠! 나영원은 무사하지?

"그래, 다행히."

— 휴! 십년감수했네. 이 사건을 통해 깨달았어. 난 아직 멀었다는 걸. 나도 야매는 벗어나서 전문적으로 배워 볼까 봐. 그

러면…….

"어이! 폰 배터리 다 돼서 네 수다 못 들어 줘. 이따가 만나면 얼마든지 들어 줄게."

스마트폰 너머에서 갑21의 즐거운 웃음소리가 들려왔다.

— 알았어.

"수고했다. 진짜 고마워. 다른 녀석들은 나중에 따로 인사할 거야."

— 오빠들도 수고했어.

이들과 멀리 떨어진 곳에서는 수사팀장과 갑3이 대화를 나누고 있었다. 갑3과 심오는 뒤늦게야 모습을 드러내고 한발 늦은 것처럼 합류를 한 상태였다.

"협조 감사합니다, 강 선생님."

"경찰들이 우리보다 빨랐군. 무사히 구해 줘서 고맙다."

"구하긴요, 뭘. 피해자가 살아남아 준 거죠. 우리도 고강수 죽고 나서 겨우 도착을 한 거라서, 하하하. 그런데 저 남자분은요? 엄청 스마트하게 잘생기셨는데요?"

"스마트는 무슨. 내 조카다. 정신과 의사. 저 여자는 그의 환자."

수사팀장은 갑3과 심오를 번갈아 보다가 말했다.

"집안 유전자에 대체 뭐가 들었길래……."

수사팀장이 말하다가 말고, 갑3이 입은 검은색 코트를 알아차렸다. 나이에 맞지 않는 후드까지 달린 롱코트였음에도 그것은 그를 위한 옷이었다.

"강 선생님 옷차림이 왜 이렇습니까? 원래도 피지컬이 좋은 건 알았지만, 이건 뭐. 찰떡같이 잘 어울리십니다."

"피치 못할 사정으로 이걸 입었다. 이제 의사 가운으로 갈아입어야지."

"그런데 피해자는 조카분의 애인이었던 거군요. 딱 보니 분위기가……."

"또 엮나? 아니거든. 의사와 환자라고 말했잖아."

갑3의 눈에는 갑1이 보이기에, 딱 보이는 영원의 분위기는 오직 갑1을 향한 것이었다.

"저렇게 티를 낸다, 쯧쯧. 죽을 뻔했다가 살아난 사람 맞아?"

갑1은 영원의 눈을 바라보면서, 저승폰으로 센터장과 통화를 했다.

"문제 생긴 건 아니지?"

— 산국은 너무 부지런해서 탈이고, 옥황국은 너무 느긋해서 탈이고, 쯧. 이번엔 옥황국의 느려 터진 시스템 덕을 봤다. 점지 증서 나오고 옥황국의 공과격이 기록을 시작하기까지 평균 1년이 걸린단다. 하긴 태아가 배 속에서 뭔 짓을 한다고 그때부터 기록을 하겠냐마는. 나영원은 특별히 초고속으로 진행해서 한 달 예상한단다. 기가 막혀서.

"다행히 내가 이번에 영원을 살린 건 공과격에 영향을 미치지 않았다는 거군."

— 삼신제석이 이번 일로 화가 많이 났나 봐. 산국의 점지 없이 태어나는 사례가 발견된 이상 가만있을 수는 없겠지. 오랫동

안 산국으로 돌아오지 않는 영혼들 전수조사 시작한단다. 이런 사고가 나영원이 유일하리라는 보장이 없으니까. 우리 염라국에서 장기 체류 중인 영혼부터 시작해서 시직과 일직들처럼 말뚝 박은 영혼들까지 전부 소명 자료 보내야 해서 바빠질 거다.

"삼도천이 지금까지 삼킨 영혼들은 어차피 확인도 못 하는데. 옥황국에 의해 알게 모르게 소멸한 영혼도 있을 테고. 정확한 대조는 어려울 거다."

— 그래도 한번 점검할 필요는 있어. 이번 참에 옥황국 전산 시스템도 확 갈아엎으라고 강력하게 건의해야겠다. 그쪽이 제일 문젠데 여전히 나 몰라라 하고 있으니, 쯧쯧. 이제부터는 우리도 진짜 조심하자.

"알았다."

— 그래도 살아서 다행이다. 모든 것이 다. 청장도, 갑2 사자도 모두 걱정했어.

"안부 전해 줘. 잘 마무리되었다고."

— 하! 또 안부 전하는 건 내 몫이냐?

"나도 곧 돌아가마. 안전하게 집에 들어가는 것까지 보고. 사건 경위 조사받아야 해서 시간은 좀 걸리겠지만."

— 빨리 들어와라. 여기도 정리할 게 많다. 아! 뇌제도 공과격 기록부와 나름 마무리 잘했나 보더라. 나영원은 물론이고 앞으로도 이런 문제를 가지고 영혼 소멸은 하지 않겠다고 협의했단다. 뭐, 그쪽이야 또 수틀리면 제일 편한 방법으로 하려고 들겠지만.

"뇌제……. 하!"

— 왜? 문제 있나?

"아니다. 잘 마무리됐다고. 이따 보자."

갑1은 전화를 끊고 영원에게 미소를 보여 주었다. 영원도 따라서 웃었다. 갑1은 뇌제와의 거래가 마음에 걸렸지만, 영원이 살아 있는 것만으로 다 괜찮다는 생각을 했다. 그래서 한 번 더 웃어 주었다.

영원과 심오를 실은 구급차가 이곳을 떠났다. 갑1도 구급차를 따라서 사라졌다. 갑3도 사람들의 시선이 닿지 않는 곳으로 가서 사라졌다. 현장에는 경찰들만이 분주하게 오고 갔다.

7

6월 6일.

0시가 되는 동시에 갑1이 영원의 거실에 나타났다. 검은색보다 더 새까만 머리카락으로 인해 그의 미모는 한층 뚜렷해졌다. 더 많이 사랑하게 되어서 더 잘생겨져 보이는 걸 수도 있다. 여전히 옷도 신발도 벗을 수 없는 갑1이라서 나름 편하게 파자마를 입고 왔다. 미리 한 약속이었기에 영원도 단정하게 씻고 기다리고 있었다. 그래서 초인종이 필요하지 않았다. 그들은 포옹을 하고 기나긴 키스를 나누었다. 그리고 소소한 대화를 나누다가 잠이 들었다. 둘은 깊은 잠을 잤고, 잠들어서도 꽉 잡은 손을 놓지 않았다.

아침부터 오후까지는 민아와 경민과 함께 밀린 일을 하느라 바쁘게 보냈다. 갑1은 무체화 상태로 영원의 옆에 계속 머물러

주었다. 민아와 경민 몰래 둘만의 대화도 나누었다. 이유도 없이 키득거리다가 이상한 눈총을 받기도 했다.

갑21에게서 안부 전화가 왔다. 그냥 잘 지내냐는 간단한 말이 전부였다. 갑3에게서도 전화가 왔다. 다행히 국과수에서 해고되지 않았다며 자신의 안부를 전한 게 전부인 통화였다. 그저 그뿐인데도 따뜻한 느낌이 들었다.

뉴스에서는 고강수의 연쇄 살인 사건에 대해 온종일 방송하고 있었다. 고강수가 마지막으로 머물렀던 집에서 그간의 범행이 기록된 수첩이 발견되었다. 거기에는 토막 낸 사체 중 큰 토막들은 주로 바다에, 작은 토막들은 여러 야산에 뿔뿔이 유기했지만, 머리만큼은 모두 산속 한곳에 매장했다는 기록이 남아 있었다. 수첩에 적힌 산속에서 해골들이 대거 발굴되었다. 영원은 아마도 그중에 이정희도 있으리라 짐작했다. 지금 그녀의 DNA와 비교하면 동일 인물로는 나오지 않을 거라는 생각에 약간의 눈물도 흘렸다. 갑1 앞에서 흘린 눈물이었기에 거기에는 어리광도 섞여 있었다. 고강수가 죽었다고 한들, 그가 잔혹하게 죽인 피해자들은 살아서 돌아오지 못한다. 이정희의 삶이 다시 돌아오지 못하는 것처럼.

저녁에는 갑1과 함께 길을 걸어 병원으로 갔다. 파자마 차림이 남들 눈에 안 보이는 건 천만다행이 아닐 수 없었다. 한편으로는 그가 입고 걸으니 길거리가 런어웨이가 된 듯하여 썩 나쁘지 않다는 생각도 했다. 최근에는 파자마 패션이라는 것도 있다고 하지 않는가. 비록 잡지에서만 봤지만 말이다.

병원 직원들의 오해는 여전히 풀리지 않았지만, 심오와 영원은 신경 쓰지 않기로 했다. 심오는 모든 환자에게 친절한 의사였다. 영원에게 아주 조금 더 친절했을 뿐이다. 그런 의사를 만난 건 이번 생의 영원에게는 행운이었다. 영원의 소변과 혈액에서 정상 농도에서 조금 벗어나는 몇몇 호르몬들이 검출되었다. 심각한 상황은 아니었으므로 딱 일주일 치 약만 처방받았다. 급성 스트레스는 그 정도로 치료가 될 거라는 것이 심오의 견해였다.

저녁은 갑1이 못 먹었다는 말에 영원을 속상하게 만들었던 치킨을 시켜서 나눠 먹었다. 아직은 나트륨의 영향으로 눈물이 흘렀지만, 언젠가는 괜찮아지리라 서로 위로도 했다. 둘은 오랫동안 평범한 수다를 떨었다. 보통 사람들의 대화 소재와는 다소 차이가 있기는 했지만, 사랑하는 연인이 나누는 꽁냥질인 건 다르지 않았다. 서로가 설레어 소리 내어 웃기도 했다. 그리고 6월 7일은 갑1의 키스와 함께 맞았다. 그렇게 별일 없는, 그래서 더 행복한 6월 6일이 저물었다.

한 달 후.

김포공항은 오고 가는 많은 사람으로 인해 부산했다. 영원과 갑1은 국내 출발장 앞에 마주 보고 서 있었다. 귀에 이어버즈를 꽂은 영원이 투명한 갑1에게 인사를 했다.

"곧 다시 만나."

갑1이 만져지지도 않는 그녀의 머리를 쓰다듬듯이 움직이면서 속삭였다.

"응, 기다리고 있을게. 힘내. 할 수 있어."

영원은 감촉은 없어도 그의 부드러운 손길은 느낄 수 있었다.

"동기 부여가 잔뜩 돼서 힘을 안 낼 수가 없어."

"너의 어시들 왔다. 난 간다."

갑1이 사라짐과 동시에 민아와 경민이 무거운 가방을 끌어 안듯이 들고 뛰어왔다.

"작가님! 저희 왔어요!"

"뭘 그렇게 무겁게 들고 왔어? 수하물로 보내지 그랬어."

민아가 단호하게 고개를 저었다.

"이 신성한 만화책을 어떻게 감히 화물칸에 싣겠어요. 신님 께 사인받을 책들인데, 음하하하. 앗! 죄송. 요즘은 웃음이 그 치지를 않아서요. 신님과 다른 전설들도 같이 뵙는다는 생각 에. 전 참 잘 태어나서 축복받으면서 사는 것 같아요. 작가님의 어시라서 행복해요."

민아의 웃음소리가 영원도 따라서 웃게 했다. 웃음은 전염성 이 크다는 말을 실감하는 요즘이었다.

"나도 너의 작가님이라서 행복하다, 하하하."

경민이 옆에서 타박했다.

"분명히 신님 사인을 노리고 어시로 들어왔을 겁니다. 아니 면 저렇게 입이 찢어지게 웃을 수가 없어. 며칠 동안 정말 정신 나간 여자 같았다니까요."

영원도 고개를 크게 끄덕이며 웃었다.

"나도 그렇게 생각해. 그래도 일은 실수 없었으니까 됐어."

민아가 눈을 옆으로 뜨고 말했다.

"이봐, 어시2! 너도 남 말할 처지는 아니잖아? 너의 이 가방은 뭔데?"

경민도 커다란 가방을 뒤로 메고 있었다. 그 가방을 민아가 손으로 툭툭 치자 경민이 얼른 몸을 돌려 손길을 막았다.

"터치 사양! 요즘 구하기 힘든 만화책들이라서 프리미엄 주고 구입한 거라고요."

"사인받기 위해 구입한 게 더 속 보이는 거 아니야? 난 오래전부터 소장하던 거라고."

영원이 아옹다옹하는 둘을 두고 출발장으로 들어갔다.

"나 먼저 간다. 비행기 놓치면 다음 티켓은 없어."

민아와 경민이 그녀의 뒤를 따라 뛰듯이 걸었다.

"작가님, 같이 가요."

"작가님 멀쩡하시네요? 우리보다 더 멀쩡해. 설마 약 드신 건 아니죠?"

"안 먹었어. 그래도 버틸 만해."

그들이 출발장으로 들어가는 모습을 반팔 셔츠 차림의 심오가 지켜보고 있었다. 그의 옆으로 갑3이 와서 섰다.

"자! 우리도 들어가 볼까?"

둘의 옆으로 갑21이 걸어왔다. 그녀는 붉은 머리를 챙 넓은 페도라로 눌러 가리고 있었다.

"오빠들! 나를 두고 가면 안 되지."

"넌 또 왜 왔어?"

갑3의 타박에 이어, 심오도 둘을 묶어서 타박했다.

"너희들이야말로 왜 왔어? 난 담당 의사로서 온 거고."

갑3이 당당히 출발장으로 걸어 들어가면서 말했다.

"난 제주도 여행. 내 돈 내고 비행기 티켓 끊었다. 우린 우연히 동선이 겹쳤을 뿐이야."

심오가 뒤따라 걸으면서 말했다.

"우연 좋아하네. 왜 엉뚱한 곳에 돈을 써? 그냥 공간 이동 해서 가."

갑21도 함께 출발장으로 들어가면서 말했다.

"조심해. 보안검색대 통과할 때 에러 일으킬 수 있으니까."

갑3이 대수롭지 않은 투로 응수했다.

"에러 일어나면, 검색대를 고장 내면 돼. 걱정 마. 예전에 미국 세미나 갈 때 한 번 써먹은 수법이야."

"제발 이승에 죄 좀 그만 짓자. 특히 갑3 사자. 영원 씨가 우리더러 두 명 이상은 같이 다니지 말랬는데, 이래도 되나 모르겠다."

"괜찮아. 인간들은 떼로 몰려다니면서 우린 그러지 말라는 건 말이 안 되지."

영원의 경고가 말이 되는 거였다. 이 세 명은 공항의 모든 시선을 끌어모으고 있었기 때문이다.

영원 일행은 탑승구 앞에서 탑승 시간을 기다리고 있었다. 그런데 사람들의 시선이 뒤쪽으로 모이고 있는 것이 보였다.

이 어수선한 술렁거림은 영원의 팔뚝에서 털을 곤두세웠다. 불길한 예감이 영원을 덮쳤다. 이 불길함은 저번에 놀이공원에서 겪었던 것과 유사했다. 뒤를 돌아보던 민아가 외쳤다.

"워, 원장님이다! 작가님, 이심오 원장님이에요! 어? 다른 사람도…….."

경민도 뒤를 돌아보고 넋이 빠진 투로 말했다.

"미쳤다! 저건 진짜 미친 미모야. 세상에 어떻게 저런 미인이……."

영원은 뒤돌아보지 않았다. 대신 가방을 끌어안고 잔뜩 몸을 웅크려 자신을 감췄다. 하지만 무체화로 변할 수 없는 인간의 몸으로 감춰질 리가 없었다.

"어이! 나영원!"

갑3의 목소리였다. 영원이 억지로 웃는 표정을 만들어서 뒤돌아보았다. 세 명의 월직들이 무체화도 안 시키고 인간들 눈에 버젓이 보이는 형태로 서 있었다. 민아와 경민이 영원과 그들을 번갈아 쳐다보았다. 영원이 일어서면서 말했다.

"여긴 어떻게……."

"우리도 여행. 제주도 흑돼지 먹으러."

심오가 영원에게 다가와서 친절하게 말했다.

"미안하게 되었어. 영원 씨한테는 중요한 도전인데 이 녀석들을 말릴 수가 없어서."

"원장님은 왜 오셨는데요?"

"난……, 나도 여행, 하하."

영원은 활짝 웃고 있는 갑21을 보았다. 제 딴에는 붉은색 머리를 감추려고 모자를 쓴 모양인데, 페도라로 인해 더 돋보이고 있었다. 영원이 고개를 절레절레 저었다.

　"이 단체 샷은 옳지 않아요. 누가 봐도 연예인들과 스태프들이라고요."

　"우린 연예인이 아니니까 상관없잖아."

　"그런 의미가 아니……, 그건 됐고. 비행기 타실 거예요?"

　"아무렴. 그러려고 절차 복잡한 보안검색대까지 통과했는데. 여길 통과하려면 우리도 이것저것 준비해야 할 장치들이 많아."

　"아니, 대체 왜?"

　"우리 신분증은 이럴 때 쓰려고 힘들게 만든 거니까."

　이건 기운만 빠지는 동문서답이었다. 민아가 궁금증을 이기지 못하고 끼어들었다. 이들의 자태는 십오뿐만이 아니라 갑3까지도 신의 은총이었다.

　"작가님! 우리도 소개 좀."

　갑3이 즉시 지갑에서 명함을 꺼내 민아와 경민에게 주었다. 명함의 글자를 읽은 경민의 눈동자에서 빛이 튀어나왔다.

　"만나서 반갑습니다! 전 추리만화를 지망하는 김경민이라고 합니다. 형님으로 모시겠습니다."

　민아가 그를 밀쳐 내고 갑3 앞에 섰다.

　"어디서 사기를 치고 있어. 넌 무협만화잖아! 안녕하세요, 황민아라고 합니다. 저야말로 추리서스펜스 순정만화를 지망하고 있습니다. 궁금한 거 생기면 연락드려도 될까요?"

"골치 아픈 창작 직업군이로군. 나영원을 봐서 질문 정도는 받아 주마."

말투에서부터 느껴지는 거만함이란. 그럼에도 민아와 경민은 법의관이라는 직업에 홀려 신이 났다. 장차 요긴하게 써먹을 수 있는 인맥이 아닐 수 없었다. 민아가 두 손을 모으고 물었다.

"혹시 우리 작가님과 사귀는 분이……."

"아니야!"

영원의 외침과 거의 동시에 갑3의 반론도 나왔다.

"엮지 마라! 하여간 인간들은 끊임없이 엮어."

경민이 민아의 팔을 잡아당겨서 귓속말이랍시고 했다. 하지만 결코 작은 소리는 아니었다.

"눈이 있으면 옆의 여자분을 보세요, 좀! 우리 작가님이 가당키나 한지. 세상에 저런 미친 미모를 두고 우리 작가님이 보이겠어요? 지금 세상의 모든 여자가 오징어로 변했다고요."

"넌 지금 오징어가 아닐 것 같니? 넌 완전 주꾸미야."

영원이 담담하게 말했다.

"경민아, 다 들려."

"앗! 죄송합니다. 제가 지금 너무 흥분해서……."

"괜찮아. 알고 있으니까. 그런데 이 사람들은 인간과 비교할 필요가 없어. 그냥 외계인이라고 생각해. 그쪽과 더 가까우니까."

경민의 귀에 영원의 말소리는 들리지 않았다. 재빨리 의자한 군데를 손으로 털어 내고, 갑21을 보면서 의자를 가리켰다.

"이쪽으로 앉으시지요."

영원도 말했다.

"그래요. 모두들 좀 앉아요. 안 그래도 다들 키까지 크셔서 더 눈에 띄는데."

갑21이 앉으면서 경민에게 미소를 보였다.

"친절한 오빠구나. 고마워."

"아, 아뇨. 영광입니다. 제 생애에 이런 미인을 직접 영접할 기회가 주어지다니. 죽어도 이 순간은 잊지 않겠습니다."

"죽어도? 하하하, 글쎄?"

심오가 영원에게 말했다.

"영원 씨, 사람들의 시선을 공포로 느끼지 마. 이것도 이겨 내."

"하! 제가 이겨 내야 할 공포가 또 남아 있었네요. 하지만 저 혼자 있으면 이런 시선은 없다고요."

갑3과 심오가 의자에 나란히 앉았다. 영원은 함께 앉기를 거부했다. 얼굴을 나란히 하고 싶지가 않아서였다. 이런 심리는 민아와 경민에게도 강하게 작용해서 앉지를 못했다. 영원이 깊은 한숨을 내쉬었다.

"정말이지, 이 단체 샷은 정말 아니다."

이것은 창피한 것도 자격지심도 아니었다. 그저 부러운 마음이었다. 이들은 갑1과 같은 저승사자임에도 불구하고 사람들 틈에 섞여 함께 생활하고 있었다. 그녀의 지인들과 통성명도 하고 인사도 나눌 수 있었다. 사람들이 있으면 언제나 무체화로 있어야 하고, 단둘이 있을 때조차 옷을 벗으면 안 되는 갑1과는 천지 차이였다. 영원은 갑1과도 이렇게 지내고 싶었다. 연예인 옆의 매니저로 보여도 되고, 오징어가 아니라 더한 걸로 보여도 상관없었다. 그와 함께 찍은 모든 사진이 굴욕샷이어도 상관없었다. 영원이 고개를 저었다. 또 욕심을 부리고 있었다. 과한 욕심으로 일어난 사태를 겪고서도 또 이런 마음을 품었다. 그녀는 역시 인간이란 존재는 어쩔 수 없나 보다고 스스로를 자책하면서 욕심을 다스렸다.

영원의 발걸음이 점점 빨라졌다. 제주공항 도착장으로 나가서는 더 빨라졌다. 이모를 향한 발걸음이었다. 영원은 수많은 인파 틈에서 걱정스럽게 서 있는 이모를 한눈에 알아보았다. 비행기를 타고서 제주도까지 날아온 영원을 마주한 이모는 한동안 말을 잇지 못했다. 그저 등만 연거푸 쓰다듬어 줄 뿐이었다.

일행들과도 인사를 나누었다. 감격에 겨운 어시스턴트들과는 달리, 이모의 관심은 마치 일행인 양 버티고 선 월직들에게로 쏠아졌다. 그들은 자연스럽게 영원의 일행이 되어 도착장을 떠났다. 비행기라는 트라우마를 무사히 견디고 발을 디딘 제주도는 눈이 시리도록 강렬한 햇살로 영원을 맞아 주었다.

영원은 계속 두리번거렸다. 이곳에서 그리운 저승사자들이 기다리고 있을 거라는 갑1의 귀띔 때문이었다. 주차장으로 가기 위해 발걸음을 옮길 때였다. 여름옷을 입고 바쁘게 오고 가는 인파들 틈에 투명한 사람들이 나타났다. 계절과 맞지 않는 긴 검은색 코트를 입은 갑2와 청장, 그리고 센터장이었다. 평범한 사람의 눈에는 보이지 않는 그들을 향해 연화가, 그리고 영원이 다가갔다. 외출기피증이 있던 인간과 이승기피증이 있던 세 명의 월직이 한곳에 섰다. 서로를 깨달았기에 치유될 수 있었던 상처였다. 그들은 모두 자애로운 저승사자들이었다. 연화에게 아주 조금 더 자애로웠을 뿐이다. 연화가, 그리고 영원이 오래전에 했어야 했던 인사를 했다.

"모두들 감사합니다. 덕분에 저는 무사히 어른이 되었고, 내내 행복했습니다."

갑2가 시원스러운 입꼬리를 올리면서 말했다.

"우리야말로 너로 인해 즐거웠다. 그 즐거움까지 잊고 있었던 거야."

영원이 센터장의 머리에 자리한 머리꽂이를 보면서 말했다.

"갑5 사자님은 머리에 그거, 잘 꽂고 계시네요?"

"감사 인사가 늦었구나. 아주 마음에 든다. 그래서 한시도 내 몸에서 떼어 놓질 않았어."

청장이 두리번거리면서 말했다.

"그런데 갑1 사자는 왜 여태 안 오는 거야? CCTV 없는 곳 찾으러 간다더니."

"네? CCTV는 왜……."

"아! 저기 온다."

영원은 투명한 월직들 너머로 걸어오고 있는 갑1을 발견했다. 그는 투명하지 않았다. 자신의 짧은 그림자를 발로 밟으며 긴 다리로 성큼성큼 걸어오고 있었다. 바람결에 따라 짧은 검은색 머리카락도 움직였다. 검은 코트 차림도 아니었다. 팔이 드러난 짧은 소매의 새하얀 티셔츠와 청바지를 입고 있었다. 모두 이승의 옷이었다. 갑1이, 유체화한 갑1이 사람들의 시선을 한 몸에 받으며 영원을 향해 걸어오고 있었다. 환하게 웃으면서 그가 오고 있었다. 밝은 빛처럼 오고 있었다.

영원이 달렸다. 갑1을 향해 달렸다. 아끼던 신발을 신고, 현관문 밖을 나와, 뜨거운 햇살을 받으며 달리고 있었다. 그리고 그의 품으로 뛰어들었다. 갑1이 하얀 두 팔로 영원의 몸을 감싸 안았다.

"가, 가빌, 어, 어떻게 된 거야?"

"휴가를 받았어. 우리 저승에서 너의 윤회에 대한 사죄의 의미로."

"얼마나?"

"우리에게는 짧지만, 인간에게는 어쩌면 길지도 모르는 정도. 아직 신분증이나 지문 같은 게 안 만들어졌지만, 휴가는 오늘부터야."

"그럼 원장님이나 법의관님처럼 이승에서 사는 거야?"

"당신 곁에서 사는 거야."

둘은 짧은 입맞춤을 했다. 여기는 한국이고, 사람들의 시선이 많았기에 이 정도로 아쉬움을 달랬다. 이들을 지켜보던 민아가 흥분해서 소리쳤다.

"작가님이 사귄다는 분인가 봐요! 저쪽이 진짜였어. 와! 와! 대박!"

"저도 이번에는 태클 없습니다. 이건 진짜 말도 안 되지만."

이모의 입에서 감탄이 나왔다.

"어머나! 쟤가 전생에 나라를 구한 걸 넘어서 인류를 구원했구나."

영원과 갑1을 지켜보던 갑3이 말했다.

"내가 이 장면을 보기 위해 여기까지 온 거다."

심오와 갑21도 같은 마음이었기에 동시에 고개를 끄덕였다. 갑3이 심오에게 말했다.

"너도 수고했다. 저 골치 아픈 이승기피증 세 녀석이 전부 현직으로 복귀해 준 덕에 갑1 사자도 휴가가 가능했어. 너 설마 끝났다고 지옥청으로 바로 복귀하는 건 아니지?"

"이왕 고생한 김에 조금 더 체류하면서 공부할 예정이야. 인간들과의 궁합이 그리 나쁜 것 같지도 않으니까. 너는 복귀해야지?"

"세 녀석이나 복귀했는데 나까지 할 필요는 없지. 갑1 사자가 이승에 익숙해질 때까지 멘토 역할이 필요해. 그래서 신분증 하나 더 신청했다. 이제 이 외모로 버티는 건 한계가 있어서."

"국과수 관두는 거야?"

"아니, 그것도 하고. 그래서 나도 이것저것 준비할 게 많다."

갑21이 놀라서 말했다.

"법의관 오빠! 또 무슨 엉뚱한 일을 벌이려는 거야?"

갑3은 대답을 회피하고 대화를 다른 쪽으로 돌렸다.

"내 일보다 더 중요한 게 있다. 갑1 사자한테 이승에서 무슨 일을 시키지? 신분증은 재미교포로 설정하기로 했나 보던데."

갑21이 두 주먹을 불끈 쥐었다.

"무조건 공부시켜야지. 휴가를 빙자한 유학으로 만들어 버릴 거야! 갑1 오빠라면 뭐든 잘 배울 테니까."

심오가 걱정스럽게 말했다.

"요즘은 글로벌 시대라 외국에서 들어온 거라고 설정해도 걸리는 문제가 많을 텐데 걱정이다. 뭐, 외무청에서 알아서 잘하겠지."

갑21이 말했다.

"외무청 요즘 바빠. 옥황국 전산시스템 재정비하는데 우리 쪽에서 기술 이전해 주기로 협약했거든. 그 대금 중 일부를 이승 화폐로 받기로 했어. 우리 갑1 오빠한테 이승 돈이 많이 필요하다나 뭐라나."

갑1이 한 번 더 짧은 입맞춤을 하고 영원을 가볍게 안아 올렸다. 그녀의 두 발이 땅에서 떨어졌다. 영원의 웃음소리와 갑1의 웃음소리가 하나가 되어 뒤섞였다. 땅에 새겨진 둘의 그림자도 완전한 하나가 되었다. 영원은 그의 목을 끌어안고 그의 시원한 볼에 제 볼을 맞대었다. 그리고 마음 깊은 곳에서부터 기원했다.

'가빌과 함께하는 이번 생은 끝까지 무탈하기를……. 마지막 순간에 찾아오는 죽음이 이번 생에서만큼은 부디 평화롭기를…….'

Epilogue

"빚을 받으러 왔다."

갑1은 읽던 책을 덮고 고개를 들었다. 투명한 뇌제가 서 있었다.

"현신을 하지 않는다면 여기 이 의자에 앉아도 좋다. 우리 영원이 두 명 이상 모여 있는 거 싫어하거든. 집 밖의 이렇게 사람들 시선이 많은 곳에서는."

큰 매장의 커피숍이었다. 그중 후미진 곳에 앉았건만, 사람들은 힐끔거리며 갑1을 쳐다보고 있었다. 뇌제가 투명한 상태로 테이블을 사이에 두고 앉았다.

"인간들의 시선은 여전히 무례하군, 쯧."

갑1의 폴더블폰으로 카톡 알람이 울렸다. 영원에게서 온 문자였다. 갑1이 미소를 지으며 답장을 했다.

"이봐, 빚을 받으러 왔다니까?"

갑1은 영원이 그랬던 것처럼 이어버즈를 귀에 꽂고 대화를 시작했다.

"산국 쪽에서 네가 찾는 영혼에 관한 모든 채널을 닫았다. 이미 환생은 했어."

"알고 있다. 환생을 하지 않았다면, 네가 이렇게 이승에 나와 있지 못했겠지."

"언제, 어디서, 누구로 환생했는지는 아무도 몰라. 네가 무서워서 극비 문서로 지정을 했나 보더군."

"난 산국에는 해코지를 한 적이 없는데 왜 그러지?"

"악명이 높아서. 아무튼 찾아봐. 네가 물어보면 같은 영혼인지 봐 줄 테니까."

"같이 찾아 주는 거 아니었나?"

"너의 눈은 환생을 해도 같은 영혼인 걸 알아보니, 훗날 그 눈으로 나를 도와 다오. 이게 너의 요구였다. 내가 도와줄 수 있는 한계는 네가 물어보는 영혼에 대해 O, X로만 대답하는 것. 그 이상은 우리 쪽 규정 위반이라서."

"진짜 그 정도만 해 줄 것이냐?"

"괜한 문제 생기면 너나 그 영혼한테 좋을 게 없다. 내가 경험자야. 그리고 나도 바쁘다. 염라국에서 이것저것 배워 오라는 것이 많거든."

"하! 어떻게 찾지? 까마득하군."

"요즘은 추세가 저출산이라서 한 해에 태어나는 인구수가 적어. 어렵지 않을 거다."

갑1이 환하게 웃으며 손을 번쩍 들었다. 커피숍으로 들어오는 영원을 향해서였다. 영원이 쪼르르 달려와 갑1의 손을 잡았다. 그리고 의자를 당겨 찰싹 붙어 앉았다. 엉겁결에 의자를 빼앗긴 뇌제가 불쾌한 표정으로 일어섰다.

"이 인간이 소문의 그 반쪽짜리 무의 눈인가? 진짜 나를 못 보는군. 신기하게도."

갑1이 영원에게 물었다.

"출판사와 미팅은 잘 끝났어?"

"응. 담당 편집자와 매번 전화나 메일로만 연락하다가 직접 대면하니까 엄청 뻘쭘하더라. 그래도 새 작품 통과됐어. 지금 그리는 거 완결하고 바로 새 작품 들어가는 거로 결정!"

완결이 결정된 건 만화책 쪽인《훔치고 싶은걸》이었다. 웹툰으로 포털에 연재 중인《탈 많은 탈춤부》는 급격한 상승은 아니어도 조금씩 조회 수가 늘어나고 있었다. 소위 대박은 아직 터지지 않았지만, 꾸준히 읽어 주는 독자들로 인해 영원은 계속 만화를 그려 나갈 수 있었다.

"이번에는 진짜 제목 잘 지을 거야. 신내림을 받더라도."

"앗! 그런 말은 쉽게 하는 거 아니야. 세상엔 괴상한 신도 있거든."

뇌제가 인상을 찌푸리며 손가락으로 자신을 가리켰다. 괴상한 신이 자신을 말하는 거냐는 항의였다. 갑1이 고개를 슬쩍 저은 뒤에 말했다.

"내가 그런 쪽으로는 도움을 못 주지만 응원은 해 줄게. 집에 가자."

작업실은 아파트 근처에 따로 얻었다. 집은 단둘만의 공간이 되었지만, 지금은 이사를 준비 중이었다. 집에 심오의 진료실처럼 이승과 저승을 오갈 수 있는 공간을 만들라는 염라국 측의 요청이 있었기 때문이다. 혹시 모를 비상시를 대비해서라는 핑계였지만, 갑1의 부재에 따른 불안을 여전히 떨치지 못한 탓이었다. 영원의 아파트는 그럴 공간이 부족했다. 그래서 좀 더 넓은 아파트로 가게 되었다. 새로 이사 갈 집에는 독립된 옥외 정원도 있었다. 이것은 갑1의 선택이었다. 영원과 갑1이 서로의 손을 꼭 잡고 일어났다. 뇌제가 갑1이 앉았던 의자에 앉으면서 말했다.

"눈꼴시군. 나도 찾게 되면 바로 연락하마."

갑1이 그에게 고개를 한 번 끄덕여 보인 뒤에 영원과 함께 커피숍을 나갔다. 그렇게 사람들 틈에서 나란히 걸어갔다. 뇌제가 유리벽 너머의 그들을 보면서 말했다.

"부러운 건 어쩔 수가 없구나. 그래도 괜찮다. 저 모습이 나의 미래일 테니까."

end